·世界文学名著·

包法利夫人

Madame Bovary

[法] 福楼拜　著
罗国林　译

北方联合出版传媒(集团)股份有限公司
春风文艺出版社
·沈　阳·

图书在版编目（CIP）数据

包法利夫人 /（法）福楼拜著；罗国林译. —沈阳：春风文艺出版社，2018.11

ISBN 978-7-5313-5396-6

Ⅰ.①包… Ⅱ.①福… ②罗… Ⅲ.①长篇小说—法国—近代 Ⅳ.①I565.44

中国版本图书馆CIP数据核字（2018）第094788号

北方联合出版传媒（集团）股份有限公司
春风文艺出版社出版发行
http://www.chunfengwenyi.com
沈阳市和平区十一纬路25号 邮编：110003
辽宁新华印务有限公司印刷

选题策划：单瑛琪	责任编辑：张玉虹 韩 喆
统筹发行：郝庆春	团 购：刘静波
印制统筹：刘 成	责任校对：于文慧
封面设计：鼎籍文化创意 杨光玉	版式设计：杜 江
幅面尺寸：145mm × 210mm	字 数：290千字
印 张：12	
版 次：2018年11月第1版	印 次：2018年11月第1次
书 号：ISBN 978-7-5313-5396-6	
定 价：36.00元	

译本序

古今中外，多少真正伟大的文学艺术作品，一经问世，即遭到无情的非难、攻击、批判，甚至查禁、焚毁，后来仅仅凭仗历史的公正，才最终获得其应有的地位，成为人类共享的文化艺术宝库中的瑰宝，彪炳千古。居斯塔夫·福楼拜的传世之作《包法利夫人》的遭遇，就是典型的一例。

福楼拜动手写《包法利夫人》，是1851年9月19日在卢昂近郊的克罗瓦塞别墅。经过将近五年呕心沥血的创作，直到1856年5月才完稿。但誊写人誊得一塌糊涂，他又不得不仔细校正，至5月31日，才寄给《巴黎杂志》他的朋友杜康。《巴黎杂志》是一家半月刊，将手稿搁置了三个月，才决定从10月1日至12月15日，分六期连载《包法利夫人》。但该刊审读委员会致函福楼拜，认为他的小说需要删节，请他把删节的全权交给编辑部。福楼拜未予理睬，仅在来函背面写了“荒谬透顶”四个字。从10月1日至11月15日发表的几部分，倒是未作删节。及至12月1日那一期准备付印之时，编辑部一位负责人对出租马车里发生的场面（即莱昂与爱玛从卢昂大教堂里出来后，乘出租马车疯跑全城那一段），忽然感到担心，说：“这一段不合适，我们还是把它去掉吧。”福楼拜对此十分气愤，但为了不使编辑部为难，便说：“你们要删节，悉听尊便，但你们必须说明你们作了删节。”于是，编辑部加了一条脚注：“审读委员会认为有必要删去此处的一段，因为它不符合本刊的编辑方针。特此说明。”事情并未到此止步，接着12月15日那一期，编辑部又决定删去几处。福楼拜确实恼怒了，经交涉，在小说正文底下刊出他的抗议：“《巴黎杂志》出于我不赞同的某些考虑，在12月1日那一期里已删去了一段。在编辑这一期时,他们又顾虑重重,认为必须删去好几处。因此，我声明对后面发表的部分不负责任,读者看到的仅是片断,不是整体。”

《包法利夫人》一发表，立刻在文学界和读者中引起了轰动。当时负责严密检查所有出版物的帝国检察署，看到这部轰动性小说，《巴黎杂志》在发表时竟“顾虑重重”，多次删节，该刊审读委员会还特地声明，所删去的部分“不符合本刊的编辑方针”。这还了得！检察署高度警觉起来，对陆续发表的每一部分仔细研究，很快决定对这本书的作者福楼拜以及《巴黎杂志》发行经理洛朗比沙和印刷商比耶提出公诉。福楼拜等很快收到传票，审判于1857年1月31日开始。负责宣读公诉状的是代理检察长埃内斯特·皮纳尔。此人是帝国政府豢养的一条鹰犬，后来出任内政大臣。他在公诉状里，指控《包法利夫人》“败坏公众道德，诽谤宗教”。其重点打击对象是作者福楼拜。公诉状最后要求法庭从轻处理杂志发行经理和印刷商，“至于主犯福楼拜，你们必须严惩”。

出庭为福楼拜辩护的是儒勒·塞纳尔律师。他在辩护词中肯定《包法利夫人》是“一本好书”“一本诚实的书”“这本书的思想，从头至尾是一种非常合乎道德、合乎宗教的思想”“它是通过揭露令人发指的道德败坏来弘扬道德”。塞纳尔是巴黎律师公会成员，曾任国民议会议长，可谓声誉卓著，而又雄辩机警。他的辩护词很有特色。当时，他如果不从肯定《包法利夫人》非常合乎道德和宗教这个前提入手，而从维护言论自由和维护艺术之于道德的独立性入手来进行辩护，那将是非常笨拙的。他不仅论证了《包法利夫人》是一本好书，而且肯定了它的艺术成就，强调它是作者长期深入、细致观察生活的结晶，赞扬了作者独特的艺术风格，甚至大胆肯定现实主义的描写方法。作为一个律师，在当时做到这一点是难能可贵的。

就在开庭前夕，当时影响很大的诗人拉马丁，约见年轻的作者（福楼拜那时年仅三十五岁），对他表示支持。福楼拜问他："先生，我因为写了这部作品，正受到轻罪法庭追究，指控我违背了道德和宗教，这一点你想得通吗？"拉马丁斩钉截铁地回答："亲爱的孩子，在法国没有一个法庭能给你定罪。有人如此误解你的作品，并下令对它提出起诉，这非常令人遗憾。不过，为了我们国家和我们时代的荣誉，任何法庭都不能给你定罪。"事实证明，拉马丁的断言是真知灼见。面对《包法利夫人》这部杰作，面对德高望重的塞纳尔律师逻辑严密、雄辩有力的辩护，面对许多著名作家的声援和抗争，巴黎第六轻罪法庭在"判决书"里虽然指出，"在本庭受到起诉的这部作品应该受到谴责"，但不得不承认，公诉状所指控的段落，"无论从它们所阐述的思想还是它们所描写的情景，仍属于作者试图塑造的人物性格的范畴"，因而宣告作者福楼拜以及《巴黎杂志》发行经理和印刷商"无罪"，"不予追究"。

这是一个了不起的胜利。它不仅是福楼拜的胜利，也是整个文学界的胜利。福楼拜本人充分意识到这个胜利的重大意义，他说："我这场官司是整个当代文学的官司。人们攻击的不是我的小说，而是所有小说连同创作小说的权利。"[①]统治者的倒行逆施往往产生与其愿望相反的结果。这场官司不仅为《包法利夫人》做了广告，使它

---

① 福楼拜：《书信集》第Ⅱ卷第六百七十七页。

在两个月内销售量达一万五千册，此后又一版再版，而且进一步确立了这部作品的历史地位。

《包法利夫人》描写的是一位小资产阶级女性因不满夫妻生活的平淡无奇而通奸，最后身败名裂，服毒自杀的故事。这样一个桃色事件，无论在实际生活中，还是在向来的爱情小说里，都是司空见惯的。何以经福楼拜写出来，便惊动了帝国政府检察署，立即对作者提出公诉，给他加上“败坏道德，诽谤宗教”的罪名，要求法庭“必须严惩”呢？这个问题的答案，只要分析一下这部作品的思想内涵便明了。

福楼拜写包法利夫人，着眼点不在写她的爱情故事，而在写她从纯真到堕落，从堕落到毁灭的前因后果及当时的社会状况。

爱玛出生于外省一个殷实农家。和许多乡下女孩子一样，她聪明伶俐，天真纯朴。可是，在19世纪上半叶的法国，无论巴黎还是外省的中上层资产阶级，都把女孩子送进修道院接受一段教育，培养贵族式的思想感情和言行举止，为日后进入上流社会打下基础。爱玛的父亲鲁俄老爹爱女心切，也赶时髦，把她送进卢昂的修道院。爱玛生性敏感，感情热烈，想象力丰富，在修道院里，“修女们在训诫时，反复拿未婚夫、丈夫、天国的情人和永恒的婚姻这些概念进行比较，在她的灵魂深处，唤起意想不到的柔情”，而宗教音乐课上所唱的抒情歌曲，全都“格调低下，音调轻浮，使爱玛窥见了诱人而又变化莫测的感情世界”。在这种情况下，修道院禁欲主义的说教，只能起反作用，越发刺激她受压抑的情感和对爱情的遐想。不仅如此，1830年前后风靡人心的消极浪漫主义，配合天主教卷土重来的活动，也渗透进了修道院。正是在修道院里，爱玛接受了浪漫主义传奇小说的熏陶，成天满脑子情男、情女、眼泪与吻、月下小舟、林中夜莺、凭窗盼望白翎骑士前来幽会的女城堡主。这些东西与她出生的环境和她日后的家庭生活格格不入。正是社会提倡的修道院教育，腐蚀了爱玛稚弱的心灵，在她灵魂深处播下了淫靡的种子，做成了堕落的温床。试想一想，如果没有这种教育，日后的爱玛及其生活道路，必然会是另外一种样子。由修道院陶铸出来的爱玛·鲁俄小姐，怀着对爱情的憧憬结了婚，成了包法利夫人。包法利是乡镇医生，按理说在乡间算得上一个体面人物，可是他平庸无能，感情迟钝，与爱玛幻想中的骑士相差十万八千里。爱玛所期待的爱情没有到来。而沃比萨尔的舞会却向她展示了灯红酒绿、纸醉金迷的上流社会生活。在这里，她体验到了奢侈豪华的生活的滋味，看到了养尊处优、浪荡调情的贵夫人，看到了曾经在王宫里很吃香、在王后娘娘床上睡过觉的老公爵，还同那位风度翩翩、颇有骑士派头的子爵跳过舞。这次舞会，是涉足社交生活的爱玛所上的第一课，使她在修道院时期所产生的天花乱坠的幻想，变成了看得见、摸得着的生活方式，在她的心灵深处留下了难以磨灭的印象。后来她的一切渴求和梦想的背后，都浮现出这次舞会的难忘情景。包法利夫人本来并不是个坏女人，尽管受了这些教育和影响，在迁居永维镇之后，她还是一度发狠躲避莱昂的追求，力图当一个贤妻良母，甚至试图帮助丈夫在事业上创造惊人的成就，名扬天下。但是丈夫太无能，太不争气，险些断送一条人命，这使她受到不堪承受的打击，觉得包法利这个姓氏给她带来的只有屈辱，因此本已岌岌可危的贞操才彻底崩溃了。她也曾一度试图到宗教中去寻求抵御情欲诱惑的力量，可是自称“医治人类灵魂的医生”的本堂神甫，对她心灵苦闷的倾吐却无动于衷，根本不理解，使她的希望归于彻底幻灭。社会给她造成了堕落的温床，而在她本能地一再反抗、挣扎时，在社会上却找不到任何救助。而罗多尔夫、莱昂这类道德败坏、专门玩弄女性的男人，却一再勾引她。这样，她便不可避免地成了他们的虏获物，最终堕落为不可救药的淫妇。

包法利夫人的致命错误在于，她不懂得豪华淫逸的生活和浪漫传奇的爱情，需要物质财富作为基础。她的家庭环境，无论她父亲还是她丈夫的家境，都不具备这种物质条件，而她却偏偏要去追求那种不可能属于她的生活。在她寻求爱情和幸福，却沦为别人的玩物的过程中，她不知不觉地将丈夫的薄产挥霍殆尽。这便给高利贷者提供了可乘之机。唯利是图、精明狡猾的奸商勒乐，看准了包法利夫人的弱点和处境，拿物欲作为诱饵，让她签署一张又一张借据，使她积债如山，而一旦发现她身上再也没有油水可榨时，便串通法院，扣押包法利家的财产去抵债，并且张贴布告宣布拍卖。包法利夫人被逼到了家庭破产、身败名裂的绝境。她求助于情人，情人们推诿搪塞；她求助于税吏，税吏无动于衷；她求助于公证人，公证人花言巧语，企图乘其危难占有她。这时的人世，对包法利夫人是那样冷酷无情！在她面前只剩下一条路，就是结束她尚且年轻的生命。作者本人就说过："就在此刻，我可怜的包法利夫人，正在法国的十二个村庄里受罪、哭泣！"[①]被逼致死的包法利夫人遭到社会唾弃，而引诱她堕落的情人罗多尔夫和莱昂却逍遥自在，甚至步步高升。作品结尾的这一笔，更饱含了辛辣的讽刺和血泪的控诉。福楼拜说："任何写照都是讽刺，历史是控诉。"[②]这种讽刺和控诉，构成了《包法利夫人》强烈的批判效果。

《包法利夫人》强烈的批判效果，不仅仅体现在对爱玛的命运的

① 福楼拜：1853年3月14日给科莱夫人的信。

② 福楼拜：1857年2月给普拉迪埃的信。

描写上。这部小说有个副标题，叫作“外省风俗”。除了爱玛的生活经历之外，它还给人们提供了什么样的外省风俗画呢？给人以鲜明印象的，首先是一幅形形色色的群丑图。这里有满嘴“进步”“科学”，实际上不学无术，却怀着政治野心，欺世盗名的药店老板奥梅；有自誉为“医治人类灵魂的医生”，实际上对人的感情一窍不通，浅薄可笑的本堂神甫布尔尼贤；有道貌岸然，彬彬有礼，却满肚子男盗女娼，与奸商暗中勾结，饱肥私囊的公证人纪尧曼；有唯利是图，奸诈狡猾，重利盘剥，置人于死地的奸商兼高利贷者勒乐；有灵魂肮脏，腐化堕落，随心所欲玩弄女性，纵情声色犬马的地主罗多尔夫；还有生活空虚，百无聊赖，整天摆弄旋床以消磨时光的税吏兼消防队长比内，等等。当然，乡镇医生包法利也应算其中一个，这是一个思想平庸，能力低下，感情迟钝，麻木不仁，做过“名扬天下”的美梦，但终因医术平庸，只好安于现状的人。够了，在一个外省乡镇，数得着的有头有脸的人物，基本上齐全了；要说缺，只缺一个乡村教师，因为那个时代在乡间，教师还不受人重视。作者把整个乡镇的头面人物写得如此周全，几乎一个不漏，不能不说是一种着意安排。这些人算得上乡镇的精英吧，可是他们之中，竟然没有一个坦荡君子，没有一个德才兼备之士，没有一个有德行的角色！他们全都是蝇营狗苟之辈！一个乡镇是如此，推而广之，整个社会，不是可想而知了吗？这就是为什么《包法利夫人》虽然写的是外省一隅，却具有震动整个社会的力量。

作为外省风俗画，作品中以浓重的色彩、渲染的笔调，描写了一个“农业评比会”。这是当局宣扬成就、刺激农业生产发展的一次盛会。会场上张灯结彩，敲锣打鼓，鸣枪放炮，一派在永维镇难得见到的节日景象。就在这非凡的热闹气氛中，各种头面人物，上至省府参事，下至本地乡绅，粉墨登场。其中，药店老板奥梅，上蹿下跳，出尽风头；教堂执事赖斯迪布都瓦，趁机向参加会议的农民出租教堂的椅子，大捞外快；省府参事在主席台上发表演说，大肆吹嘘全国农村的进步和政府对农民的关心；而罗多尔夫钻在二楼，甜言蜜语勾引包法利夫人，两个人一个慷慨激昂，一个窃窃私语，形成了一曲令人忍俊不禁的二重唱；主席台下的整个会场，人群吵吵嚷嚷，牛哞羊咩，乱成一片。一个庄严隆重的评比会，变成了一幕滑稽可笑的闹剧。不仅如此，在大会主席宣布的长长一串获奖者名单中，有一位给地主干了五十四年活的老太太，人又老又瘦，脸上的皱纹比风干的苹果还多，身上穿着破衣服，两只手长年接触谷仓的尘土、洗濯的碱水和羊毛的油脂，粗糙发硬，疙里疙瘩，合也合不拢。而她半个多世纪的辛劳所换来的奖赏，只不过是一枚仅值二十五法郎的奖章！作品中精心安排这样一位被剥削制度压榨干的农妇，作为获奖者的代表，不正是对省府参事所唱的高调，对这次所谓评比会的抗议吗？会议结束后，头面人物全都留下来大吃大喝，而群众散去，“人人回到原来的地位，主子继续虐待雇工，雇工继续用鞭子抽打牲口”。这是多么尖刻的讽刺，多么有力的批判。而这种讽刺和批判所针对的，从作品中不难看出，是政府，是最高当局，甚至国君。

《包法利夫人》故事发生的背景是七月王朝，但它所揭露和批判的，主要是第二帝国的社会现实。难怪作品一问世，就立刻掀起轩然大波，“遭到政府攻击，报纸谩骂，教士仇视”，帝国政府迫不及待地要拿作者问罪。这正是这部作品的巨大成功，正是这部作品继《红与黑》和《人间喜剧》之后，成为19世纪批判现实主义又一部杰作的根本原因。

作为继《红与黑》和《人间喜剧》之后，19世纪批判现实主义的又一部杰作，《包法利夫人》不仅思想内涵上具有强烈的现实意义和批判效果，而且艺术风格上在继承现实主义传统的同时，取得了革新性的突破，在法国甚至世界文坛，获得了普遍赞誉和高度评价。拉马丁说这部作品是他“二十年来读到的最优秀的作品”[①]。波德莱尔赞扬福楼拜“肩负了开辟一条新路的使命”[②]。圣勃夫评论说：“在许多地方，我觉得从不同形式下看到了新文学的标志。”[③]左拉宣称“新的艺术法典写出来了”[④]。马克思的女儿爱琳娜则认为：“完美无缺的《包法利夫人》问世后，在文坛产生了类似革命的效果。”[⑤]这些评价不约而同地高度肯定了《包法利夫人》的艺术成就。

福楼拜把真实地反映现实生活，当作小说创作的最高原则。他像司汤达和巴尔扎克一样，把小说喻为“反映现实生活的一面镜子”。[⑥]他认为真实和美是不可分割的：“美就意味着真实。虽说真实的东西不一定都美，但美的东西，永远是真实的。”“丧失了真实性，也就丧失了艺术性。”[⑦]这些论断反映了福楼拜的艺术风格的基本倾向。但这种基本倾向并非福楼拜所独具。人们同样可以拿这些观点，去衡量和评价其他现实主义大师们的艺术特点。福楼拜的独创在于，他通过《包法利夫人》，把小说艺术的真实原则推到了“纯客观”的境界。他主张，作家写小说，应该像自然科学家搞科学研

---

① 拉马丁：1857年1月30日约见福楼拜的谈话。

②《波德莱尔全集》第Ⅱ卷第五百二十三页。

③ 圣勃夫：《包法利夫人》，1857年5月4日《世界箴言报》。

④ 左拉：《居斯塔夫·福楼拜》。

⑤ 爱琳娜·马克思：《包法利夫人》英译本导言。

⑥ 莫泊桑：《居斯塔夫·福楼拜》。

⑦ 莫泊桑：《居斯塔夫·福楼拜》。

究一样，始终保持客观、冷静的态度，“作者的想象，即使让读者模糊地猜测到，也是不允许的”。作品中“一页一行，一句一字，都不应该流露出作者的观点和意图的丝毫痕迹”[①]。《包法利夫人》以前的小说，无论司汤达的《红与黑》，还是巴尔扎克的《人间喜剧》，在作品中作者处于主宰一切的地位，由作者叙述故事发生的时代背景和社会背景，评价人物和事件；作者还经常借题发挥，抒发感慨或阐发哲理，甚至向读者进行说教。总之，作者无所不在，无所不能。在《包法利夫人》里，这一切都不见了。作者把自己深深地隐藏起来了。读完这部小说，甚至很难弄清故事的叙述者究竟是谁。作品上卷第一章写上中学的夏尔·包法利，其中有一句话：“夏尔当时的情形，现在我们恐怕谁也不记得很清楚了。”由此看出，故事的叙述者似乎是夏尔的一位同学。但仅此而已，后面再也没露出蛛丝马迹。写爱玛的遭遇和命运，作者自始至终没有出面发一句感慨；写“农业评比会”那样的场面，作者也没有出面发一句议论。总之，作者把自己彻底从作品中排除了。他只是通过典型事件和典型人物，把现实生活忠实地描写出来，一切让读者去体会，让读者去下结论。这种“纯客观”小说，根植于前期批判现实主义的土壤之中，而为19世纪后期的自然主义开辟了道路。左拉就特别推崇《包法利夫人》，称之为“自然主义的典范之作”，并且通过对《包法利夫人》的评价，阐述了自然主义的艺术观：“小说家无动于衷是一条基本法则。自然主义小说家使自己彻底消失在自己所叙述的行动背后。他是藏而不露的戏剧导演。”“作家不是说教者，而是解剖学家。他只满足于讲出在人的尸体里所看到的东西，让读者自己去下

① 莫泊桑：《居斯塔夫·福楼拜》。

结论。小说家始终保持不偏不倚。福楼拜就是这样写小说的。”[①]

前面已经提到，《包法利夫人》以前的小说，作品中故事发生的时代背景和社会背景、主要人物的出身，甚至重要活动或习俗的来龙去脉，无不详详细细交代得一清二楚，力图让读者感到，一切都有根有据，天衣无缝。可是，读完《包法利夫人》，读者会发现，这本小说根本没有时代背景和社会背景的交代，人物的出身也没有专门的交代，更没有家族谱系式的回顾与叙述。作品的着眼点，是描写现实的生活，描写人物现实的活动、遭遇和命运。至于这一切的背景，则是一片虚无。这样做的目的，是尽可能地把作品的主题思想隐藏起来，让读者自己去思考、体会、理解。关于这一点，作者福楼拜说得很明确："我觉得美的，亦即我想写的，是一本建立在虚无之上的书。它仅仅靠自己，靠其文笔的内在力量来维持，就像地球没有任何支撑而维持在空中一样。这是一本没有主题，或者尽可能让主题隐而不露的书。"[②]这种"建立在虚无之上"的小说，正是《包法利夫人》整体风格的又一重要特点。

福楼拜是位语言大师，很注重人物性格化的语言描写。但是在《包法利夫人》里，他对人物对话的描写显得相当节制，作品里几乎见不到大段大段的直接对话。而与此形成鲜明对照的，是突出地运用了人物内心独白。不仅爱玛和夏尔，就是罗多尔夫和莱昂，甚至鲁俄老爹，都有大段的内心独白。虽然从整体上讲，内心独白在这部作品中也是局部的，但可以毫不夸张地称为"包法利特色"。内心独白正是人物心理上那个最隐秘的领域、那个梦呓般难以表达的领域的流露，是人物的思想在无意识层次的流动，有助于揭示人物的

① 左拉：《自然主义小说》。

② 福楼拜：《书信集》第Ⅱ卷第三十一页。

内心世界，使人物的思想、感情和性格更加丰富，更加充实，更具有立体感，更真实可信。

福楼拜是一位锐意创新的艺术家，他在《包法利夫人》里为追求艺术的完美所做的尝试，为革新小说的艺术形式做出了重要贡献，引起了20世纪的现代派小说家们的普遍注意，产生了广泛而深远的影响。意识流小说大师普鲁斯特认为，《包法利夫人》中人物内心独白和动词非确指过去时的运用，使得福楼拜“几乎像康德一样更新了我们对事物的看法，更新了认识及外部世界现实的理论”①。存在主义的代表人物萨特称福楼拜是“现代小说的创始人”“处于当今所有文学问题的会合处”②。而60年代“新小说”的主要作家罗伯-格里耶和娜塔丽·萨洛特，在猛烈抨击巴尔扎克式小说的同时，却把福楼拜奉为前驱，全面继承并大大发展了《包法利夫人》革新性的艺术特色，进而把小说的艺术形式推到了极端。现代派小说家们对福楼拜的崇奉和继承，充分显示了福楼拜在法国文学史上独一无二的地位，而一百多年来人们对《包法利夫人》的研究、评价和借鉴，说明这部作品成了现代小说名副其实的经典。法国当代小说家兼评论家蒙泰朗说得好：“法国当代所有作家，至少像我这种年龄的作家，都从他（福楼拜）那里得到了一点什么。”“人们感激他塑造了一个典型——包法利夫人的典型。”③

罗国林

---

① 普鲁斯特：《论福楼拜的风格》，1919年3月《新法兰西杂志》。

② 萨特：《家庭的呆子》第II卷第八页。

③ 1983年版《包法利夫人》序言。

目　录

上　卷

SHANGJUAN

1

我们正上自习，校长进来了，后面跟着一个没穿制服的新生和一个扛一张大课桌的校工。打瞌睡的同学都惊醒了，大家起立，像是正用功被搅扰了似的。

校长做手势让我们坐下，然后转向班主任，低声对他说：

“罗杰先生，我给你带来一个学生，先让他进五年级①，学习和操行都好的话，就按年龄，把他编到高年级吧。”

新生站在门后墙角几乎看不到的地方。这是一个乡下孩子，十五岁左右，个子比我们谁都高。头发顺前额剪齐，像乡村教堂唱诗班的孩子，神情规矩而且十分局促不安。他肩膀不算宽，但身上那件绿呢黑纽扣的上衣，抬肩似乎太紧，袖口露出裸惯的红红的手腕子。浅黄色长裤的裤管被背带吊得老高，穿蓝色袜子的小腿露在外头。脚上一双钉了钉子的皮鞋，非常结实，但擦得不亮。

我们开始朗读课文。他聚精会神地听着，连腿也不敢跷起，胳膊肘也不敢支在课桌上，像听布道一样专心。两点钟下课铃响了，班主任不得不提醒他一声，他才随同我们走出教室。

① 相当于初中二年级。

我们有个习惯，一进教室，就把帽子扔在地上，腾空了手好做功课。做法是一到门口，就把帽子扔出去，穿过凳子底下，一直飞到墙根，扬起一片灰尘。这是我们的拿手好戏。

但这新生不知是没有注意到这做法，还是不敢照着做，祷告完了，他仍然把帽子放在膝盖上。他那顶帽子可是颇有特色，既像熊皮帽、骑兵盔，又像圆筒帽、水獭皮鸭舌帽和棉布睡帽，总之不三不四，十分寒碜，它那不声不响的难看样子，活像一个表情莫名其妙的傻子的脸。它呈椭圆形，里面用鲸鱼骨支撑；帽口有三道环状绲边，往上是由丝绒和兔子皮镶成的菱形方块，彼此交错，中间有红道隔开；再往上，是口袋似的帽筒和硬纸板剪成的多角形帽顶；帽顶蒙着一块图案复杂的彩绣，中间垂下一根过分细的长带子，末梢吊着一个结成十字形花纹的金线坠子。那顶帽子倒是崭新的，帽檐闪闪发光。

“站起来。”老师叫道。

新生站起来，帽子掉了，全班笑开了。

他俯身去捡帽子，邻座的同学用胳膊肘把它捅到地上。他再次弯腰才捡起来。

“放下你的战盔吧。”风趣的老师说道。

同学们哄堂大笑，窘得这可怜的孩子不知道该把帽子拿在手里，扔到地上，还是戴在头上好。他又坐下，双手放在膝盖上。

“站起来，”老师又说，“告诉我你叫什么名字。”

新生结结巴巴，说出一个听不清楚的名字。

“再说一遍。”

他吞吞吐吐又说一遍，引得全班哗笑，还是一个字母也听不清。

“大声点儿！”老师喊道，“大声点儿！”

于是，新生下了最大决心，口张得大大的，像喊人似的，扯开嗓门，嚷出这样几个字："夏包法里"。

整个课堂哄的一声吵嚷开了，越闹越凶，夹杂着尖叫。有人乱吼，有人学狗叫，有人跺脚，有人重复："夏包法里！夏包法里！"吵嚷好一阵子，才变成零星的嘘叫，好不容易平静下来。但间忽，一排学生之中，还有人禁不住笑出声，就像没有燃尽的鞭炮，东一声西一声响起来。

老师一再威胁要重罚作业，课堂秩序才渐渐恢复。他让新生拼音，一个字母一个字母念，再连起来重说一遍，才弄明白他的名字是夏尔·包法利，立刻命令这可怜虫坐到讲台前面那条懒学生坐的板凳上。新生站起来，离开自己的座位，但又显得犹豫不决。

"你找什么？"老师问道。

"我的帽……"新生怯生生地说，不安地四下张望。

"全班罚抄五百行诗！"老师一声怒吼，就像涅普君的咒语[①]一样，制止住了另一场风暴。"不许吵闹！"老师怒不可遏，一边继续训斥，一边从帽子里抽出一块手绢擦着脑门，"至于你，新生，给我把'ridiculus sum'[②]这个动词词组抄写二十遍。"

然后，他把语气放缓和些：

"哎！你的帽子嘛，会找到的，又没人偷走！"

整个教室又安静下来。一个个脑袋俯在练习本上。新生端端正正坐了两个小时，尽管不时有人用笔尖弹起一个小纸球，飞来打在他的脸上。他只是抬手揩一揩，低眉垂目，纹丝不动。

---

① 涅普君为希腊传说中的海神，据维吉尔的长诗《依涅德》（Aeneid）描写，他只要说一声"Quo ego"（我要），风暴就会马上停息。

② 拉丁文，意为"是滑稽可笑的"。

晚自习时，他从课桌里取出袖套，把文具整理好，然后细心地在纸上打线。我们看见他学习认真，每个字都查字典，很卖力气。他大概就是凭着这种顽强的意志，才没有降班，因为他语法掌握得还勉强可以，造句却半通不通。他的拉丁文是村里的本堂神甫开的蒙，他父母图省钱，迟迟不送他上中学。

他的父亲夏尔-德尼-巴托洛梅·包法利先生，原本是助理军医，1812年左右，在征兵事件中受到牵连，被迫退役。靠天生的长处，即长相漂亮，赢得了一位帽商女儿的爱，毫不费力捞到六万法郎的陪嫁。此人是个美男子，爱夸夸其谈，故意让马刺碰得铿锵作响，颊须生得连着八字胡，手指上常戴着戒指，所穿衣服颜色鲜艳，外表颇像一位勇士，见人就打招呼的那股热情却像一个旅行推销员。结婚头两三年，他全靠妻子的财产生活，吃得考究，常睡懒觉，抽细瓷大烟斗，夜里看完戏才回家，是咖啡馆的常客。不料岳丈仙逝，遗产甚少，他一气之下办起了制造业，结果赔了钱，于是退居乡村，希望在那里发起来。可是，他一不懂种田，二不懂织布，几匹马只供自己骑，而不让它们去耕地，苹果酒一瓶瓶喝光，而不一桶桶运去贩卖，最肥的鸡鸭都宰来吃掉，用猪油擦打猎穿的靴子。这样，他很快就发现，一切碰运气发财的念头最好从此打消。

他每年出二百法郎，在科和庇卡底两地区交界的一个村子里，租了一座半像农庄半像住宅的房子。从四十五岁起，他就守在家里不出门，闷闷不乐，懊恼万分，抱怨上天，见人就妒忌，声称自己厌恶尘世，决心清静地过日子。

他妻子过去爱他爱得神魂颠倒，百依百顺，结果反而使他变得不冷不热。她早年性格活泼，感情丰富，充满爱心，上了岁数，就变得（像酒走了气，变酸了一样）脾气古怪，唠唠叨叨，喜怒无常。她看见他追逐村野的浪荡女人，夜里经常从一个又一个下流地方被人送回家来，烂醉如泥，酒气熏天。起初她心里非常痛苦，但并不抱怨，后来自尊心再也忍不下去了，就干脆不言不语，忍气吞声，直到离开人世。她终生劳碌，东奔西跑，今天去找律师，明天去见商会会长，想起欠款到期，还得去交涉缓付，在家里不是缝缝补补，就是洗洗烫烫，监督雇工，开发工钱。而先生呢，成天无所用心，昏昏乎乎，半睡半醒，还总像窝了满肚子气，坐在火炉边抽烟，往灰里吐痰，就这样不清醒过来还好，清醒过来尽对她说些没心没肺的话。

她生了一个男孩儿，不得不送到奶妈家喂养。小把戏回到家里，娇宠得像个王子似的。母亲喂他蜜饯，父亲让他赤脚奔跑，甚至冒充哲学家，说他可以像幼畜一样，赤条条去外面玩耍。对于幼儿教育，这位父亲抱着某种男性的理想，力图排除母性的影响，按自己的理想培养儿子，以斯巴达的方式，让他经受严酷的磨炼，练出一副强健的体魄。他打发孩子睡觉时不生火，教他大口喝朗姆酒和咒骂宗教仪式的队伍。可是，这孩子天性温顺，他的努力没有取得预期效果。母亲成天把他带在身边，给他剪硬纸块，讲故事，一讲起来就没个完，一个人喋喋不休，充满忧郁的快乐和闲聊的甜蜜。她日子过得孤单寂寞，对虚荣的渴慕早已支离破碎，便把希望一股脑儿寄托在孩子身上。她梦想高官厚禄，看见儿子已经长大成人，风度翩翩，才华横溢，当上了土木工程师或法官。她教他读书，甚至弹着她的那架旧钢琴，教会了他唱两三支浪漫小调。可是，包法利先生轻视舞文弄墨那一套，看见老伴所做的这一切，只是说："白费力气！"难道他们有能力送他上公立学校，给他买一个官职或提供一笔做生意的本钱吗？再说，"一个人只要天不怕地不怕，在社会上就不愁吃不开”。包法利夫人咬住嘴唇不说话。

孩子成天在村里野跑。他跟在犁地的农夫后头，扔土块赶得乌鸦乱飞，沿河沟摘桑葚吃，拿根长竿子看火鸡，收获季节翻晒谷子，去树林子里乱跑，雨天在教堂廊檐下玩造房子，遇到重大节日，就央求教堂的杂役让他敲钟，整个身子吊在那根粗绳子上，在空中荡来荡去。

这样，他长得如同一棵橡树，两手粗大，肤色健康。

他十二岁的时候，母亲才争取到让他开蒙，请本堂神甫当老师。可是，上课的时间短，又三天打鱼两天晒网，没有什么效果。神甫不是忙里偷闲，赶在行洗礼和葬礼之间，在圣器室，匆匆忙忙，站着给他讲点功课，就是在晚祷之后，不出门时，打发人叫他过来教。他们上楼，到神甫卧室里坐下，蚊子和蛾子绕着蜡烛飞旋。房间里闷热，孩子很快就昏昏欲睡，老头子不一会儿也打起盹儿来，双手搁在肚皮上，张开嘴，鼾声如雷。有时，神甫给附近的病人做完临终圣事回来，看见夏尔在田野里玩耍，就把他叫到跟前，在树荫底下开导他一刻钟，顺便教教动词变位，但往往天上掉下雨点或一个熟人经过，打断他们。不管怎样，神甫对自己的学生是满意的，甚至说小家伙记性蛮好。

不能让夏尔长此下去。太太下了决心。先生呢，也过意不去，或者不如说厌倦了，没怎么反抗就让了步，同意再等一年，就让孩子接受初领圣体。

一晃又是半年，第二年总算决定把夏尔送进卢昂中学。是接近10月末，由他父亲亲自送去的，其时正逢圣·罗曼庙会[①]。

---

① 卢昂最大、最著名的庙会。从10月23日起，历时二十五天。

夏尔当时的情形，现在我们恐怕谁也不记得很清楚了。总的讲，他是个性情温和的孩子，玩的时候就玩，学习的时候就学习，课堂上用心听讲，进宿舍安静睡觉，在饭堂好好吃饭。他的监护人是冈特里街一位五金批发商，星期天铺子不营业，每月把他接出来一次，打发到码头去散散步，看看船，然后一到七点钟，就赶在晚饭前送回学校。每星期四晚上，夏尔用红墨水给母亲写一封长信，写好之后用三个面团子封好，然后复习历史课的笔记，或者读一本扔在自习室的旧书《阿纳喀尔席斯》[①]。散步的时候，他常与校工聊天。校工和他一样，也是乡下来的。

他靠死用功，在班上始终保持着中不溜，有一次考博物学，甚至还得了个一等奖哩。可是，第三学年末，父母让他退了学，准备让他去学医，深信中学毕业的水平，他靠自学就能达到。

母亲到她认识的一位染匠家，在五层楼为他挑了一个临洛贝克河的房间，讲定膳宿费，买了一张桌子、两张椅子等家具，又从家里运来一张樱桃木旧床，还买了一个小小的铸铁炉子和一些劈柴，免得她可怜的孩子挨冻。她一直待到周末才离去，临走之前，千叮咛万嘱咐，说从此他一人在外，无人管教，一定要处处学好。

印在布告牌上的课程表，他一看都吓呆了：什么解剖学、病理学、生理学、药理学、化学、植物学、诊断学、治疗学，还有什么卫生学和药学，全是一些闻所未闻的名词，像一座座神殿的大门，黑洞洞的，森严吓人。

上课他像腾云驾雾，听也白听，半点不懂。然而，他硬着头皮学，笔记记了一本又一本，每课必上，一次实习也不缺，当天的功

---

① 此书是一本游记，成于1778年，记述古代西徐亚人阿纳喀尔席斯游历希腊的情况。

课当天完成，像一匹推磨的马，两眼蒙住，绕着磨盘转呀转，根本不知道磨的是什么东西。

为了替他省钱，母亲每星期托信差给他捎来一块烤牛肉。他上午从医院回来，一边拿它就午饭吃，一边用鞋底踩墙。撂下碗，又朝教室、解剖室或救济院跑，然后又穿过一条条街，回到寓所。晚上，用完房东预备的简单的饭食，便上楼回到卧室，埋头功课，身上汗湿的衣裳经熊熊的炉火一烤，直冒热气。

晴朗夏日的傍晚，暑热消散的街上行人稀少，女用人们在门口踢毽子，他便打开窗户，趴在窗台上观看。打窗下流过的小河，在一座座小桥和栅栏之间，呈现出黄色、紫色或蓝色，给卢昂这个破旧的小区，增添了几分威尼斯的风味。一些工人蹲在岸边洗胳膊。各家阁楼顶伸出的竹竿上，晾着成束的棉纱。越过对面的房顶望去，一轮西沉的红日，辉映着明净、高远的天空。那边该多么宜人啊！山毛榉林子下该多么凉爽！他仰起鼻孔想吸那沁人心脾的田野气息，但什么也没吸到。

他消瘦了，个儿长高了，脸上总现出忧郁的神情，让人见了有点怪可怜他的。

他原本天性懒散，早先下的决心，终于都抛到了脑后，有次实习缺席，第二天课也没去上，尝到了偷懒的滋味，便渐渐地干脆不上学了。

他养成了上酒吧的习惯，迷上了骨牌。每天晚上，钻进一家肮脏的赌坊，坐在大理石赌台边，掷带黑点的小羊骨头，觉得这是体现自由的可贵行为，平添了几分自尊。这无异于初涉人世，初尝禁脔。每次进赌坊，一抓住门把手，就感到一种近乎肉感的乐趣。于是，心头被压抑的许多东西膨胀起来，他学会了为女伴们唱几支小调，迷上了贝朗瑞[①]，会调五味酒，最后，懂得了谈情说爱。

由于功夫都下在这些方面，助理医师资格考试他遭到惨败。而当天傍晚，家里人还等他回去，庆贺胜利哩！

他步行回家，走到村口停下来，请人叫母亲出来，向她坦白了一切。母亲原谅了他，把失败归咎于主考人的不公，勉励他几句，负责安排一切。这件事情的真相，直到五年以后，包法利先生才知道，已经事过境迁，也就不再追究，再说，他不能设想，自己生的孩子会是一个蠢材。

于是，夏尔重新埋头苦读，起早贪黑，温习考试科目，事先把所有问题都背得烂熟。这回他通过了，分数还相当高。母亲欢天喜地，全家大摆酒宴。

他到什么地方去行医呢？去道斯特。那里只有一位年老的医生，包法利夫人早就盼他死，没等老头子卷铺盖，就让夏尔在对面安顿下来，准备接替他的位子。

但是，对包法利夫人来讲，把儿子哺育成人，让他学成医，并帮他在道斯特挂牌开业，心愿还不算全了，还要给他讨媳妇。媳妇找到了，是迪普一个小吏的寡妇，四十五岁，每年有一千二百法郎收入。

这位杜布克夫人尽管相貌丑陋，瘦得像根干柴，满脸疙瘩多得像春天的树芽，却不愁找不到男人。包法利夫人为成全儿子的好事，不得不把其他人一个个挤掉，甚至有个猪肉店老板，有教士们撑腰，手段十分高明，也被她巧妙地击败了。

夏尔以为，结了婚，他的地位就会改善，行动更自由，可以我行我素，随意花钱。谁知妻子竟成了一家之主，他在人面前什么话

---

① 贝朗瑞（1780—1857），法国民歌诗人，其所作民谣，在19世纪上半叶风行各阶层。

当说，什么话不当说都不能自主，每星期五必须吃素，穿衣服得合她的意，对拖欠诊费的病人，得按她的旨意登门催讨。她拆阅他的书信，窥伺他的行动，每当有妇女登门就诊，她就隔着板壁偷听。

她每天早晨要吃巧克力，要求没完没了的照顾，成天不是抱怨神经痛、心口疼，就是抱怨心情烦躁。听到脚步声她受不了，你走开，她又嫌寂寞得慌，你回到她身边，那大概是想看她死。晚上夏尔一回来，她就从被窝里伸出瘦长的胳膊，搂住他的脖子，要他在床沿坐下，开始诉说她的苦恼，说他不再把她放在心上，必定另有所爱，本来人家早就说过，跟着他她会不幸的！末了，她要求夏尔为了她的健康，给她点糖浆喝，更要多给她一点爱情。

2

一天夜里，将近十一点钟，来了一匹马，在大门口停下。马蹄声惊醒了他们。女用人娜丝塔西推开阁楼窗子，与楼下街上一个男人交谈几句。那人是来请医生的，随身带了一封信。娜丝塔西打着寒战，下了楼梯，打开一道道锁和门闩。来人撂下马，跟着女用人，径直进来，从缀有灰色缨子的毡帽底下，取出一封旧布包着的信，战战兢兢呈交夏尔。夏尔双肘支在枕头上看信，娜丝塔西站在床头掌着灯。太太因为难为情，转身向墙，露出后背。

那封用一小块蓝色火漆封口的信，请求包法利先生即刻赶赴贝尔托庄园，接一条断腿。可是，从道斯特，途经龙格维尔和圣维克多，赶到贝尔托，抄近道也足足有六法里[①]，夜又黑，少奶奶担心丈

① 一法里合四点四公里多。

夫发生意外。这样，便决定让那马夫先走，包法利先生再过三小时，等月亮升起来再动身，让主人派一个小孩子到路口接他，在前面引路，打开庄园的栅栏门。

凌晨四点钟左右，夏尔穿好大衣，扣得严严实实，向贝尔托出发。人刚离开热被窝，还睡意蒙眬，坐在安静地小跑的马背上，由它颠动着。马遇到田垄边荆棘圈住的土坑，便自动停下，夏尔身子一晃，惊醒过来，这才想起断腿的事，便开始搜索枯肠，回忆他所了解的全部接骨方法。雨停了，晨曦初露，光秃秃的苹果树枝头，宿鸟栖息，一动不动，短短的羽毛在冷峭的晨风中抖动。平坦的原野，一望无际，村落周围，密层层的树木，形成紫黑色的点子，星罗棋布在灰蒙蒙的大地上。天边，大地融进天的灰暗色调。夏尔不时睁一睁眼睛，不久，只觉脑子疲倦，瞌睡又上来了，立刻陷入迷迷糊糊的状态，新近的感觉和往昔的记忆混在一起，恍惚中自己似乎变成了两个人，既像刚才躺在床上的丈夫，又像过去穿过一间手术室的学生。在他的意识里，药膏的热香和朝露的清香混淆难辨；他听见床顶铁环在帐杆上滑动，太太睡着了……经过瓦松维尔时，他瞥见一个小男孩坐在沟边的草地上。

“你就是医生吗?”孩子问道。

听了夏尔的回答，孩子提起木头套鞋，撒腿在前面跑起来。

路上，医师从小向导的口里得知，鲁俄先生是当地最富裕的农民之一，昨天在邻居家过三王来朝节[①]，傍晚回来时摔断了腿。他的老伴过世已经两年，身边只有一位“千金”，帮助料理家务。

车辙越来越深，贝尔托就要到了。孩子钻进一个篱笆窟窿，不

① 三王来朝节在1月6日。

见了，不一会儿出现在一个院子边上，打开栅栏门。马踏着湿漉漉的草地，悄无声息地走去，夏尔不得不俯在马背上，以免树枝碰到头。看门的狗在棚子里扯着链子，汪汪乱叫。跨进贝尔托院子时，马一受惊，来了个大闪避。

这是一座看上去挺殷实的庄园。马厩里，从敞开的门上，可见几匹高大的耕马，安安静静在新槽里吃草料。沿房子墙根，有一大堆肥料，水汽缭绕。在上面啄食的母鸡和火鸡当中，有五六只孔雀，这是科地区的珍禽。羊圈长长的，谷仓高高的，墙壁像手掌一样光滑。车棚里放着两辆大车和四架耕犁，还有鞭子、套包和全副马具；马具上蓝色的羊毛垫毡，沾满谷仓顶上落下的浮尘。院子越往里越高，两旁对称地种着树木；池塘旁边，回荡着一群鹅的欢叫。

一个年轻女子，身穿镶三道绉边的美丽奴毛料[①]蓝袍，来到门口，接住包法利先生，让进厨房。厨房里生着旺火，炉子四周大小不同的焖罐里，煮着雇工们的早饭。壁炉里侧烘烤着几件湿衣裳。火铲、火钳和吹火筒都大得出奇，明晃晃的，像钢一般锃亮。沿墙一字儿排列着整套炊具，大大小小，映着通红的炉火和窗子里射进的曙光。

夏尔上二楼看病人，只见他卧在床上，蒙着被发汗，帽子扔得远远的。这是一个矮胖老头儿，五十岁光景，白皮肤，蓝眼睛，秃脑门，戴着耳环。床头一把椅子上，放着一大壶烧酒，他不时喝一口，给自己提神。十二小时以来，他不停地咒天骂地，可是一见到医生，就再也没有精神了，轻轻地呻吟起来。

骨折伤势简单，一点不复杂。夏尔没想到会这么容易处理。他

---

① 西班牙良种羊的细毛织物。

记起他的老师们在病床边的态度，便用各种宽心的话安慰病人。外科医生的温存，就像抹手术刀的油一样。为了做夹板，他打发人到车棚里抱来一捆板条，挑选一条，锯成小块，用碎玻璃刮光。女用人拿条床单，撕作绷带，爱玛小姐则设法缝几个小垫子。找针线盒找了好长时间，父亲等急了发脾气，她并不作声；缝的过程中刺破了指头，便放进嘴里吮。

夏尔惊讶地注意到，爱玛的指甲那样晶莹发亮，指尖纤细，修剪成杏仁状，比迪普的牙雕还光洁。然而，她的手并不美，恐怕也不够白皙，关节处略过干瘦，而且太长，线条不够丰腴、柔和。她身上美的地方，是一双眼睛，眸子虽是褐色，经睫毛衬托，倒显得乌黑，向你望过来，毫无顾忌，显得天真大胆。

包扎完毕，鲁俄先生请医生“吃点东西”再走。

夏尔下到楼下的厅房。房里有一张华盖大床，挂着绘有土耳其人物的印花布帐子。床脚一张小桌，摆了两副刀叉和两个银杯。屋里闻到鸢尾草的香味，还有面窗的橡木立柜里散发出来的呢布霉味。墙角地上，整齐地放着几袋麦子。那是谷仓装剩下的。谷仓就在隔壁，门口有三级石阶。厅房壁上渗出墙硝，绿色的涂漆一片斑驳；作为房间的装饰，墙壁正中一个钉子挂着一幅炭笔画，画的是密涅瓦女神[①]的头像，镶在镀金框子里，下面用古体字写着“献给亲爱的爸爸”。

话题先是病人，后来扯到天气，严寒和夜晚在田野乱窜的狼。鲁俄小姐在乡间并不开心，尤其是眼下，庄园的管理几乎全落到她一个人身上。房间里寒气逼人，她一边吃饭，一边打哆嗦。这便让

① 密涅瓦为古罗马司掌各行业技艺的女神，后来又司理战争，常被人视为与希腊女神雅典娜为一体。

人看见了她那显得肉感的嘴唇；平常不说话时，她总是轻轻咬住嘴唇的。

她雪白的翻领里，露出颈脖。头的正中，一条细细的头路，顺着颅盖的弧线，微微倾斜，把头发分成两半；头发油光发亮，看去宛若两整片，呈波浪形推向鬓角，几乎盖住了耳朵尖，然后汇拢来，在脑后结成一个大发髻。这样的发型，乡村医生有生以来，还是头一回看到。她的面颊红扑扑的。上衣的两颗纽扣间，像男人一样，挂着一副玳瑁单片眼镜。

夏尔上楼向鲁俄老爹告辞后，又回到厅房，看见小姐伫立窗前，望着园子里被风刮倒的扁豆架。她转身问道：

“你找什么东西吗?”

“对不起，找我的马鞭。”夏尔答道。

他在床上、门背后和椅子底下到处寻找。马鞭掉在麦袋和墙壁之间的地上，爱玛小姐瞥见了，便俯在麦袋上去捡。夏尔出于殷勤，抢前一步，也伸长胳膊去捡。姑娘俯在他身子底下，他感到自己的胸部微微蹭到了她的后背。爱玛直起腰，脸涨得通红，侧转头看他一眼，同时递过鞭子。

夏尔临走时说好三天后再来贝尔托，但是第二天就来了。此后一星期来两趟，还不算假装路过、出其不意的探望。

其实一切顺利。鲁俄老爹的伤势，按常规日益好转。过了四十六天，已经试着在房间里走路，而不要人搀扶了。人们开始把包法利先生看成一个本领高强的人。鲁俄老爹说，就是请来伊沃托甚至卢昂的一流名医，也不见得痊愈得这样快。

夏尔根本不去寻思，自己为什么有兴致常去贝尔托。就是想到这上头，他也多半会把自己这份热心说成是因为病情严重，或者也许是为了贪图厚利。然而，难道真的是为了这些，出诊这家庄园，就成了日常兴味索然的业务之中令他迷恋的例外吗？去的日子，他总是早早起床，跨上坐骑，快马加鞭，到了庄园门前，滚身下马，在草地上擦干净马靴，又戴上黑手套，才进去。每当发现自己到了那个院子，感觉到肩膀触到转动的栅栏门，看见公鸡在墙头啼鸣，仆人们出来迎接，他就欢欣雀跃。他喜欢那车棚和马厩，喜欢鲁俄老爹拍着他的手喊他救命恩人，喜欢爱玛小姐穿着小巧的木屐，踏着厨房里擦洗得干干净净的石板在他面前走动。木屐的高跟略略增高了她的身材，走起来鞋底快速掀起，摩擦着皮靴帮，发出清脆的嘎吱声。

每次她总送他至第一级台阶。马还没牵来，她就站在那里。再见已经说过，彼此再无话可说。清风裹住她，吹乱后颈蓬松的短发，或者拂动腰间围裙的带子，小旗般舒卷。有一次，时逢化冻，院子里树木的皮渗着水，屋顶的雪在融化。她到了门口，回转去找来阳伞，撑开来。阳伞是闪色缎子做的，阳光透过，在她白皙的脸庞上闪烁。伞底下，她脸上挂着微笑，领略着融融暖意；雪水一滴接一滴，打着紧绷的闪缎，嘭嘭有声。

夏尔头几次去贝尔托，少夫人少不了询问病人的情形，甚至在她记的复式账簿里，专门为鲁俄先生挑选了又白又干净的一页。但当她得知鲁俄先生有个闺女，便四处打听，了解到鲁俄小姐是在乌尔苏拉会[①]修道院长大的，据说受过“良好教育”，自然懂得跳舞、地理、绘画、刺绣，还能弹弹钢琴。这还了得！

“怪不得他每次打算去看她时，”她暗自嘀咕道，“总是满面生

---

① 天主教女修会，专门从事女童教育。

辉，总要穿上新坎肩，也不怕雨淋坏！啊！这个女人！这个女人……”

她本能地嫉恨鲁俄小姐。为了发泄心头的恶气，起初她旁敲侧击，夏尔听不懂；接着，她偶尔挖苦几句，夏尔怕吵架，不予理会；最后，她公然恶语相加，夏尔无言以对。

“既然那鲁老头子已经好了，那家人连诊费也不付，他凭什么还常去贝尔托？啊！原来那里有个人儿，有个会花言巧语、会刺绣的人儿，有个女才子。他爱的就是这个，他要的是城里姑娘！”

她接着数落道：

“鲁俄老头子的女儿，一位城里小姐！算了吧！他们的祖父是个羊倌，他们一位表亲同人吵架，大打出手，差点吃了官司哩！她何必那么神气，星期天去教堂，穿件绸袍，招摇过市，活像位伯爵夫人！再说，她爹那个可怜的老头子，去年要不是油菜收成好，怕是一屁股债还不清呢！”

夏尔听得心烦，不去贝尔托了。爱洛伊丝爱情迸发，又是哭，又是吻，发作一通之后，要他把手放在弥撒经书上，发誓今后不再去。他顺从了。行动上俯首帖耳，欲望叫他胆大妄为，所以老大的不甘心，只好自欺欺人，天真地认为，这道不准他去看爱玛的禁令，在他无异于一种爱她的权利。况且，这寡妇瘦刮刮的，牙齿老长，一年四季披条黑色的窄披肩，尖角垂在肩胛骨之间，枯瘦的身体，裹件袍子，就像剑插在鞘里一样；袍子又过短，露出脚踝和交叉搭在灰色长袜上的宽鞋带。

夏尔的母亲不时来看他们。可是，老太太没待上几天，就仿佛在儿媳的影响下，也变得尖酸刻薄起来。于是，婆媳俩就像两把刀，朝他又是刺又是砍，评头品足，百般挑剔：你看他吃得那样多，成何体统！为什么随便来个人，都要以酒款待？法兰绒衣服他死不肯穿，真是固执得少有！

开春，安古维尔的一位公证人，也就是杜布克寡妇的财产保管人，搭了顺水船，将事务所的所有银钱席卷而逃了。诚然，爱洛伊丝除拥有约六千法郎的船股之外，在圣-弗朗索瓦街还有一所房子。可是，这笔被她吹得天花乱坠的财产，除了几样家具和几件旧衣裳，半点也没带进这个家门。这件事非查个水落石出不可。迪普那座房子，连打地基的桩子，都抵押给了别人；至于她在公证人那里存了什么，只有上帝知道；就是说船股也顶多不超过一千埃居。敢情她说的全是谎话，好个小娘儿们！老包法利先生一怒之下，当街把一张椅子摔得稀巴烂，指责老伴祸害儿子，给他套上这样一匹瘦瘪马，马鞍连马匹，分文不值！老两口来到道斯特，要问个明白，结果吵了起来。爱洛伊丝一把鼻涕一把眼泪，扑到丈夫怀里，要求他保护，免受公婆欺侮。夏尔试图为她说话，父母一怒，扬长而去。

但是，爱洛伊丝受到了打击，过了一星期，在院子里晾衣服时，突然吐了一口血。第二天，夏尔正拉窗帘，听见她在背后叫道："啊！天哪！"随着一声叹息，便昏了过去。她就这样死了！真没想到！

丧事一了，夏尔回到家，在楼下没遇到任何人，便上到二层卧室里，看见爱洛伊丝的袍子还挂在床头，便靠着书桌，沉浸在痛苦的思念之中。无论如何，她是爱他的啊！

3

一天上午，鲁俄老爹给夏尔送来了医腿的酬金：七十五法郎

（全是四十苏一枚的辅币），外带一只火鸡。他已知道夏尔的不幸，极力安慰他，拍着他的肩头说：

“我知道这意味着什么！我和你一样，有过同样的遭遇！我失去可怜的老伴时，经常跑到田野里，一个人待着，扑倒在一棵树下，洒泪怨天，说了上天不少浑话，恨不得像挂在树枝上的田鼠一样，肚子里生蛆，一死了事。当时，一想到人家正搂着自己的娇妻贤妻亲热，我就用棍子拼命敲打土地；我差不多疯了，不吃不喝，一想到进咖啡馆就腻味，这你也许不相信。咳！日子慢悠悠地过去了，冬去春来，夏去秋至，一分一秒、一点一滴挨过去，离远了，淡忘了，我是说沉下去了，因为总还有点什么东西留在心底里，就像常言所说的，沉甸甸的，留在那里，压在心头！可是，既然我们每个人命该如此，总不能因为有人死了，就糟蹋自己，就寻死觅活……应该振作起来，包法利先生。一切都会过去的！来看我们吧，你知道，我女儿常常想念你，还说你把她忘了呢。瞧，春天快到啦，我们陪你去林子里打兔子，让你散散心。”

夏尔听从劝告，又去贝尔托。他发现一切依旧，和五个月以前一样。梨树已经开花。鲁俄老爹已痊愈，走来走去，给庄园增添了生气。

老头子考虑到医生痛苦的处境，觉得自己对他应该尽可能殷勤。他求他不要脱掉帽子，对他说话细声细气，倒仿佛他成了病人。看到没有为他预备点清淡的吃食，例如小罐奶油或煮梨什么的，他还假装生气呢。他不时讲几个故事。夏尔被逗得哈哈大笑，连自己也感到吃惊，便突然想起死去的妻子，又变得满脸阴云，等到端来咖啡，才把那份哀思抛到脑后。

夏尔慢慢过惯了独身生活，对亡妻的思念也就日渐淡薄。再也没有人处处管束，这种新获得的快乐，使他觉得孤独比较容易忍受了。现在，他可以随意改变用餐的钟点，出入自由，无须向人解释；累了，就往床上一躺，四肢伸开，尽量舒展。他自我怜惜，自我爱护，也接受别人的安慰。再说，妻子过世对他的业务不无好处，一个月以来，大家异口同声地说："这可怜的年轻人！多么不幸！"他的名字传遍乡里，找他看病的人增多了。还有，如今他想去贝尔托，就去贝尔托，心里怀着隐约的希望和模糊的快乐。当他对着镜子理胡子时，觉得自己的脸色也好看多了。

一天下午，将近三点钟，他来到贝尔托。人都下地去了，他走进厨房，但起初没发现爱玛。外面放下了护窗板，从板缝里漏进的阳光，在石板地面投下一道道细长的亮光，碰到家具犄角，一折为二，颤悠悠地在天花板上晃动。餐桌上，一些苍蝇顺着用过的玻璃杯往上爬，结果掉在杯底的残酒里，嗡嗡挣扎着。从烟囱里照射进来的阳光，映得炉板上的油烟呈天鹅绒状，炉膛里的冷灰微微发蓝。爱玛坐在烟囱和炉灶之间做女红，没披披肩，裸露的两肩沁出细细的汗珠。

她按照乡间习俗，请他喝酒。他说不喝，她一定要他喝。最后，她笑嘻嘻地提议：他陪她喝一杯。于是，她从碗橱里找出一瓶橘皮酒，踮起脚取下两个小酒杯，一杯斟得满满的，一杯等于没有斟。碰过杯，端到嘴边喝，但酒杯几乎是空的，她不得不仰起头来喝。只见她头朝后，嘴唇前突，脖子伸长，但什么也没喝到，她笑起来，便从两排细齿间伸出舌尖，一下一下，轻轻嘬着杯底。

她又坐下，捡起活儿来做。那是织补一只白棉线袜子。她只顾低头织补，不说话。夏尔也不言语。从门底下进来的气流，微微扬起石板地面的灰尘。他望着灰尘徐徐移动，只听见自己的太阳穴在跳动，还有院子里一只刚下蛋的母鸡在咯咯啼叫。爱玛不时举起摊开的手掌，冰一冰面颊，手心一发热，又放在柴架的铁柄上凉一凉。

她诉说自入夏以来，经常感到头晕，问海水浴对她是否有好处。她谈起修道院，夏尔则谈起学校，两个人的话多起来，便上楼去她的卧室。她让他看她的旧乐谱和她获奖的小书，以及扔在立柜底层的栎叶花冠。她还谈起她母亲、坟地，甚至指给他看园子里的花坛，说她每月头一个星期五，总要摘些鲜花，放在母亲坟头。可是，家里那个花匠，对她这么做一点不理解，这些下人简直是废物！她真希望住到城里，哪怕仅仅冬季也好，虽然夏季白天长，天气又好，但住在乡间，可能更无聊。她说话时，随着内容的变化，声音时而亮亮的，时而尖尖的，突然又变得有气无力；拖得长长的，最后几乎变成喃喃自语；不一会儿，又兴高采烈，睁大一双天真的眼睛，马上却又眼皮半闭，目光充满腻烦，思想不知跑到什么地方去了。

晚上回到家，夏尔一句一句回味爱玛讲过的话，一边回忆，一边尽量揣测含义，试图想象他们还不相识时她那段生活的情形。不过，他所想象的她，与他头次见到的她或刚刚离开的她，总是没有什么区别。随后，他又寻思她结了婚会变成什么样子。可是，她和谁结婚呢？唉！鲁俄老爹很有钱，而她……又那样俊俏！但爱玛的脸总在他眼前晃来晃去，他耳朵边仿佛有个单调的声音，陀螺般嗡嗡响着：“要是你结婚呢！要是你结婚呢！”夜里，他睡不着，嗓子发干，口干舌燥，便起床去罐子边喝水。他推开窗子，满天星斗，吹来一阵温煦的风，远处传来狗吠声。他转头向贝尔托望去。

夏尔想，反正不会失去什么，决计一有机会就求婚，可是每次机会来了，他那张嘴又像粘住了似的，害怕找不到适当的词句。

要是有人把女儿娶走，鲁俄老爹倒不会生气，因为女儿养在家里，反正用处不大。他心里并不怪女儿，只是觉得她有才情，不宜于种地。种地是连上天也瞧不起的行当。谁见过这行当出过百万富翁？老头子不但没有发财，反而年年赔本。他精通的是做生意，干那一行，耍耍手腕，他兴致就高。至于实实在在种地，以及田庄内部的管理，他是最不相宜的了。他爱清闲，生活方面，毫不吝啬，衣食住样样考究。他喜欢酽苹果酒、带血的烤羊腿、精心调配的光荣酒[1]。他总在厨房用饭，一个人，一张小桌，向着炉火，菜由用人端来、摆好，就像在戏台上一样。

他发现夏尔一接近女儿就脸红，断定他出不了多少天就会来求婚，所以预先把事情盘算了一遍。他觉得夏尔人有些单薄，不是他理想的女婿；不过，大家都说他品行端正，生活节俭，又很有学问，大概是不会太计较陪嫁的。鲁俄老爹欠泥瓦匠和马具商不少钱，压榨机又需要大修理，非把地产变卖二十二英亩不能应付，所以对自己说：

“他来求婚，我就把女儿嫁给他。”

圣-米歇尔节[2]期间，夏尔来贝尔托待了三天。他一刻一刻往后拖，最后一天像前两天一样过去了。鲁俄老爹送他一程，两个人沿着一条洼路走，都快分手了。是时候啦！夏尔打算，走到篱笆拐角，一定开口。最后，拐角处都过去了，他才喃喃说：

“鲁俄老伯，我有件事情想对你说。”

两个人停住脚步，夏尔又不作声了。

“有话就说嘛！你当我什么也不知道吗？”鲁俄老爹笑眯眯说道。

---

① 烧酒掺咖啡配制的饮料。

② 圣-米歇尔是基督教传说中七大天使之一，9月29日是纪念他的节日。

“鲁俄老伯……鲁俄老伯……”夏尔结巴着。

“我嘛，求之不得。”老农接着道，“小女也许和我是一个想法，不过总得问问她本人的意见。好啦，我不送你了，这就把话带回去。如果她同意，请你听明白，你就不必回转来，一则防人口舌，二则免得她不好意思。不过，为了不让你等得心焦，我把窗子推开，推得贴住墙壁，你从篱笆上探过头，打后面就能看见。”

他说完就回去了。

夏尔把马拴在一棵树上，跑到小径上，站在那里等待。半个钟头过去了。他不断看表，又过了十几分钟。突然，只听见墙壁砰的一声响，窗板推开了，挂钩还在晃动哩。

第二天，刚九点钟，他就来到了庄园。爱玛看见他进来，脸腾地红了，但出于礼貌，还是勉强露出笑容。鲁俄老爹拥抱未来的女婿。于是谈起了婚事的筹办。不过，这件事并不急，因为按情理，办喜事要等到夏尔服丧期满，即第二年开春前后。

冬季在期待中度过了。鲁俄小姐忙着预备嫁妆。一部分到卢昂定做；内衣、睡帽之类，她照着借来的图样自己做。每次夏尔来到庄园，他们就谈婚礼的筹划，商量在哪间屋里摆酒席，该上多少道菜，上什么正菜。

爱玛希望婚礼在半夜举行，点火炬。这个想法鲁俄老爹觉得莫名其妙。婚礼举行了，来了四十三位客人，喜酒吃了十六个小时，第二天接着吃，闹腾好几天才结束。

4

客人们一大早就来了，坐着各种车子：有单匹马拉的货车，带一排排座位的双轮车，不带篷的老式轻便马车，带皮篷的运货车。邻近村子的年轻人，一排排站在大车里，手扶住栏杆，以免摔倒，因为马扬蹄奔跑，车颠得厉害。有从十公里以外的戈德维尔、诺曼维尔和卡尼赶来的。两家的亲戚都邀遍了；有隔阂的朋友，重修旧好；多年不过往的故旧，也都发了帖子。

篱笆外面不时传来鞭子声，栅栏门随即打开，便见进来一辆小货车，径直驶到第一级台阶前，猛地停住，上面的人从四方跳下来，揉揉膝盖，伸伸胳膊。女宾们戴着宽边帽，穿着城里式样的袍子，亮出金表链，披着斗篷，下摆扎在腰间；有的披着小花披肩，背后由别针别住，露出后颈。男孩子们仿效父亲，穿了新衣裳（其中不少这一天生平头一回穿上靴子），倒像添了拘束。他们旁边，闷声不响站着一个十五六岁的小姑娘，多半是他们的表姐或姐姐，个儿高高的，身上穿着初领圣体时穿过的白袍子，为了这次来吃喜酒放长了，脸蛋绯红，神色不安，头发上抹了厚厚的玫瑰油，直怕弄脏手套。没有足够的马夫帮助卸车，男宾们便卷起袖子，亲自动手。各人依社会地位的不同，或穿燕尾服、大礼服，或穿短外套、小礼服——讲究的燕尾服，阖家上下敬重，不到隆重场合不从衣柜里拿出来；大礼服有随风飘摆的宽尾垂，圆筒般的领子，大袋子般的口袋；短外套是粗呢料做的，寻常配一顶帽檐带铜箍的大盖帽；小礼服很短，背后缀两颗扣子，聚在一起，像一双眼睛，对襟像是一整块料子用木匠斧子劈开的。少数人（这种人当然只配敬陪末座）穿着出门时穿的工装，就是说，领子翻在肩头上，背后打着小褶，腰间低低地扎着布腰带。衬衣在胸部胀鼓鼓的，活像铠甲！人人都新理了发，露出了耳朵，刮光了胡须。甚至有些人，天不亮就起床，刮胡须看不清，不是鼻子底下划了几道笔直的口子，就是沿下颌剃掉一块皮，三法郎一枚的铜板大小，路上经冷空气一激，那喜气洋洋、大理石般白净的大脸盘上，添了一小片一小片玫瑰红。

村公所离庄园半法里，步行前往；教堂的仪式完毕，又步行回来。起初，队伍整整齐齐，在绿油油的小麦之间，沿着田里蜿蜒的小径，迤逦而行，宛然一条彩带；不久拉长了，三三两两，步履款款，且聊且走。乐师走在最前头，小提琴的卷轴上扎着彩带，随后是新郎新娘，再后是随意结伴的亲友，最后是孩子们，边走边玩，不是摘荞麦秆尖头的小花，就是偷偷搞小动作。爱玛的袍子过长，有点拖地，她不时停下，往上提一提，用戴手套的手指，小心翼翼，除掉草叶和小刺。夏尔垂着双手，站住等她。鲁俄老爹头戴新缎帽，黑色燕尾服的袖子连指尖也盖住了，挽着老包法利夫人的手臂。至于老包法利先生，打心眼里瞧不起这些人，来时只穿了一件带一排纽扣的军式大衣，一路上只顾对一个金色头发的乡村姑娘卖弄小咖啡馆调情的话。那姑娘恭恭敬敬，满脸通红，张口结舌。其他参加婚礼的人，有的闲扯各自的事务，有的在背后互相捉弄，提前激发欢乐情绪。你要是留意点，就会听见乐师在继续拉琴，咯吱咯吱的琴声在田野回荡。他发现大家落远了，就停住脚步，喘口气，慢吞吞地给弓子上点松香，让琴弦拉得更响亮，然后又举步往前走，琴柄上下晃动，给自己打拍子，琴声远远地惊飞地头的小鸟。

喜筵摆在车棚里。菜肴有四盘牛里脊，六盘炒仔鸡，一盘煨小牛肉，三盘羊腿，当中一只油亮亮的烤乳猪，边上拼了四根酸模香肠。桌子角上摆着几壶烧酒。一瓶瓶甜苹果酒，塞子周围直冒厚沫子，所有酒杯早就斟满了。大盘黄澄澄的奶酪，桌子稍动就晃荡不止，光溜溜的表面，点缀着用新人姓名起首字母交织成的奇特图案。从伊沃托请来一位糕点师傅，专做圆馅饼和果仁糕。这位师傅在当地初出手，做起来特别小心在意，上点心时，亲自端上来一盘宝塔式糕点，引起一片喝彩声。糕点的底层，是蓝硬纸板剪成的有门廊有柱子的庙宇，四周神龛里，塑着小神像，上面点缀着金纸做的星星；第二层是萨瓦蛋糕做的城堡，周围是当归、杏仁、葡萄干和橘瓣拼成的玲珑堡垒；最上一层平台，是绿茵茵一片草地，有蜜饯做的山石和湖泊，榛子壳做的小船，一个打秋千的小爱神，秋千架是用朱古力做的，两边柱头各插一朵真玫瑰花蕾。

喜酒一直吃到天黑。客人们坐乏了，就到院子里活动活动，或到库房玩一局瓶塞游戏[①]，然后又回到餐桌边。吃到最后，有几个人睡着了，打起鼾来。不过咖啡一上来，又都来了精神，有人唱歌，有人扳腕子，有人举重，有人钻大拇指[②]，有人试扛大车，还有人说下流话，找女宾亲嘴。马吃饱了荞麦，吃得鼻孔里都是，夜里动身，横竖不肯套车，又是跳又是踢，把鞍绳也挣断了，主子有骂的、有笑的。整个夜晚，月光照耀的乡间大道上，一辆辆马车，疯狂奔驰，有翻进水沟的，有跳过石子堆的，有撞在土坎上的；妇女们头探出车门，拼命抓住缰绳。

留在贝尔托过夜的客人，在厨房里饮酒消夜，孩子们钻在板凳底下呼呼大睡。

新娘子事先央求父亲，劝客人们免除闹洞房的习俗。不料表亲中有位鱼贩子（此人甚至带来一对比目鱼做贺礼），嘴里含满水，对着锁孔往新房里喷。幸好鲁俄老爹及时赶到，极力劝阻，说他女婿是有身份的人，这样闹不合适。经他好说歹说，那位表亲才勉强依了，但心里怪鲁俄老爹傲气，便溜到一个角落，与另外四五个客人

---

① 在瓶塞上放置一些硬币，用弹子打，看谁打下的多。

② 将大拇指放平，自己从底下钻过去的游戏。

沆瀣一气。那几个人碰巧席间连续几次吃了次等肉，认为主人薄待他们，便在一起冷言冷语，指桑骂槐，诅咒主人败家。

老包法利夫人一天没开口说话。儿媳的打扮、酒席的安排，统统没征求她的意见，她老早就上床睡了。她丈夫非但不陪她一起安歇，反而差人去圣-维克多，买来雪茄，一直抽到天亮，同时拿樱桃酒兑热糖水和烈酒喝。这种掺和方式，乡下人没见过，越发敬重他。

夏尔生性不幽默，婚礼期间，表现不佳。席间上汤之后，客人们照例对新郎说些俏皮话、绕口令、双关语、恭维话和粗俗话，他只能勉强应付。

但第二天，他仿佛换了一个人，就像昨天的新娘子一样活跃，而新娘子反倒不露声色，讳莫如深，连最机灵的人也琢磨不透。当她打身旁走过时，大家心情高度紧张，打量着她。夏尔呢，什么也不掩饰，喊她“我太太”，而且用昵称，逢人就问她，到处去找她，常常把她拉到院子里。大家远远看见他在树下揽着她的腰，半弯着身子，一边溜达，一边用头蹭她胸前衬衣的花边。

婚后两天，新婚夫妇离去，因为夏尔要看病人，不便久留。鲁俄老爹让他们坐他的小运货马车走，并亲自送到瓦松维尔，最后一次亲了闺女，跳下车，便往回走。走了百十来步，他站住了，目送车子远去，车轱辘在扬起的尘土中滚动，不禁深深叹了口气。这时，他想起自己结婚的情形，想起逝去的岁月，想起妻子头一次怀孕。那天，他也欢天喜地，当他从岳丈家接回新娘子，让她骑在自己身后，策马踏雪奔跑，因为当时临近圣诞节，田野白雪皑皑。新娘子一只胳膊搂住他的腰，另一只胳膊挎着篮子；风吹动她帽子的花边飘带，不时扫到他嘴上；他一回头，就见金色帽檐下，她那红扑扑的小脸蛋，紧贴他肩头，默默地微笑。不时，她把手指伸进他的胸怀，让它们暖和起来。这一切竟恍若隔世！他们的儿子如果活到今天，该三十岁了！鲁俄老爹想到这里，看一眼身后，路上什么也没看到。他觉得自己活像一所搬空的房子，好不凄凉！酒劲上来了，他头脑里一片雾蒙蒙，充满柔情的回忆和充满悲凉的感慨交织在一起。一时间，他真想到教堂那边去转一圈[①]，但又怕去了会愁上加愁，便径直回了家。

六点钟光景，夏尔夫妇回到了道斯特，邻居们都凑到窗前，看他们医生的新太太。

老女用人上前见了礼，小心赔着不是，说晚饭还没准备好，请太太趁晚餐前的机会熟悉一下她的新住宅。

5

住宅正面，一式砖墙，正好临街，或者不如说临路。门背后挂着一件小领子大衣、一副马笼头、一顶黑皮便帽；角落地上，扔了一副皮绑腿，沾了一层干泥。右边是厅房，就是说，饮食起居的地方。金丝雀黄糊墙纸，上方带一条褪色花边，由于底布没有铺平，颤颤悠悠的；窗口，绲红边的白布窗帘，交叠垂挂；窄窄的壁炉横板上，放着一个雕有希波克拉底[②]头像的座钟，明光闪闪，两侧各一个包银烛台，扣在椭圆罩子里。过道对面是夏尔的诊室，一间六步来宽的小屋，里头有一张桌子、三张椅子和一张带扶手的软椅。一个六层格子的松木书架，几乎被一套《医学辞典》占满了。辞典没

① 因为教堂旁边的公墓安葬着他太太。

② 古希腊伟大的医学家，约生于公元前460年。

有裁开[1]，但几经转卖，装订已经受损。看病时，闻得到隔壁厨房炒菜的油味，而在厨房里，同样听得见病人咳嗽和讲述病情。再往里，正对院子和马厩，是一间破旧的大房子，现在当作柴房、堆房、贮藏室，里头有一个炉子，不少破铜烂铁、空桶、废旧农具，以及许多灰扑扑摸不清用场的东西。

园子呈长形，夹在两堵土墙之间。沿围墙一排杏树，累累果实垂压墙头；尽头一道荆棘篱笆，将园子与田野隔开。园子中央，一个砖垒的台子上，放置着一个青石日晷。四坛疏落的犬蔷薇，布局对称，环绕着一块较有实用价值的菜地。尽里端，冷杉掩映之中，有一座正读经书的神甫石膏塑像。

爱玛去看楼上的房间。第一间没有家具。第二间是两夫妇的卧室，靠凹形里墙，有一张桃花芯木床，挂着朱红帐幔。五斗柜上，作为装饰品，摆了一个贝雕盒子；书桌靠窗，上面一个花瓶里，插了一束白缎带扎的橘花。这是新娘子的花，前头那位的花！爱玛打量着。夏尔注意到，拿了放到阁楼上。爱玛坐在一张扶手椅里（她带来的东西摆在旁边），不禁想到她那束装在纸盒里的新婚花，恍惚之中，自问她万一死了，那花又将怎样。

初到几天，她尽琢磨把家重新布置一番。她撤掉烛台的罩子，请人换上新糊墙纸，重新油漆楼梯，添做几条板凳放在园子里日晷四周，甚至筹划修一口喷水鱼池。丈夫知道她爱乘车兜风，便买了一辆小型双座轻便旧马车，换上新灯和凸纹皮挡泥板，俨然像一辆英国式双座轻便马车。

夏尔沉浸在幸福之中，没有半点忧虑。夫妻俩面对面用餐，傍

---

① 法国有些新书，书边没有切开，读者购到手后阅读时才裁开。

晚在大路上散步，爱玛举手理一理两鬓的头发，她挂在窗钩上的草帽映进他的眼帘，还有许多他过去从来没有兴致的事情，现在都给他带来无穷幸福。早晨，双双同枕躺在床上，他凝视阳光映照着她面颊金色的汗毛，睡帽的花边缀饰半遮住她的脸。挨得这样近看去，他觉得她的眼睛比平常大，特别是当她刚睡醒，一连几次睁开眼睑的时候。她的眸子，在阴影里呈黑色，在阳光下变成深蓝色，仿佛重叠着多层颜色，越往里越深，越接近珐琅质表面越浅。他的视线消失在那眸子深处，看见那里面有一个小我，仅到肩头为止，包括包头帕子和敞开的内衣领口。他起了床。她来到窗前目送他出诊，双肘支着窗台，伫立于两盆天竺葵之间，睡衣松松地披在身上。夏尔在路旁脚踏路程碑，扣牢马刺；她在楼上继续和他说话，用嘴叼一片花瓣或绿叶，向他吹去。就见它鸟儿似的，时而翻飞，时而滑翔，在空中画出一个个半圆，飘到门口安详的白牝马蓬乱的鬃毛上，停了停，这才落到地上。夏尔跨上马背，给她一个飞吻；她点点头，关上窗户。夏尔策马上路，一时行走在尘土飞扬的大道上，那路像一条带子，伸向无尽的远方；一时行走在低洼的小路上，两旁树木探出的枝叶相互交织，形成一条绿廊；一时行走在田间阡陌上，小麦一直齐到膝盖。朝阳照在他的肩上，清晨的空气涌进鼻孔，他心里充满昨夜的欢情，心境恬静，肉体满足，独自咀嚼着他的幸福，就像饭后回味正在消化的香蘑的滋味一样。

在这以前，他的生活几时有过什么甜蜜？中学时期吗？那些年关在高墙之间，孤单单一个人，班上的同学不是比他有钱，就是学习比他棒。他们嘲笑他的口音，奚落他的穿戴；他们的母亲来看他们，手笼里总是带着点心。那么，后来学医时期呢？那时钱袋子总是瘪瘪的，请一个小女工跳舞都请不起，本来可以做情妇的，也不敢妄想。至于后来与那寡妇共同生活的一年又两个月，夜里躺在床上，她那双脚就像冰块一样凉。而现在呢，有了这样一个窈窕女子做终身伴侣。他钟爱她。在他心目中，天地之大不超过她的罗裙的幅员，所以他责备自己爱她爱得不够深，一出门就想回去看她，于是飞跑回家，噔噔跑上楼，心怦怦直跳。爱玛正坐在房里梳妆，他悄悄走过去，吻她的后背，惊得她叫起来。

他总是忍不住摸摸她的梳子、她的戒指、她的披巾；有时，他整个嘴贴在她脸上，来一个响亮的吻，或是顺着她裸露的胳膊，从指尖一直小吻到肩头。而她呢，露出半笑半恼的样子，推开他，就像对待一个死缠住她不放的孩子。

爱玛呢，结婚以前，觉得自己心里充满爱情，可是应当从这种爱情产生的幸福，现在却没怎么感受到。她寻思，准是自己搞错了。快乐、迷恋和陶醉这些字眼，从前在书本里读到，是那样美，在人生中究竟意味着什么，她渴望弄明白。

6

她读过《保尔和维吉妮》[1]，向往那小竹屋、黑人多曼戈和小狗费戴尔，特别是那个好心的小哥哥，他友好温存，爬到比钟楼还高的大树上给你摘来红果子，或者赤脚在沙滩上跑，给你捧回来一个鸟窝。

她十三岁时，父亲亲自带她进城，送进修道院。他们投宿圣－

① 法国作家贝尔纳丹·德·圣·皮埃尔的小说，出版于1787年，为初期浪漫主义的代表作。描写保尔和维吉妮，两小无猜，生活在一座小岛上，与黑人多曼戈和小狗费戴尔为伴。

日耳维区一家小客店，晚餐用的盘子上，画着拉·瓦里埃小姐[1]的故事。配画的说明文字赞美宗教、心灵的高尚和王宫的富丽堂皇，但不少地方被刀叉磕碰掉了，连贯不起来。

初进修道院，她不但不觉得乏味，反而乐意与修女们相处。修女们为了让她开心，常常带她从用膳室出去，经过长廊，去看小礼拜堂。她休息时间很少玩，对教理问答记得很熟，教务协理先生提问题，最难的总是由她回答。终日处在教室的温馨气氛之中，生活在这些佩戴铜十字架念珠、脸色苍白的女人中间，加之神坛的香烟、清冽的圣水和煌煌的烛焰创造的神秘氛围，使她渐渐变得懒怠了。她不听弥撒，只看书里面带天蓝色框子的圣画；她喜爱害病绵羊、利箭射穿的圣心，还有背负十字架倒在路上的可怜的耶稣。为了苦修，她有时试着一天不吃东西，还绞尽脑汁，考虑许一个什么愿。

临到忏悔，为了在那里久待一会儿，她面对口中念念有词的教士，跪在暗影里，双手合十，脸贴在铁栏杆上，编造出一些小过失。修女们在训诫时，反复拿未婚夫、丈夫、天国的情人和永恒的婚姻这些概念进行比较，在她的灵魂深处唤起意想不到的柔情。

黄昏做晚祷之前，总要在自修室里读宗教作品。星期一到星期六，读的是《圣史》概要和佛来西鲁[2]院长的《讲演录》；星期日则读几节《基督教真谛》[3]，作为消遣。浪漫主义忧伤的哀诉，回应着尘世和来生的呼唤，其声朗朗，爱玛头几回听得多么入神！大自然充满诗情的感染，我们平常多是通过作家们的传达接受的。爱玛的

---

① 法国贵族小姐，以美貌著称，受路易十四宠爱。

② 法国宗教活动家（1765—1841），著有《基督教辩》（1825）。

③ 法国天主教浪漫主义代表作家夏多布里昂的作品（1802）。

童年假若是在商贩区店铺的里厢度过的，这种感染她也许容易接受。可是，她太熟悉乡村，太熟悉羊群的叫唤，太熟悉奶制品和耕犁。不过，正因为她看惯了平静的景物，所以转过来就追求刺激。她爱大海只爱大海的惊涛骇浪，爱新绿只爱新绿点缀在废墟之间。一切事物，她非要从中得到切身利益不可。凡是无助于她的心灵的直接宣泄的东西，她都视为无用，不屑一顾。她的气质是多愁善感型的，而非艺术鉴赏型的，她寻求的是感情，而非景物。

有一位老姑娘，每个月来修道院做八天针线活。她是在大革命中衰败的一个旧贵族家族的后裔，有大主教保护，所以在用膳室和修女们同桌吃饭，饭后与她们闲聊一会儿，再开始干活儿。寄宿生们经常溜出自修室去看她。老姑娘记得上个世纪的不少情歌，常常一边飞针走线，一边哼唱。她会讲故事，告诉你各种消息，帮你进城买东西，围裙兜里总是藏有一本小说，私下借给大女孩子们看，而老姑娘自己，也利用歇息的时候，一章一章如饥似渴地读。这些小说中所写的，无非是恋爱、情男、情女、在偏僻的小屋里晕倒的落难贵妇、站站被杀的驿夫、页页倒毙的马匹、幽暗的森林、心灵的纷扰、盟誓、饮泣、眼泪与吻、月下扁舟、林中夜莺。还有男人，一个个勇猛如雄狮，温顺似羔羊，人品盖世，总是衣冠楚楚，哭起来涕泪滂沱。就这样，十五岁的爱玛天天双手沾满旧书租阅处的灰尘，足足达半年之久。后来读瓦尔特·司各特[①]，她迷上了历史事物，向往鞍形屋顶、警卫室和行吟诗人。她真想生活在一座古老的小城堡里，就像那些苗条修长的城堡主夫人，整天待在三叶形的尖顶拱门下，双肘支撑石栏，双手托着下巴，凝望一位白翎骑士，

① 苏格兰浪漫主义小说家（1771—1832），以中世纪历史小说知名于世。

跨着一匹黑马，从原野深处疾驰而来。那时，她崇拜玛丽·斯图亚特[①]，对出人头地的和命途多舛的妇女，都怀着热切的敬意。在她看来，贞德[②]、爱洛伊丝[③]、阿涅丝·索勒尔[④]、美人费罗丽叶[⑤]和克莱芒丝·伊佐尔[⑥]就像一颗颗彗星，光彩夺目，掠过历史黑暗的太空，而圣路易和他的橡树[⑦]、临死的巴亚尔[⑧]、路易十一的某些暴行[⑨]、圣巴托罗缪惨案[⑩]、贝亚恩人的翎饰[⑪]和人们还记得的吹捧路易十四的彩盘，虽然也在历史的太空闪现，但七零八落，彼此毫无关联，更深地沉入了黑暗之中。

音乐课上所唱的抒情歌曲，不外乎是关于金色翅膀的小天使、圣母、环礁湖和威尼斯船夫等，这些曲子格调低下，音调轻浮，使

---

① 苏格兰女王（1542—1587），信奉天主教，新教执政后下狱，囚禁二十余年被杀。

② 贞德（1412—1431），法国一农村姑娘，领导人民抗击入侵英军，被贵族出卖，死于敌手。

③ 爱洛伊丝（1098—1164），法兰克女修院院长，因与其老师阿伯拉尔私下相爱，遭家人反对，入隐修院。

④ 阿涅丝·索勒尔（1422—1450），法国国王查理七世的情妇，备受查理七世宠爱。

⑤ 美人费罗丽叶是巴黎一中产者的女儿，后成为法王弗朗索瓦一世的情妇。

⑥ 克莱芒丝·伊佐尔是14世纪法国南方一位贵妇，女诗人，据传她创立了欧洲最早的诗会。

⑦ 圣路易即法王路易九世（1215—1270），据传他常在橡树下审案。

⑧ 巴亚尔（1473—1524），法国军人、骑士、身经百战的英雄，临死还嘱咐部下扶他面向敌人。

⑨ 路易十一（1423—1483），法国国王，即位之前，毒死其父的情妇，即位之后，杀死许多反对他的贵族。

⑩ 圣巴托罗缪是耶稣门徒，8月24日为其纪念节日。1572年8月23日，他在其母逼迫下，屠杀大批新教徒，引发第五次内战。

⑪ 贝亚恩人指法王亨利四世，他是法国西南部贝亚恩人，在作战之前曾嘱咐部下，如军旗丢了，就向他的翎饰靠拢。

爱玛窥见了诱人而又变幻莫测的感情世界。有几个同学作为新年礼物收到画册，带到修道院来。这种东西必须小心收藏，查出来非同小可，只能在宿舍里偷偷翻阅。爱玛轻轻摩挲着那精美的锦缎封面，看到每幅画下面作者的署名，大多数不是伯爵，就是子爵，她目光里流露出赞叹不已的神色。

她微微颤抖，吹开画上面的绢纸，绢纸半折着掀起来，轻轻落在对面一页上。画上是一个披短斗篷的小伙子，在阳台栏杆后面，紧紧搂着一个身穿白袍、腰间挂钱袋的少女；要不就是没注明姓名的英国贵妇肖像，一式的金色鬈发，圆遮阳帽，一双明亮的大眼睛注视着你。有些贵妇舒坦地躺在马车里，在大花园中间轻疾地奔驶，驭手是两个穿白裤的矮子，一只猎兔犬在马前欢蹦乱跳。另外一些贵妇坐在沙发里，旁边一封拆开的情书，遥望窗外明月，凝眸遐想；窗户半开，另一半垂着黑幔。天真烂漫的贵妇，腮上挂着晶莹泪珠，隔着古色古香鸟笼的细杆，逗弄斑鸠，要不就是笑眯眯地偏着头，一片片摘雏菊花瓣，勾起尖尖的手指，像一只翘头鞋。画上面还有吸长烟斗的苏丹[①]，在凉棚底下昏倒在舞姬怀里；还有异教徒，土耳其刀，希腊帽，尤其是酒神故乡[②]色调暗淡的风景，往往同时看到棕榈、冷杉，右边几只老虎，左边一头狮子，天边耸立几座塔塔尔尖塔，近景却是古罗马的断壁残垣，以及几匹卧在地上的骆驼——所有这一切，被一片明丽的原始森林环绕，一大道阳光垂直倾泻下来，在水面闪耀，而青灰色的湖面，或远或近，微漾着几道伤痕般的白色水波，那是几只天鹅在游动。

挂在墙上的煤油灯，正好在爱玛头顶上，灯罩聚下来的光，

① 某些伊斯兰国家的最高统治者。

② 酒神故乡指希腊。

映照着这些世俗图画，一幅幅展现在她眼前；宿舍里静悄悄的，只有远处偶尔传来辚辚声，那是迟迟未收的出租马车，还在街上行驶。

母亲去世的头些日子，爱玛哭了又哭。她请人用死者的头发粘贴了一幅画，作为悼念，又往贝尔托寄了一封家信，满纸悲痛情思，请求在她死后，将她与母亲安葬在一起。老头子以为她病了，赶来看她。爱玛内心深处，未免暗暗得意，因为苍白的人生难得有理想，平庸的心灵永远无法企及，而她一下子就达到了这种境界。因此，她听任自己沉湎于拉马丁[①]缠绵悱恻的诗篇，谛听湖面竖琴的曲子和天鹅临死的哀鸣，以及败叶沙沙飘落、贞女袅袅升天和天父的声音在幽谷中回荡。可是对这一切，她渐渐厌倦了，却又不肯承认，只是靠习惯和虚荣心，才得以撑持下来，终于感到心境平静了，心灵上不再有忧伤，就像额头上没有皱纹一样，连自己也感到吃惊。

修女们本来断定，鲁俄小姐会接受神的感召，如今却发现她似乎辜负了她们的关怀，不禁万分惊异。她们的确在她身上花了不少心血，教她念日课经、静修、行九日经礼和听讲道，苦口婆心，一再教她如何克制肉体和拯救灵魂，岂料她像一匹马，你牵住她，但缰绳拉得过紧，她猛一停蹄，马衔便从嘴里滑了出来。这姑娘的思想，虽然充满热情，但又讲究实际，她爱教堂是爱里面的鲜花，爱音乐是爱里面浪漫的歌词，爱文学是爱里面感情的刺激；面对信仰的神秘古奥，她反抗了，同样，对于与她的天性格格不入的院规，越来越恼恨。所以，当她父亲把她接出来时，谁也不为她的离去而

---

① 法国浪漫派诗人（1790—1869），对自然有着亲切的感受和诚挚的情感，早期诗多抒发个人感情和宗教信仰，流露出伤感情调。

惋惜。院长甚至觉得，她在最后这段时间，变得对修道院极不虔敬。

爱玛回到家里，起初还乐意管管雇工，随后讨厌乡村，又怀念起修道院来了。夏尔头一次来贝尔托，正是她万念俱灰，对一切都再也不想了解，不想感受的时候。

但是，对新生活的热切渴望，或者也许是这个男人的出现带来的刺激，足以使她相信，她终于得到了那种妙不可言的爱情。过去，这爱情像一只玫瑰色羽毛的大鸟，在诗的绚烂天空飞翔；现在呢，她不能想象，眼前这种平静生活，就是她曾梦想的幸福。

7

然而有时她想，现在是她一生中最美好的时光，是人们所称的“蜜月”。要领略蜜月的甜蜜，无疑应该去那些名字最响亮的地方，去那些能给新婚夫妇带来最愉快的闲情逸致的地方！人坐在驿车里，蓝绸子窗帘遮住阳光，沿着陡峭山路，缓缓驶去，听驭手的歌声在层峦叠嶂间回荡，应和着山羊的铃铛声和飞瀑低沉的喧响。夕阳西下，站在海湾边，闻着柠檬树的芳香；而后夜幕降临，只有他们两个人，坐在别墅的凉台上，四只手握在一起，一边眺望璀璨星空，一边计划着未来。她觉得，世间某些地方应能出产幸福，就像一种植物，适宜于某地的土壤，移植到另一个地方就长不茂盛。她怎么就不能倚在一座瑞士山区木屋的阳台上，或者把她的烦愁锁在一所苏格兰茅屋里，而她丈夫穿着活袖口、长尾垂的青绒燕尾服，足蹬软皮靴，头戴尖顶帽！

也许她希望对某个男人倾吐这些心声。可是，这种难以捉摸的骚动不安，像云一样变幻，像风一样旋转，在人前怎么出口呢？她找不到适当的措辞，也没有这种机会和勇气。

然而，假如夏尔希望听她的倾诉，假如他想到了这一点，或者假如他看穿了她的心思，哪怕只有一次，她觉得话语就会滔滔不绝地从她心里涌流出来，一如树上熟透的累累果实，手一探就会纷纷掉落一样。可是他们两个人，生活上越接近，心却离得越远了。

夏尔这个人，谈吐就像街边的人行道一样平板，见解又庸俗，恰似过往行人，连衣着也普普通通，引不起你半点激情、笑意或遐想。他自己就说过，他住在卢昂的时候，从来没有起过好奇心，想去戏院看看巴黎来的演员。他不会游泳，不会击剑，不会放枪。有一天，她在一本小说里遇到一个骑马的术语问他，他张口结舌解释不了。

一个男人，难道不应该相反，事事在行，无所不能，善于启发你领会爱情的力量、生活的意趣和种种奥秘？可是他这个人，什么也不能教你，什么也不知道，什么也不企求。他以为她快乐，而她怨怼他的，正是他这种安之若素的平静，这种泰然自若的迟钝，甚至于她给予他的幸福。

爱玛不时绘画。这在夏尔，不啻是一个极大的乐趣，他直挺挺站在旁边，看她俯向画幅，眨动眼睛，运思于她的作品，要不然就拿点面包心子，用大拇指搓成小球[①]。至于钢琴，她的手指弹得越快，他就越惊叹不已。爱玛叩击音键，娴熟自如，上下左右，弹遍整个键盘，一刻不停。那架老掉牙的钢琴，钢丝歪歪扭扭，经她一弹，声音洪亮，窗户若是开着，村头也听得清晰；承发吏的见习生，光着头，穿双布鞋，手里拿着公文从大路上经过，常常驻足

---

① 充作橡皮，供爱玛擦画用。

倾听。

另一方面，爱玛善于管家。她打发人向病人催索诊费，总是附一封信，措辞委婉，一点不露讨账痕迹。星期天，有邻居来家里吃晚饭，她总有办法弄出一盘体面的菜来，还会拿青梅在葡萄叶子上码成金字塔，将蜜饯罐倒扣在盘子上端出来。她甚至说要买几只漱口盅，供吃果点之后漱口用。凡此种种，博得了人们对包法利的极大尊重。

夏尔有了这样一位太太，最终也不免自命不凡了。爱玛有两幅小小的铅笔速写，他拿很宽的框子镶起来，用长长的绿色丝带挂在厅房的墙上，骄傲地指给人看。大家做完弥撒回来，经常看见他穿一双漂亮的绣花拖鞋，站在门口。

他每天回家很晚，常常十点钟，有时半夜，一到家就要东西吃，女用人已经睡下，便由爱玛伺候。为了吃得舒坦，他脱掉大衣。他把自己见过的人、到过的村庄和开出的药方，一五一十讲给爱玛听，一副自鸣得意的神态，吃完洋葱烧牛肉，又吃光一片奶酪，啃掉一个苹果，喝干壶里的酒，然后便上床，仰面一躺，鼾声如雷。

他长年养成了戴棉睡帽的习惯，包头丝巾在耳朵边系不牢实，早晨头发会乱蓬蓬搭在脸上，加之枕套带子夜里弄松了，羽绒粘得满头白花花的。他总穿一双结实的靴子，从脚背到脚踝有两条斜厚褶子，靴筒硬挺挺的，像紧绷在木头脚上。他说："在乡下，这就相当讲究啦！"

他母亲赞成他这样节俭。她像往常一样，家里吵得凶了点，就来看儿子。但是，包法利老太太对儿媳似乎有成见，觉得她"派头太大，和他们的家境不相称"；柴呀，白糖呀，蜡烛呀，"用得那样快，就像大户人家似的”，灶里塞的木炭，足够炒二十五个菜！她替儿媳整理衣柜，屠户送肉来，也嘱咐她瞧着点。这些教诲爱玛只好听着，老太太更唠叨个没完。婆媳俩整天“媳妇呀”“妈呀”叫个不停，嘴唇却不免有些哆嗦，双方说的话都是温和的，但颤颤的声音却透着怒气。

杜布克夫人在世时，老太太觉得儿子是偏向她的。而今呢，夏尔对爱玛的恩爱，在她看来，不啻是对她的慈爱的背弃，是对属于她的感情的侵犯。她伤心地默默注视着儿子的幸福，就像一个破了产的人，隔着玻璃窗，看别人在自己的旧宅吃饭。她用回忆往事的方式，提醒儿子她所付出的辛苦和所做出的牺牲，并将之与爱玛的漫不经心进行比较，证明他把爱全部倾注在爱玛身上，是不明智的。

夏尔无言以对，他尊敬母亲，更无比钟爱妻子。他觉得她俩的看法，一个无懈可击，一个无可指责。老太太一走，他试着把从母亲那里听到的一两句最无关紧要的批评，原原本本说给爱玛听。爱玛一句话就驳得他低头认错，打发他去看病人。

然而，爱玛根据自以为正确的理论，还是愿意培养自己的爱情的。明月皎皎的夜晚，她常常在花园里，给夏尔吟诵她所记得的情诗，或者一面叹息，一面给他唱忧伤的小调。可是，事后她发现自己仍和往常一样平静；夏尔呢，也看不出增添了一分爱情或激情。

就这样，她像在自己心灵上敲击着打火石，却没有迸发出一点火星。况且，没有体验过的东西，她不可能理解，正如没有以习惯的方式表现出来的东西，她无法相信一样。她轻易地认定，夏尔的爱情没有丝毫超乎寻常的成分。他表示感情，早已成了例行公事，只在一定的时刻吻她一下。这仅仅是许多习惯中的一个习惯。如同在单调乏味的晚餐结束时，照例要上果点一样。

一位猎场看守人得了肺炎，经包法利先生治好了，送给他太太一只意大利种小猎兔狗。爱玛散步时便带上它。她有时出去走走，一则为了单独待一会儿，二则免得一天到晚所看见的，老是那个花园和尘土飞扬的大路。

她一直溜达到巴纳维尔山毛榉林子，即靠田野的墙角旁边废弃的小屋附近。那里杂草丛生的界沟里，生长着高高的、叶子锋利的芦苇。

她先望望四周，看自她上次来过之后有什么变化。洋地黄和田芥菜仍在原地，大卵石堆周围生长着一丛丛野荨麻，三个窗户框上覆盖着一片片地衣；窗板总是关着，朽烂木屑落在锈迹斑斑的铁挡上。她的思想起初飘忽不定，漫无目标，宛似那只小猎兔狗，在田野上兜着圈子。忽而吠黄蝴蝶，忽而追逐田鼠，忽而又去叼麦畦边的红罂粟。渐渐地，意识集中了，爱玛在草地上坐下，用阳伞柄尖轻轻地刨着土，心里一次又一次问自己：

“上帝！我为什么要结婚？”

她思忖，巧遇的机缘是否有可能让她遇上另一个男人？她下意识地想象那未曾发生的情景，那不同的另一种生活，那个她不认识的丈夫。是的，那一位绝不像一般男人。他可能相貌英俊，才气横溢，出类拔萃，人见人爱，大概就像昔日女修道院她的同学们所嫁的男人。那些老同学现在都干什么呢？城市里，街道热热闹闹，戏院人声鼎沸，舞厅灯光飞旋，她们生活在那种地方，一定心花怒放，精神百倍。可是她呢，她的生活冷冰冰的，一如那天窗朝北开的阁楼；烦愁像一只蜘蛛，在她的心灵各个幽暗的角落，无声无息地结着网。她记起一次次发奖的日子，她走上台去，接受小花冠。那时，她结着发辫，穿着白袍和敞口斜纹呢鞋，举止招人喜爱；当她回到座位上时，男宾们都探过身子来恭维她。院子里挤满各种马车，人们临走了，还从车门里探出头来和她说再见；音乐教员挟着提琴匣，经过她身边时还向她打招呼。这一切已多么遥远啊！多么遥远！

她唤回小狗佳丽，抱在双膝之间，抚摸着它细长的脑袋，对它说：

“来，亲亲你的女主人，你这个无忧无虑的小东西！”

瘦小的狗懒懒地打着哈欠，她端详着它忧愁的面孔，不禁起了怜悯之心，把它比作自己，大声和它说话，仿佛安慰一个落难的人。

有时，狂飙骤起，海风一下子扫过科地区的整个高原，把带咸味的凉飕飕的空气，一直送到远方的田野。灯芯草伏在地面，簌簌作响，山毛榉叶子飒飒地迅速抖动，而树梢带着呼啸不停地摇摆。爱玛赶忙裹紧披肩，站起来。

林荫道上，树叶滤下泛绿的阳光，映照着贴在地面的青苔；青苔在她脚下微微发出沙沙声。夕阳西沉，树枝间露出的天空红彤彤的，路两旁排列笔直的树干，宛如金色底子衬托出两排廊柱。爱玛突然感到恐惧，叫了佳丽，顺大道匆匆返回道斯特，倒在一张扶手软椅里，整个傍晚一言不发。

可是将近9月末，她的生活中发生了一件非同寻常的事：昂戴维里耶侯爵邀请她去沃比萨尔做客。

这位侯爵在复辟时期当过国务大臣，正力图重返政治生活，早就在准备竞选众议院议员。冬天他布施过不少木柴；每次省议会开会，他都慷慨激昂，要求为本区修几条路。三伏天他生了一个口疮，经夏尔用柳叶刀恰到好处拉了一刀，竟奇迹般好了。管家到道斯特送手术费，傍晚回去禀报说，他看见医生的小园子里有极好的樱桃。可是，那种樱桃树在沃比萨尔生长不好，侯爵便向包法利讨了几枝去嫁接，因此觉得应当亲自登门致谢，正好看见爱玛，认为她体态袅娜，礼数上又丝毫看不出是个乡下女人。所以侯爵动了邀请这对年轻夫妇到古堡做客的念头，觉得既不至于失身份，也不至造成别的不便。

一个星期三下午三点钟，包法利夫妇坐上他们的轻便马车，动身去沃比萨尔。车子后面放了一个大行李箱，挡板前面一个帽盒，夏尔两膝之间还夹了一个纸匣。

他们抵达沃比萨尔，天刚擦黑，大花园里掌了灯，给车子照亮。

8

古堡是意大利风格的现代建筑，两翼前伸，三座气派的台阶紧连一块大草坪，草坪上有几头乳牛，两边几片疏落有致的参天古树，蜿蜒的细沙小径两旁，密密匝匝丛生着灌木，参差不齐，都是杜鹃花、紫丁香和绣球花；小桥下，淌着一泓清溪。透过晚岚，依稀看见一些草房，散落在草甸子上，一边一座坡度平缓的小山，覆盖着树木；后面密林掩映间，露出平行的两排库房和马厩，是已拆除的老古堡遗留下来的。

夏尔的马车在中间那座台阶前停下，就见出来几个仆人。侯爵迎向前，把手臂伸给医生太太，引进门厅。

门厅很高，大理石地面，脚步声和说话声发出回响，仿佛在教堂里一样。正对大门一道笔直的楼梯，左手边一条回廊对着花园，通向台球室，还没到门口，就听见象牙球碰撞的声音。穿过台球室去客厅时，爱玛看见球台四周几个男人，表情严肃，下巴紧贴凸起的领结，个个佩戴勋章，默默地露出微笑，推动着球杆。深色的护壁板上，挂着几幅巨幅画像，镶在镀金的框子里，下面写着黑体字姓名。爱玛看见其中一幅写的是：“让-安托万·德·昂戴维里耶·迪维蓬维尔，沃比萨尔伯爵、弗雷斯奈男爵，1587年10月20日殉于库特拉之役。”另一幅写着：“让-安托万-亨利-居伊·德·昂戴维里耶·德·沃比萨尔，法兰西海军司令、圣-米歇尔骑士团骑士，1692年5月29日于胡格-圣-瓦之役负伤，1693年1月23日卒于沃比萨尔。”后面的就看不大清楚了，因为灯光聚在球台的绿毡上，房间里灯影幢幢，把横挂的画幅映成一片褐色，遇到油彩裂口，分成鱼刺般的细线，使那些金框里黑乎乎的大画面，仅仅东一块，西一块，偶尔显露出比较清晰的部分，例如一个苍白的脑门，一双注视着你的眼睛，披在红礼服扑粉的肩头上的假发，鼓鼓的小腿上一枚吊袜带纽扣。

侯爵推开客厅门，一位太太（正是侯爵夫人）站起来，迎接爱玛，请她靠近自己在椭圆形双人沙发上坐下，开始亲切地和她交谈，就像早就认识她似的。侯爵夫人四十岁光景，漂亮的双肩，鹰钩鼻子，说话慢声慢气，这天晚上，栗色头发上披一条普通的镂空花边头巾，一角搭在后颈。一位金发少女，坐在旁边一张高背椅上。几位先生，礼服翻领饰孔上别一朵小花，坐在壁炉边与夫人们闲谈。

七点钟入席。男宾人多，坐摆在门厅的第一席。女宾坐摆在餐厅的第二席，由侯爵夫妇作陪。

爱玛一进餐厅，就感到被一股热气包围了，热气中弥漫着花香、漂亮台布香、肉味和香蘑味。枝形大烛台上点着蜡烛，烛焰长长地映在钟形银罩子上。多棱水晶蒙上水汽，反射出淡淡的光；整个餐桌边上，整齐地放着一束束鲜花；宽边盘子里，餐巾叠成主教帽形状，分开的两个褶之间，摆着一个椭圆形小面包。龙虾赤红的螯一直伸到盘子外面；敞口篮子里摞满大水果，底上垫着青苔；连毛烧的鹌鹑热气腾腾。厨师一身上下是丝袜、短裤、白领带、花边衬衫，严肃得如同一位法官，端着切好的佳肴，伸到客人们肩头之间，你选择哪一块，他一匙子就给你递过来。镶铜条的大瓷炉上，立着一座女人雕像，宽松带褶的袍子，连颈子也遮得严严实实，静静地望着满屋子人。

包法利夫人注意到，好几位夫人没有把摘下的手套放在玻璃盘子上。

满席的女宾之中，只有一个老头儿，餐巾像小孩子似的从背后系住，伏在满满一盘菜上，一边吃，一边嘴里滴滴答答流汤汁。他眼睑外翻，头发用黑丝带在脑后结成小小的一束。此人是侯爵的岳丈德·拉维迪埃老公爵，孔夫兰侯爵在沃德勒依举行猎会的年代，曾一度得到阿尔托瓦的宠幸，据说他在库瓦尼之后、劳曾之前，做过王后玛丽-安托万内特[①]的情人。他荒唐一生，劣迹昭彰，决斗、赌博、抢夺妇女，无恶不作，挥霍家财，害得全家人为他担惊受怕。他的椅子背后站着一个仆人，当他指着盘子结结巴巴地问时，就附在他耳朵边，大声告诉他菜的名称。爱玛的眼睛，总是情不自禁去看这个嘴唇耷拉的老头子，就像看一件稀奇而又令人肃然起敬的东西。人家可是在王宫里待过，而且在王后娘娘床上睡过觉啊！

席间饮的香槟酒是冰镇过的，爱玛一喝进嘴，感到那样凉，浑身皮肤都发颤。她从没见过石榴，也没吃过波罗蜜。就连白糖，她

① 玛丽-安托万内特（1755—1793），法国国王路易十六的王后。

也觉得比别处的更白更细。

用毕晚餐，女宾们都回楼上各自房间，准备参加舞会。

爱玛着手梳妆，战战兢兢，格外仔细，就像一位初次登台的女演员。她按理发师建议的发型梳好头发，再穿上摊开在床上的巴勒吉纱罗裙。夏尔嫌他的裤腰紧，说：

“这裤脚下的带子会妨碍我跳舞的。”

“跳舞?”爱玛问道。

“是啊!”

“你昏了头！人家会笑话你的，给我待着吧。”爱玛说完，又补充一句:“再说，这更合医生的身份。”

夏尔不吭声了，开始踱方步，等爱玛穿好衣服。

他站在爱玛身后看去，镜子里映出她坐在两支蜡烛之间，黑色的眸子似乎更黑了，头发在耳畔微微蓬起，蓝幽幽泛光，发髻上插一朵玫瑰，叶尖挂一滴人造露珠，随着枝子摇来晃去；长袍是浅橘黄色底子，衬托着带绿叶的三束凸绣玫瑰。

夏尔上前吻她的肩膀。

“别闹!”她叫道，“看你把我衣服弄皱了!”

楼下传来小提琴拉的前奏曲和小号声。爱玛急忙下楼，只是忍住没有跑。

四对舞已经开始。人很多，相当拥挤。爱玛在门旁的一张长椅上坐下。

对舞结束，舞池里只剩下男人，三三两两，站着闲聊；穿制服的仆人，端着托盘，来往穿梭。女士们坐成一排，摇动画扇，花束半遮笑脸；手松松地捏着带金塞子的鼻烟壶，在手心里转来转去；洁白的手套紧紧箍住腕子上的肉，前面现出指甲的形状。花边缀饰、钻石别针、镶圆形肖像的镯子，在衣襟上颤动，在胸前闪光，在光手臂上作响。前面梳得溜光、后面盘成发髻的头发，装饰着勿忘草、茉莉花、石榴花、谷穗或矢车菊扎成的花冠、花束或树冠。母亲们系红头巾，面孔严肃，安详地坐在自己的座位上。

当男舞伴轻轻握住她的指尖，爱玛有点心跳；她站好位置，等待音乐开始。不过，没有多久心情就不紧张了，她随着乐曲的节奏左右摇摆，随着颈子的微微晃动轻盈地向前滑步。有时，其他乐器全部停止，只有小提琴演奏，她听到精彩处，嘴边泛出微笑。隔壁传来金路易倒在台布上的声音，叮叮当当，十分清脆。接着，所有乐器又响起来，小号尤为嘹亮，脚再合上拍子，裙子飘开来，轻轻蹭过去，手时而相握，时而分开，原来在你面前低垂的眼睛，现在抬起来，盯住你的双眼。

有些男人（十五个左右），年龄在二十五至四十岁之间，或分散在跳舞的人群之中，或在门口闲聊。他们虽然年龄、服饰和相貌各不相同，但都有着豪门子弟的派头，一看就与众不同。

他们的衣服做工分外讲究，料子看上去也格外柔软，头发在两鬓向后卷曲，油光发亮，因为所抹的发蜡也特别高级；他们有着富贵的肤色，白白的，经瓷器的釉彩、锦缎的闪光、家具漂亮的漆色一衬托，更显得白皙，显然是饮食考究又善于保养的结果；他们的领结打得较低，脖子转动自如，长长的胡子搭在翻领上；他们擦嘴用的手绢上大大地绣着姓名的起首字母，散发着怡人的香气。他们之中，开始跨入老年的人，相貌显着年轻，而青年人脸上透露着老成。他们的目光冷冰冰的，流露出情欲每天得到满足的恬适；他们的举止温文尔雅，但隐含着一种独特的粗暴，这是因为他们常常运用暴力，控制不容易控制的东西，满足自己的虚荣心，以驯服烈马、追求荡妇为能事。

离爱玛三步远，有一个身穿蓝色燕尾服的男子，正和一位脸色苍白、戴珍珠项链的少妇谈论意大利，盛赞圣·彼得教堂[1]廊柱的粗大，蒂沃利[2]、维苏威[3]、斯塔比亚海堡[4]和卡西诺[5]的名胜，以及热那亚[6]的玫瑰和月光下的科利西[7]。爱玛另一只耳朵听着另一场交谈，但其中有很多话她听不懂。那是一些人围着一个年纪轻轻的后生，他上周赛马赢了阿拉贝尔小姐和洛缪路[8]，在英格兰跨过一条壕沟，赚了两千路易。这些人之中，一个叹息自己的几匹马越长越肥，另一个抱怨人家印错了他的马的名字。

舞场里空气闷人，灯光越来越暗。大家拥到台球室。一个仆人爬上一张椅子，打破两块玻璃。听见响声，包法利夫人回头一看，花园里有一些农民，脸贴着窗玻璃往里观看。于是，她想起了贝尔托，眼前浮现出田庄、满是淤泥的池塘、苹果树下穿工装的父亲，也浮现出她自己，像过去一样，在奶品坊用指头刮瓦罐里的奶油。过去的生活，在记忆中一直十分清晰，现在却完全消失在眼前的五光十色之中了，她几乎不相信自己经历过那段时光。现在她在舞厅里；舞厅之外，黑乎乎的，一切都笼罩在黑暗之中。她左手端一只贝壳状镀金的银杯，正吃樱桃冰激凌，眯缝着双眼，把匙子送进

---

① 圣·彼得教堂位于梵蒂冈广场，两侧游廊有二百八十四根大圆柱。

② 蒂沃利为意大利拉齐大奥区城镇，史前就有人居住，以瀑布闻名。

③ 维苏威火山，在那不勒斯附近。

④ 斯塔比亚海堡为意大利著名避暑地和矿泉疗养地。

⑤ 卡西诺为意大利城镇，以古迹和玩具闻名。

⑥ 热那亚是意大利重要商埠。

⑦ 科利西是古罗马大圆形剧场，遗址现仍保存着。

⑧ 二者都是当时著名的马的名字。

嘴里。

她旁边一位夫人，故意让扇子掉在地上，正好过来一位男舞客，她说道：

“先生，我的扇子掉在这沙发后面了，劳驾捡起来好不好?”

那男子欠欠身子。当他伸手去捡扇子时，爱玛看见那位年轻夫人拿了一个折成三角形的白色东西，扔在他帽子里。先生拾起扇子，恭恭敬敬递给年轻夫人。她点点头表示感谢，开始闻手中的一束鲜花。

夜宵有大量西班牙酒和莱茵酒，奶油杏仁虾酱汤，特拉法尔加布丁，还有各色冷肉，四边的冻子直在盘子里颤动。夜宵过后，车子开始一辆接一辆离去。撩起细布窗帘的一角，可以看见车灯的亮光在黑暗中移动。长凳上人稀少了，赌桌边还有几个人没有走，乐师们用舌头舔着发热的指尖。夏尔背靠着一扇门，几乎睡着了。

凌晨三点钟，开始跳花样舞。爱玛不会跳华尔兹。其他人都在跳，就连昂戴维里耶小姐和侯爵夫人也旋转不止。剩下来的都是留宿的客人，总共十二三个。

有一位男客，坎肩敞得很开，仿佛是嵌在胸脯上，大家亲切地称他“子爵”。他邀请包法利夫人跳过一轮了，这时又来邀她，说由他来带，她会跳得很好的。

起初他们跳得慢，渐渐地越跳越快，不停地旋转，周围的一切也跟着旋转，灯、家具、板壁和整个舞池，宛若一个圆盘在轴上旋转一样。经过门边时，爱玛的裙子飘起来，贴在对方的裤管上。他们的腿交错进退；他两眼俯视着她，她两眼仰视着他。爱玛感到头晕目眩，停了停。接着两个人又跳起来。子爵越转越快，带着她离开众人，一直旋转到回廊尽头。爱玛气喘吁吁，差点摔倒，把头贴在子爵胸前靠了一会儿。随后又继续跳，只是慢了一些，子爵送她回原来的座位。她朝墙一靠，双手蒙住眼睛。

她睁开眼睛，看见舞场中间，一位夫人坐在一条圆凳上，面前跪着三个男舞客。她挑选子爵，小提琴又奏起来。

大家看着他俩跳。他们跳过去，又跳回来。那夫人身子一动不动，下巴低垂；子爵始终保持着同一个姿势，身子如弓，肘弯圆屈，下巴前伸。这个女人真是一个华尔兹高手！他们跳了好长时间，把大家都看累了，还在不停地旋转。

客人们还闲聊了几分钟，说过再会——不如说是早安，才去安歇。

夏尔扶着栏杆上楼梯，两腿沉重，膝盖都直不起来了。他在牌桌边连续站了五个钟头，看人家打惠斯特牌[①]，一点门道也没有看出来。所以，当他脱掉靴子时，真如释重负，长长地舒了一口气。

爱玛往肩上披条肩巾，推开窗子，双肘支在窗台上。

夜色如墨，细雨淅沥。她呼吸着湿润的空气，让灼烫的眼皮凉下来。舞会的音乐还在耳畔萦回，她努力赶走瞌睡，尽可能久地沉浸在这种豪华生活中。过一会儿她就不得不离开这种生活了。

天破晓了。她久久凝望着古堡的每个窗户，竭力猜测夜里注意到的每个人住在哪个房间。她多么想了解他们的生活，加入进去，和他们打成一片。

但是，她打了个寒噤，这才脱掉衣服，钻进被窝，蜷缩在已睡熟的夏尔身边。

早餐人不少，但只吃了十分钟，而且没有酒，医生大为诧异。

---

① 桥牌的前身。

昂戴维里耶小姐把奶油圆球蛋糕屑收集起来，放在一个小笸箩里，拿去喂水池里的天鹅。大家去花坞散步，只见各种珍稀植物，有的浑身是刺，层层叠叠摆在架子上，呈金字塔形状，上面挂着花盆，一个个蛇窝似的，仿佛里面盘曲着许多蛇，装不下，从盆边倒挂下来，绿带似的，交错盘结。走出花坞是橘苑，繁枝绿叶连成一片，绿廊似的，直至古堡的平房。侯爵要让年轻的医生太太开心，带她去看马厩。马槽呈篮子形状，上面有瓷牌，黑字写着每匹马的名字。马分枥而食，人从前面走过，它们就骚动起来，舌头卷得作响。马具房的地板，如同客厅一样光洁耀眼，当间两根可旋转的柱子上，挂着套车的用具，沿墙根整齐地放着马衔、马鞭、马镫和马勒。

这时，夏尔请一个仆人套好他的轻便马车，停放在台阶下面。行李装上车之后，包法利夫妇向侯爵和侯爵夫人道谢告辞，便上路返回道斯特。

爱玛默默地望着车轮转动。夏尔坐在座位的外沿，双臂张开，挽着缰绳。瘦小的马在过宽的车辕间小跑着，松答答的缰绳，拍打着它的臀部，已被汗水浸湿。捆在后面的箱子碰撞着车厢，发出有节奏的响声。

他们正行驶在蒂布维尔高地，突然，几个人骑着马，嘴里叼着雪茄，大笑着从他们身边疾驰而过。爱玛似乎认出其中有那位子爵，扭头望去，只见天边几个人头随着马的奔驰忽高忽低地起伏。

又走了四分之一法里，后鞧断了，不得不停下来，用绳子接好。

夏尔最后查看一遍鞍索，瞥见马腿之间地上有样东西，捡起来一看是个雪茄匣，绿缎绲边，中间一个家族徽标，形状像豪华马车的车门。

“里面还有两支雪茄呢，”他说，“正好留着晚饭后抽。”

“原来你抽烟?”爱玛问。

“偶然抽抽，要看场合。”

夏尔把捡到的烟匣塞进衣兜，扬鞭赶小瘦马。

回到家，晚饭还没做好，太太火了，娜丝塔西竟然顶嘴，爱玛说:

“滚！不把我放在眼里啦，给我走!”

晚餐是洋葱汤和一块酸模牛肉。夏尔坐在爱玛对面，搓着手，高兴地说:

“还是回到自己家舒服!”

他们听见娜丝塔西在哭。夏尔有点疼爱这个女用人。从前他鳏居落寞之时，她陪他度过了多少个黄昏。在本地，她是他的头一个病人和最早的熟人。

“你真的就这样打发她走?”夏尔终于问道。

“是的，谁想阻拦我不成?”爱玛答道。

饭后，他们去厨房烤火，女用人为他们整理卧室。夏尔开始抽雪茄。他伸长嘴抽，不停地吐口水，每抽一口，脖子缩一缩。

“你会抽出病来的。”爱玛鄙夷地说。

夏尔放下雪茄，跑到水泵前喝杯凉水。爱玛抓起雪茄匣，猛地扔进碗橱里。

第二天，日子真长！爱玛到小花园里溜达，总在那几条小径上走来走去，一次又一次在花坛、沿墙的果树和石膏神甫塑像前停下，现出惊愕的神情，打量着这些过去很熟悉的东西。舞会似乎已经非常遥远！究竟是谁使前天早晨和今天傍晚相隔如此遥迢？沃比萨尔之行，在她的生活中留下了一条深渊，就像有时候，一夜之间，暴风雨把山崖冲刷出一道断层。她无可奈何，只好怀着一片虔心，把穿过的漂亮衣裳和底被地板蜡磨黄的缎鞋，珍藏进五斗柜里。她的心也像那双缎鞋底一样，与豪华的生活接触过一回，上面留下了一些难以磨灭的东西。

因此，回忆舞会成了爱玛生活中一件重要事情。每逢星期三，早晨一醒来她就暗自说："啊！我去那里已经一个星期了……两个星期了……三个星期了！"渐渐地，在她的记忆之中，所见过的面孔模糊了，对舞的曲子淡忘了，那些制服和房间的模样也记不大清了，就是说一些细节淡忘了，但惆怅却留在她心里。

9

夏尔外出时，她常常打开碗橱，从餐巾之中，拿出她扔在里面的绿缎雪茄匣。

她端详着它，打开盖子，甚至闻一闻衬里上马鞭草和烟草混合的气味。这匣子是谁的？……子爵的。说不定是情妇送给他的礼物。这花是在小巧的黄檀木绷子上，背着人偷偷地绣的。绣花人在上面不知花了多少个小时，现出一副沉思的面容，轻柔的云鬟垂在绷子上。底布的每一个纱眼，都曾透过爱情的气息，那一针针扎下去，不是扎下了希望，就是扎下了回忆。所有这些交织的丝线，正是绵绵无尽的爱情默默的表露。匣子绣好后，某天早晨，子爵带走了。当它被放在宽宽的壁炉台上，躺在花瓶和彭帕杜尔座钟之间时，子爵他们议论什么呢？她在道斯特，人家子爵呢，如今在巴黎。在巴黎！巴黎是个什么样子？这名字真是如雷贯耳！她低声重复着这两个字，从中获得乐趣。这名字像教堂的钟声在她耳边回荡，像火炬在她眼前放光，连她的生发油瓶子上的商标也被照亮了。

夜里，鱼贩子们赶着大车，唱着牛至[1]小调，从她的窗户底下经过时，她总惊醒过来，听着铁箍的车轮在村里的路上隆隆作响，然后出了村口，上了土道，声音很快就变小了。这时，她情不自禁想道：

“他们明天就到巴黎了！”

于是，她的心跟随他们，上坡下岭，穿越村庄，在星光下沿着大路往前走。不知走了多远，到了某个地方，眼前总变得模糊起来，她的想象就中断了。

她买了一张巴黎地图，经常随着在地图上移动的手指，游览京城，沿着一条条大马路信步逛去，走到每个拐角处，走到代表街道的细线交叉处，或者到了代表房屋的白方块前面，就逗留一会儿。最后，眼睛看累了，她闭上眼睑，又见黑暗里，路灯光在风中摇曳，一辆辆马车驶到戏院的柱廊前停下，咣当一声放踏板。

她订了一份妇女报纸《花篮》，又订了一份《沙龙仙子》。什么首场公演、赛马和晚会的报道，她都贪婪地阅读，一字不漏。无论女歌手的初次献唱，还是店铺的开张，她都关心。她知道各种新潮时装，知道高级裁缝的地址，知道布洛涅森林和歌剧院有什么节目。她阅读欧仁·苏[2]，研究他的小说中有关室内家具装饰的描写；她阅读巴尔扎克和乔治·桑，怀着如饥似渴的欲望，寻求想象的满足。甚至在餐桌上她也带着书，夏尔一边吃饭一边和她谈话，而她一页页看书。阅读之中，她常常想起子爵，并且把书里虚构的人物

---

① 牛至草花艳红，花瓣呈唇形，象征幸福。

② 欧仁·苏（1804—1857），法国著名通俗小说家，著有《巴黎的秘密》《流浪的犹太人》等。

和子爵联系起来。不过，以他为中心的圆圈渐渐扩大，原来集中照在他头上的光环，辐射开来，照耀了更远的空间，照亮了别的梦境。

在爱玛心目中，巴黎比海洋还大，笼罩于红霞之中，璀璨夺目。在这片汪洋大海里，芸芸众生，错杂生息，但物以类聚，人以群分，还是可以分成若干部分，分成不同类型的。爱玛只看到其中两三类，便以为它们代表全人类，其实呢，其余的只不过被这两三类掩盖了，她看不见而已。首先是外交家社会：这类人出入的客厅，地板光洁，四壁都镶嵌着镜子，椭圆形桌子上铺着带穗子的丝绒台布；这里有带尾垂的礼服，有重大机密，有微笑掩饰的焦虑。其次是贵夫人社会：公爵夫人们个个脸色苍白，下午四点钟起床——女人们，可怜的天使！裙子下摆镶针织的英国式花边；而男人们，外表平平，怀才不遇，一心寻欢作乐，马跑死了也不在乎，夏天去巴登避暑，到头来，四十岁左右娶一位女继承人拉倒。再其次是餐馆的雅座间：一群文人和坤伶，花花绿绿，半夜过后来用夜宵，对着烛光，纵声狂笑。这些人挥霍如王侯，充满雄心和理想，神魂颠倒，荒唐无稽，放浪于天地之间，生活于狂风暴雨之中，傲视众人，自命清高。至于其余人世，一概不知，没有确切的位置，简直是子虚乌有。而且，越是近在身边的东西，爱玛思想上越是回避。周围近在咫尺的一切，无论是无聊的田野、愚蠢的资产者，抑或平庸的生活，在她看来，只是世间的一种例外，是她偶然陷入的特殊环境。在这以外，那广阔无边的，都是充满幸福和感情的世界。爱玛在自己的向往之中，混淆了物质的享受与心灵的快乐、举止的高雅与感情的高尚。爱情难道不是像珍稀植物一样，需要有适宜的土壤和特定的气候？月下的叹息，长久的拥抱，洒在任你摩挲的手上的眼泪，肉体的骚动和情意的缠绵，凡此种种，都离不开充满闲情逸致的古堡阳台，离不开有着丝绒窗帘和厚地毯的小客厅，离不开枝叶繁茂的盆景和豪华讲究的牙床，也离不开宝石的晶莹和制服的饰带。

每天早上，驿站的小伙计来刷马，穿着大木屐，进出都经过走廊，工作服破了许多洞，光脚套一双便鞋。家里只雇得起这种穿短裤的小马夫！而且活一干完，他整天就不再来。夏尔从外边回来，自己把马牵进马厩，自己卸马鞍、戴马笼头，而女用人抱来一捆干草，用尽力气扔进食槽。

爱玛找了一个十四岁的小姑娘——一个长相挺温顺的孤女，来接替娜丝塔西（娜丝塔西终于走了，走时眼泪淌得像小河似的）。她不准小姑娘戴布帽，教她和主人说话要用第三人称[①]，端送茶水要用托盘。进房要先敲门，还教她熨衣服、浆衣服和伺候女主人穿衣服，一心想把她培养成贴身使女。这位新女仆怕辞退，服服帖帖，毫无怨言。太太平常总是不锁食橱，小女仆费丽丝黛每晚偷一小包糖，做完祷告，一个人躺在床上吃。

下午，太太待在楼上卧室里，她便去对面和驿夫们闲聊。

爱玛穿着室内便袍，领口敞得很开，交叉的圆翻领之间，露出带褶衬衫，上面有三颗金纽扣；腰间系一根坠着大流苏的绦带；石榴红小拖鞋，有一簇宽带子搭在脚背上。她买了一本吸墨纸、一沓信笺、一支笔和一些信封，尽管她没有什么人要写信。她掸掉摆设架上的浮尘，对着镜子照了照，然后拿起一本书，看着看着走了神，书掉在膝盖上。她渴望去旅行或者回修道院去生活。她想死，又想住到巴黎去。

---

① 按贵族习惯，仆人对主人不以“你”相称，而以第三人称“他”或“她”相称，以示尊敬。

夏尔天天骑着马，四乡奔波，风雨无阻。他在农民家吃便饭，把手伸进潮乎乎的被窝，给人放血时脸上溅满温热的血，听病人的喘气声，检查病人的大小便，小心翼翼撩起病人肮脏的内衣。但是，每天傍晚回到家里，等待他的总是一炉旺火，预备好的饭菜，擦得干干净净的家具，还有一位精心打扮、招人喜爱的妻子，浑身上下散发着幽香。他真摸不清那香气是从哪儿来的，是不是她的皮肤熏香了她的衬衫。

爱玛总是有许多别出心裁的小花样令他着迷，不是花样翻新，给烛台做了个纸托盘，就是给裙子换了一道花边，或者给一个简单的菜，甚至女用人烧坏了的菜，取一个别致的名字，使得夏尔高高兴兴一扫而光。她在卢昂曾看见一些贵妇表链上坠一串小饰物，自己便也买一串。她还买了一对碧琉璃大花盆，摆在壁炉台上，过了一阵，又买一个象牙针线盒，里面还带一枚镀金的银顶针。这些东西，夏尔不懂得它们的妙处，越是不懂越发觉得迷人。它们为他增添了感官的享受和家庭的温馨，像金粉洒满他人生的小径。

夏尔身体好，气色好；他的声誉已经稳稳地确立。老乡们都喜欢他，因为他没有架子。见到孩子就抚摸两下，从来不进酒店，而且言行检点，堪可信任。他最拿手的，是治伤风感冒和胸部疾病。其实呢，考虑到人命关天，一般他只不过是开些镇静剂，偶尔也开点呕吐剂，再就是烫烫脚、放放血而已。他倒是不怕做外科手术，给人放血，一针下去，像给马放血一样；拔起牙来，那股狠劲，简直是个“铁腕子”。

为了了解信息，他订了一份《医学集锦》。这是新出的一种期刊，他收到过出版广告。吃过晚饭，他总要读一读，但房间太暖，加之吃得过饱，才读五分钟，就瞌睡上来，下巴落在手上，头发马鬃般搭到灯台上。爱玛看他一眼，耸耸肩膀。要知道，有些男人，好学不倦，默默耕耘，夜夜伏案著述，最后熬到六十岁，虽然疾病缠身，但不合身的燕尾服上挂上了一排勋章。她怎么就没有嫁到这样一个丈夫呢？她巴不得包法利这个姓——她现在姓这个姓——显赫起来，在书店公开陈列，在报上经常出现，在全国家喻户晓。可是，夏尔半点雄心壮志也没有！前不久，伊沃托一位医生和他一道会诊，竟然就在病床前，当着病人家属的面，几乎弄得他下不了台。晚上他把这件事讲给爱玛听，爱玛气坏了，大骂他那个同行。夏尔感动得热泪盈眶，在她前额上吻了一下。但她屈辱得气都透不过来，恨不得打他一巴掌。她去走廊里推开窗户，呼吸新鲜空气，让自己平静下来，咬住嘴唇，低声说：

“真是没出息！真是没出息！”

还有让她更生气的：夏尔随着年龄的增长，动作越来越迟缓；吃果点的时候，拿空瓶塞子切着玩；吃过饭，用舌头舔牙齿；喝汤时，喝一口，咕噜一声；人开始发福了，面颊虚胖，本来就显小的眼睛，仿佛被挤向了太阳穴。

有时，爱玛不是帮他把线衫的红边掖到坎肩底下，就是帮他正正领带，或者手套旧了，他还想戴，被她夺过来扔到一边。这一切，并非像夏尔所想的，是为了他，而是为了她自己，是出自膨胀的自私心理，是精神烦躁的表现。有时候，她也对夏尔讲讲她读过的东西，例如一本小说或一个新剧本中的一段情节，或者报纸副刊登载的上流社会逸闻，因为夏尔毕竟随时准备洗耳恭听，而且无论什么都表示赞同。她对自己的猎兔犬，不就是有说不完的心里话吗？就是对壁炉边的劈柴，对座钟的摆锤，她也有话要倾诉呢！

然而，在心灵深处，她时时期待着某种事变。她睁大一双绝望的眼睛，在自己孤寂的生活中搜索，就像遇难的水手，遥望水雾溟濛的天边，希望寻找一叶白帆。她不知道会碰上什么样的机遇，不知道什么风能把机遇吹到她跟前，会把她带到什么岸边，也不知道是一叶扁舟还是一艘大船，它满载的是忧患还是幸福。但是每天早晨，她一醒来就希望当天会出现奇迹，伸长耳朵谛听各种声音，然后翻身爬起来，可是总不见机遇到来，心里好生奇怪。于是夕阳西下，又增添几分惆怅，把希望寄托于明天。

春天又来了，梨树开花，天气转暖，她心头感到阵阵憋闷。

刚到7月，她就扳着指头计算，还有多少个星期才到10月，暗暗希望昂戴维里耶侯爵会在沃比萨尔再举行一次舞会。可是，整个9月份过去了，既没收到信，也没有人登门拜访。

她陷入失望，无聊至极，心又变得空虚了，于是同样的日子，无尽无期地重新开始。

如今，这种日子一天接一天，天天一个样，数也数不清，什么也没带来！别人的生活，不管怎样平淡，起码总有可能发生点什么事；哪怕一个偶然事件，有时也会引发无穷的波折，使局面改观。可是她呢，什么也没发生。这是上帝有意安排的！未来就像一条黑乎乎的走廊，里端的门关得死死的。

钢琴她也不弹了。弹它做什么？有谁听？她永远不会有那样的机会：在一次音乐会上，身穿短袖天鹅绒长袍，坐在一架艾拉尔[①]钢琴前，灵巧的十指弹着象牙琴键，听众的赞叹声微风般在身边荡漾。既然如此，还有什么必要潜心练习！至于纸样和编织，她统统扔进了衣柜。有什么用？有什么用？缝纫也令她气恼。她自言自

① 艾拉尔（1752—1831），法国著名钢琴制造商。

语道：

“书吗，我也读遍了！”

她无所事事，不是拿火钳烧得红红的，就是看窗外落雨。

星期天，当晚祷钟敲响时，她多么惆怅！她恍恍惚惚，听着那一下接一下的钟声。屋顶上，有一只猫拱起背，在黯淡的夕照下慢吞吞地走动。风在大路上扬起阵阵尘土。远处不时传来几声犬吠。一下一下间歇均匀的钟声，单调地回荡着，最后消失在田野上。

人们相继走出教堂。妇女们穿着打蜡的木屐，男人们穿着新工作服，孩子们光着头，在大人前面蹦蹦跳跳。大家都往家里走，只有五六个人，而且总是那几个，不急于回家，在客栈大门口玩打瓶塞游戏，一直玩到天黑。

冬天寒冷，每天早晨，窗玻璃结满了霜花，像毛玻璃，透进来的阳光灰白灰白的。有时整天灰蒙蒙的，一到下午四点钟，就得掌灯。

遇到好天气，爱玛就下楼去花园。露水给白菜叶子镶上了银边，还有一根根晶莹的长线，从一棵白菜挂到另一棵白菜。听不到鸟语，仿佛一切还没有睡醒，墙边的那棵树裹上了稻草，葡萄藤像生病的大蛇，盘曲在墙根。走近了，就见有许多土鳖在墙根乱爬。篱笆旁边的云杉底下，戴三角帽的神甫读着经书，但右脚早掉了，而且由于霜冻，石膏剥落，脸上留下一片片白癣。

待不多久，爱玛便又上楼，将门一关，拨拨炭火，被火炉的热气烤得浑身酥软，感到烦恼更沉重地向自己压来。她未尝不想下楼去与女用人聊聊天，可是碍着面子，又打消那念头。

每天同一时间，戴黑缎帽的小学教师，推开他的住宅的护窗板；乡警制服上挎着刀，从大路上经过。一早一晚，驿马三匹一组，穿街而过，去池塘里饮水。小酒店的门铃不时丁零零响。理发店门口，两根铁杆挑两个小铜脸盆，当作招牌，风一吹就碰得当当响；为了装饰店面，玻璃窗上贴了一张旧时装招贴画，窗台上放着一尊黄头发女人半身蜡像。理发师也叫苦连天，哀叹生意停滞，前景惨淡，渴望去大城市开业，例如去卢昂，离戏院不远的码头，那地方就不错。他成天愁眉苦脸，在村公所和教堂之间游来荡去，等待顾客。包法利夫人一抬头，总望见他在那里，像一个值勤的哨兵，歪戴着希腊式无边软帽，穿着厚实的毛料上衣。

下午，起居室窗外有时会出现一个男人的脑袋，紫铜色面孔，黑黑的络腮胡子，脸上挂着微笑，又从容，又爽朗，又甜蜜，露出洁白的牙齿。接着就响起了华尔兹舞曲。手摇风琴上面，有一间小客厅，手指般高的人在里面翩翩起舞：缠玫瑰红头巾的女人，穿礼服的狄洛耳[①]人，穿黑燕尾服的猴子，穿短套裤的绅士，一齐旋转起来，在安乐椅、长沙发和茶几之间不停地转呀转。背后有一些小镜子，对角用金纸粘牢，反映出他们的舞姿。那人一边摇动曲柄，一边左顾右盼，还往窗户里张望。他不时朝墙脚石上唾一口黏黄的老痰，同时用膝盖顶住琴箱，因为硬皮带勒得肩膀生疼。琴匣前面，有一排阿拉伯式小铜柱，上面绷一块粉红色塔夫塔绸帘。有时，就从那绸帘后面，呜呜地飘出阵阵音乐，时而凄切舒徐，时而欢乐急促。全是在别处，在舞台上经常演奏的曲子，在沙龙里歌唱的曲子，在夜晚的烛光下伴舞的曲子。这些上流社会的回声，一直传到爱玛的耳朵里。舞曲一首接一首，无止无休，在她的脑海里回荡；她的思想，就像在彩花地毯上起舞的印度舞姬，随着音符跳跃，飘

① 狄洛耳是奥地利的一个地区，居民擅长歌舞。

忽无定，把她带进一个个梦境，也引来一阵阵忧伤。那人摘下帽子，接住人们扔过来的铜板，然后拉下旧蓝呢罩子，拎起手摇风琴往背上一扛，就拖着沉重的脚步走了。爱玛目送他离去。

爱玛最不堪忍受的，还是吃饭的时刻。楼下那间小餐厅，炉子冒烟，门吱嘎乱响，墙壁渗水，石板地面总是湿漉漉的。在她看来，人生的悲酸，统统盛在她面前的餐盘里。肉汤的热气，会勾起她心灵深处种种令人恶心的联想。夏尔吃饭总是慢吞吞的，而她呢，除了嗑几枚榛子，就是双肘支在桌子上，用餐刀尖在漆布上划道道消遣。

现在，家务事爱玛统统撒手不管了。四旬斋期间，老包法利夫人来道斯特住了几天，看到她的变化，很是诧异。可不是吗，过去她那样细心，那样讲究，如今成天不注意衣着打扮，穿灰线袜，点土蜡烛，还口口声声说应该节俭，因为他们不富有，并声称她生活得很愉快，很幸福，她很喜欢道斯特这地方，等等。还说了其他许多漂亮话，目的无非是堵住婆婆的嘴。再说，婆婆的意见爱玛似乎也不想再听。甚至有一次，老包法利夫人壮起胆子，谈起主人应该监督仆人，让他们安分守己，爱玛一听，气哼哼白了她一眼，还伴随一声冷笑，老太太吓得再也不敢提这类话。

爱玛越来越乖戾任性。她吩咐为她做几样菜，菜做好了，连碰也不碰；今天光喝牛奶，明天喝十几杯清茶。她经常赌气不出房门，临了又嫌气闷，把所有窗户全打开，换上薄薄的衣衫。她责骂女用人，过后又送她礼物，或让她去邻居家散心。有时，她把钱包里白花花的银币统统倒给穷人，尽管她心肠并不软，不容易对别人产生同情，正如大多数农村出身的人，灵魂深处始终保留着某种东西——类似他们父辈手上的老茧那样的东西。

将近2月底，鲁俄老爹念着女婿为他医好腿的情分，亲自送来一只又大又肥的火鸡，在道斯特住了三天。夏尔天天外出看病，便由爱玛在家陪他。鲁俄老爹在卧室里抽烟，往柴架上吐痰，闲聊起来总离不开庄稼、牛犊、奶牛、家禽和乡镇议会，所以他一走，爱玛关上门时，竟有一种轻松感，连她自己也感到吃惊。此外，如今她再也不掩饰对任何事、任何人的蔑视态度，有时故意发表一些古怪议论，抨击大家赞成的东西，称道不合常情、伤风败俗的东西，常常使她的丈夫目瞪口呆。

这种不幸的处境，难道会永远继续下去，就永远摆脱不掉吗？然而，瞧瞧那些生活幸福的女人，哪一个她比不上！在沃比萨尔，她就看见过一些公爵夫人，体态比她臃肿，举止比她平庸。她怪上帝不公，常常头倚墙壁，独自落泪。她向往不平静的生活，向往化装晚会，向往放荡不羁的快乐，向往醉生梦死的追求——这一切都是她未曾体验而该享受的。

她的脸色日渐苍白，常常感到心跳。夏尔让她服缬草根汤，洗樟脑水澡。可是，这种种努力，似乎更使她烦躁不安。

某些日子，她极度兴奋，唠唠叨叨话特别多，随后立刻陷入委顿之中，一个人待着不动，也不说话，直到自己往胳膊上洒一瓶科伦香水，才恢复过来。

由于她时时抱怨道斯特不好，夏尔心想，她的病根也许是环境的某种影响。他越想越觉得是这么回事，便开始认真考虑搬到别的地方去住。

从这时起，爱玛常常喝醋，想使自己变瘦，结果得了干咳的小毛病，而且一点食欲也没有了。

夏尔不得不为此付出代价，离开他居住了四年，开始“站稳脚跟”的道斯特。这的确是不得已而为之。他把她带到卢昂，去看他过去的一位老师。爱玛得的是神经官能症，应该换换空气。

夏尔到处打听，了解到新堡区有个富庶大镇，名叫永维寺。那里的医生是个流亡的波兰人，上星期去了别处。夏尔赶紧给当地的药店老板写了一封信，询问镇上有多少人口、离得最近的同行距镇子有多远、前任每年收入多少等。得到的回答令人满意，所以他决定开春就搬家，如果爱玛的身体不见好转的话。

一天，为准备搬家，爱玛整理抽屉，不小心手指被什么东西扎了一下。原来是她的结婚花束上的铁丝。那些橘花蒙上了灰尘，已经发黄，软缎带的银色绲边也开了线。她拿起花束扔进火里。花束立刻燃烧起来，比干草还快，不一会儿，就像一把红红的灌木枝条躺在灰堆上，慢慢地焚化。爱玛看着它烧。硬纸小果一个个爆裂，黄铜丝一根根扭曲，缎带化为灰烬，纸花瓣慢慢卷曲，像一只只黑蝴蝶贴着炉膛壁飞舞，最后从烟囱里飞走了。

3月间搬离道斯特时，包法利夫人已经怀孕。

中　卷

ZHONGJUAN

1

永维寺（之所以这样称呼，是因为从前嘉布遣修会在这里建了一座寺院，但那座寺院现在连遗址也看不见了）是距卢昂八法里的一座村镇，地处阿伯维尔大路和波威大路之间、利约尔河盆地底部。利约尔河是一条小河，汇入昂代尔河之前，在河口推动三座水磨。小河里有鳟鱼，星期天，孩子们常到河边钓鱼玩。

在博瓦西埃离开大道，仍是平地，继续走一段路，爬上崂岭坡，就望见利约尔河盆地了。小河从盆地中间穿过，把它一分为二，两边的景观截然不同：左边全是草场，右边都是农田。草场沿着绵延、低矮的山峦，一直延伸到山后，与柏莱地区的牧场相连；东边的平原，随着地势慢慢升高，越来越宽，遍地金黄的麦浪，望不到头。河水从草场边流过，宛似一条白练，隔开绿色的草场和金色的麦田。整个盆地恰似一件摊平的金色大斗篷，披肩式绿绒大翻领上，镶了一条银边。

走到盆地尽头，就见阿尔盖橡树林和陡峭的圣-约翰山横在面前。圣-约翰山从上到下有一条条红色长沟，宽窄不一，那是雨水冲刷的痕迹。含大量铁质的山泉，顺着这些沟流向山外。因此，这些沟都呈砖红色，网一般交织在灰色的山坡上，分外醒目。

这里是诺曼底、庇卡底和法兰西岛[1]交界处，为三大区居民杂居之地，当地人讲话口音平板，就像风景没有特色一样。在新堡全区，这里产的干酪最差。此外，这里种庄稼成本高，因为土质差，沙多石子多，要施大量肥料才成。

1835年之前，去永维镇连一条像样的路都没有。只是在这一年前后，才修了一条村间大路，连接阿伯维尔大道和亚眠大道。马车从卢昂运货去弗朗德勒地区，有时也走这条路。然而，永维镇虽然有了新的出路，却仍然裹足不前。人们不设法改良耕作，依然死守牧场，收入再低也不在乎。这座懒惰的镇子不位于平原边上，自然只好向河边发展。远远望去，只见它平躺岸边，就像一个牛仔躺在水边睡午觉。

下了山坡，过了桥，就是一条堤路，两旁栽了小山杨树，笔直通到镇口的房屋跟前。这些房屋都立在院子当间，四周有篱笆环绕；茂密的树下，东一间西一间散布着一些棚舍，那是压榨间、车棚和酿酒房；树枝上挂着梯子、杆子或镰刀。茅草屋顶的檐子特别低，把本来就低矮的窗户遮挡了三分之一，就像皮帽子罩住了眼睛似的。窗玻璃厚厚的，中间鼓出一个瓶底似的圆疙瘩。石灰粉刷的墙头，斜穿出几根黑黑的房梁，有时上面还挂着一段干枯的梨木。底层的大门都有一道活动的矮栅栏门，防止小鸡进屋，因为小鸡经常跑到门槛边，啄食苹果酒泡的面包屑。从镇口往里走，就见院子越来越小，住宅越来越密，篱笆不见了。有的人家，扫帚把上绑一把干蕨，挂在窗户下面，不停地晃来晃去。过了马掌铺，是一家车坊，门口停放着两三辆新造的大车，堵住了路。再往前走，透过一

① 法兰西岛为法国中北部行政大区，面积一万两千零八平方公里，首府为巴黎。最初巴黎周围地区原叫作法兰西岛，法兰西一名即由此演变而来。

道围栅，看见一块圆草坪，点缀着一尊爱神塑像，手指放在嘴唇上；草坪后面是一所白房子，台阶两边各摆一个铸铁花盆，大门上有块盾形铜牌，闪闪发光。这是公证人的住宅，是全镇最漂亮的。

再往前走二十步，街对面的广场入口便是教堂。旁边不大的墓地，围着齐胸高的围墙，里面坟冢遍布，一块块年久依旧的墓石平躺在地面，整个墓地像铺上石板似的，夹缝里长出的野草，自然地形成了一方方规整的绿畦。查理十世在位的末年，教堂重建过一次。现在，木头圆顶的上部已开始朽坏，蓝色的顶盖有些地方陷了下去，现出黑黑的坑。大门上方，本来放风琴的地方，辟成了男人祭廊，有一架楼梯盘旋而上，木屐一踩，咚咚直响。

阳光透过平整的彩绘玻璃窗，斜照在靠墙横摆的一排排板凳上。有些板凳上放着一块草垫，用钉子钉牢了，下面写着几个大字“某某先生之座”。往里去，大厅狭窄处，有一个忏悔间，正对面是一尊圣母小塑像。圣母身着缎袍，蒙着一块珠罗面纱，上面缀有点点银星，双颊涂成绛色，看上去就像桑威奇[①]的一尊偶像。大厅最里面是主祭坛，上面挂着一帧“神圣家族”的复制品，书有“内务大臣赠”几个字，下面一边点着一对蜡烛。整个教堂到此为止。唱诗台是杉木做的，一直没有刷过油漆。

永维镇的大广场，约有一半给菜市场占据了。所谓菜市场，不过是一个瓦盖的大棚子，由二十来根柱子支撑着。广场的一角，靠近药店，是镇公所。它是按照巴黎一位建筑师设计的图样建造的，外观颇似一座希腊神殿，底层有三根爱奥尼亚式圆柱[②]，二楼一条半

---

① 英国英格兰肯特郡的一个教区，中世纪就十分繁荣，现仍保留有中世纪几座教堂。

② 古典建筑的五种柱式之一，与陶立克柱式同在古希腊时期形成。

圆拱腹回廊，尽头的三角楣上绘有一只高卢公鸡，一只爪子托着宪章，一只爪子举着公理天平。

不过，全镇最引人注目的，当推位于金狮客栈对面奥梅先生的药店，特别是晚上掌灯之后，红的和绿的短颈大口玻璃药瓶，把两种彩色的光远远地投在地面，使店面显得光彩夺目。透过红红绿绿的光，影影绰绰，宛如在孟加拉烟火辉映之下，依稀可见药店老板坐在柜台后面。店堂四壁，从上到下贴了许多药物名称，有行书体、圆环体、印刷体，诸如维希水、塞尔兹水、巴莱吉水、净化剂、拉斯巴耶剂、阿拉伯药粉、达尔塞药片、雷纽药膏，还有绷带、热敷器、健身糖等，不胜枚举。整个铺面上方，横跨着一块金字招牌：奥梅药店。柜台上有几架固定的大天平。天平后面，店堂里端，有一扇玻璃门，上方写着“配药室”，半中间里底金字又一次写着“奥梅”二字。

此外，永维镇上就再也没有什么可看的了。仅有的一条街，长超不过步枪的射程，两边有几家店铺，到大路拐弯的地方止步。出街口往右拐，沿着圣-约翰山脚，走不多远，就到了公墓。

霍乱流行那一年，为了扩大墓地，推倒了一堵墙，又在旁边买下三英亩地。不过，这片新坟场，几乎无人安葬，坟墓还是密密麻麻朝大门那边扩展。公墓看守人，又管掘坟，还兼教堂执事（这样就从本堂区的死人身上获得双重好处），利用那片空地种土豆。然而，年复一年，那一块土地还是逐渐缩小，所以遇到传染病蔓延，他真不知道该为人死得多而高兴，还是为他的地缩小而难过。

“赖斯迪布都瓦，你是靠死人养活自己。”本堂神甫有一天终于这样说道。

这句阴森森的话使他不得不考虑，有一段时间不再干了。可是，今天他仍继续种他的块根，还硬说是地里自然长出来的哩。

自从下文要讲到的事情发生以来，永维镇实际上没有任何变化。白铁皮做的三色旗，依然在教堂的钟楼顶上转动；铺子门口的印花棉布幌子，依然迎风招展；药店的胎儿标本，像一束束白色火绒，浸泡在浑浊的酒精里，日渐腐烂；客栈大门口一对古老的金狮，日晒雨淋，早就黯淡无光，像两只鬈毛狗望着过往行人。

包法利夫妇来到永维镇那天傍晚，女店主勒佛朗索瓦寡妇忙得团团转，大汗淋漓地在锅台边烧菜。第二天镇上逢集，必须事先切好肉，宰好鸡，烧好汤和咖啡，还要为几个包饭的人以及医生夫妇和他们的女用人准备晚饭。台球室里传来阵阵笑声，小间三位磨坊老板嚷着要烧酒。劈柴熊熊燃烧，火炭噼里啪啦爆裂。厨房里长条案板上，整块的生羊肉之间，放着一摞摞盘子，砧板上在剁菠菜，震得盘子直晃动。鸡舍里的鸡咯咯乱叫，因为女用人在捉它们，准备宰杀。

有一个人背向壁炉烤火。他穿一双绿色皮拖鞋，脸上有几颗麻子，头戴金坠丝绒软帽，一副怡然自得的神态，一看便知他生活得安闲自在，就像挂在他头顶上柳条笼子里的金翅鸟一样。此人就是药店老板。

“阿特米丝！”女店主喊道，“多折些干树枝，水壶都灌满水，把烧酒拿来，麻利点！你看，有这么多客人要来，我都不知道拿什么果点招待他们。老天爷！搬家的那几个伙计又在台球室闹开了！他们的大车还停在大门口呢！等会儿‘燕子’回来，非把它撞坏不可，快叫伊波力特推到车棚里去。真是的，奥梅先生，从早上起，他们这帮人大概打了十五盘啦，苹果酒都喝光八罐了！”女店主手里拿着漏勺，远远地望着台球室那几个人继续说：“我的台毡都会给他们戳坏的！”

“戳坏了也没什么了不起，”奥梅先生答道，“买张新的就是了。”

“买张新球台！”寡妇叫起来。

“现在这张已经不能用了呀，勒佛朗索瓦太太。我早就对你说过，你的想法不对头！很不对头！再说，爱好台球的人，如今都讲究球袋窄，杆子沉，台球的打法也不同了，一切都变啦！得跟着世道走，还是看看人家泰里耶吧……”

女店主气得满脸通红，药店老板并不住嘴：

“不管你怎么说，人家那张球台就是比你这张小巧。而且，他会想新花样，例如为波兰人①和里昂遭水灾的人②举行义赛……”

“我们才不怕他那种穷光蛋哩！”女店主耸耸肥硕的肩膀，打断药店老板道，“得了，得了，奥梅先生！只要我金狮客店在，总会有人来的。我们店底子厚嘛！倒是法兰西咖啡馆，你看好了，说不定哪天会关门大吉，窗板上贴一大张停业启事哩！……叫我换台球桌！”女店主自言自语地继续说：“它可以用来叠晒干的衣服，方便得很哩！打猎的季节，上面可以睡六个客人……怎么搞的，伊韦尔这个慢腾鬼还不来！”

“你是等他来好给客人开饭吗？”药店老板问道。

“等他？比内先生咋办？你看吧，比内六点钟准到。像他这样刻板的人，世间找不到第二个。吃饭总要在小间，还非要他那个座位不可，死也不肯换地方！连喝苹果酒都挑挑拣拣。一点也不像莱昂先生，人家有时七点钟才到，七点半到的时候也有。有什么吃什么，看都不看一眼。多么随和的年轻人，说话又从来不大声嚷嚷。”

---

① 指1830年波兰革命失败，大批人流亡法国。

② 指1840年里昂发生严重水灾。

“是啊，一个受过教育的人和一个当过骑兵的税务员，就是不同嘛。”

六点钟一响，比内果然进来了。

他身材瘦削，穿一件笔挺的蓝色大衣，皮帽子的两个护耳用带子系在头顶，帽檐上翻，露出光秃的脑门，过去长年戴战盔，上面留有一条印子。大衣里面一件黑呢坎肩，一条硬领，下身是一条灰色长裤，脚上的靴子一年四季擦得贼亮，但脚面一边被足趾拱起一块。一张黯淡无光的长脸，生了一双小眼睛，一个鹰钩鼻子；金黄色络腮胡子，齐着下巴，一根不乱，就像花圃的边一样整齐。他是推牌九的老手，打猎的能手，又写得一手好字。他家里有台旋床，闲着没事，就旋餐巾圈玩，怀着艺术家的收藏癖和小市民的占有欲，保存了一屋子。

他径直朝小间走去，但先得请那三位磨坊老板出来。他在火炉旁边那个位子坐下，一声不吭，等人给他摆好餐具，然后像往常一样，把门一关，摘掉帽子。

“他说两句客套话，就会磨坏舌头不成！”等没旁人在场时，药店老板对女店主说道。

“他这个人从来就话不多。上星期，店里来了两个呢绒贩子，是两个很风趣的小伙子，说了一大堆笑话。我笑得都流眼泪了，而他呢，始终闷声不响坐在那里，像个闷葫芦。”

“是啊，”药店老板说道，“这种人没有想象力，没有风趣，从气质上就一点儿也不合群！”

“不过，有人说他很有本事。”女店主指出。

“有本事？他有本事？”奥梅先生反驳道，随后换了缓和点的口气补充一句：“干他的老本行，也许吧。”

他接着又说：

“嗯！要说一位商人由于各种联系太广，或者法官、医生、药剂师由于潜心于业务，因此人变得古怪了，甚至变得喜怒无常，那我能够理解。人们讲故事，就常常讲到这种情形嘛！但人家至少是在思考问题。就拿我来说吧，好多回，为了写标签，在书桌上找笔，可是找来找去，最后发现夹在耳朵背上！”

这时，勒佛朗索瓦太太走到门口，想看看“燕子”到了没有，但她愣住了，因为一个穿黑服的男人出其不意进到厨房里。借着黄昏的余光，可以看出这人气色很好，身体健壮。

“神甫先生有什么事吗？”客栈老板娘一边问道，一边从壁炉台上一排铜烛台之中端起一盏，“要喝点什么吗？来点黑醋栗酒，还是葡萄酒？”

本堂神甫彬彬有礼地谢绝了。他是来找雨伞的：前一天，他把自己的雨伞忘在埃内蒙修道院了，特来拜托勒佛朗索瓦太太今晚打发人去取来，送到他的住宅。他说完就朝教堂去了，教堂敲响了晚祷钟。

等到广场上再也听不到神甫的脚步声时，药店老板就批评他刚才的举动很不应该。人家请喝一杯酒都不肯喝，在他看来，实在虚伪透顶。其实呢，教士们都背着人大吃大喝，而且巴不得让社会倒退到什一税[①]那种时代去。

女店主却为神甫说好话：

“你怎么不说，像你这种男人，他可以一把抓起四个，放在膝盖上折为两半！去年，他帮助大家收麦秸，一次就扛六捆，好足的力

① 昔时天主教规定教民必须以收入的十分之一向教会交税。大革命中，这一制度被废除。

气！”

“好极了！”药店老板说，“你就让姑娘们去向这种气质的壮汉忏悔吧。我要是政府，就让教士们每个月放一次血。是的，勒佛朗索瓦太太，每个月好好放一次血，以便维护社会治安和社会道德。”

“闭上你的嘴，奥梅先生！你真是大逆不道！你不信教！”

“我信教，信我自己的教！我甚至比他们更虔诚，不像他们一个个假模假式，装腔作势！与你所说的相反，我信奉上帝！我信奉天主，相信有一个造物主。这个造物主是谁，无关紧要，他安排我们来到这尘世间，就是让我们尽公民的义务，尽家长的职责。但是，我用不着上教堂，去吻那些银盘子，掏腰包养肥那一大帮可笑的家伙。他们生活得比我们好得多！礼拜上帝吗。无论在树林里还是在田野上，甚至像古人一样仰望着苍穹，都行！我的上帝，我所崇奉的上帝，就是苏格拉底的上帝，富兰克林的上帝，伏尔泰和贝朗瑞的上帝！我拥护《萨伏伊牧师的信仰宣言》[①]和1789年的不朽原则[②]。因此，我认为根本不存在什么仁慈的老好人上帝，拄着拐杖在花圃里散步，而让自己的朋友钻进鲸鱼的肚子，大叫一声死去，三天后又复活过来[③]。这种事本身就荒唐，而且违反物理学的全部原理。这也向我们证明，教士们一向陷于可耻的无知之中，还硬要其他人和他们一样陷进去。”

---

① 指卢梭在《爱弥儿》一书中，借牧师萨伏伊之口，公开主张信仰自由，提倡把信仰建立在外界景物和内心感情上。详见该书第四卷。

② 1789年即法国大革命爆发之年。这场大革命宣布的原则之一即宗教信仰自由。

③《旧约·约拿书》第二章有一段说上帝耶和华为惩戒约拿，让大鱼将他吞进肚里，由于约拿在里面忏悔，第三天又让大鱼把他吐出来。

药店老板住了口，环顾四周，看有没有听众。他说得兴奋，一时竟以为自己是在乡议会发表演说哩。但女店家已经不再听他大发议论，而是伸长耳朵，倾听远处传来的隆隆声。她听出那是车轮滚动和松了的马蹄铁踏在地面的声音。“燕子”终于在门口停下了。

这辆车子的车厢是黄色的，两个大轮子高及车篷，不仅挡住了里头乘客的视线，而且把尘土溅落到他们肩上。车窗窄小，车门一关，小小的窗玻璃就在框子里砰砰震动，上头积了厚厚一层灰尘，还东一块西一块泥巴，即使下暴雨，也很难完全冲洗掉。拉车的马有三匹，其中一匹打头。车子下坡时，车厢底部就咣当咣当直碰地面。

永维镇一些市民来到广场上，七嘴八舌一齐嚷，有问消息的，有探听情况的，也有找鸡鸭筐子的，闹得伊韦尔不知回答谁好。他去城里为本镇人办货，刚刚回来，正要挨家挨户去送呢：为鞋匠带回了几捆皮子，为马掌匠带回了一些废铁，给他的女东家带回来一桶鲱鱼，还从女帽店带回几顶帽子，从理发店带回几束假发。回来的路上，他就把这些东西分好了，只管隔着篱笆扔进各家的院子，站在车座上，扯开嗓门叫喊，连马也顾不上了，让它们自己走去。

今天车子回来迟了，因为发生了意外：包法利夫人的猎兔犬在田野跑得不见了。大家吹口哨找它，足足折腾了一刻钟。伊韦尔甚至赶着车倒回去半法里，以为望见了，走拢一看又不是，只好掉回头赶路。爱玛又哭又气，抱怨这件倒霉事是夏尔造成的。同车的布商勒乐先生试着安慰她，说狗丢失许多年，也能找到主人，随即举了许多例子：据说，有条狗从君士坦丁堡跑回了巴黎。还有一条狗跑回的路程按直线距离算都有五十法里，而且泅过了四条河流。他父亲本人曾经养了一条鬈毛狗，丢失了十二年，一天傍晚他进城去吃饭，在大街上，那条狗突然跳到了他背上。

2

爱玛头一个下车，接着下的是费丽丝黛、勒乐先生和一位奶妈。夏尔呢，天一黑就在角落里呼呼睡着了，不得不叫醒他。

奥梅先生自我介绍，向夫人表示敬意，又与先生客套一番，说能有机会为他们略尽地主之谊，不胜荣幸，接着亲切地补充说，他自作主张来陪他们用餐，实在冒昧，不过他太太不能到场。

包法利夫人一进厨房，就走到壁炉跟前，伸出两个指头，在膝盖处抓住袍子，将下摆提到脚踝之上，抬起一只穿黑靴子的脚，从正在翻来翻去的烤羊腿上面，伸向火苗。火光照亮她的整个身子，是那样暖和，透过袍料的经纬，渗进她那白皙皮肤上匀净的汗毛孔，甚至渗透了不时眨动的眼皮。每当风从半开的门里吹进来，她就被笼罩在一大片红光之中。

在壁炉的另一边，一个金黄头发的小伙子，默默地打量着她。

小伙子在公证人纪尧曼的事务所当见习生，名叫莱昂·杜普意，生活在永维镇这种地方，感到无聊得很，所以常常推迟用晚餐的时间（他是金狮客店第二个包饭的），希望店里来个把客人，晚间可以聊聊天。有些天，他工作干完了，不知道做什么好，便只好准时回客店，自始至终，从上汤到上奶酪，与比内先生面对面用餐。所以，当女店家提议他陪新来的两个客人用饭时，他便欣然接受，连忙来到大间。勒佛朗索瓦太太爱体面，叫人摆了四份餐具。

奥梅先生怕伤风，请大家允许他不摘头上的希腊式帽子。

接着，他转向邻座的包法利夫人问：

“夫人大概有些累了吧？我们这辆‘燕子’颠簸得实在可怕。”

“的确有些累了。”爱玛答道，“不过，搬家我觉得开心。我就喜欢常换换地方。”

“老待在一个地方的确没意思!”见习生说着还叹息一声。

“你要是像我一样，”夏尔说，“不得不骑着马一天到晚四处奔波……

“我倒觉得那再有意思不过了。”莱昂转向包法利夫人说道，随即又补充一句：“只怕做不到呢。”

“再说，”药店老板接过话茬说道，“在我们这个地方行医，并不怎么艰苦，因为道路宽阔平坦，马车畅行无阻，而且农民普遍富裕，酬金相当丰厚。至于疾病嘛，除了肠炎、支气管炎和胆道感染等常见病之外，收获季节还不时会有人打摆子。不过总的来讲，重病很少，特殊的病几乎没有，只是患瘰疬的人比较多，这可能是因为乡下人居住环境的卫生条件很糟糕。啊！包法利先生，你会发现，倒是有许多偏见需要你去斗争。你努力按科学办事，顽固的陈规陋习每日每时都会和你作对。时至今日，人们还是求救于上天、神灵和神甫，而不按照常理，来找医生和药剂师。然而，我们这里的气候，说实话并不坏，本乡甚至有几个九十高龄的人。一年的气温（我观察过寒暑表），冬天低到摄氏表四度，三伏天高到二十五度，顶多不超过三十度，合列氏表最多二十四度，或者按英国算法，合华氏表五十四度，绝不会更高！事实上，我们有阿尔盖森林挡住北风。另一边又有圣-约翰山挡住西风。不过，河流蒸发，形成水汽，草原上有许多牲畜，而牲畜，正如你们所知道的，呼出大量阿摩尼亚气，即氮气、氢气和氧气（不，仅仅是氮气和氢气），吸收土地里的腐殖质，把散发的气体混合在一起，仿佛结成了一束，碰到大气中有电，就自动与电化合。久而久之，就像在热带一样，产生一种热烘烘的、有害于健康的瘴气。不过这种热气，在它产生的地方，或者说在它可能产生的地方，也就是说南边，就被东南风冲淡了。这风一刮过塞纳河，就变得凉爽了。有时，它突然吹送到我们这里，颇像俄罗斯的微风哩！”

“你们这附近总该有散步的地方吧？”包法利夫人继续与年轻人攀谈。

“咳！很少。”莱昂答道，“只在山坡上森林边缘，有个叫作牧场的地方，星期天，我有时带本书去那里散心，看日落。”

“我觉得什么也比不上落日好看，尤其在海边。”

“啊！我就是爱大海。”莱昂说。

“你不觉得吗，”包法利夫人说道，“面对浩瀚无垠的大海，纵目远眺，思想会更自由地翱翔，灵魂会变得更高尚，进入无限和理想的境界？”

“山区风光也同样诱人。”莱昂说，“我一位表兄去年去瑞士旅行，回来对我谈起那里湖泊的诗情画意，飞瀑的瑰丽迷人，冰川的壮观宏伟，实在超乎人的想象。那里有挺立激流之中、高耸入云的松树，有挂在悬崖之上的小屋，而在脚下千尺之处，当云层露出罅隙时，可以看见一条条溪谷。那景致该多么令人神往，令人赞叹，令人陶醉啊！难怪有一位著名音乐家，为了激发自己的想象，经常对着波澜壮阔的景色弹钢琴呢。”

“你是搞音乐的？”包法利夫人问道。

“不是。不过我很喜欢音乐。”莱昂回答。

“啊！别听他的，包法利夫人。”奥梅一边俯向餐盘，一边插嘴说，“他这完全是谦虚。怎么，亲爱的！那天你不是在卧室里唱《守护天使》[1]来着？唱得好听极了，我在配药室听你唱，你的功力简直抵得上一个演员。”

莱昂就寄居在药店老板家，住三楼对着广场的一个小房间。听到房东的恭维，他涨红了脸。药店老板已转身和医生交谈去了，一个接一个列举永维镇的主要住户，讲述一些逸闻趣事，介绍一些情况，例如谁也不知道公证人到底有多少财产，图瓦什一家人最好摆架子，等等。

爱玛又问道：

“你喜欢什么音乐？”

“啊！德国音乐，把人带进梦幻境界的音乐。”

“你看过意大利歌剧吗？”

“还没有。不过，明年我要住到巴黎去，以便完成法科学业，那时就有机会去看了。”

“方才，”药店老板转向爱玛说道，“我和你先生谈到雅诺达医生，那个离开了本镇的倒霉鬼。倒是多亏了他爱铺张，你们就要住上永维镇最舒适的一所房子。对于一位医生来讲最方便之处，那座房子有一扇朝小巷子的门，出入都没人看见。此外，它又具备居家的种种方便条件，有水房、带配膳室的厨房、客厅、水果贮藏室等。雅诺达是一位花钱大手大脚的大少爷，他请人在花园尽头靠水边搭了一个花棚，专门夏天坐在那里喝啤酒！夫人要是喜欢侍弄花木的话，倒可以……”

“我太太对这些不感兴趣。”夏尔说道，“有人劝她活动活动，可是她就爱总待在房里看书。”

---

①《守护天使》是杜尚日夫人（1778—1858）作曲，曾流行一时。

“这和我一样。”莱昂插嘴说，“说实话，晚上，一边就着灯光，捧本书坐在火炉边，一边听风扑打玻璃窗，有什么比这更富有情趣？”

“可不是嘛！”包法利夫人睁着一双黑溜溜的大眼睛，注视着莱昂说道。

“坐在那里什么也不想，”莱昂接着说，“让时间一小时一小时流逝。你不用迈步，就在一个又一个地方漫游，而那些地方历历如在眼前。你的思想和小说混在一起，不是玩味一些奇遇的细节，就是沉浸在故事的发展变化里，与其中的人物化为一体，在他们的衣裳里，仿佛是你的心脏在跳动。”

“对！对极了！”爱玛附和道。

“有时候看书，”莱昂继续说，“会遇到你曾有过的一个模糊想法，或者一个已经淡忘的形象，又从远处回到你的眼前，就像你最细微的感情，被充分揭示出来了似的。你有过这种体会吗？”

“我有过这种体会。”爱玛答道。

“所以，”莱昂说，“我特别喜欢诗人，觉得诗歌比散文更动人，更催人泪下。”

“不过读多了也会厌倦。”爱玛说，“相反，我现在非常喜欢一气呵成、惊心动魄的故事。我就讨厌近似现实生活的那种平平庸庸的人物、温吞水一样的感情。”

“的确。”莱昂又说，“一部作品不扣人心弦，我觉得它就背离了艺术的真正目的。在遭受了人生的种种失望之后，能够让思想接触高尚的性格、纯洁的情感和幸福的情景，不啻是莫大的慰藉。对我来讲，生活在这里，远离社会，读书是唯一的消遣。永维镇没有什么可消遣的！”

“大概像道斯特一样，”爱玛说，“所以我一直向一个阅览室借书看。”

“夫人如果肯赏光，尽可以利用我的藏书。”药店老板听到他们最后几句话，说道，“我所收藏的书，都是出自最优秀的作家，如伏尔泰、卢梭、德利尔、瓦尔特·司各特，还有《副刊专辑》，等等。此外，我还收到各种报刊，其中《卢昂灯塔报》天天送来。之所以得到这种优惠，是因为我担任这家报纸在比希、佛尔日、新堡、永维镇以及附近一带的通讯员。”

晚餐已经吃了两个半钟头。女用人阿特米丝穿着旧拖鞋，懒洋洋地在石板地上呱嗒来呱嗒去，上菜有一道没一道，丢三落四，懵懵懂懂，进来出去总让台球室门半开着，门的插销头碰得墙壁砰砰响。

闲谈之中，莱昂无意识地将一只脚踏到了包法利夫人椅子的横档上。包法利夫人打一条蓝缎子小领带，像一个皱领圈套在细麻布管状褶高领外面，使高领硬挺挺的；她的脸的下半部，随着头部的动作，时而藏进时而露出高领，十分妩媚动人。他俩离得很近。在夏尔和药店老板交谈时，他们就这样不着边际地东扯一句，西扯一句，但总离不开一个固定的中心，即双方都感兴趣的话题，什么巴黎的戏剧啦，小说的标题啦，时新的双人舞啦，还有他们所不熟悉的上流社会，爱玛居住过的道斯特，他们眼下所在的永维镇，等等，山南海北，无所不谈，直到晚餐结束才住口。

上了咖啡之后，费丽丝黛便先去新住宅收拾卧室。不多久，客人们离席而去。勒佛朗索瓦太太在快熄灭的炉火旁打盹儿。只有马车夫提着灯，守在一旁，准备送包法利夫妇去安歇。他的红头发里沾着碎干草，左腿一瘸一拐。当他用另一只手拿起本堂神甫的雨伞时，大家便上路了。

小镇已进入梦乡。菜市场的柱子投下长长的影子。大地灰蒙蒙的，像夏天的夜晚。

医生的住所离客栈只有五十步远，只走不大一小会儿，大家就互道晚安分手。

爱玛一迈进前厅，就感到一股凉飕飕的潮气迎面扑来，双肩像搭了一件湿衣服似的。原来墙壁刚粉刷过。木头梯子踏上去嘎吱直响。二楼的卧室没挂窗帘，窗户里透进灰白的光。窗外可望见影影绰绰的树梢，更远处是半隐没在夜雾中的草地。月光照耀下，但见沿河一带雾气缭绕。房子中间，零乱地撂着五斗柜抽屉、瓶子、帐杆、镀金小棍，床垫子压在椅子上，洗脸盆扔在地板上——搬家的两个人，就这样不负责任，把东西扔下就走了。

爱玛有生以来是第四次在陌生的地方过夜。第一次是进修道院，第二次是嫁到道斯特，第三次是在沃比萨尔，如今是第四次。每一次都标志着她的生活中一个新阶段的开始。她相信，在不同的地方，事物不可能按老样子重复，过去的那段生活既然很糟，未来的这段生活也许会好一些。

3

第二天早晨，爱玛一起床，就看到见习生在广场上。她穿着睡袍。见习生抬起头向她打招呼，她点了点头，就赶快关上窗户。

莱昂一整天都在盼望下午六点钟到来，但是走进餐厅，仅仅看见比内先生坐在餐桌边。

昨天的晚餐，对莱昂来说，可算一件大事。一连两个小时，与一位夫人闲聊，这在他还是破天荒头一回。他们谈了那么多事情，过去他无论如何是表达不清楚的，怎么在爱玛面前竟讲得那样活泼生动呢？他一向腼腆，木讷寡言，这一半是生性羞怯，一半是故意装的。在永维镇，人人都认为他举止得体。遇到年长的人高谈阔论，他总是老实听着；别人谈论政治问题，他也从不情绪激动。对一个年纪轻轻的人来讲，这的确难能可贵。而且他多才多艺，会画水彩画，能识乐谱，晚饭后不打牌的时候，就兴致勃勃地看文学书籍。奥梅先生看重他有知识，奥梅太太则喜欢他为人殷勤，因为他经常陪奥梅家的孩子到花园里玩耍。那几个小家伙，总是脏兮兮的，严重缺乏教养，而且像他们的母亲一样，有点无精打采。奥梅家照料孩子的，主要是一位保姆，还有药房的学徒朱斯丹。朱斯丹是奥梅先生的远亲，奥梅先生出于怜悯，把他收留在家，同时当用人使唤。

药店老板有意显示自己是不可多得的好邻居。他向包法利夫人介绍各店家的情况，特意请来他的苹果酒供应商，亲自尝酒，又下地窖监督把一桶桶酒摆好，还介绍怎样才能买到便宜黄油，甚至帮助与赖斯迪布都瓦接上了头。赖斯迪布都瓦是教堂管事，除负责教堂差事和丧葬事项之外，还随各家各户的喜好，按年或按钟点帮永维镇主要的几户大家料理花园。

药店老板如此殷勤，以致曲意逢迎，并非单单出于关心别人的愿望，而是另有所图的。

十一年风月[①]19日颁布的法律第一条明文规定，任何人没有执照，不得行医。奥梅违犯了这条法律，经人暗中告发，被皇家检察官传到卢昂训话。检察官身穿袍子，肩上披着白鼬皮饰带，头戴一

① 风月是法兰西共和历的第6个月，相当于公历2月19、20或23日至3月21或22日。

顶直筒无边高帽，就站在办公室里接见了他。那是上午开庭之前。走廊里传来法警笨重的靴子来回走动的声音，还有远处沉重地落下大锁的响声。药店老板耳朵里嗡嗡响，像中了风，眼看就要倒下了。他仿佛看见自己关进了地牢，全家哭哭啼啼，药店被出卖，满地药瓶，一片狼藉。他不得不跑进一家咖啡店，喝了一杯加苏打水的朗姆酒，让自己镇定下来。

日子一久，这次警告淡忘了，他仍和从前一样，在后店为人诊治一些小毛病。但是，镇长对他心存芥蒂，同行都妒忌他，必须时时小心提防。他对包法利先生礼数有加，极力套近乎，就是为了让他心存感激之情，日后就是有所觉察，也不便揭短。因此，他们每天早晨给包法利先生送报纸，下午总要抽点时间，离开药店，去医生家聊聊天。

夏尔满面愁容，因为没有人登门求医。一个人闷在家里，常常几小时不说话，不是在诊室睡觉，就是看妻子做针线活儿。为寻求排遣，他尽量在家里干些体力活儿，甚至用漆匠剩下的油漆，试着把阁楼又刷了一遍。可是，银钱的事令他犯愁：修缮道斯特的住宅，给太太购置衣服首饰，还有这次搬家，花的钱都不少，三千多埃居的陪嫁，两年下来，所剩无几。再说，从道斯特迁居永维镇，不少东西不是在运输过程中损坏了，就是失散了。单说那尊神甫石膏像，就由于车子颠簸太厉害，掉下来，在坎康布瓦的石板路上摔得粉碎。

有一件令人操心的好事，使他摆脱了烦愁，那就是太太有喜了。产期越临近，他越发疼爱她。另一种血肉的联系正在形成，仿佛使他时时刻刻意识到一种更为复杂的结合。当他在远处看见她懒洋洋地行走，没束紧身褡的腰身在臀部以上缓缓扭动，当他们面对面待着，她疲倦无力地坐在安乐椅里，而他尽情地端详着她，这时他真是太幸福了，再也憋不住了，便站起来，搂住她，抚摸她的面颊，叫她小妈妈，恨不得拉她一起跳舞，又是笑又是哭，心头涌出充满柔情蜜意的俏皮话，和她说个没完。一想到孩子即将出世，他就抑制不住满腔的喜悦。现在他什么也不缺了。他经历了全部人生，如今坐在人生的筵席旁，怡然自得，尽情享受。

爱玛起初惊异万分，接着巴不得快快分娩，好尝一尝做母亲的滋味。可是，由于家境窘迫，不能按她的意思，买一个吊式摇篮、一顶粉红色小绸帐和绣花的婴儿帽。她一赌气，便什么也不买，而把一切交给村里一个女工去做，既不选择，又不商量。这些准备工作是能唤起母爱的，做起来自有乐趣，她就体会不到了。所以她对孩子的感情，也许从一开始就打了折扣。

不过，每天吃饭时，夏尔总要谈起他们的小家伙，因此不久她也时时放在心上了。

她盼望生个儿子，身体结实，棕色头发，起名叫作乔治。这种生男孩的想法，是因为自己生活得窝窝囊囊，希望出一口气。男人至少是自由的，可以恣意放浪，周游世界，冲破艰难险阻，就是天涯海角的幸福，也要去享受享受。女人呢，则经常受到束缚，缺乏活力，任人摆布，不仅身体上软弱无力，而且法律上处于依附地位。女人的意志，就像用细带子系在帽子上的面纱，风一吹就飘来摆去；时时都有欲望在引诱她，时时都有礼俗在限制她。

一个星期天早晨六点钟左右，太阳刚升起的时候，她分娩了。

“是个女儿!”夏尔报告说。

她转过头，昏了过去。

奥梅太太几乎立刻跑过来亲她，金狮客店的勒佛朗索瓦太太也赶了来。药店老板为人谨慎，只在微开的门外随口说了几句道喜的话。他要求看看婴儿，觉得长得挺好看。

在产后休养期间，爱玛费尽心思给女儿起名字。首先，她考虑了所有带意大利字尾的名字，诸如克拉拉、路易莎、阿芒达、阿塔拉等。她相当喜欢嘉尔珊黛这个名字，但更喜欢伊索尔和蕾欧卡蒂。夏尔希望孩子叫母亲的名字，爱玛反对。他们查遍了历书，还请教外人。

“那天我和莱昂先生谈起这件事，”药店老板说，“他很奇怪你们为什么不给她取名玛德兰，眼下这个名字好时髦哩。”

但是，老包法利夫人坚决反对用这样一个女罪人[①]的名字。奥梅先生呢，凡是能使人联想一位伟人、一个著名事件或一种崇高思想的名字，都特别喜爱。他的四个孩子，就是按这种方式取的名字：拿破仑代表光荣，富兰克林代表自由，依尔玛[②]或许是对浪漫主义的归附，而阿达莉[③]则是表示对法国戏剧最不朽的杰作的崇敬。药店老板具有哲学信念，但这并不妨碍他对艺术的欣赏；他身上的思想家成分，并不窒息他感情丰富的气质；他善于区别对待事物，不把想象和狂热混为一谈。就拿《阿达莉》这部悲剧来说吧，他抨击其思想，却欣赏其风格；诅咒其观念，却赞扬其全部细节；厌恶其中的人物，却喜欢他们的对白；每读到精彩之处，总不禁心潮澎湃，但一想到戴瓜皮帽者流[④]拿它去招揽生意，又不免黯然神伤。他陷于这

---

① 《路加福音》第七章有个抹香膏的女人，“是个罪人”，一般人错把第八章的马德兰（旧译抹大拉）当成那个女罪人，便以讹传讹，流传下来。

② 依尔玛是一部同名浪漫主义小说的女主人公。

③ 阿达莉是17世纪古典主义悲剧作家拉辛的同名杰作中的女主人公。

④ 指市井商贩。

种矛盾的复杂感情之中，既想亲手给拉辛戴上桂冠，又想好好和他辩论一番。

最后，爱玛想起在沃比萨尔庄园做客的时候，曾听见侯爵夫人叫一个年轻女子白尔特，于是选定了这个名字。由于鲁俄老爹不能来，他们就请了奥梅先生做教父。奥梅先生送来的礼物，全是他店里现成的东西：六盒黑枣，一整瓶健身粉、三筒蛋白松糕，还有从壁柜里找出来的六根棍儿糖。施洗礼的当天晚上，摆了一大桌酒席，本堂神甫也在座。大家兴致很高，临到行酒，奥梅先生唱了一首《善良人的上帝》，莱昂先生唱了一曲威尼斯船歌，老包法利夫人是教母，也唱了一首帝国时期的浪漫曲。最后，老包法利先生要求把孩子抱下楼来，说是要给她行洗礼，端了一杯香槟酒往她头上浇。这种对头次圣礼[①]的嘲弄，使布尔尼贤神甫大为生气。老包法利引用《众神之战》[②]中一句话回敬他。神甫站起来就要离席。太太们好言挽留，奥梅先生也从中调解，神甫这才重新坐下，泰然自若地从碟子里端起喝了一半的咖啡。

老包法利在永维镇待了一个月。每天早晨，他总要到广场上抽一袋烟，戴着他那顶带银色道道的漂亮橄榄帽，全镇上的居民大为欣赏。他喝烧酒成瘾，常常差女用人去金狮客店买一瓶，记在儿子账上。他往丝围巾上洒香水，把儿媳所有的科伦香水全用光了。

儿媳并不讨厌他。这位公公可是走南闯北见过世面的，经常讲起柏林、维也纳、斯特拉斯堡，还有他当军官时的情况，他有过的情妇和他摆过的盛大酒宴。再说，他显得和蔼可亲，甚至有时在楼

---

① 基督教徒一生要领受七次圣礼。

② 法国诗人帕尔尼1799年发表的作品，描述基督教战胜外教，充满嘲讽的语言，被认为是侮辱基督教。

梯上或花园里，搅着儿媳的腰叫道：

“夏尔，你得当心哩！”

这样一来，包法利老太太不放心了，生怕久而久之，老伴会对儿媳的思想产生不良影响，危及儿子的幸福，所以催老伴尽早和她回去。包法利老太太或许还存有更严重的不安哩，她的老头子可是个什么也不顾的人。

一天，爱玛突然坐不住了，渴望去看望托给木匠的妻子哺乳的小女儿。她也不翻翻历书，看圣母的六个礼拜[①]是否过了，就一个人出了门，向罗莱家走去。罗莱家位于村头山坡下，在大路和草原之间。

时值正午，家家户户放下了窗板；碧空中一轮烈日，照射得青石屋顶金光耀眼，山墙顶上仿佛冒着火花。连风都是灼烫的。爱玛走着走着，感到体力不支，加之路上的石子又磨脚，她拿不定主意是折回去好，还是进到哪户人家歇息一会儿。

正在这时，莱昂先生从路旁一家大门里出来，腋下夹着一卷文件。他上前向爱玛打个招呼，随即站到勒乐铺子前面灰色凉篷下面。

包法利夫人说她去看她的孩子，但累得走不动了。

“要是……”莱昂欲言又止。

“你要去什么地方办事吗？”爱玛问道。

见习生说他没有事，爱玛便请他陪她一道去。一到傍晚，这件事便传遍了永维镇。镇长夫人图瓦什太太当着女用人的面说：“包法利夫人是往自己脸上抹黑嘛。”

去奶妈家的路就像去公墓一样，出了街向左拐，顺着矮小的房

---

① 指妇女产后需要休养的时间。

屋和院子之间一条小径走。小径两旁，女贞树正花满枝头，婆婆纳、野蔷薇、荨麻和灌木丛中高高伸出的木莓，也正开花。透过篱笆上的窟窿，可见破旧的房子前面，不是猪在粪土堆上拱来拱去，就是拴住的牛在用犄角蹭树干。两个人肩并肩，慢步走着。爱玛靠在莱昂身上，莱昂放慢脚步配合着她的步子。闷热的空气中，一群苍蝇在他们前面嗡嗡乱飞。

他们看见一棵老胡桃树树荫下有座房子，知道那就是奶妈的家。房子矮矮的，盖着褐色的瓦，阁楼天窗下挂有一串葱。靠荆棘篱笆，立着一捆捆细树枝，圈住一畦生菜、几株薰衣草和架子上正开花的豌豆。草地上东一摊西一摊泼满了脏水，房子旁边晾晒着一些难以辨认的破衣烂衫、几双线袜、一件红色印花布女上衣，篱笆上还搭着一条粗布床单。听见栅栏门响，奶妈出来了，怀里抱一个吮着奶头的婴儿，另一只手牵着一个瘦弱的小家伙，脸上长满瘰疬。小家伙是卢昂一位帽商的儿子，父母忙于做生意，把他留在乡下。

“请进。”奶妈说，“你的小宝贝在那里睡着了。”

整个住宅只有楼下这个房间。靠里壁有一张大床，没挂帐幔；窗台下放着一口和面缸；一块窗玻璃破了一个洞，用蓝色的纸剪了一个太阳，糊在上面。门后角落里洗衣板下面，摆着一双高帮皮鞋，底上的钉子闪闪发亮；旁边有一个瓶子，盛满了油，瓶口插着一根羽毛。落满灰尘的壁炉台上，在一些火石、蜡烛头和火绒之间，扔了一本《马修氏历书》。整个房间里最没有实用价值的东西，是一幅吹喇叭的名誉女神画像，多半是从一张化妆品广告上剪下来的，用六枚木鞋钉子钉在墙上。

爱玛的孩子睡在地上一个柳条摇篮里。她将孩子和被窝抱起来，一边摇晃，一边低声哼起儿歌。

莱昂在房间里来回踱步。看到这位穿紫花布袍子的漂亮太太，置身在如此贫困的环境之中，他觉得十分奇特。包法利夫人给他看得脸红了。莱昂连忙转过身去，心想他这样看她，也许有些失礼。过了一会儿，孩子吐奶，弄脏了爱玛的皱领，她就把孩子放回摇篮。奶妈赶忙过来给她揩，连声说不会留下印痕。

“她往我身上吐的次数可多呢，”她说，“我一天到晚要不断给她洗！你能不能向杂货店老板加缪打个招呼，让他给我留一两块肥皂，我要用的时候就去取。这样你也方便，免得我常去打扰你。”

“可以，可以。”爱玛连声说道，“再见，罗莱大嫂！”

她说罢朝外走，在门槛上蹭了蹭脚。

奶妈一直送到院子大门口，一边诉说自己夜里不得不经常起床的苦处：

“有时我实在困乏得不行，往椅子上一坐就睡着了。所以，无论如何你要给我一磅磨好的咖啡，让我早上兑牛奶喝。一磅够喝一个月的。”

等奶妈道完谢，包法利夫人抬脚就走，在小径上走了一段路，听见后面木头鞋响，回头一看，又是奶妈赶来了。

“又有什么事？”

那乡下女人把她拉到路边一棵榆树后面，开始谈她的丈夫，说他干那行当，一年才六法郎，船长还……

“有话直说。”爱玛道。

“好吧，”奶妈唉声叹气说道，“我担心我丈夫看见我一个人喝咖啡，心里会不痛快。你知道男人都……”

“说了给你，我就会给的……”爱玛说道，“真烦人！”

"唉！好心的太太，就只为他受过伤，胸口经常揪着疼得要命，他说喝点苹果酒便可以减轻。"

"别拐弯抹角好不好，罗莱嫂子！"

"嗯，"奶妈行了一个礼，接着说，"要是你不嫌我要求太多……"她又行一个礼，眼睛里流露出恳求的神色，终于说出了口："如果你肯开恩，就给一小罐烧酒吧。我会拿一部分给你的小宝贝揩脚的。你的小宝贝那双小脚丫，像舌头一样嫩。"

爱玛打发掉奶妈，又挽住莱昂的胳膊，加快脚步走了一阵，才渐渐慢下来，东张西望的目光，突然落在小伙子肩头上。莱昂身上的大衣有着黑绒大翻领，梳得又平又齐的栗色头发，搭在领子上。爱玛还注意到他的指甲留得长长的。在永维镇就没见过那么长的指甲。在见习生，保养指甲是件大事，他的文具盒里有一把小刀，专修指甲用的。

他们沿着河岸返回永维镇。时值暑季，河岸显得宽了。连河边花园的墙基也露了出来。每个花园有几级台阶，通到水边。河水急速而无声地流着，看上去十分清凉。细长的水草，在水流的推动下俯伏在一起，宛如被扔掉的绿色头发，散开在澄澈的水里。不时可见一只细脚虫，在灯芯草尖端或睡莲叶面爬动或歇息。阳光照射下，水波上现出许多蓝色的小气泡，一个接一个，不断破灭又不断出现。枝条修剪过的老柳树，在水里倒映出灰色的树皮。河对岸远近的草地显得很空旷。正是农家吃晌饭的时候，少妇和她的伙伴，只听见小径上他们自己有节奏的脚步声、彼此的交谈声和爱玛的袍子的窸窣声。

顶上嵌有碎玻璃片的花园围墙，像暖房的玻璃棚一样发烫。砖缝里长出一些桂竹香，包法利夫人打着阳伞经过时，伞边一碰，枯萎的花就化成黄色粉末撒落下来。有时，墙头里探出的金银花或铁线莲的枝子倒垂下来，钩住伞边的丝线，随即在绸伞面上拖一下。

两个人谈起一个西班牙舞蹈团，不久要在卢昂的戏院演出。

“你去不去看？”爱玛问道。

“去得成就去。”莱昂答道。

他们彼此就没有别的话可谈吗？然而，他们的目光正在进行更严肃的对话；当他们努力搜寻一些无关紧要的话来说时，双方都感到浑身酥软无力，仿佛心灵里有一种深沉、绵绵不断的絮语，盖过了声音的絮语。这种新的甜蜜感觉使他们惊诧，但谁也不想道破它的存在，也不想找到它的根源。未来的幸福就像热带的河岸，把充满乡情的湿润和馥郁的和风，吹送向两边广阔无垠的原野，人们沉迷、陶醉在里面，对那尚看不见的地平线，连想都不去想。

路上有个地方，被牲口踩得陷了下去，积了一片烂泥，里面稀疏地摆了几块长绿苔的石头，必须从上面蹬着过去。爱玛常常停下来，看下一步在什么地方落脚；有的石头一踩就摇晃，身子也跟着晃动，她张开双臂，身子前倾，眼睛里现出犹豫的神色，生怕掉进泥水坑里，但跨出一步之后就哈哈大笑。

自家的花园到了，包法利夫人推开小栅栏门，小跑着登上台阶，就消失了。

莱昂回到办公室。上司不在，他看一眼案卷，削好一支羽笔，拿起帽子就走。

他来到阿尔盖山上的牧场，躺在森林边缘的松树下，透过盖在眼睛上的手指缝，望着天空，一边自言自语：

“真无聊！无聊透顶！”

他顾影自怜，恨不该生在这个小镇，交上奥梅这样的朋友，又偏偏碰上纪尧曼先生那样的东家。纪尧曼先生戴一副金丝眼镜，蓄棕红色颊髯，打一条白领带，心思全扑在业务上，对微妙的感情问题一窍不通，尽管他凛然摆出一副英国绅士派头，最初曾令见习生倾倒。至于药店老板的妻子，那倒是诺曼底最贤惠的一类太太，性情温顺得犹如绵羊，热爱自己的儿女、父母和亲戚，听见别人有难就落泪，对家里的事样样放手，还讨厌穿胸衣，可是她行动那样迟缓，言谈那样乏味，相貌那样平庸，见识那样狭隘。虽然她三十岁，莱昂二十岁，他们的卧室门对门，而且他每天同她说话，见习生却压根儿没有想过，她在哪个男人眼里会是一个女人，她除了身上那件袍子，还有什么女性的特点。

此外还有什么呢？比内，几个生意人，两三个小酒馆老板，本堂神甫，还有镇长图瓦什以及他的两个儿子，倒都是一些有钱人，但粗俗不堪，孤陋寡闻，自己种地，关起门来大吃大喝，又假装笃信宗教的。真是令人无法忍受的一群！

在这班平庸的人之中，爱玛犹如鹤立鸡群，然而也离他更遥远，因为他隐隐觉得她与他之间，横着一条鸿沟。

起初，莱昂曾与药店老板一道，去过爱玛家几次。夏尔似乎并不怎么乐意接待他。而他呢，一方面唯恐自己冒昧，另一方面又想与爱玛亲近，但又觉得与她亲近几乎不可能，所以不知道该怎么办好。

4

天气开始转冷，爱玛不再待在卧室，而来到厅房打发时光。厅房是间长形屋，天花板很低，壁炉台上靠镜子，摆着一盆枝子密密层层的珊瑚。她坐在窗边的软椅里，看人行道上来来往往的人。

莱昂每天从事务所去金狮客店两趟。爱玛远远地就听见他来了，便俯向窗台倾听他的脚步声。小伙子总是同一身打扮，悄悄从窗帘外面溜过去，头也不回。但傍晚时分，爱玛左手托着下巴出神，已开头的彩绣落在膝盖上，突然瞥见那溜过去的身影，禁不住浑身哆嗦一下。于是，她站起来，吩咐开饭。

奥梅先生常常在吃晚饭时过来，手拿希腊式无边软帽，为了不惊扰他们，脚步轻轻的，照例总说上一句："二位晚上好！"然后走到餐桌旁，在夫妻俩中间坐下，向医生询问看病的情况，医生则向他请教，什么情况该收多少诊费。然后，就扯些报纸上的消息。这时，奥梅差不多已经把一张报纸记得滚瓜烂熟，就一五一十地介绍起来，连同记者的议论以及国内外发生的个别灾难性事件。不过，报纸的内容很快就讲完了。于是他话锋一转，就大谈起面前的菜肴来。有时，他甚至现出体贴入微的样子，欠起身子，指着一块肉告诉包法利夫人说那是最嫩的一块，或是转向女用人，教她怎样烧肉和怎样调味才合乎卫生。他谈论香料、调味粉、肉汁和胶冻，头头是道，令人叹服。还不止此呢！奥梅先生脑子里所装的各色各样食品的做法，比他药店里所装的药瓶还多。他擅长制作各种蜜饯、醋和甜酒，又熟悉新发明的种种经济炉灶，还掌握保存干酪和治理坏酒的方法。

八点钟一到，药店该关门了，朱斯丹来叫他回去。这时，奥梅先生总是用嘲讽的目光先打量朱斯丹，尤其当费丽丝黛在场的时候。因为他发现他的徒弟喜欢上医生家来。

"这小子晓得动脑筋啦，"他说，"我看他爱上了你们家的用人。我敢打赌！"

朱斯丹还有一个更严重的缺点，经常遭到奥梅先生责备，那就是主人谈话的时候，他总爱待在一旁听。例如星期天晚上，孩子们躺在沙发上睡着了，肩背把过松的沙发套蹭了下来，奥梅太太就叫他抱他们到卧室去睡，他总是磨磨蹭蹭，不肯离开客厅。

星期天晚上，来药店老板家聚会的人寥寥无几。他爱说别人的闲话，加之他的政治观点，使得各方面有脸面的人，渐渐地都不愿与他过往了。见习生倒是每晚必到的。他一听见门铃响，知道是包法利夫人到了，就赶忙跑去开门，接过她的披肩。碰到下雪天，包法利夫人总在鞋子外面套一双布条编的大拖鞋，见习生也接过来，放在药房柜台下面。

大家先打几盘“三十一点”[1]，然后奥梅先生和爱玛打“对甩”[2]。莱昂站在爱玛后面，给她出主意。他双手扶着她的椅子靠背，打量着她插在发髻里的梳子。爱玛每次甩牌时，胳膊一抬，袍子的右下摆就提起来。她挽起的头发，把后背衬映成一片棕色，越往下越淡，渐渐没入黑影之中。牌甩出手之后，她的袍子又松松款款垂落在椅子两边，尽是褶子，一直拖到地上。偶尔，莱昂感到自己的鞋底踩住了袍子，就赶忙往旁边一闪，像是踩了什么人的脚似的。

打完纸牌，药店老板和医生开始打骨牌。爱玛换了位子，双肘支在桌子上翻阅《画报》。这本时装杂志是她带来的。莱昂坐在她旁边，和她一道欣赏上面的画。谁先看完，谁就等待着翻下一页。爱玛还常常请莱昂念诗给她听。莱昂拖长声音朗诵，每次总是刻意以

① 一种纸牌游戏，三张牌得三十一点为胜。

② 一种两人玩的纸牌游戏，自己手中不要的牌，得到对方允许可甩掉，然后再抓新牌。

描写爱情的段落结束。但是，骨牌的声音闹得他十分恼火。奥梅先生是骨牌老手，常常赢夏尔满双六。打满三轮一百分之后，两个人便伸开手脚烤火，不一会儿就呼呼睡着了。火渐渐熄灭，茶壶也空了。莱昂还在朗诵，爱玛一边听，一边随手转动着灯罩。灯罩上画着小丑坐马车和拿着平衡杆的女演员走钢丝。莱昂停下来，指一指两个睡着了的听众。于是，他们低声交谈起来；这时的交谈，由于没有人听见，他们觉得分外亲切。

就这样，他们之间建立了一种密切的关系，彼此经常交换书和抒情歌曲。包法利先生是个不爱吃醋的人，并不引以为怪。

包法利生日那天，收到一个研究骨相学用的蓝色头颅，上面标满了数字，连胸廓也标得密密麻麻。这是见习生的一番盛情。他的盛情远不止此，甚至跑到卢昂去替包法利买东西。当时有一位小说家写了本书，引起了一股仙人掌热，莱昂为包法利夫人买了一盆，坐在马车“燕子”里，抱在膝盖上，手指尽让刺扎破了。

爱玛叫人在窗口安了一块带栏杆的搁板，放她的花盆；见习生也在窗口吊了一个放花盆的架子。这样，两个人在窗口侍弄花的时候，彼此就能看得见。

全镇子有一家窗口，常常呈现分外忙碌的景象。天气晴朗的时候，每天下午和整个星期天，大家总看见那家的阁楼窗前，露出比内先生瘦瘦的侧影俯在旋床上。旋床单调的轰隆声，连金狮客店也听得见。

一天傍晚，莱昂回来，看见房里有块呢绒挂毯，浅色的底子上织着绿叶图案。他叫奥梅太太、奥梅先生、朱斯丹、孩子们和厨娘过来看，又把这件事告诉他的东家。人人都想见识见识这块挂毯。为什么医生太太送见习生这份厚礼？这事有点蹊跷。最后大家想，医生太太无疑是见习生的“相好”。

见习生也让人相信医生太太是他的相好，逢人就夸她美貌多才。但比内先生不爱听，有一回没好气地对他说：

“她美貌多才关我屁事，我又不同她往来！”

莱昂伤尽脑筋，琢磨怎样向爱玛“表明心迹”，但总是犹豫不决，既怕讨个没趣，又为自己如此胆怯而羞愧，既沮丧，又相思，简直想哭。过了一段时间，他毅然下定决心给爱玛写信，但写一封撕一封，一次次确定了时间，一次次往后推。他常常打算什么也不顾了，马上采取行动，但一到爱玛面前，决心立刻冰化雪消。这时，夏尔往往突然进来，请他一块儿坐马车去附近看一个病人。他连忙答应，向太太欠欠身子，转身就走。和爱玛的丈夫待在一起，不是等于和她的一样东西待在一起吗？

爱玛呢，压根儿就没有寻思过她是否爱莱昂。在她想来，爱情应当是突然到来，犹如狂风骤雨，夹着电闪雷鸣——自天而降的暴风雨，把生活搅得动荡不宁，把意志落叶般卷走，把整个心儿刮进无底的深渊。她不知道，倘若排水管堵塞了，暴雨会使屋顶的平台变成汪洋。她还以为住在下面安然无事呢，蓦抬头，却发现墙壁出现了一道裂缝。

5

那是2月一个星期天下午，天上飘着雪花。

包法利夫妇、奥梅先生和莱昂先生，一块儿去离永维镇半法里的一条山谷里，参观正在建设的一座麻纺厂。药店老板带上了拿破仑和阿达莉，让他们锻炼锻炼。一路上由朱斯丹照顾他们，为他们扛着雨伞。

本来以为会很有趣的这次参观，却再乏味不过。一大片空地上，在几堆沙子和卵石之间，乱扔着几个已经生锈的齿轮，当间一座长方形建筑物，开了许多小窗子。楼还没有完工，透过屋顶的椽子，望得见天。山墙的小梁上，拴着一捆麦秸，里头夹杂着麦穗，上面的三色彩带在风中哗啦啦飘摆。

奥梅倒是滔滔不绝，向大家介绍未来的这座麻纺厂的重要性，还估算楼板的承载力和墙壁的厚度，直后悔没带根米度尺来。比内先生就有一根米度尺，自有他的特殊用场。

爱玛挽住奥梅先生的胳膊，微微靠着他的肩膀，望着远处一轮圆圆的太阳，透过雾气，放射着耀眼的白光。她转过头，看见夏尔站在那里，帽檐一直拉到了眉毛上，两片厚厚的嘴唇哆嗦着，使他那张脸更显出一副蠢相。甚至他的背，他那一动不动的背，也让人看不顺眼。就是他的大衣，在她看来，也和他的人一样，俗不可耐。

爱玛这样打量着丈夫，气不打一处来，却从中尝到一种反常的乐趣。正在这时，莱昂朝她走了一步。由于寒冷，他脸色发白，看上去一副文弱的样子，更加柔嫩动人。他的领带和颈子之间，衬衣领子稍稍松开，露出皮肤；一绺头发盖住了耳朵，只有耳垂露在外面；一双蓝色的大眼睛凝望浮云，在爱玛看来，比群山环抱中倒映蓝天的湖泊还要清澈迷人。

“该死的！”药店老板突然叫起来。

他向儿子跑过去：那孩子想使鞋子变白，跳进了一堆石灰。拿破仑挨了一顿好骂，又哭又嚎；朱斯丹拿了一把麦秸帮他擦鞋。但是需要刀子，石灰才刮得下来。夏尔掏出随身带的刀子递过去。

“啊！”爱玛暗自说，“他口袋里居然带把刀子，像庄稼人一样！”

开始下霜了，大家返回永维镇。

这天晚上，包法利夫人没去邻居家玩。夏尔一走，她感到很孤单，下午的对比又在心头涌起，那样清晰，几乎就在眼前。不过，那毕竟已成记忆，可望而不可即。她躺到床上，瞧着壁炉里通亮的火，下午的情景又在眼前晃动起来：莱昂站在那里，一只手折弯细细的手杖，另一只手牵着安静吮着冰块的阿达莉。她觉得莱昂可爱，不想他根本办不到。于是，又想起他别的时候别的姿态、他讲过的话、他的声音和他的整个人，不知不觉，像要与人接吻一样，嘴唇前伸，喃喃说道：

“是的，可爱！可爱！……他在爱吗？”她问道，“爱谁？爱我啊！”

莱昂爱她的一个个证据，一齐展现在眼前，她的心突突跳起来。壁炉里的火焰放出的亮光，在天花板上欢快地摇曳。她翻身仰卧，舒展双臂。

接着，她连连哀叹起来：

“咳！要是老天爷肯这样安排该多好！为什么不呢？有谁阻拦吗……”

半夜时分，夏尔回来了，她佯装刚睡醒。夏尔脱衣服弄出响声，她就抱怨偏头疼，过了片刻，又懒洋洋地问他晚上玩得怎么样。

“莱昂先生很早就上楼歇息去了。”夏尔答道。

爱玛禁不住露出了微笑，心间充满新的奇妙感觉，很快进入了梦乡。

第二天傍晚，时新服饰商勒乐来看她。这位店主是个很精明的生意人。

勒乐出生于加斯康，在诺曼底长大，所以既像南方人爱饶舌，又有科地区人的狡猾。他一张虚胖的脸，没有留胡子，仿佛抹了一层淡淡的甘草水；满头银发，把一双乌黑的小眼睛衬托得更加贼亮。谁也不知道他的来历，有人说他当过流动小贩，也有人说他在卢托开过钱庄。但有一点确实无疑，就是他善于算计，连比内都怕他几分。他对人谦恭，几乎有点谄媚逢迎，见谁都点头哈腰，姿势既像鞠躬，又像邀请。

他摘下饰有绉纱的帽子，挂在门口，进得屋来，把一个绿色纸盒放在桌子上，一开口就客客气气向太太抱怨，至今他尚未得到她的信任。当然，像他那样一家小店，不足以吸引“高雅女士”（这几个字他说得特别重），不过太太要什么尽管吩咐，他会尽心尽力，满足她的愿望，不管是缝纫用品、床单台布、帽子，还是时新服装，样样保证提供，因为他每月定期进城四趟，与所有实力最雄厚的商号都有联系。不管在“三兄弟”“金胡子”还是“大野人”，提起他，没有一家掌柜不熟悉，而且熟得不能再熟哩！今天他顺路登门，是因为他遇到难得的机会，进了几样商品，送来给太太看看。说罢，他从纸盒里抽出半打绣花领子。

包法利夫人仔细看了看说：

“我全用不着。”

于是，勒乐先生小心翼翼拿出三条阿尔及利亚披肩、几包英国针、一双草编拖鞋，还有四个椰子壳蛋杯，是由囚犯精心镂刻的。然后，他手扶桌子，抻长脖子，探着身子，半张着嘴，两眼随着爱玛犹豫不决的目光，在货物上溜来溜去，还不时用指甲掸一掸完全摊开的丝披肩，像是要掸掉上面的灰尘。披肩被掸得微微颤动，发出轻微的窸窣声，上面金色的闪光片，在薄暮青幽幽的光辉中，星星般闪烁。

“多少钱一条?”

“要不了几个钱,”勒乐答道,“要不了几个钱,也不必急着就给。你什么时候方便什么时候给好了,我们又不是犹太人!”

爱玛考虑片刻,最后还是婉言谢绝了。勒乐先生毫不介意地说道:

“不要紧,生意不成仁义在嘛。和太太们我向来是谈得拢的,只有和我自己家那口子除外。”

爱玛微微一笑。

“我的意思是说,”勒乐开了句玩笑,露出憨厚的样子又说道,“我并不把钱放在心上……钱嘛,你要是手头紧,我可以借给你。”

爱玛显得有点吃惊。

“哎!”勒乐赶忙低声说,“我不要走多远就能给你搞到,相信我好了。”

他说罢话头一转,又打听法兰西咖啡店老板泰里耶老爹的情况。包法利先生正在给泰里耶治病。

“泰里耶老爹究竟得了什么病?……他咳嗽起来,整个屋子都给震动了。我担心他很可能不再需要买法兰绒内衣,而要买松木外套啦!他年轻的时候荒唐得够可以的!这种人呀,太太,一点约束都没有。他是让烧酒给烧坏了!不过,眼睁睁看到一个老相识就这样离开我们而去,总叫人心里不好受。”

勒乐说着,一面把东西重新装进纸盒,一面又对医生诊治的病人大发议论。

“这些病大概与天气有关。”他露出阴沉的脸色,望着玻璃窗说道,“我最近也感到不适,背部经常疼痛,少不得哪天要来找你家先生给瞧瞧。得啦,再见吧,包法利夫人。我是你忠实的仆人,随时愿为你效劳！”

他轻轻带上门。

爱玛叫女用人用托盘把晚餐送到卧室，让她坐在火炉边吃。她细嚼慢咽吃了好长时间，因为她心情很舒畅。

“我真老实！”她想到那些披肩，自言自语。

楼梯上传来脚步声：是莱昂来了。她忙站起来，从五斗柜上等待缲边的布里顺手拿起一块。当莱昂进来时，她显得正忙着呢。

谈话没有一点生气。包法利夫人经常一句话说了半截就打住。莱昂呢，显得非常拘谨，坐在壁炉边一张矮椅子上，手里转动着象牙针线盒。爱玛只顾穿针走线，不时用指甲在布边上打褶子。她不说话；莱昂也默不作声，仿佛被她的沉默迷住了，就像往常被她的谈话迷住了一样。

“可怜的小伙子！”爱玛暗自说道。

“我什么地方惹她不高兴啦？”莱昂暗自问道。

然而，他终于打破了沉默，说他最近要去卢昂为事务所办事。

“你订的音乐杂志就要到期了，要不要我帮你续订？”

“不用啦。”爱玛答道。

“为什么？”

“因为……”

爱玛紧闭双唇，慢腾腾地扯起长长的灰色的线，缝了一针。

莱昂一看她手里的活儿，心里就有气。爱玛的手指尖似乎都扎破了，他脑子里闪过一句献殷勤的话，但没敢贸然说出口。

“那么你半途而废啦？”他又问道。

“什么？”爱玛反问道，“音乐吗？咳！上帝，只好半途而废啦。你没见到我要操持一个家，要照顾我丈夫，有干不完的事情，尽不完的义务，哪里还顾得上音乐！”

她说着看一眼座钟。这么晚了夏尔还没回来，她装出担心的样子，甚至连说了两三遍：

“他这个人可好呢！”

见习生很喜欢夏尔先生，但此时此刻看到爱玛对他如此深情，感到又意外又不是滋味。然而，他继续赞扬他，说人人都说他好，尤其是药店老板。

“是啊，他为人挺正直。”爱玛又说一句。

“的确。”见习生附和道。

他接着开始议论奥梅太太，说她很不注意穿着打扮，经常引起他们发笑。

“这有什么关系？”爱玛打断他说道，“一位家庭主妇才不会把心思花在打扮上呢。”

说完，她又陷入了沉默。

随后几天，情形都是如此。爱玛的言谈、举止，统统变得与从前不一样了。大家都注意到，她比从前更把家务事放在心上，每天准时上教堂，对女用人也管得比较严了。

她把白尔特从奶妈家接了回来。家里来了客人，费丽丝黛就领她出来，包法利夫人撩起她的衣服，让客人看她的小胳膊小腿。她宣称自己爱孩子，孩子是她的安慰，她的欢乐，她的心肝宝贝。她爱抚孩子，总带着奔放的感情。永维镇以外的人见了，一定会想起《巴黎圣母院》里的莎谢特[①]。

夏尔每天回到家，总发现拖鞋放在火炉边烤得暖暖的。现在，

---

① 莎谢特是雨果著名小说《巴黎圣母院》中女主人公爱丝梅哈达的母亲，对女儿感情特别深厚。

他的坎肩不再缺衬里，衬衫不再缺纽扣；他如果有兴趣打开衣柜看一看，会发现一顶顶睡帽摆得整整齐齐。他提议去花园里转转，爱玛再也不会表示不乐意；他的建议，爱玛即使不明白他的意图，也会百依百顺，没有半句怨言。每天晚饭之后，他往火炉角落一坐，双手放在肚皮上，双脚搁到柴架上，脸因为食物正在消化而通红，眼睛因为幸福而熠熠生辉。孩子在地毯上爬来爬去；身材苗条的妻子走到他身后，隔着椅子靠背吻他的前额。

莱昂看到这情形，禁不住暗自说：

“我真要疯了！怎能和她亲近呢？”

在他看来，爱玛是那样贞洁，那样高不可攀。他放弃了一切希望，连最渺茫的希望也不敢再存。

但是，这种自暴自弃，反而使爱玛在他心目中所占的地位更加不同寻常。在他看来，既然肉体上他得不到什么，爱玛的可贵之处也就不再在肉体方面；她在他心头扶摇直上，超凡脱俗，冉冉升入仙境。这是一种纯洁的感情，它并不妨碍日常生活，具备它是一种慰藉，一旦丢了，就会特别痛苦。人们培养这种感情，就在于它的珍贵。

爱玛日渐消瘦，面颊苍白，脸显得长了，头发乌黑，大眼睛，直鼻梁，步履像鸟儿一样轻盈，现在更经常默默不语。看上去，她不是身处浊世而纯洁无瑕，额头上隐约打着命数高洁的印记吗？她那样忧悒又那样安详，那样温柔又那样持重，整个人透露出一种冷冰冰的魅力，就像教堂里那馨香的鲜花，点缀着冰冷的大理石，令人禁不住打寒噤。就连其他人也经受不住这种诱惑，药店老板就常说：

“这是一个才智超群的女性，就是嫁给县太爷，也没有什么不配!”

家庭主妇们称赞她节俭，登门求医的人称赞她注重礼节，穷苦人则称赞她慷慨仁慈。

但是，她心里充满欲念、愤怒和怨恨。她褶子平整的长袍下，掩藏着一颗骚动不安的心；她那张爱面子的嘴，绝不说出内心的痛苦。她爱莱昂，却寻求孤独，以便更自由自在地思念他的音容笑貌。但一见到他本人，这种思念的乐趣就全给扰乱了。只要听见莱昂的脚步声，她的心就咚咚乱跳；及至莱昂来到面前，激动的心情立即冷却了。她自己莫名其妙至极，最后陷入了郁悒。

莱昂每次离开她家，总是心灰意冷，却不知道他一出门她就站起来，目送他在街上行走。她关心他的行踪，窥伺他的表情，甚至有鼻子有眼地编造一件事，作为借口，去看他的房间。在她看来，药店老板的妻子真幸福，能够和莱昂住在同一个屋顶下。她的思想经常飞到那个家，就像金狮客店的鸽子，常常飞到它的檐槽里，打湿它们粉红色的脚和雪白的翅膀。可是，爱玛越是意识到自己的爱情，就越是把它压在心底，不让它流露出来，而让它慢慢淡薄。她希望莱昂猜出她的心事，并且想象出种种偶然机会或意外变故，帮助莱昂明白她的心迹。她之所以没有付诸实际行动，大概是由于怠惰或畏惧；怕羞也是原因之一。她想来想去，觉得自己拒人于千里之外，的确做得太过分了，现在后悔已晚，一切都无法弥补了。她认为这是一种牺牲，只有当她暗自说“我守贞操”，并且摆出认命的样子，照照镜子，这才产生一种骄傲、喜悦之感，稍稍得到一点安慰。

于是，肉体的欲望、金钱的渴求和感情的压抑，纠缠在一起，使她深深地陷入痛苦。她的思想不但不从中摆脱出来，反而愈陷愈深，甚至处处自寻烦恼，增添自己的痛苦。一个菜没烧好或一扇门没关严，她都会气恼；她哀叹自己没有丝绒衣裳，没有幸福，哀叹自己幻想太多，居室太窄。

最令她气不过的是夏尔对她的痛苦麻木不仁。夏尔深信他使她幸福，这对她简直是一种愚蠢的侮辱；他由此产生的安全感，不啻是忘恩负义。请问，她如此忠贞，究竟是为谁？难道他夏尔不正是一切幸福的障碍，一切痛苦的根源？他不正像皮带上密密麻麻的扣钉，把她箍得紧紧的，让她喘不过气来？

因此，爱玛把烦恼而生的种种怨恨，统统发泄到夏尔头上。她有时也想减轻这种怨恨，但任何努力只能使它愈积愈深。因为这种徒劳无益的努力，反而进一步给她造成种种失望，越发扩大了他们之间的距离。她对自己的温顺生了反感。家庭生活的平淡无奇使她幻想奢华的生活，夫妻间感情的现状使她产生了通奸的欲念。她巴不得夏尔揍她，那样她就更有理由憎恨他，报复他。有时，她发觉思想上竟产生了这样冷酷的念头，自己也不免大吃一惊。可是，还得继续强装笑脸，一再听别人讲她真幸福，并且装出幸福的样子，让别人相信她的确如此。

她厌恶这种虚伪做法，多次跃跃欲试，想与莱昂一道私奔，逃得远远的，到天涯海角去尝试一种新的命运。可是，每想到这里，她的灵魂里就现出一个黑洞洞的深渊。

“况且，他不再爱我了。”她寻思道，“怎么办好呢？指望谁来搭救我，安慰我，来减轻我的痛苦？”

她经常精疲力竭，胸闷气短，痴痴呆呆，低声啜泣，满面垂泪。

“干吗不和先生谈谈呢？”女用人进来，正赶上她发作，免不了这样问道。

“这是神经性的，”爱玛答道，“别和他谈，他会着急的。”

“哦！对了，”费丽丝黛接过话茬说道，“你就像小盖兰一样。小盖兰是波莱的渔夫盖兰老爹的女儿，我来你家之前在迪普认识的。她是那样忧郁，一天到晚愁眉不展，往自家门口一站，人家还以为她家门口挂着一块裹尸布呢！她的病，从她的表现看，就像是她脑子里起了雾，医生治不了，本堂神甫也无能为力。病得厉害时，她就一人跑到海边。海防官员巡逻时，常常看见她趴在乱石滩上哭泣。不过，据说后来嫁了人，病就好了。”

“可是我，”爱玛说道，“是嫁人以后才得这病的。”

6

一天傍晚，爱玛坐在敞开的窗前，看教堂执事赖斯迪布都瓦修剪黄杨枝，突然听见晚祷的钟声响了。

正当4月初，报春花开，和煦的风吹拂着花圃；家家的花园都像妇女一样，正在着意换装，准备迎接欢乐的夏天。透过花棚的空隙放眼望去，就见河流悠闲自在地在草原上蜿蜒流过。晚岚在尚未长出叶子的杨树之间浮动，像薄纱挂在枝头，比薄纱颜色还淡，还更透明，飘忽不定，把杨树的轮廓衬托成淡紫色。远处有牲畜在走动，但既听不见它们的脚步声，也听不见它们叫唤。钟还在响，像一声声哀叹，继续在空中平静地传播。

这一下一下重复着的钟声，在少妇的思想上，勾起了少女时代和在修道院寄宿时期的回忆。她记起祭坛上那些比插满鲜花的花盆还高的大烛台，记起那带小立柱的圣体龛。她多么想像过去一样，加入修女们的行列，跪在跪凳上低头祷告；从旁边望去，只见一长溜雪白的面纱，间忽露出一顶硬挺挺的黑色修女帽。星期天做弥撒的时候，她常常抬起头，透过缭绕升腾的淡蓝色香烟，瞥见圣母慈祥的面容。回想到这里，她心头顿生感触，觉得自己软弱无力，无依无靠，像一根羽毛飘摇在风暴之中。她不知不觉地向教堂走去，准备做任何虔诚的祈祷，只要能让她的整个灵魂投入进去，只要能彻底忘掉现实的生活。

在广场上，她碰到刚敲完钟的赖斯迪布都瓦正往回赶。此人每天的时间一分一秒都不放松，工作撂下了，赶回去接着干。至于敲钟，全看他什么时候方便。再说，敲早点也有好处，可以提醒孩子们，上教理问答课的时间到了。

有些孩子已经到了，在公墓的石板上玩弹子。还有一些骑在矮墙上，两腿晃来晃去，木头套鞋踢着矮墙和新坟之间高高的荨麻。这块荨麻是唯一的一块绿地；其他地方都是石板，上面总是覆盖着一层浮尘，尽管教堂管事经常打扫。

穿布鞋的孩子在墓地追逐打闹，仿佛这是专供他们玩耍的地方。当当的钟声也盖不住他们的喧嚷。从钟楼上垂下一根粗绳子，末端一直拖到地上。随着它摆动幅度的变小，钟声也越来越小。燕子呢喃着掠空而过，迅速飞回檐瓦下黄色的窝巢。教堂里亮着一盏灯，即一根灯芯点亮在一个玻璃罩子里，悬挂在半空。那灯光远远望去，犹如油上面颤悠悠漂着一个灰白色的点子。一道长长的阳光照亮整个大殿，却使两旁的侧道和角落反而显得更暗了。

“神甫在哪里？”包法利夫人问一个男孩。那男孩正晃动着已有些松动的栅栏门玩。

“就快来啦。”男孩答道。

果然，本堂神甫住宅的门嘎吱响一声，布尔尼贤先生就出现了。孩子们一窝蜂似的逃进教堂。

“这帮调皮鬼，”神甫低声说道，“总是这样!”

他的脚碰到一本破破烂烂的《教理问答》课本，便弯腰捡起来。

“什么也不尊重!”

但是，他一看见包法利夫人，就连忙说道：

“对不起，我没有认出你。”

他把《教理问答》塞进口袋，停住脚步，圣器室沉甸甸的钥匙，夹在两个指头之间，一直不停地来回晃动。

落日的余晖照亮他的整个面孔，也使他那件两肘处磨得发亮、下摆脱线的道袍微微泛白。在他宽阔的胸部，沿着那一排小纽扣，布满了油渍和烟草斑点，离领巾越远就越多；领巾上搭着脖子皱巴巴的红皮肤；皮肤上面散布着黄色斑点，直到又粗又硬的灰白胡须，才看不见。他刚吃过晚饭，呼呼喘着气。

“你身体怎么样?”神甫补充一句。

“不好，”爱玛答道，“我感到难受。”

“哦！我也感到不舒服。”教士说，“这些天乍一热起来，人都感到浑身软绵绵的，不是吗？可是有什么法子呢？我们生来就是受苦的，正如圣·保罗所说的。倒是包法利先生，他怎么想?”

“他!”爱玛鄙夷地说道。

“怎么!”好心的教士十分意外，说道，“他没有开点什么药给你吃吃?”

“唉!”爱玛说，“我需要的不是吃的药。”

神甫不时往教堂里看几眼。孩子们在里头跪成一排，用肩膀你撞我，我撞你，撞来撞去，一个倒下，其他人跟着全倒下。

“我想知道……”爱玛接着说。

“请等一等，等一等。里布德，”神甫生气地喊道，“看我不揪你的耳朵，捣蛋鬼！”

然后，他转向爱玛：

“这是木匠布德的儿子。父母有几个钱，对他十分娇纵。其实，只要肯学，他是学得好的，因为他很有天分。我有时为了打趣，叫他里布德（去马洛姆经过的那座山就叫这个名字），我甚至叫他：蒙里布德。啊，啊！蒙里布德[①]！那天，我把这个名字学给主教大人听，主教大人哈哈大笑……他居然不顾身份笑了。嗯，包法利先生怎么样？”

爱玛仿佛没听见。神甫继续说道：

“大概总是忙得不亦乐乎吧？我和他无疑是本教区最忙的两个人。不过，他是医治肉体的医生，”说到这里，神甫憨厚地笑了笑，“而我是医治心灵的医生！”

爱玛用哀求的目光看着神甫。

“是啊……”她说，“你减轻所有人的苦难。”

“咳！别提啦，包法利夫人。就在今天早上，我还不得不去下迪俄维尔跑了一趟。那里有头母牛腹部肿胀，村里人以为是中了邪。不知道怎么回事，全村头头母牛都……哦，对不起！龙格马尔，里布德！两个鬼东西！你们到底有完没完？”

神甫一个箭步冲进了教堂。

于是，孩子们一窝蜂拥挤到大讲经台四周，爬上唱诗班的凳子，打开弥撒经书。有几个蹑手蹑脚，眼看就要溜进忏悔室。但是，神甫冷不防给了他们一顿巴掌，抓住他们的衣领子，一个个拎

---

①法语里mon（我的）和mont（山）谐音，汉语均可音译为“蒙”。“蒙里布德”既可听为“我的里布德”，又可听为“里布德山”，一语双关。

起来，狠狠掼在唱诗台前的石板地上，让他们双膝下跪，就像要他们在那里生根似的。

“好啦！”神甫回到爱玛身边，抖开一块宽大的印花布手帕，用牙齿咬住一个角，说，“庄稼人实在可怜！”

“可怜的何止他们。”爱玛说道。

“当然啰！比方说城里的工人。”

“我指的不是工人……”

“对不住！在工人之中我认识一些家庭主妇，一些很贤惠的妇女，我向你保证，可以说都是真正的女圣人，可是她们连面包都没有。”

“可是，有些女人，”爱玛说道（她说话时嘴角抽动），“有些女人，神甫先生，她们有面包，却没有……”

“冬天没有火。”神甫接着说道。

“哎！没有火有什么要紧？”

“怎么！有什么要紧？看来，凡是温饱有保障的人……嗯，说到底……”

“我的上帝！我的上帝！”爱玛连连哀叹。

“你感到不舒服吗？”神甫关心地走到爱玛面前，“莫不是消化不良吧？应该回家去喝点茶，包法利夫人，可以帮助你提提神，或者喝杯加粗红糖的凉水也行。”

“为什么喝那种东西？”

爱玛的神态仿佛刚从梦中醒来。

“因为我见你用手摸额头，以为你头晕。”

说罢，神甫话锋一转，问道：

“你刚才问我什么来着？问的是什么？我都想不起来啦。”

“我吗？没有……什么也没问……”爱玛连连否认。

她环顾四周，目光慢慢落到穿道袍的老头儿身上。他们面对面，默默地对望着。

“那么，包法利夫人，”终于还是神甫打破沉默，“请原谅，你知道，责任比什么都重要，我得去管这批淘气鬼。初领圣体的日子眼看就要到了。我担心我们又要措手不及。所以从耶稣升天节起，我要他们每星期三准时来，多上一小时课。这些可怜的孩子！务必尽早把他们引上我主指引的道路，正如我主通过他的圣子之口亲自教导我们的那样……多保重，夫人，请替我向你先生致意！”

神甫说完向教堂走去，一到门口就做了个屈膝下跪的姿势。

爱玛看见他在两排长凳之间拖着沉重的脚步往里走，头略歪向一边，双手抄在背后，手掌向外微微张开，一会儿就看不见了。

她就像安在一根轴上的木头人，一下子车转身子，往家里走去。但神甫粗大的嗓门和孩子们清脆的声音，仍继续传进她的耳朵：

“你是基督徒吗？”

“是的，我是基督徒。”

“什么叫作基督徒？”

“就是经过洗礼……洗礼……洗礼的人。”

爱玛扶着栏杆爬上楼梯，回到卧室，倒在一张扶手椅里。

从窗户里透进的灰白的光，颤悠悠的，渐渐变暗。家具都待在原来的位置，似乎变得更加呆板了，湮没在黑沉沉的大海般的黑暗之中。壁炉熄灭了，座钟照例嘀嗒走动。爱玛约略有些惊异：周围竟这样宁静，而她自己心里正烦乱不堪！这时，站在窗户与做针线活儿的桌子之间的小白尔特，穿一双毛线织的小靴子，摇摇晃晃走到母亲面前，伸手想抓住她的围裙的带子。

“走开!”母亲说着用手推开她。

不一会儿，小姑娘又来了，越发紧贴母亲的膝盖，双臂放在上面，抬起一双蓝色的大眼睛望着她，而一丝清亮的哈喇子从小嘴里流出来，掉在绸围嘴上。

“走开!”少妇生气地重复道。

孩子被她的脸色吓得哭喊起来。

“哎！叫你走开嘛!”爱玛说着用胳膊肘将女儿一搡。

白尔特摔倒在五斗柜前，脸碰在铜拉手上，破了一道口子，流血了。包法利夫人慌忙跑过去将她扶起，伸手拉铃叫女用人，把铃绳拉断了，便声嘶力竭叫起来。她正要诅咒自己，夏尔进来了。是吃晚饭的时候了，他刚回来。

“你瞧，亲爱的,”爱玛以平静的声音对丈夫说，“瞧这小东西在地上玩摔伤了。”

夏尔安慰她，说伤势并不严重，随后便去找药膏。

包法利夫人不肯下楼，要一个人待在卧室里看护孩子。当她看到孩子睡着了时，心头的担心才渐渐消失。她觉得自己真是又傻气，又善良，居然为了这么点小事就六神无主。白尔特的确不再抽泣，呼吸也平匀了，身上的棉被随之微微起伏；眼角停着两颗大泪珠，眼睑半闭，透过睫毛，可以看见深陷在眼眶里的浅白色眸子；贴在面颊上的药膏，把皮肤绷得紧紧的，使脸蛋有点歪。

“真奇怪,”爱玛想道，“这孩子怎么长得这样丑!”

夏尔夜里十一点钟从药店回来（晚餐后，他把用剩的药膏送回药店），发现妻子站在摇篮边。

“我不是对你说过吗，不要紧的。”他在妻子额头印一个吻，说道，“我可怜的娇娇，不要心焦啦，不然你要病倒的！”

今晚他在药店老板家待了好长时间。他倒是没有显得心烦意乱，但奥梅先生还是一个劲安慰他，叫他不要垂头丧气。于是，他们谈起了孩子们可能遇到的种种危险和用人们的粗心大意。这方面，奥梅夫人深有体会。她胸前还有一个火炭灼烫的痕迹，就是小时候，厨娘不当心把一钵火炭打翻在她的围嘴上烫的。所以他们这对慈爱的父母总是处处留意，刀子从不磨快，地板从不打蜡，窗口都装有铁栏杆，壁炉前也装了牢固的栏杆。奥梅家的孩子们，别看全都无拘无束，但后面没有人跟着，全不准挪动一步；稍一伤风感冒，父亲就给他们灌药；直到四岁多，还让他们戴一顶厚厚的防跌软垫帽，半点都不可怜他们。不过，说实话，这种怪主意是奥梅太太出的；她丈夫心里发愁，担心那样紧紧箍着头，长久下去，会影响大脑的正常发育。

夏尔几次想打断闲聊，早点离开。

下楼梯时，他附到走在前面的见习生耳朵边，悄声说：

“我有话和你说。”

“难道他觉察出什么了吗？”莱昂暗自嘀咕开了，心怦怦乱跳，胡思乱想起来。

出了药店，带上门，夏尔才央求莱昂帮他去卢昂看一看，照一张讲究的达格雷相片要多少钱。他一直想照一张穿黑礼服的照片，送给妻子，给她感情上一个意外的欣喜，表明他是一个感情细腻的丈夫。但在去照相之前，他想做到心中有数。求莱昂先生办这点事，大概不至于使他为难，因为他差不多每星期都进城。

莱昂常进城干什么？奥梅先生疑心是年轻人干荒唐事，和什么女人勾搭上了。其实他错了，莱昂根本不寻花问柳。现在他比任何时候都心事重重。这一点，勒佛朗索瓦太太从他每餐所剩饭菜的多少，已经有所觉察。为了摸清底细，她还向税务员比内先生打听，但比内没好气地回答说，他不是“警察局雇的包探”。

不过，比内先生觉得这位同桌用餐的伙伴很古怪，因为莱昂常常往椅子上一仰，双臂一摊，没头没脑抱怨生活没意思。

“这是因为你不注意消遣。”税务员说。

“怎样消遣?”

“我要是你，就弄它一台旋床!”

“可是，我不会旋呀。”见习生答道。

“哦！这倒是!”比内现出轻蔑而自得的神气，抚摸着下巴。

莱昂已经厌倦没有结果的爱情。再说，生活天天是老一套，千篇一律，既没有兴趣支持，也没有希望指引，他也感到难以忍受。他烦透了永维镇和永维镇人，一看到某些人和某些房屋，他就气不打一处来。药店老板可谓老好人一个，可是在他眼里也变得完全不可忍受了。然而，换一个新环境的前景，固然有诱惑力，但也令他畏惧。

这种畏惧很快变成了焦躁。于是乎，巴黎远远地召唤着他，用化装舞会的鼓乐声和轻佻姑娘们的笑声。既然他要去那里完成法科学业，何不现在就去呢？有谁阻拦他吗？于是，他开始在思想上准备起来，预先想好到了那里干些什么。他在想象中给自己布置了一套公寓。他要在那里过艺术家的生活！他要在那里学弹吉他！他将置一件室内便袍、一顶巴斯克无边软帽、一双蓝绒拖鞋！甚至，他已经在欣赏壁炉上交叉挂着的两把花剑，以及上头挂的死人头颅和吉他。

难的是取得母亲的同意，尽管他这样做是非常明智的。连他东家也建议他到别的事务所看看，能否在那里求得更好的发展。他采取折中办法，去卢昂找第二个见习生的位置，但没有找到。最后，他给母亲写了一封长信，详详细细说明他务必马上去巴黎的理由。母亲同意了。

然而他并不急于动身。整整一个月，伊韦尔每天从永维镇到卢昂、从卢昂到永维镇，帮他运送箱匣包裹。他重新添置了衣服，请人修理了三张软椅，买了许多绸巾。总之，所预备的东西，足可以周游一趟世界，而行期却一周又一周推迟，直到收到母亲第二封信。母亲催他赶快动身，既然他希望在放暑假之前通过考试。

告别的时刻到了，奥梅太太潸然泪下，朱斯丹泣不成声，奥梅先生是坚强的男子汉，才掩饰住激动的心情。他要亲自帮朋友拿大衣，一直送到公证人家门口。公证人顺便让莱昂搭他的马车去卢昂。莱昂只有一点时间去向包法利先生告别。

他上到楼梯口时，感到喘不过气来，只好停了停。当他跨进房门，包法利夫人忙站起来。

“我又来啦！”莱昂说道。

“我就知道是你。”

爱玛咬住嘴唇，血往上涌，从头发根到脖子，满脸绯红。她仍然站着，肩头靠着护墙板。

“先生不在家吗？”莱昂问道。

“不在家。”

爱玛又重复一次：

“他不在家。”

接着一阵沉默。两个人对视着。他们的思想，像两个骚动不已的胸脯紧贴在一起，沉浸在同样的痛苦之中。

“我很想亲亲白尔特。”莱昂说。

爱玛下了几级楼梯，唤费丽丝黛。

莱昂向周围深情地打量一眼，目光停留在墙上、摆设架上、壁炉上，仿佛想穿透一切，带走一切。

爱玛回来了，随即女用人领来了白尔特。小姑娘手里摆动着一根细绳子，绳子末端拴着一个头朝下的风车。

莱昂在她的脖子上连亲几下，说：

“再见啦，可怜的孩子！再见，亲爱的小宝贝，再见！”

说罢他把孩子交给她母亲。

“带走吧。”爱玛对女用人说。

房里只剩下他们两个人。

包法利夫人背过脸去，贴在一块窗玻璃上；莱昂手里拿着便帽，在大腿上轻轻拍着。

“要下雨。”爱玛说。

“我有斗篷。”莱昂说道。

“哦！”

爱玛转过身来，微低着头，阳光映在额头上，就像照在一块大理石上，直到弯弯的眉毛。谁也不知道她在地平线上望见了什么，也不知道她心里想些什么。

“那么，再见吧。”莱昂叹口气说道。

爱玛猛地抬起头：

“好，再见……走吧！”

两个人同时向对方走去。莱昂伸出一只手，爱玛犹豫一下：

“哦，英国式的！”她说着把手伸过去，勉强笑了笑。

莱昂感觉到她的手握在自己的手里，觉得自己的全部生命活力都传给了那个汗津津的手掌。

握了一会儿，他松开手，再次四目相对。莱昂转身出了房门。

走到菜市场，他停住脚步，躲在一根柱子后面，最后一次打量那座有四扇绿色百叶窗的白房子。他似乎看见一个人影在卧室的窗户后面；窗帘好像没有人碰，就自动从挂钩上解了下来，斜斜的长褶缓缓移动，最后一下子抖落开了，直挺挺垂挂在那里，静静地犹如一面墙壁。莱昂拔腿跑起来。

他远远瞥见东家的有篷双轮轻便马车停在路上，旁边一个系粗麻布围裙的人拽住马缰。奥梅与纪尧曼先生在闲谈：他们在等待他。

“拥抱我一下吧。”药店老板眼里噙着泪花说道，“这是你的大衣。我的好朋友，当心受凉！照顾好自己，多多保重！”

“好啦，莱昂，上车吧！”公证人喊道。

奥梅向挡泥板探着身子，用泪水哽住的嗓音，凄凄切切说出四个字：

“一路顺风！”

“晚安！”纪尧曼先生答道，“撒手，上路！”车子开动了，奥梅才转身回家。

包法利夫人推开朝花园的窗子，观察风云。

西边卢昂的方向，乌云密布，似黑浪汹涌，滚滚而来；后面，一道道阳光，越过云头，像一支支金箭，高悬空中，而天空的其余部分，看不到一丝云翳，瓷器般白晃晃的。一阵狂风，刮得棵棵白杨弯下腰，接着一阵骤雨，哗哗啦啦打在碧绿的叶子上。不多一会儿，雨霁日出，母鸡咯咯叫唤，麻雀在水淋淋的灌木丛里拍打翅膀，沙地上的积水带着粉红色的金合欢花，汩汩流淌。

“啊！他该走好运啦！”爱玛想道。

奥梅先生一如往常，在六点半钟吃晚饭的时候来了。

“喂，”他一边坐下一边说，“我们的年轻人今儿下午总算是走了吧！”

“算是吧！”医生答道。

说着他在椅子上转过身子：

“府上怎样？”

“没怎么样。只是我太太下午有点难过。你知道，女人嘛，芝麻大一点小事就搞得心神不宁，尤其我那一口子！不过，我们大可不必对此抱反感，因为女人的神经组织，比我们的敏感得多。”

“可怜的莱昂！”夏尔说道，“他在巴黎怎么生活？习惯得了吗？”

包法利夫人叹口气。

“担什么心！”药店老板咂舌道，“高雅的聚餐呀！化装舞会呀！香槟酒呀！一切都如鱼得水，放心吧！”

“我相信他不会乱来的。”包法利指出。

“我相信他也不会！”奥梅先生忙附和道，“尽管他如果怕人家说假正经，就得随波逐流。你不了解拉丁区那些浪荡公子与女戏子们所过的生活！再说，大学生在巴黎是很被看好的，只要有一点点寻欢作乐的才情，上流社会就会接纳他们。连圣-日耳曼区的贵妇人也有爱上大学生的。交上这样的桃花运，当然不愁没有机会攀高枝结婚。”

“不过，”医生说，“我替他担心的是那里……”

“你的担心不无道理。”药店老板打断医生的话，“正是嘛，事情还有坏的一面！在那种地方，你得时时处处留心自己的钱包。譬如在公园里，过来一个人，穿得很讲究，甚至佩着勋章，你还以为是个外交官呢。他走近你，和你攀谈，你们就聊起来。他还乖巧地拿鼻烟给你闻，或者帮你拾起掉在地上的帽子。这之后，你们的交往多起来。他带你上咖啡馆，邀请你去他的乡村别墅，把盏喝酒之时，介绍你认识形形色色的人。这十之八九不是要骗你的钱包，就是要拉你去干坏事。”

“你说得不错。”夏尔说道，“不过，我考虑的主要是生病，例如伤寒，外省去的学生容易得这种病。”

爱玛哆嗦一下。

“那是饮食习惯改变造成的，”药店老板说，“是因为饮食习惯改变，整个机体的协调被打乱了的缘故。此外，还有巴黎的水，你是知道的！还有餐馆里的菜，样样都加香料，吃多了准上火，无论如何比不上青菜肉汤。我吗，向来喜欢吃家里烧的菜，卫生多了！所以我在卢昂学药剂学的时候，就在私人家里搭伙，和老师们一起吃。”

奥梅先生继续就一般见解和个人爱好，侃侃而谈，直到朱斯丹来找他回去做蛋黄甜奶。

“喘息一会儿都不让！”他没好气地说，“成天拴得牢牢的，出来一分钟都不行！硬得像牛马一样干个没完，流血流汗！还不如苦役犯！”

走到门口，他又回头问道：

“哦，对了，那消息你知道了吗？”

“什么消息？”

“下塞纳地区的农业评比会，”奥梅眉毛一扬，煞有介事地说道，“今年很可能在永维镇开。至少据说是这样。今天早晨，报纸上还提到呢。对我们县来讲，这可是一件头等重要的大事！嗯，以后再聊吧。谢谢，看得见，朱斯丹拎着盏灯呢。”

7

第二天对爱玛来说是个黑暗的日子。眼前愁云密布，笼罩一切，气氛沉郁；痛苦钻进心灵深处，低声哀号，就像冬天的风，在荒凉的古堡里呼啸。那是某种东西一去不返留下的怅惘，又像是每次完成一桩重任之后身心感到疲劳，也像中断一个习惯动作或长久摆动骤然停止而产生的不适之感。

像那次从沃比萨尔回来时一样，对舞还在脑子里旋转，直感到郁悒、沮丧、绝望、麻木。莱昂还浮现在她眼前，显得更高大，更英俊，更可爱，也更模糊。他虽然走了，但并没有离开她，还待在她身边，房子的四壁似乎留下了他的身影。她的眼睛盯住他踩过的地毯、他坐过的椅子，不愿意挪开。外面那条河依然流淌不息，滑溜溜的河岸间，细浪潺湲。多少次，他们曾一边踏着青苔覆盖的卵石，款款漫步，一边谛听清波的絮语。多么温煦的阳光沐浴着他们！还有下午，两个人单独待在花园深处的树荫下，多么销魂！莱昂坐在干树枝钉的凳子上，光着头，高声朗诵；从草原徐徐吹来的清风，翻动着书页，抚弄着棚架上的旱金莲……啊！他走了，她生活中唯一的魅力，幸福唯一的希望！这幸福本已来到她身边，她怎么竟没有抓住！当幸福要跑的时候，为什么没有双膝下跪，伸出双手，挽留住它呢？爱玛诅咒自己没爱上莱昂；她现在特别渴念他的嘴唇，恨不得追上他，扑进他怀里，对他说："是我呀，我是你的！"但事先想到这样做困难重重，她便退缩了。她很懊恼，但越懊恼，欲望越强烈。

从此，她的烦恼有了一个集中点，就是回忆莱昂。这回忆光芒闪烁，比俄罗斯草原上旅人留在雪地上的篝火还明亮。她赶紧跑过去，在旁边蹲下，小心翼翼拨着快要熄灭的火，又四下里寻找所能找到的一切，试图把火烧旺。许久以前的模糊回忆和新近会面的情景，她所感受到的和她所想象到的，还有正在消散的对欢愉的渴望，像枯枝在风中折断的追求幸福的计划，空守无益的忠贞，破灭的希望，家庭的累赘，等等，这一切她统统捡拾，归拢，把火烧旺，给她凄凉的处境以温暖。

然而，不知道是柴火不足，还是柴火堆得太多，火越燃越小。人不在眼前，爱情便慢慢熄灭；日子久了，怀念也渐渐淡漠。那把她灰白的天空映得通亮的火光，渐渐被黑暗吞没，消失了。心灵处于麻木不仁的状态，她甚至把对丈夫的厌恶当成是对情人的怀念，把憎恨造成的痛苦当成是柔情留下的温暖。但是，狂风仍然在刮，热情却已化作冷灰，没有人来救援，也不见太阳出来，四面八方，黑夜重锁，冷得可怕，寒气彻骨。

于是，爱玛重新经历了在道斯特那种恶劣的日子，而且她认为自己现在比那时不幸得多，因为她尝够了烦愁的滋味，而且肯定这烦愁没有尽头。

一个女人强迫自己做出了这样大的牺牲，大抵不会再一味地异想天开了。爱玛买了一条哥特式跪凳，每个月花十四法郎买柠檬洗指甲，又往卢昂写信订购了一件蓝色开司米袍子，还在勒乐店里挑选了一条最漂亮的披肩。平常，她拿这条披肩往腰间室内便袍上一缠，打扮得怪模怪样，关上窗户，手里拿本书，躺在长沙发上看。

她常常改变发型，不是按中国式样，梳成松松的发卷或结成辫子，就是像男子一样，靠一侧梳出一条头路，让头发向下卷。

她想学意大利语，买了几本词典、一本语法和一沓白纸。她试着读历史和哲学方面的一些正经书。夜里，夏尔有时被惊醒，以为是有人来找他看病。

“我就去。”他咕哝道。

却原来是爱玛擦火柴点灯弄出的声音。不过，爱玛读书也像刺绣一样，拿起一件，开个头，又放下，又换另一件来做。她的五斗柜里，堆满了开了头又扔下的活儿。

赶上怪脾气发作，别人两句话一激，她就会干荒唐事。有一天，她在丈夫面前逞强，说她喝得完大半杯烧酒，夏尔一时糊涂，硬说不相信，结果她端起大半杯烧酒一饮而尽。

爱玛举止轻浮（这是永维镇的太太们的评价），但并不见得快活，嘴角总是闭得紧紧的，使得脸上也现出了皱纹，就像老姑娘和失意的野心家一样。她面无血色，像纸一样苍白，鼻子上皮肤朝鼻孔抽缩，一双眼睛看人时一点神色也没有。她发现鬓角有三根灰白头发，便大谈自己老了。

她常头晕，有一天甚至咯出一口血，夏尔急得坐立不安。

“哎，得啦！”她说道，“这算得了什么？”

夏尔躲进诊室，坐在办公桌前的扶手椅里，双肘支在桌面，对着头颅标本，哭起来。

他给母亲写了封信，把她请来。母子俩商谈爱玛的问题，谈了好长时间。

有什么法子呢？一切治疗她都拒绝，究竟怎么办？

“你知道你媳妇需要什么吗？”包法利老太太对儿子说，“需要强迫她干活儿，干体力活儿！她如果也像许多人一样挣钱糊口，什么气郁头晕，就都没有啦！这都是她成天无所事事，满脑子胡思乱想造成的。”

“可是，她也挺忙的。”夏尔说。

“哼！挺忙的！忙什么啦？看小说，看邪书，看反对宗教的书。书里尽引用伏尔泰的话来嘲笑教士。这一切危害不浅，我可怜的孩子。不信教的人，总不会有好结果。”

于是，决定不让爱玛看小说。这一点实行起来看来不容易，老太太主动承担下来，准备路过卢昂时，亲自去租书处，声明爱玛停止订阅图书。如果书店还是继续干毒害人的勾当，难道不能去警察局告他们吗？

婆媳俩的告别冷冰冰的。她们在一起待了三个礼拜，但彼此没说几句话，除了餐桌上和就寝前的问讯和客套话。

包法利老太太离开那天是星期三，永维镇逢集。

一大早，广场上就挤满了大车，全都车头着地，车辕朝天，一辆挨一辆，从教堂到客店，沿店铺摆了长长的一溜。另一边是一个接一个的帆布棚子，卖棉布、毯子、毛袜以及马笼头和一捆捆蓝色缎带，带子头迎风飘摆。地上摆着粗笨的金属器皿，旁边是一堆堆鸡蛋和一筐筐干酪，里面露出黏糊糊的麦秸；割麦机旁边，摆着好些扁扁的鸡笼子，一只只母鸡从里面伸出脖子，咯咯叫唤。人全挤在一堆，谁也不肯挪动地方，有时几乎要把药店的门面挤倒。每星期三，药店里总是人头攒拥，大家不断往里挤，其中有买药的，但更多是看病的。奥梅先生在四乡很有名，他那把握十足的样子使乡下人信服，在他们的心目中，他比所有医生都高明。

爱玛倚窗而立（她经常倚窗而立：在外省，窗户的作用不啻相当于戏院和散步场所），观看熙来攘往的乡巴佬，正看得有趣，瞥见一位穿绿绒大衣的绅士，戴一双黄手套，裹着厚厚的护腿，向医生家走来，后面跟着一个农民，低着头，满腹心事的模样。

“我可以见先生吗?”绅士向正在门口与费丽丝黛闲聊的朱斯丹询问道。

他把朱斯丹当成了医生家的男仆，随即补充一句:

“请告诉他，拉于谢特的罗多尔夫·布朗热先生求见。”

来人在姓名之前特意强调地名，并非想炫耀他是庄园主，而是让人家一听就知道他是谁。拉于谢特是距永维镇不远的一座庄园，其中的古堡和两个农庄是新近买下来的。农场的地自己耕种，但也不让农活过分捆住手脚。他是单身汉，据说每年的收入起码有一万五千里弗尔[①]!

夏尔来到客厅。布朗热先生向他介绍自己的仆人，说他想放放血，因为他浑身上下痒得厉害。

“放放血我就清爽啦!”不管别人怎样劝阻，这个仆人总这样回答。

包法利吩咐拿来一卷绷带和一个脸盆，请朱斯丹将脸盆端住，对那个已经脸色发白的乡下人说:

“不要害怕，朋友。”

“不，我不怕,”那人说道,“动手吧。”

他装出满不在乎的样子伸出粗壮的胳膊。柳叶刀一拉，血便涌出来，溅到镜子上。

“盆端近点!”夏尔叫道。

“瞧!”农民说道,“真像一眼小小的泉水在流哩! 我的血多红! 这是好现象，不是吗?”

“有时候,”医生说,“起初什么感觉也没有，但过了一会儿就会

---

① 法国古代的记账货币单位，一里弗尔相当于一磅（法国古斤）白银的价格。

晕倒，尤其像你这样身体壮实的人。”

乡下人听了这话，松开了在手里转动的柳叶刀匣子，肩头猛搐动几下，碰得椅子背吱嘎作响，帽子也掉了。

“我就料到会这样嘛!”包法利说着用手指按住血管。

朱斯丹手里的脸盆开始晃动：他膝盖发抖，脸色苍白。

“太太！太太!”夏尔叫道。

爱玛三步并作两步跑下楼梯。

“拿醋来!”夏尔又叫道，“啊！天哪，同时两个人!”

慌乱之中，他连纱布也包不好了。

“没有什么。”布朗热先生镇静地说道，同时把朱斯丹抱起来。

他让朱斯丹背靠墙坐在桌子上。

包法利夫人着手帮朱斯丹解领带，衬衣的饰带打了个死结，她轻巧的手指在小伙子的脖子里解了几分钟才解开，然后往细麻布手绢上洒了些醋，一边轻轻地拍湿他的太阳穴，一边小心翼翼地吹。

赶大车的农民清醒过来了，但朱斯丹仍然不省人事，白色巩膜之下的瞳孔模糊不清，就像蓝色的花浸泡在牛奶之中。

“应该把这个藏起来不让他看见。”夏尔说道。

包法利夫人端起脸盆放到桌子底下。她一弯腰，身上的连衣裙（是一件夏天穿的连衣裙，黄色，有四道镶褶，腰身长，下摆宽）就撒开在周围的石板地面上；她弯着腰，身子有点失去平衡，双臂一伸，本来绷得紧紧的连衣裙，随着上身的曲线，有些地方凹了下去。她去拿来一壶水，放几块糖在里面。这时，药店老板来了。是刚才接连两个人晕倒时，女用人去找来的。看到自己的学徒已睁开眼睛，他才舒了口气，绕着朱斯丹转来转去，上下打量。

“废物!”他骂道，“真是个小废物，十足的废物！放点血也算了不得的大事！好一个顶天立地的男子汉啊！你们瞧呀，一只多可爱的小松鼠，一点不怕头晕，爬到高高的树梢上去摘核桃哩。啊！是的，说呀，吹嘘呀！多好的一块材料，将来要开药店哩！遇到严重情况，你还可能被传到法庭上去，启迪法官们的良心呢！到那时，就得保持冷静，善于说理，表现得像个男子汉大丈夫，不然的话，只好被别人当成低能儿！”

朱斯丹一声不吭。药店老板继续说道：

“谁请你来的？你总是来打扰先生和太太！再说，星期三我离不开你，现在店里来了二十几个人。还要为了你，我把一切都撂下跑过来。好啦，给我回去，快跑！等我回来，照看好药瓶！”

朱斯丹穿上衣服，走了之后，大家议论了几句有关晕倒的情况。包法利夫人从来没有晕倒过。

“女人不晕倒真是不寻常！”布朗热先生说道，“要说神经脆弱的人，真还不少。有一回决斗，我亲眼看见一个证人听见枪推上子弹的声音就晕倒了。”

“我吗，”药店老板说，“看见别人流血，倒还没有什么，但一想到自己在流血，想得多了点，就会觉得头晕。”

这时，布朗热先生打发走了他的雇工，叫他安下心来，既然他的愿望已经得到满足。

“他的愿望倒是使我有机会结识你。”

布朗热先生说这句话的时候注视着爱玛。

然后，他在桌子角上放下三法郎，漫不经心地欠欠身子，就走了。

不一会儿，他就到了河对岸（这是他返回拉于谢特的必经之路），爱玛目送他在草原的白杨树下走着，步子渐渐放慢，就像在想什么心事。

“她非常可爱！”布朗热自言自语道，“这位医生太太非常可爱！雪白的牙齿，乌黑的眼睛，娇小的脚，身材赶得上巴黎女子。乖乖，从什么地方冒出了这样一个女子？那个笨小子从哪儿把她搞来的？”

罗多尔夫·布朗热先生现年三十四岁，性情粗暴，聪明机敏，交了许多女人，是风月场中的老手。他觉得爱玛长得俊俏，就禁不住想她，也想她的丈夫。

“我觉得他是笨蛋一个。她看来已对他感到厌倦。瞧他指甲脏兮兮的，胡子拉碴，准三天没刮。他成天在外头东奔西跑治病，而她待在家里补袜子。那该有多无聊！一定盼望住到城里去，天天晚上跳波尔卡舞！这娇小的女子真可怜！她准眼巴巴渴望爱情，就像案板上的鱼儿渴望水一样！三句调情的话，她准会深深爱上你，我敢肯定！一定温柔！迷人！……是的，不过事后如何甩掉呢？”

想象中的快乐遇到了障碍，他不由得想起自己的情妇，两下比较起来。他的情妇是他供养的一个卢昂女戏子。一想到记忆中她那副模样，他就觉得腻味。

“啊！包法利夫人比她漂亮多了，”他想道，“尤其娇嫩得多。维尔吉妮显然开始发胖啦。她那样令人生厌，玩也玩得没味儿，而且吃长臂虾吃成了瘾！”

田野里见不到人，罗多尔夫只听到杂草拂拭皮鞋有节奏的沙沙声，还有躲藏在远处荞麦地里蟋蟀的鸣叫。他眼前浮现出爱玛的倩影，仍是刚才见到的装束，但他把她脱得精光。

“啊！我一定要把她弄到手！”他叫起来，抡起手杖敲碎面前的一个土块。

他立刻开始琢磨行动方略，暗自问道：

“在什么地方幽会呢？用什么方法？她的孩子与她形影不离，还有女用人、邻居、丈夫，麻烦事一大堆。咳！这太费时间啦！”

过了片刻，他又想道：

“她那双眼睛像锥子似的，简直要穿透你的心，还有那苍白的脸色……我就喜欢脸色苍白的女人！”

到了阿尔盖山冈上，他已拿定主意：

“现在就是要找机会啦。对啦，我不时送去几只野味、家禽什么的，必要的话，就去放血。彼此成了朋友之后，就邀请他们上我家来……啊，有啦！”他灵机一动，又想道，“农业评比会不是快举行了吗？她肯定会去，我就能见到她，不就行了吗？大胆进攻吧，万无一失。”

8

引人注目的农业评比会开幕的日子果然来到了！开幕式那天早上，所有居民都站在自家门口，议论着评比会的准备工作。镇公所大门的三角楣上装饰着常春藤；草坪上支起了一个帐篷，预备在那里开宴会；广场中央正对教堂，架了一门火炮，预备在省长驾到和宣布获奖农民名单时鸣放。布希的国民自卫队（永维镇没有）被调来壮大消防队的声势。消防队队长是比内。这天，他戴的假领子比平时戴的还高，制服腰间束得紧紧的，上身挺得笔直，一动不动，仿佛全身的活力都灌注到了两条腿上，它们按节奏抬起，齐刷刷迈着大步。税务员和自卫队队长有意竞争，各自指挥自己的队伍进行操练，显示自己的能力。就见佩红肩章和穿黑胸甲的队伍交替走来走去，一次又一次重复，没完没了。如此壮观的场面，前所未有。许多市民事先就把房屋打扫得干干净净。各家各户半开的窗口悬挂着三色旗。家家酒店客满。晴空下，上浆的帽子、金十字架和花披肩，五颜六色，散布各处，映着明亮的阳光，熠熠生辉，雪一般耀眼，使深色的礼服和蓝色的工袋显得不那么单调了。四乡的农妇生怕裙子溅上泥点，便撩起来，用别针别在腰间，下了马又都放下来。她们的丈夫则相反，都爱惜帽子，在上面包一块手绢，用牙齿咬住手绢的一个角。

人们络绎不绝从镇子两头拥进大街。也有许多人从小巷、夹道和住宅拥向大街。不时听见门环响，那是戴线手套的妇女拉上身后的门，准备去看热闹。最引人注目的是两棵高高的紫杉挂满了彩灯，当间搭了个台子。官方人士将在那上面就座。此外，镇公所大门口的四根柱子上，绑了四根竿子，每根竿子挑一面浅绿色小布幡，上面写着金字。第一面写的是“促进商业”；第二面是“促进农业”；第三面是“促进工业”；第四面是“促进艺术”。

这欢乐的场面使大家笑逐颜开，却似乎使女店主勒佛朗索瓦太太愁眉不展。她站在厨房前台阶上，独自嘟囔道：

“真愚蠢！搭那样的帆布棚子，蠢透了！让省长到那里头去吃饭，像个跑江湖的，能吃得舒服吗？真是瞎胡闹，还说是为地方增光呢！还去新堡请来一个蹩脚厨师，真犯不上！再说，都是为了谁？为了几个放牛的，几个叫花子！”

这时，药店老板打客店门前经过。他穿着黑燕尾服，米黄色长裤，海狸皮鞋，尤其与平日不同的是，他还戴了一顶礼帽——一顶矮筒礼帽。

“你好哇！”他打招呼道，“请原谅，我正忙着哩！”

胖寡妇问他去哪儿，他答道：

“你觉得奇怪是不是？我平常总钻在配药室里不出门，就像好好先生①笔下钻在干酪里的老鼠一样。”

“什么干酪？”客栈老板娘问道。

“啊，没什么，没什么！”奥梅答道，“我只不过告诉你，勒佛朗索瓦太太，我平常不出门，可是今天情况特殊，所以我要……”

“哦！你也要去那里吗？”勒佛朗索瓦太太轻蔑地说。

“是啊，我正要去那里。”药店老板愕然答道，“我不是咨询委员会成员嘛！”

勒佛朗索瓦太太打量他一会儿，笑道：

“原来是这么回事！不过，种庄稼与你有什么相干？你也在行吗？”

“我当然在行，因为我是药剂师，也就是化学家！而化学，勒佛朗索瓦太太，就是研究自然界一切物体分子的相互作用的。农业当然也属于它所研究的范畴！事实上，肥料的构成，液体的发酵，煤气的分解，疫气的作用，这一切不是地地道道的化学问题，是什么？”

女店家没搭腔，药店老板接着说：

“你以为要成为农学家，就非得亲自种地，亲自喂鸡鸭不可吗？其实，更重要的是了解有关各种物质的成分，地质的构成，大气的作用，土壤、矿石和水的品质，各种物体的密度及微观作用，等等。还必须透彻了解所有卫生标准，以便指导和评论房屋的布局、牲口的管理和雇工的伙食。还必须精通植物学哩，勒佛朗索瓦太

① 即法国著名寓言作家拉·封丹。他曾描写一只老鼠钻进一块干酪里，与世隔绝，长得又肥又胖。

太，才会辨认各种植物，明白吗？懂得哪些对身体有益，哪些对身体有害，哪些产量低，哪些有营养，是否应该在这里拔了移栽到别的地方，是应该推广还是应该毁掉。总之，应该通过小册子和报纸，跟上科学的发展，随时掌握足够的资料，指出改良的办法……”

女店主眼睛死死盯住法兰西咖啡馆门口。药店老板继续说：

“但愿我们的农民都是化学家，或者至少能更多地按科学办事！为此，我最近写了一本小册子，是一篇长达七十二页的论文，题目是：《论苹果酒及其酿造与效用　附有关这个问题的新见解》。我把这篇论文寄给了卢昂农学会，因而荣幸地被接纳为该会农学部果学分部成员。嗯，要是我的作品公开发表……”

药店老板看出勒佛朗索瓦太太心事重重，这才住口。

“瞧瞧那些人！”勒佛朗索瓦太太说，“真让人莫名其妙！居然上那种饭馆！”

她说罢耸耸肩，撑得胸前的毛衣现出了针眼。她的竞争对手的餐馆里飘出歌声，她双手朝那餐馆一挥又说道：

“其实兔子尾巴长不了，再过一星期就完蛋！”

奥梅惊愕地后退一步。勒佛朗索瓦太太跨下三级台阶，附到他耳边说：

“怎么，你还蒙在鼓里吗？那家店这星期就要给扣押啦。是勒乐逼的，几张期票就把它坑垮啦。”

“竟有这等横祸！”药店老板嚷道。他特别善于辞令，碰到任何场面，话都说得恰如其分。

于是，女店家开始向他讲述事情的经过。一切她都是听纪尧曼先生的男仆泰奥多尔讲的。她憎恨泰里耶，对勒乐也很不满，认为他是个骗子、马屁精。

“啊！瞧，”勒佛朗索瓦太太说，“他正在菜市场向包法利夫人打招呼哩。包法利夫人戴顶绿帽子，居然由布朗热先生搀着她的胳膊!”

“包法利夫人!”奥梅说，“我得赶快去向她致意。她也许很希望在场子里面的过道边找个座位。”

勒佛朗索瓦太太叫住他，要继续向他介绍。他不愿再听，赶紧离开她，一路上左边点点头，右边招招手，不停地向熟人打招呼，脸上始终挂着微笑，脚步迈得特别快，黑礼服的燕尾被风鼓起来，宽宽的在身后飘荡。

罗多尔夫远远看见他，便快步朝他走来，但包法利夫人气喘吁吁跟不上，他这才放慢脚步，满面笑容地大声对药店老板说：

“我是要避开那个胖子，你知道，老板。”

爱玛用胳膊肘捅一下罗多尔夫。

“她这是什么意思?”罗多尔夫心里想。

他一边走，一边用眼角打量爱玛。

从侧面看去，爱玛显得非常平静，什么也看不出来。她的脸沐浴着阳光，侧面的轮廓特别分明；头上戴顶椭圆形帽子，浅色的飘带宛似芦苇叶子；长睫毛弯弯的，眼睛睁得大大的看着前方，但仿佛略略受到颧骨的压迫，这是因为细腻的皮肤下，血液在轻轻搏动；两个鼻孔之间的中隔呈粉红色；头向一侧微偏，两唇当中露出洁白、晶莹的齿尖。

“她是嘲笑我吗?”罗多尔夫想道。

其实，爱玛那个动作并没有别的意思，只是提醒他注意，勒乐先生在他们身边，像有意加入他们的交谈，不时插上一句话：

“今天这天气可是好极了！人人都从家里出来啦！这刮的是

东风。”

无论包法利夫人还是罗多尔夫，都不怎么搭理他，而他呢，只要看见他们动一动，就连忙走拢来，手碰一碰帽子，问道：“什么?”

到了马掌铺前面，罗多尔夫不继续沿大路走向栅栏门，却拉着包法利夫人突然拐进一条小道，一边喊道：

“晚安，勒乐先生！玩你的去吧!”

“瞧你就这样把人家打发掉!”爱玛笑着说道。

“为什么要让别人插进来呢，既然今天我有幸和你……”

爱玛脸红了。罗多尔夫没有把话说完，转而开始谈论天气以及在草地上散步的乐趣。草地上长出了一些雏菊。

“瞧这些美丽的雏菊,”罗多尔夫说，“足够供本地落入情网的女子去求神问卜啦。”

他又加上一句：

“我去摘几朵来，你说怎么样?”

“莫非你落入了情网?”爱玛轻咳一声，问道。

“啊！啊！那谁知道?”罗多尔夫答道。

草地上渐渐挤满了人。妇女们撑着大伞，提着篮子，抱着孩子，在人群里挤来挤去。经常不得不绕过一队长长的乡下女人和女用人。她们都穿蓝色长袜、平底鞋，戴银戒指；从她们身边经过时，可以闻到一股牛奶气味。她们手拉手溜达着，从那排山杨树到举行宴会的帐篷，到处都能见到她们。评审的时刻到了，农民们一个接一个走进一个类似赛马场的地方。那地方是用一根长绳拴在桩子上圈出来的。

里面圈着牲口，全都头冲着绳子，臀部高低错落，参差不齐地排成一行。猪睡得迷迷糊糊，嘴拱进土里；牛犊哞哞，羊羔咩咩；

母牛屈腿匍匐在草地上，慢悠悠反刍着胃里的草料，不停地眨着沉重的眼皮，因为牛蝇在头上嗡嗡乱飞。车夫们光着膀子，拽住公马的缰绳，而公马竭力挣脱，冲着旁边的母马嘶鸣。母马倒挺安静，抻长披着马鬃的脖子；马驹不是躺在它们的影子里，就是凑到它们的肚皮下来吃奶。在这高低起伏的牲口群里，只见波涛般雪白的马鬃随风摆动，或是这里那里露出尖尖的犄角和走动的人头。在场子旁边一百米远的地方，有一头大黑公牛，嘴上套着铁丝笼头，铜牛般一动不动，一个衣衫褴褛的孩子拽住牛绳，牵着它。

在两排牲口之间，几位先生挪动着沉重的步子，逐头进行检查，每检查完一头就低声讨论一番。其中一位先生看上去比其他人地位高，一边走，一边在一个小本子里记着什么。此人就是评审团主席德洛泽莱先生，邦维尔人。他认出了罗多尔夫，忙走过来，和蔼可亲地笑着对他说：

“怎么，布朗热先生，你扔下我们走啦？”

罗多尔夫说他一会儿就回来。可是等主席一离开，他就对爱玛说：

“老实说，我才不回去呢，和他在一起还不如和你在一起。”

罗多尔夫虽然嘲笑评比会，但为了通行无阻，他还是掏出自己蓝色的请柬给警察看，甚至遇到出色的展品，还停下来观看。可是，包法利夫人一概不感兴趣，他注意到了这一点，便开始挖苦永维镇的太太们的穿着打扮，然后又为自己不修边幅表示歉意。他的穿着颇不谐调，既俗气，又考究。常人凭习惯，认为这显示出生活的荒唐、感情的纷乱、艺术的束缚和对社会习俗的某种蔑视。所以，他的穿着令一部分人着迷，而令另一部分人反感。这天他穿的是一件细麻布衬衫，袖口打褶，风一吹，在灰布坎肩敞开的地方就鼓起来；宽条纹的长裤，在脚踝处露出一双布靴子，上面贴了几块漆皮，擦得锃亮，连草都照得见。他穿着靴子在马粪上踩来踩去，一只手插在上衣口袋里，头上歪戴着草帽。

“再说，”他接着说道，“一个人住在乡下……”

“就什么也别想指望啦。”

“你说对了！”罗多尔夫附和道，“想一想吧，那些老实巴交的人，连燕尾服的款式都没有一个说得出所以然！”

于是，他们谈起乡下的庸俗，人生活在这里都要给憋死，幻想都要破灭。

“所以，”罗多尔夫说道，“我感到非常郁闷。”

“你？”爱玛吃惊地说，“我还以为你很快活呢！”

“啊！表面是这样，因为在人面前，我总是装出一副乐呵呵的样子。可是，有多少回，我在月色下看见墓地，便不由得问自己，我是不是像那些人一样长眠于九泉更好一些……”

“噢！那么你的朋友们呢？”爱玛说道，“你就不留恋他们？”

“我的朋友？谁是我的朋友？我有朋友吗？有谁关心我？”

罗多尔夫说到最后一句时，像是唏嘘起来。

这时，一个人扛着高高的一摞椅子从后面走来，他俩不得不分开一下。那人扛的椅子实在多，从旁边看去，除了一双木鞋的鞋尖，就只看见他的两条胳膊伸得开开的，露出一双手来。他就是掘坟人赖斯迪布都瓦，正把教堂里的椅子扛出来让大家坐。凡是有利可图的事，他这个人总是会动脑筋的，所以想出这个办法，趁评比会召开之机捞点外快。他的打算果然奏效，都忙得应付不过来，因为乡下人感到很热，都争抢椅子坐。那些椅子的垫草散发出香火气味，宽大的靠背沾有蜡油，他们抢到手后，都怀着某种虔敬之心坐在上面。

包法利夫人又挽起罗多尔夫的胳膊。罗多尔夫像是自言自语，继续说道：

“是的！我错过的机会太多了，至今还是孤单单一个人！唉！如果我的生活有一个目标，如果我获得了感情，如果我遇到了一个人……啊！我一定会竭尽全力，克服一切困难，冲破一切障碍！”

“可是在我看来，”爱玛说道，“你并没有什么不如意的地方啊。”

“噢！你觉得是这样吗？”

“因为，不管怎样……”爱玛又说，“你自由。”

她犹豫一下，补充说：

“你又富有。”

“别取笑我啦。”罗多尔夫说道。

爱玛赌咒她不是取笑。这时，突然一声炮响，人们立刻乱哄哄往镇子里拥去。

但炮放错了，省长大人并没有到。评委们非常尴尬，不知道该马上开会还是该继续等待。

广场尽头终于出现了一辆带活动篷的四轮出租马车，由两匹瘦马拉着，戴白帽子的车夫挥动鞭子不停地抽打。比内忙喊口令：“扛枪！”自卫队长也喊了一声，队员们便都向支在一块儿的枪跑去。大家争先恐后，有几个连假领都忘了戴了。但省长的马车似乎想到了大家会措手不及，两匹并驾的驽马拉着链子，摇摇晃晃，小步紧跑，到了镇公所前面，正遇到国民自卫队和消防队敲着鼓，列队相迎。

“原地踏步！”比内喊道。

“立定！”自卫队长喊道，“向右看齐！”

接着是行举枪礼。枪箍相互碰撞发出的声音，就像一把铜壶从楼梯上滚下来似的。行礼完毕，枪全部放下。

于是，就见从车上下来一位先生，短燕尾服上绣着银花，秃顶，仅后脑勺有一绺头发，脸色苍白，人看上去极和善，一双眼睛很大，厚厚的眼皮眯缝起来，打量着群众，同时仰起尖尖的鼻子，瘪瘪的嘴唇浮现出微笑。他从绶带认出了镇长，便上前告诉镇长，省长大人因故没有来，他自己是省府的参事，谨向诸位表示歉意。镇长图瓦什一味客套，参事表示不敢当。两个人面对面站着，几乎前额碰到了前额，四周围着评审团成员、乡议会议员、乡绅以及国民自卫队和群众。参事先生把黑色三角帽抱在胸前，向大家频频施礼。图瓦什腰弯得像张弓，满脸堆笑，结结巴巴，词斟句酌，一方面保证自己效忠于王室，另一方面保证珍惜永维镇所获得的荣誉。

客店伙计伊波力特赶过来从车夫手里接过马缰，瘸着一条畸形的腿，把两匹马牵到金狮客店的门廊下，许多农民挤在那里看省长坐的车子。鼓声大作，礼炮齐鸣，先生们一个接一个登台，在向图瓦什夫人借来的红绒软椅里就座。

这些先生一个个模样都差不多：皮肉松弛的脸，被太阳晒得有点黄中透黑，与甜苹果酒的颜色差不多；硬挺挺的宽衣领里，露出蓬茸茸的胡子；硬领由白色领带箍住，前面匀称地结着领花；个个都穿着镶边的丝绒坎肩，怀表都有一根长长的丝带，末梢坠一个肉红玉髓图章；人人都把一双手放在两条大腿上，让双腿分开现出裤裆；呢料的裤子都没有褪色，光闪闪的，比厚厚的皮靴还亮。

先生们的后面是上流社会的夫人们，坐在门廊下的柱子之间。普通群众则全在对面，有站着的，也有坐在椅子上的。赖斯迪布都瓦把草地上的椅子全搬了过来，还在继续去教堂里寻找，一直忙个不停。由于他做这个生意，会场的通道都被堵塞了，谁想登上主席台，要费很大劲才能挤到小梯子脚下。

“我觉得，”勒乐先生向正准备就座的药店老板说道，“应当竖两根威尼斯式竿子，弄点新式东西挂上去，又庄严又富丽，那才好看哩！”

“那当然。”奥梅答道，“可是有什么办法呢！一切全是镇长一手包办的。这可怜的图瓦什可没有什么审美观点，甚至可以说，他这个人半个艺术细胞都没有。”

这时，罗多尔夫领着包法利夫人上到镇公所二楼，进到会议室。一看里边没有人，他就说在这里可以更自由自在地欣赏整个会议的场面。他从国王半身像下的椭圆形会议桌旁边，搬过三张圆凳，放在一个窗口，两个人紧挨着坐下。

主席台上有点骚动，经过长时间的低声商量，参事先生终于站起来。直到这时，大家才知道他的名字叫略万，群众正一个挨一个传开去。他拿起几页讲稿核对一下，凑近眼睛，看真切了，才开口说道：

诸位先生：

请允许我在谈到今天这次盛会的目的之前，首先向最高当局、政府和国王表示敬意。我相信，先生们，诸位都有这种感情。我们的圣上，我们拥戴的国君，对凡是与繁荣有关的事情，无论公私，一律关怀备至。他坚定而明智地引导着我们的航船，不畏艰险，在波涛汹涌的大海上勇往直前；他像重视战争一样重视和平，也重视工业、商业、农业和艺术。

“我应该后退一点坐。”罗多尔夫说道。

“为什么?”爱玛问。

但这时参事的嗓门提得异乎寻常高，只听见他讲道：

先生们，国民不和、血染公众广场的时代，业主、商人甚至工人夜里在平静的睡梦中突然被警钟惊醒、人人胆战心惊的时代，邪说横行、肆无忌惮煽动颠覆社稷的时代，已经一去不复返了……

“因为下面的人看得见我。”罗多尔夫答道，“这样一来，我得费半个月口舌，去东赔情西解释，而且，以我这样的坏名声……”

“哎！你成心自己骂自己。”爱玛说道。

“不，不。实不瞒你说，我的名声坏透顶啦。”

省府参事继续他的演说：

先生们，撇开往昔那些黑暗的景象，放眼我们美丽祖国的现状，展现在我们面前的是什么情景呢？到处商业兴旺，艺术繁荣；新的交通线四通八达，犹如国家的身体里增了许多新的血管，交往联系大大增进；我们各大工业中心都恢复了活力；宗教更加巩固，给所有心灵以抚慰；我们的港口泊满了船只。我们恢复了信心，总之法兰西充满了蓬勃生机！

“再说，”罗多尔夫补充道，“按世俗之见，人们对我的看法也许不无道理。”

“这话怎讲?”爱玛问道。

“怎么!”罗多尔夫说,“难道你不知道,有些心灵在时时受折磨?他们此时需要幻想,彼时又需要行动,抑或需要最纯洁的爱情、极度疯狂的欢乐。这样,就不可避免地要干出种种怪诞、荒唐的事情。”

听了这番话,爱玛抬眼打量他,就像打量一位游历过许多奇异国度的人。打量一阵,她说道:

“就是这种消遣,我们这些可怜的女人也得不到啊!”

“可悲的消遣,从中找不到幸福。”

“可是,幸福难道找得到吗?”爱玛问道。

“找得到。有一天它会降临的。”罗多尔夫答道。

省府参事继续说道:

> 这些你们想必都懂得。你们,乡村的农民和工人,你们,文明事业和平的开拓者,你们,维护进步和道德的人,我相信你们都懂得,政治上的风暴比自然界的风暴更可怕……

“有一天它会降临的。”罗多尔夫重复道,“有一天,当你已经万念俱灰时,幸福会突然降临。于是,天地豁然开朗,仿佛有一个声音在高喊:‘幸福在这里!’你感到需要向这个人倾吐衷曲,需要把一切托付给他,需要为他牺牲一切!这种事不可言传,只可意会。两个人似曾梦里相逢(罗多尔夫注视着爱玛)。他终于到来了,这个踏破铁鞋无觅处的宝贝,终于在你面前了。他闪闪发光,熠熠生辉。可是，你还有疑心，不敢相信；你觉得眼花缭乱，仿佛刚从黑暗里走进光明。”

罗多尔夫说到最后一句话，打了一个手势，接着抬起一只手蒙住脸，就像真的头昏眼花似的，随后又将那只手放下，让它落在爱玛的手上。爱玛抽回自己的手。省府参事仍在照本宣读讲稿：

> 诸位先生，有谁对此感到吃惊吗？只有那些闭眼不看现实的人，那些死抱旧时代的偏见不放的人（我这样说不怕得罪谁），才不承认农村的民众有头脑。而实际上，哪里能找到像农村的民众那样多的爱国心，那样多对公众事业的献身精神？一句话，哪里能找到那样多智慧？我这里所说的智慧，先生们，不是表面的智慧，不是无所用心的头脑的点缀，我说的是那种深刻而稳健的智慧。这种智慧致力追求的，首先是实际的目标，增进个人福祉，改善公众境况，支援国家建设。这种智慧是尊重法制和履行义务的结果……

“哼！又来了，”罗多尔夫说，“开口闭口总离不开义务！这两个字我都听腻了。这是一群穿法兰绒坎肩的老朽，一群离不开脚炉和念珠的道学先生。他们一刻不停地在我们耳朵边絮叨：‘义务！义务！’哼，真见鬼！什么是义务？义务就是感受一切崇高的事物，热爱一切美好的东西，而不是接受社会的种种清规戒律和它强加于我们的屈辱。”

“可是……可是……”包法利夫人想反驳。

“哎，不！为什么要口口声声攻击爱情呢？它难道不是世间唯一美好的东西，不是英雄主义、热情、诗歌、音乐、艺术，总之一切东西的源泉？”

“不过，”爱玛说道，“总还是应该稍稍顺从社会舆论，服从社会道德吧。”

“啊！道德有两个，”罗多尔夫说道，“一个是低级、流俗之道，朝三暮四，吵吵嚷嚷，在下面胡闹，庸俗不堪，就像你现在看见的这群蠢家伙一样；另一个是万古常存之道，存在于天地万物之间，一如我们周围的景物和我们头顶上光辉灿烂的蓝天。”

台上，略万从口袋里掏出一块手帕擦擦嘴，又继续说道：

先生们，农业的作用，还用得着我在这里向诸位阐述吗？我们的日常之需是谁供应的？我们的衣食是谁提供的？难道不是农民？是农民，先生们，用他们勤劳的双手播种，使乡村肥沃的土地长出小麦，小麦经精巧的机器磨成粉，即我们所称的面粉，运到城市，随即送进面包坊，制成食品，不分贫富供应所有居民。难道不也是农民，喂养了许许多多牛羊，使我们有衣服穿？试问，没有农民，我们哪来的衣穿，哪来的饭吃？先生们，这方面的例子，用得着费脑筋去寻找吗？就拿我们家禽棚里那小小的、可爱的鸡鸭来说吧，谁不经常想到它们的重要性呢？它们不仅为我们提供松软的枕头，还为我们提供鲜美的肉食和蛋品。经过精耕细作的土地，就像慷慨的慈母，向儿女们提供各种各样的产品，这样的产品是举不胜举的。这里葡萄，那里是苹果，再那边是油菜，还有奶酪，还有亚麻。先生们，千万不要忽视亚麻！近年来，亚麻发展可观，我特别提请诸位注意……

参事其实没有必要提请大家注意，因为与会群众个个张大着嘴，仿佛要把他说的话全吞食掉似的。坐在他旁边的图瓦什睁大眼睛听着；德洛泽莱先生则不时微微合上眼睛；更远一点，药店老板两腿间夹着儿子拿破仑，把手拱在耳朵边，生怕漏掉一个字。其他评委都慢条斯理地点着头，表示赞同。台下，消防队员们拄着上刺刀的枪歇息着；比内胳膊肘朝外，刀尖朝上，一动不动地站立着。他也许在听，但肯定什么也没有看见，因为他的头盔压得太低，前檐都罩到了鼻子上。他的副手，即图瓦什先生的小儿子，头盔压得更低，因为他戴的头盔太大，在头上晃晃荡荡，连衬在里面的花绸帕子也露出了一角。他在头盔底下甜甜地、稚气地微笑着，一张小脸显得苍白，淌着汗珠子，表情是高兴的，但又困又乏。

整个广场直到居民住宅前面都挤满了人。所有窗口都趴满人，门口也站满了人。朱斯丹站在药店前面发愣地张望。尽管全场鸦雀无声，隔远了略万的声音还是听不清楚，传到耳朵里只有间忽的一句半句，而且往往被人群中这里那里挪动椅子的声音打断。还有，后面会冷不防传来长长的一声牛哞，或者羊在街角处咩咩叫唤。放牛的和放羊的把牲口赶到了会场边上，牛羊时不时叫几声，同时伸出长长的舌头，卷粘在鼻子上的树叶子。

罗多尔夫贴近爱玛，急速地悄声说：

“对世人的居心叵测你不反感吗？有哪一种感情不受到世人的谴责？最高尚的本能、最纯洁的同情，也逃不脱迫害和诽谤；两颗可怜的心灵好不容易碰到了一起，世人会千方百计阻挠他们结合。然而这两颗心灵偏要试一试，他们拍动翅膀，相互呼唤。啊！迟早有什么关系，半年，十年，他们终归要结合，要相爱，因为这是命中注定的，他们是天生的一对。”

罗多尔夫双臂交叉放在膝头，抬起脸，凑近爱玛，两眼直勾勾看着她。爱玛看见他黑色的瞳仁四周，放射出一道道细细的金光；她甚至闻到他那贼亮的头发上生发油的香味。于是，她感到浑身酥软，不禁想起在沃比萨尔陪同她跳舞的那位子爵。子爵的胡须像罗多尔夫的头发一样，散发着香子兰和柠檬的清香。她不自觉地眯缝起眼睛，尽情地领略那香味。可是，就在她身子往椅背上一靠时，她远远地瞥见，天边尽头，那辆旧驿车“燕子”正缓缓驶下崂岭，后面扬起一股长长的尘土。莱昂就是经常乘坐那辆黄色的驿车，来到她身边，后来却打那条路走了，永远不回来了！她仿佛看见莱昂在她所坐的窗口对面，随后一切变得模糊了，眼前掠过一团团云雾。她又仿佛还在吊灯的照耀下，在子爵的臂弯里，随着华尔兹舞曲旋转；莱昂离得也不远，马上就要来到她身边……然而，她感觉到罗多尔夫的头一直贴近着她。这种怡人的感觉与往昔的欲望掺和在一起，仿佛风刮起的沙粒，在弥漫于她心灵间的幽香中旋转。她好几回尽力翕动鼻子，闻缠绕在柱子上的常春藤的清香。她摘掉手套，擦擦手，用手绢在脸旁扇风，感到太阳穴快速跳动，同时听见下面人群中发出嗡嗡声，也听见参事念讲稿的声音。

参事说：

诸位应该继续努力，坚持不懈，既不要墨守成规，也不要凭鲁莽的经验主义轻率行事！尤其应该致力于改良土壤，积好肥料，发展良种马、牛、羊和猪。但愿这次评比会成为大家的和平竞赛场；但愿评比中的获胜者向失败者伸出友爱的手，共同争取更好的成绩！可敬的臣民们，卑贱的仆人们，你们辛勤的劳动，过去从没受到任何政府的尊重，现在请来接受对你们默默无闻的品德的奖赏吧。请你们相信，从今以后，政府会时时关注你们，鼓励你们，保护你们，满足你们的正当要求，并尽可能减轻你们沉重的负担！

略万先生回到座位上。德洛泽莱先生站起来，开始另一篇演说。他的演说也许不像参事的演说那样词句华美，但自有其特点，有一种讲求实际的风格，就是说见解比较专门，意见比较高明，对政府的颂扬比较少，更多的是谈宗教和农业，把二者的关系阐述得十分清楚，并且阐明了它们一向是怎样促进文明的。罗多尔夫和包法利夫人谈论着做梦、预感和人与人之间的吸引力等问题。演说者追溯到人类社会的摇篮时代，向大家描绘人类栖息在深山老林里，以橡树籽为生的蛮荒岁月。后来，人类才不披兽皮，改穿布帛，学会了翻耕土地，种植葡萄。这种进步好不好呢？这种发现是否弊多于利呢？德洛泽莱给自己提出这个问题。罗多尔夫则从人与人之间的吸引力，渐渐谈到亲姻关系。主席列举事例：辛辛纳图斯[①]掌犁耕地，戴克里先[②]栽种白菜，中国皇帝以播种标志新春开始。而这时，年轻的罗多尔夫向少妇解释说，人与人之间不可抗拒的吸引力，是

---

① 辛辛纳图斯（公元前519—？），罗马政治家，据传他被罗马城居民推举为独裁官，去援救被埃魁人围困于阿尔基多斯山上由一位执政官率领的军队。他接到此项任务时，还在自己的小农庄上耕作。

② 戴克里先，罗马皇帝（284—305年在位），在位时极力振兴农业，老年退归乡野，过田园生活，后有人促请他重新执政，他回答说种白菜更有乐趣。

前世就注定了的。

“所以，就拿你我来讲吧，”他说，“为什么我们会相识呢？是什么机缘促成的？这是因为我俩特定的秉性促使我们走到一起来了，就像两条河流，经过漫长的行程，最后汇集到一起。”

罗多尔夫说着握住爱玛的手，爱玛并不抽回去。

“全面精耕细作奖……”主席喊道。

“比方说，刚才我去你家时……”

“授予坎康普瓦的比泽先生！”

“我当时知道会有机会陪伴你吗？”

“七十法郎！”

“多少次我想离开，但还是跟着你，留了下来。”

“肥料奖……”

“今天下午我留在你身边了，明天，以后，一辈子我都要留在你身边！”

“授予阿尔盖的卡龙先生！金质奖章一枚！”

“因为我从与自己相处过的人身上，从来没有发现谁像你这样有魅力。”

“奖给吉伏里-圣马丁的班先生！”

“所以我会永远把你记在心上。”

“美利奴羊[1]奖……”

“可是你会忘记我，我将像一个影子消失。”

“奖给圣母院的贝洛先生……”

“啊！不会的。我将在你的思想和生活中占有一定的位置，是不

① 产于西班牙的细毛绵羊。

是？”

“良种猪奖，两名。授予莱厄里赛和库朗堡先生，每人六十法郎！”

罗多尔夫捏住爱玛的手，觉得它热乎乎，瑟瑟发抖，就像一只被捉住而想飞走的斑鸠。爱玛呢，不知是想把手抽回，还是为了对他那样紧捏不放表示响应，她的手指动了动。罗多尔夫激动地说：

“啊！谢谢！你没有推开我，你真好！我知道我是属于你的！让我看看你，端详你吧！”

窗户里刮进一股风，吹皱了台布。楼下广场上，农妇们的帽子在风中摆动，像白色蝴蝶扇动翅膀。

“还有施用豆饼……”主席继续说。

他加快速度念道：

“施用佛兰德肥料，种麻、排水、长期租赁、家庭服务等项。”

罗多尔夫不再说话。两个人相互注视着，烈火般的欲望使他们发干的嘴唇直哆嗦；他们的手指软绵绵的，不用力捏就粘在一起。

“萨斯托-拉-盖里埃的卡特琳-尼凯丝-依丽莎白·勒鲁在一家庄园服务了五十四年，授予银质奖章一枚——价值二十五法郎！”

“卡特琳·勒鲁在哪里？”参事先生问道。

卡特琳不肯上前领奖，只听见一些人低声催她：

“去呀！”

“我不去。”

“往左边走！”

“别害怕！”

“唉！瞧她多蠢！”

“卡特琳·勒鲁到底来没来？”图瓦什大声问道。

这才见一位矮小的老妇人，畏畏缩缩走向主席台。她枯瘦的身体像在破旧的衣服里缩成一团，脚上穿一双木底皮面大套鞋，腰间围一条宽大的蓝色围裙，头戴一顶没有绲边的小风帽，一张老脸皱巴巴的，比一个风干的斑皮苹果还皱得厉害，红色短上衣的袖口里，伸出一双长手，关节疙里疙瘩。那双手由于长年接触谷仓的灰尘、洗濯的碱水和羊毛的油脂，皮肤又粗又硬，布满裂痕，虽然经常用清水冲洗，看上去总脏兮兮的，而且由于长年劳动，总是半张开着，仿佛它们本身就是一个不起眼的证据，证明它们的主人所受的千辛万苦。她那张脸表情呆板，活像一个苦修的道姑；目光暗淡、冷漠，没有半点忧伤或多愁善感的流露。她经年累月与牲口打交道，变得和牲口一样沉默寡言，安安静静。这是头一回她看见自己周围这么多人。会场里的旗帜、鼓声，台上穿黑礼服的先生们，还有省府参事的荣誉勋位勋章，这一切使她心里很害怕，连步子都挪不动，不知道该往前走，还是向后逃，也不知道大家为什么催促，评委们为什么冲她微笑。这位给人当了半辈子仆役的老太婆，就这样呆立在那些喜气洋洋的老爷们面前。

“请过来，可敬的卡特琳-尼凯丝-依丽莎白·勒鲁！”参事先生说道。他从主席手里接过获奖人员名单。

他看一遍名单，又看看老妇人，以慈父般的声音重复道：

“过来吧，请过来！”

“你聋了吗？”图瓦什从座位上跳起来问道。

他开始对着老妇人的耳朵喊道：

“干了五十四年仆役！授予银质奖章一枚！二十五法郎。这是给你的。”

老太太拿到奖章，端详一阵，脸上浮现出幸福的微笑，随即走开了。大家听见她一边走一边咕哝道：

“我把它送给我们那里的本堂神甫，请他给我做弥撒。”

“信教都信得入了迷！”药店老板侧过身对公证人说。

会议结束，群众散去。演说稿念过了，人人回到原来的地位，一切照旧：主子依旧粗暴对待仆人，仆人依旧鞭打牲口。得了奖的牲口，头上挂着绿枝花环，无动于衷地返回牲口棚。

人群散去之时，国民自卫队上到镇公所二楼，每人刺刀上扎一串点心；队上的鼓手拎着一筐酒。包法利夫人挽住罗多尔夫的胳膊，让他送回家。他们在包法利家门口分手，罗多尔夫独自去草场上溜达，等待酒宴开始。

宴会拖拖拉拉，吵吵闹闹，招待很不周到。席间坐得很挤，连胳膊肘都活动不了。充当凳子的窄木板不堪重负，差点给压断了。大家一味吃，拼命把自己的一份塞完，吃得额头上直冒汗。餐桌上方挂着几盏马灯，浮动着一片白蒙蒙的热气，看去颇似秋日早晨笼罩河上的雾气。罗多尔夫背靠帐篷，一心想着爱玛，什么也没听见。在他身后，仆人们把脏盘子摞在草地上。邻桌的人边吃边说话，他始终不搭不理。不断有人给他斟酒，嘈杂声越来越大，他脑子里却悄无声息。他在想爱玛对他说过的话，想她的嘴唇的模样。爱玛的脸出现在一个个帽徽上，就像映照在魔镜里似的，光彩照人；爱玛打褶的袍子，顺墙壁垂落下来。放眼未来，充满爱情的日子无尽无期地展现在他面前。

夜晚观赏焰火的时候，他又见到了爱玛，但爱玛与她丈夫及奥梅夫妇在一起。药店老板担心腾空而起的焰火会发生危险，不时离开身边几个人，去关照比内几句。

花炮事先都送在图瓦什那里，由他保管。他过分小心，全藏在地窖里，结果火药受潮，大都点不着。尤其主要的一套，燃放开来应现出一条首尾相衔的龙，可是根本点不着。只是不时升起一个万花筒，可怜巴巴地悬在空中。人群张着嘴，发出一片欢呼，其中夹杂着女人的尖叫，那是有人趁黑暗挠了她们的腰。爱玛一声不响，轻轻地靠在夏尔肩头，仰望着漆黑的夜空里光彩夺目的焰火。罗多尔夫则借花灯的光亮，打量着她。

花灯渐渐熄灭，夜空中现出星星。天上掉下几个雨点，爱玛把披肩挽在没戴帽子的头上。

这时，省府参事的马车驶出客店。车夫喝醉了酒，突然睡意上来，便迷糊过去了。远远望去，只见他的身体伸在车篷外面，随着车身的颠簸，在两盏马灯之间左摇右晃。

“实在有必要严厉惩罚酗酒！”药店老板说道，“我希望镇公所门口专门挂出一块牌子，每星期把酗酒者的姓名公布于众。再说，这类统计资料就像年鉴，需要的时候会派上用场……对不住。”

他又跑到消防队长比内身边。

比内正要回家，去摆弄他的旋床。

“你也许应该派手下一个队员去，要不你自己去……”奥梅对他说。

“让我安静点好不好，”比内答道，“什么事也不会出！”

“大家放心好啦。”药店老板回到朋友们身边说道，“比内先生肯定地告诉我，已经采取了措施。不会有火花落下来。水龙里盛满了水。咱们回去睡觉吧。”

“说实话，我真想睡啦。”奥梅太太连打几个大哈欠说道，“不过没关系，今天这节日过得挺开心。”

罗多尔夫含情脉脉地低声附和道：

“啊！是呀，过得挺开心！”

大家道过晚安，转身离去。

两天后，《卢昂灯塔报》登出一篇有关这次农业评比会的长文章，是奥梅先生在评比会后第二天怀着激情写的。他写道：

“为什么那么多彩灯、鲜花和花环？那像大海汹涌波涛般的人流，在田野上冒着炎热的阳光，正朝什么地方赶去？”

接着，他谈到农民的境况。诚然，政府已经做了不少事情，但还不够！“加油啊！”他大声疾呼，“千百项改革刻不容缓，让我们努力完成！”随后，他描述了省府参事驾到的情形，既写到“我们雄赳赳的民兵”，又写到“我们非常活泼的乡村妇女”，也没有忘记“已经秃头的老年人，他们像古代的族长来参加会议，其中有几位曾参加过我们不朽的军队，现在听到雄壮的鼓声，心还咚咚跳呢”。他把自己列在评审委员会最前面几个委员之中，甚至加了一条注，提醒说，药店老板奥梅先生给农业协会寄过一篇关于苹果酒的论文。在写到颁奖的情形时，他以抒情笔调描写获奖者的喜悦：“父亲吻抱儿子，哥哥吻抱弟弟，丈夫吻抱妻子。许多人自豪地把小小的奖章给别人看；不消说回到家里，回到贤惠的妻子身边，多半是一边哭，一边把奖章挂在茅屋黯淡的墙上。

“六点钟左右，在里耶吉亚先生的草坪上举行了宴会。参加评比会的主要人物相聚一堂，宴会自始至终洋溢着亲切友好的气氛。席间，大家频频举杯祝酒：略万先生提议为国王干杯；图瓦什先生提议为省长干杯；德洛泽莱先生提议为农业干杯；奥梅先生则提议为农业的两姊妹——工业和艺术干杯；勒普里谢先生提议为各方面的改善干杯。天黑之后，绚丽夺目的焰火突然照亮了夜空。那真可以说是地地道道的万花筒，地地道道的歌剧布景，简直让人以为，我们这个小地方，移到了《天方夜谭》的梦境之中。

“值得一提的是，没有发生任何不愉快的事情，来扰乱这次以家庭为单位参加的盛会。”

文章最后补充一句：

“唯一引人注意的是教士没有来参加。教士们对于进步大概另有看法。那就悉听尊便，罗耀拉[①]的信徒们！”

9

六个星期过去了，罗多尔夫一直没有再来。一天晚上，他终于露面了。

农业评比会第二天，他对自己说：

“不能太早返回去看她，那样反而会把事情搞糟。”

头一个周末，他动身去打猎。打猎回来考虑已经太晚了，但他又分析道：

“既然头一天她就爱上了我，她一定急切地盼望见到我，越是急切，爱我就爱得越深。还是让她继续等待吧！”

一进客厅，他就注意到爱玛的脸色唰地变得煞白，便明白自己算计对了。

只有爱玛一个人在家。天色向晚，玻璃窗上挂着洋纱小窗帘，暮色越发显得浓重。一抹夕阳投在镀金的晴雨表上，金光闪烁，穿过珊瑚枝的空隙映照在镜子里，仿佛一团火。

罗多尔夫一直站着。爱玛只是勉强地回答了他最初的几句问候。

① 罗耀拉（1491—1556），天主教耶稣会创始人。

“我吗，”罗多尔夫说，“事情忙，又生了一场病。”

“病得严重吗？”爱玛急忙问道。

“啊，”罗多尔夫在她身旁一个圆凳上坐下，答道，“病得倒不严重，主要是我不想来看你。”

“为什么？”

“你还猜想不出来？”

他又看她一眼，目光那样热烈。爱玛不禁脸一红，低下了头。他唤道：

“爱玛……”

“先生！”爱玛说着稍稍挪开一点。

“啊！你看得出来，”罗多尔夫用忧伤的声音说，“我不想来看你是有道理的。爱玛这个名字，这个占据我的整个心灵的名字，我情不自禁叫出了口，你却不准我叫！包法利夫人！不论男女老幼，所有人都这样叫你！再说，这并非你的姓氏，而是别人的姓氏！”

他重复道：

“是别人的！”

他用双手捧住脸。

“是的，我没有一刻不想你……一想念你，我就陷入绝望之中。啊！对不住！我要离开你，永不再见你！我要到很远的地方去，跑到天涯海角去，你再也听不到别人谈论我……可是，今天……不知是什么力量支使我又来到你身边！看来，天意不可违抗，天使的微笑不可抗拒！人会情不自禁被美好、迷人、可爱的东西所吸引！”

爱玛是头一回听到有人对她说这类话。她的虚荣心随着这热烈的话语，舒舒服服地扩展开来，整个儿膨胀起来了，就像身心完全放松，在进行蒸气浴一样。

“虽然我没有来，”罗多尔夫继续说，“虽然我没有看见你，啊！至少我默默地注视着你周围的东西。夜里，每天夜里，我都从床上爬起来，一直来到这里，凝望你的住宅，凝望在月光下熠熠生辉的屋顶，凝望花园里在你的窗前摇曳的树木；透过玻璃窗，我看见一盏小灯，一个如豆的亮光，在黑暗里闪烁。啊！你哪里知道，一个可怜的、不幸的人，就在你窗外，离你那样近，又那样远……”

爱玛转向罗多尔夫，呜咽道：

“啊！你真好！”

“不，是我爱你，这并不说明别的！这你不会不知道！告诉我吧，对我说一句话！一句就够了！”

罗多尔夫不知不觉地从凳子上溜到了地板上。但这时，厨房里传来木鞋的响动，而且他注意到客厅的门没有关，于是，他站起来，接着说：

“我有一个怪念头，请你发发慈悲，满足我吧！”

他的怪念头就是想参观爱玛的家，他渴望了解爱玛的家。包法利夫人觉得这并没有什么不方便。两个人刚站起来，夏尔进来了。

“你好，大夫。”罗多尔夫忙打招呼。

夏尔听到这意外的称呼，大为高兴，便显得格外殷勤，极力恭维。罗多尔夫利用这个机会，稍稍镇定下来，说道：

“尊夫人刚才同我谈到她的健康……”

夏尔打断他的话，说实际上，他也正为此焦虑万分；他妻子胸闷的毛病又犯了。罗多尔夫听了，便问骑骑马是否有好处。

“当然，好得很，再好不过了！……啊，这真是个好主意！你应该按这个主意行事。”

爱玛说不行，她没有马。罗多尔夫先生表示愿意借一匹给她，她却谢绝了。罗多尔夫也不坚持。停了停，为了给他这次来访找个理由，他说上次来放血的那个车夫还常感到头晕。

“我哪天去给他看看。”夏尔说。

“不，不，我叫他来。我们来，对你更方便。”

“啊！那太好啦，谢谢。”

送走罗多尔夫，夏尔便问妻子：

“布朗热先生主动借马，如此美意，你为什么不接受？”

爱玛装出赌气的样子，找出许多理由，最后说：“别人可能会少见多怪。”

“啊！我才不在乎呢！”夏尔说着旋转一圈，“身体最要紧！这你可错了！”

“哎呀！我连骑马的衣服都没有，你叫我怎么骑马嘛！”

“倒是该给你定做一套。”夏尔说道。

夏尔答应做骑马服，她才同意。

衣服做成，夏尔给布朗热先生修书一封，说“贱内恭候，不胜翘企”。

第二天中午，罗多尔夫牵着两匹出色的马，来到夏尔家门口，其中一匹耳朵旁饰着粉红色绒球，背上套了一副供女人用的麂皮马鞍。

罗多尔夫穿了一双长筒软靴，心想这样的靴子爱玛多半从没见过。果不其然，当他穿着宽大的丝绒外衣和白色针织马裤，出现在楼梯口时，爱玛被他的翩翩风度迷住了。她早已打扮停当，正等待着他。

朱斯丹从药房溜出来看她。药店老板也放下工作跑了来，再三嘱咐罗多尔夫先生：

“意外说来就来，千万当心哪！你这两匹马似乎都性子烈！”

爱玛听见头顶上有响声：那是费丽丝黛在敲窗玻璃，逗白尔特玩。孩子远远地飞来一个吻，母亲挥挥马鞭的球饰表示回答。

“一路愉快！”奥梅先生喊道，“千万小心！小心！”

他挥动报纸，目送他们远去。

一到田野上，爱玛的马就奔跑起来，罗多尔夫策马跟在她身边。两个人不时交谈一句。爱玛坐在鞍子上，微微低着头，手高高抬起，胳膊伸得笔直，任凭自己随着马儿奔跑的节奏上下颠簸。

跑到山脚下，罗多尔夫撒开缰绳，两匹马同时一跃，飞驰上山，到了山顶，突然停住。爱玛宽大的蓝色面网垂落下来。

正值10月初，四野雾气氤氲，笼罩了天边，顺着山势浮动。有些地方，雾气撕裂成一片片，缭绕升腾，消失在空中。有时，云雾的罅隙间，漏下一道阳光，远远望去，永维镇的屋顶、水畔的花园、院落、墙壁和教堂的钟楼，便都历历在目。爱玛眯缝着双眼，想认出自己的住宅。她所生活的这个可怜的村镇，从来没显得现在这样小。站在他们所处的山上眺望，整个盆地就像一个白茫茫的大湖，向空中蒸发着水汽。间或一丛丛树木，岩石般黑魆魆的；一排排参天白杨，耸立于白雾之上，令人想起风吹沙移的海滩。

旁边，苍郁的松树间有一块草坪。黄澄澄的阳光，在暖融融的大气里游动。像烟草末一样褐黄色的土地，踩上去几乎没有声音。马朝前走，铁掌踢得落在地上的松球乱滚。

罗多尔夫和爱玛沿树林的边缘走去。爱玛不时把头转向一边，躲避他的目光。这时她就只看见松树的树干，一排排连绵不断，未免有点头晕。马喘着气，皮鞍嘎吱作响。

他们走进森林，太阳刚好破云而出。

“上帝在保佑我们！”罗多尔夫说道。

“你相信真是这样吗？”爱玛问道。

“前进！前进！”罗多尔夫又说。

他打了个响舌，两匹马扬蹄奔跑起来。

路旁长长的蕨类植物卷进爱玛的脚蹬。罗多尔夫一面让马跑着，一面俯下身去，随时帮她把蕨草拽掉。有时，为了拨开树枝，他紧挨她行走，爱玛感到他的膝盖蹭到她的腿。头顶的天空变得碧蓝，树叶一动不动。有些大片林间空地上，长满正开花的欧石楠。一片片紫堇菜，一片片灌木丛，间杂交错，枝叶千姿百态，有的呈灰色，有的呈褐色，有的呈金黄色。灌木丛里经常传来轻轻拍动翅膀的声音；橡树林里，乌鸦飞来越去，发出沙哑而柔和的鸣叫。

他们下了马。罗多尔夫将两匹马拴好。爱玛踏着车辙间的青苔，在前面走着。

但她的袍子太长，尽管撩起来，行走还是不便。罗多尔夫跟在后面，出神地看着她的黑呢裙与黑靴子之间细柔的白袜。在他眼里，那部位简直与裸露的一样。

爱玛停住脚步，说：

“我累啦。”

“哎！再走一段试试。”罗多尔夫说，“加油！”

又走了百十来步远，爱玛再次停下来。她戴着一顶男人帽子，面网从帽檐下斜斜地垂下，直及腰部；透过透明的淡蓝色面网，依稀看得清她的脸，仿佛浸没在碧波之中。

“我们到底去什么地方？”

罗多尔夫并不回答。她急促地呼吸着。罗多尔夫环顾一下四周，咬着胡子。

他们来到一个比较开阔的地方。那里有些小树被砍倒了。两个人在一棵横躺地面的树干上坐下，罗多尔夫开始对爱玛倾吐爱情。

一开头，他避免说恭维话，以免引起爱玛不安。他显得平静、严肃、忧郁。

爱玛低头听着，用脚尖拨弄着地面的碎木片。

但是，当听到他说："现在我俩的命运不是连在一起了吗？"她连忙回答道：

"不。你很清楚，这是不可能的。"

她站起来想走。罗多尔夫抓住她的手腕子。她只好站住，抬起一双含情脉脉、水汪汪的眼睛，注视他几分钟，慌张地说道：

"啊！得啦，不要再说了……马在什么地方？回去吧。"

罗多尔夫表现出生气、心烦的样子。她重复道：

"马在什么地方？马在什么地方？"

罗多尔夫目不转睛，咬紧牙关，现出古怪的微笑，伸开双臂，向她走过去。她瑟瑟发抖，后退几步，结结巴巴说道：

"啊！你这副样子让我害怕！让我难受！咱们走吧！"

"你一定要走就走吧。"罗多尔夫换了一副样子说道。

他立刻又变得恭顺、温柔、畏缩了。她把胳膊伸给他。他们往回走。他说道：

"你怎么啦？为什么？我真不明白！你大概误会了吧？在我心里，你就像一位圣母娘娘，高高供奉在一个牢固、洁白无瑕的神座上。不过，没有你我活不下去！我不能没有你的眼睛，你的声音，你的思想。做我的朋友，我的妹妹，我的天使吧！"

他伸出胳膊，搂住她的腰。她轻轻地试图摆脱他。他依然搂着她朝前走。

他们听见了两匹马嚼树叶的声音。

“啊！等一等，”罗多尔夫说，“别忙走，再待一会儿吧！”

他拉着她走到更远的地方，绕着一口小水塘溜达。满地浮萍，碧绿地漂于清波之上；萎谢的睡莲，一动不动地浮在灯芯草之间。他们的脚步声惊动了草丛里的青蛙，一只只跳开躲藏起来。

“我错了，我错了！”爱玛说，“听信了你的话，我真是疯了！”

“为什么？……爱玛！爱玛！”

“啊！罗多尔夫！”少妇慢悠悠说着，把头伏在他的肩上。

她的呢袍与他的丝绒外套粘贴在一起。她仰起白皙的、鼓鼓的脖子，发出一声叹息，浑身酥软，满脸泪水，从头到脚猛一震颤，将脸藏起，顺从了他。

薄暮降临，夕阳横穿过树枝照射过来，使她睁不开眼睛。在她周围，叶丛中，地面上，到处是晃晃悠悠的亮点子，宛如翻飞的蜂鸟，抖落片片羽毛。四下里静悄悄的，树丛之中仿佛散发着温馨的气息。她感觉到自己的心脏又开始跳动，血液像一江乳汁在她的肉体里流淌。这时，她听见这树林子外面，从别的山丘上，远远地传来一声模糊而悠长的叫喊，一个经久不绝的声音。她静静地听着，那声音有如一曲音乐，与她的心弦震颤的余音融合在一起。有一匹马的缰绳断了，罗多尔夫嘴里衔着雪茄，正用小刀在修理。

他们顺原道返回永维镇，一路上看见去时他们两匹马并排印在泥地里的蹄印，看见去时见过的灌木丛和草丛里的石头。他们周围的一切都没有变化。可是对爱玛来说，却发生了一桩重大的事情，比大山移动了位置还异乎寻常的事情。罗多尔夫不时探过身子，抓起她的手，在上面印一个吻。

爱玛骑在马上，真是风姿绰约！纤细的腰肢挺得笔直，弯曲的膝盖贴着马鬃，一张脸经清风吹拂，又映着晚霞，微微透红。

进入永维镇，她骑着马踏着街石小跑。大家跑到窗口看她。

晚餐时，丈夫发现她气色很好，便问她骑马散步的情形，她却装作没听见。她双肘支在餐盘边，一边点一支蜡烛。

“爱玛！”丈夫唤道。

“什么事？”

“嗯，今天下午我去亚历山大先生家了。他有一匹老母马，看上去还挺漂亮，只是膝盖受了点伤。我相信出百把埃居就能买下来……”

他停顿片刻又说：

“我想你准会喜欢的，就要了……就买了下来……我做得对吗？告诉我呀！”

她点点头表示赞同。过了一刻钟，她问道：

“今晚你出去吗？”

“出去。有什么事吗？”

“啊！没什么，没什么，亲爱的。”

打发走夏尔，她立刻上楼，进到卧室里把门一关。

起初，她仿佛感到眩晕，眼前总浮现出树木、小径、壕沟、罗多尔夫；她还感觉到他双臂紧紧搂抱着她，枝叶抖动，杂草沙沙作响。

但是，在镜子里看见自己的脸，她大吃一惊。她从没有发现自己的眼睛这样大，这样黑，这样深邃。某种神奇的东西注入了她的体内，使她焕然一新。

她一遍又一遍自言自语道：“我有了一个情人！我有了一个情人！”这想法令她心花怒放，仿佛她回到了情窦初开的少女时期。爱情的欢乐、幸福的迷醉，她原以为此生此世不会再有，现在终于要得到了。她走进了一个神奇的境界，一个充满恋情、痴迷和梦幻的世界；她的周围海阔天空，一片蔚蓝，感情的极峰在她的心间烁烁生辉，日常生活则沉到了这些山峰之间遥远、低洼、阴暗的地方。

于是，她想起自己所读过的书里的女主人公。那些通奸的女性集合为热烈多情的一群，用修女般的嗓音在她的记忆里唱起歌来，令她着迷。这类情妇，她曾经那样羡慕，现在认为自己也与她们一样了，真正成了自己所幻想的情女中的一分子，实现了青春妙龄时代长期的梦想。另一方面，爱玛也感到一种报复的满足。难道她没有受够活罪！可是现在她胜利了，长期压抑的爱情，毫无保留地奔涌而出，欢畅淋漓，沸腾激荡。她品尝着这滋味，没有内疚，没有不安，没有慌乱。

第二天是在新的柔情蜜意中度过的。两个人海誓山盟。爱玛向情人追述自己的种种苦恼，罗多尔夫则用亲吻打断她。她半闭眼睛，凝神地看着他，要他再叫一遍她的名字，要他再说一遍他爱她。他们还是在昨天那片森林里，躲在一个制木鞋工人的茅棚里。茅棚的四壁是干草编的，棚顶非常低，待在里面老得弯着腰。他俩依偎着，坐在一张干树叶铺的床上。

打这天起，他们天天晚上给对方写信，长此不断。爱玛把信送到花园尽头的河边，放进河岸的墙缝里。罗多尔夫来取走，同时把自己的信放进去。爱玛总是嫌他的信太短。

一天早晨，夏尔天不亮就出去了，爱玛心血来潮，想即刻见到罗多尔夫。她估计可以很快赶到拉于谢特，在那里待上一小时再返回永维镇，人们还在睡梦之中。她这样一想，不免欲火攻心，心跳气喘。不多一会儿，她就到了草原上，步履匆匆，头也不回，只顾朝前走。

天边露出了曙色，爱玛远远地就认出了情人的住宅。屋顶两个燕尾风标，耸立在熹微的晨光之中。

穿过院子，有一座建筑，想必是庄园的宅邸，她便径直进去，仿佛墙壁见她到来，就自动闪开了似的。有一座大楼梯笔直通向一条走廊。她抓住一扇门的把手一拧，往房间里一瞧，只见一个男人正在睡觉。那正是罗多尔夫，她不禁发出一声惊叫。

“啊，是你！啊，是你！”罗多尔夫一迭连声说道，“你怎么来的？……啊！你的袍子被打湿啦！”

头一次大胆行动成功了，以后每当夏尔出门早，爱玛就赶快穿好衣服，蹑手蹑脚走下通到河边的台阶。

但是，遇到牛走的木板桥被抽掉，就得沿着河边的墙根走。河岸边滑溜溜的，她不得不抓住一丛丛枯萎的桂竹香，以免跌倒。随后要穿过刚翻耕的土地，深一脚浅一脚，踉踉跄跄，小巧的皮靴常常陷进泥土里。耕地过后是牧场，她的头巾在晨风中飘动；她害怕遇上牛，便跑起来。跑到庄邸，已是气喘吁吁，面颊绯红，浑身上下，散发着树液、青草和晨风的清新香味。这时罗多尔夫还没睡醒，而她像春天的早晨来到了他的卧室。

黄色的窗帘间，无声无息漏进一道强烈的、黄澄澄的光。爱玛眨巴眼睛，摸索着往前走。挂在鬓发上的露珠，宛似一个黄玉光圈，环绕在脸旁。罗多尔夫笑嘻嘻把她拉到身边，搂在怀里。

完事之后，她把他的卧室仔仔细细看个遍，打开一个个抽屉和柜子，又对着他刮胡子的镜子，用他的梳子梳头，甚至经常从床头柜上水瓶边的柠檬和方糖块之中，拿起他的大烟斗，叼在嘴里。

临到分别之时，说再见得足足说上一刻钟。每当这时，爱玛总是热泪潸潸，真想永远不离开罗多尔夫。总是有一种不可抗拒的力量，把她推到他身边。竟至有一天，罗多尔夫见她不期而至，不禁皱起眉头，看上去似乎不高兴。

“你怎么啦？”爱玛问道，“不舒服吗？告诉我呀！”

罗多尔夫沉吟良久，才严肃地说，她来看他，越来越不小心谨慎，会引起别人飞短流长的。

10

渐渐地，罗多尔夫的担心感染了爱玛。当初，爱情令她陶醉，除了爱情她一切都不放在心上。可是如今，爱情已经成了她的生活不可缺少的一部分，她担心它会失去点什么，甚至担心它会遭到破坏。每次从罗多尔夫家返回时，她总以不安、警惕的目光四下张望，窥伺天边走过的每个身影和村里能够看见她的每个窗口，倾听脚步声、叫喊声和犁地的声音。她经常停住脚步，脸色比头顶上的白杨树叶子还煞白，身子比白杨树叶子抖得还厉害。

一天早晨，她正战战兢兢往回走，突然觉察到似乎有一管长长的猎枪瞄准了她。那枪管从一个小木桶的边上斜斜地伸出来，一半掩藏在一条沟边的草丛里。爱玛吓得魂不附体，但还是继续往前走。这时，从木桶里钻出一个人来，就像玩具盒子里弹出一个小鬼头似的。那人护腿一直裹到膝盖，帽檐拉得几乎遮住眼睛，嘴唇颤抖，鼻子通红。原来是消防队队长比内先生，埋伏在那里打野鸭子。

“你应该远远地就出声！”他嚷嚷道，“看到一管枪，总该吆喝一声。”

税务员说这话，是想掩饰他刚才的恐慌，因为省府有令，规定除划船捕获之外，禁止以其他任何方式打野鸭子。比内先生虽然一向遵纪守法，在这方面却违了禁令，所以时时刻刻仿佛听见乡村警察走过来了。但这种不安也激起一种乐趣，一个人藏在木桶里，心里乐滋滋的，庆幸自己办法巧妙。

一看到是爱玛，他心头一块石头落了地，立刻和她搭讪：

“今儿不暖和，冷飕飕的！”

爱玛不答话，他又说：

“这么早就出来啦？”

“是的。”爱玛结结巴巴，“我打孩子的奶妈家来。”

“啊！很好！很好！我嘛，你看到啦，天一亮就来了。不过，这天阴沉沉的，除非鸟儿撞到枪口上……”

“早晨愉快，比内先生。”爱玛打断他，转身就走。

“请便吧，夫人。”比内冷冷地说道。

他马上又钻进了木桶。

爱玛后悔不该这样冷淡地离开税务员。他可能会往坏处联想。刚才她说从奶妈家来，这是再糟糕不过的托词。永维镇上谁都知道，包法利家的小女儿接回家已经一年了。再说，这附近根本无人居住，这条小路只能通到拉于谢特。因此，比内肯定猜出了她从什么地方来，不会把这件事存在心里，而会到处去说，这是确定无疑的！直到天黑，她还在挖空心思，编造种种假话，准备应付人家，但那个挂猎袋的家伙，始终在她眼前晃来晃去。

晚饭后，夏尔见她心事重重，便想带她去药店老板家解解闷。到了药店，遇见的头一个人就是税务员！他站在柜台前面，身上映着红药瓶透过的灯光。他说。

“请给我半两硫酸盐。”

“朱斯丹，”店家喊道，“拿硫酸来。”

看见爱玛想上楼去奥梅太太卧室，他对她说：

“别上去啦，没有必要，就待在这儿吧，她马上下来。请坐在炉子边烤火吧……对不住……你好，大夫（药店老板喜欢说“大夫”这两个字，似乎这样称呼人家，他自己脸上也增添了光彩）……请当心，别碰翻研钵！最好去小客厅搬椅子，你知道，大客厅那些软椅是不乱挪动的。”

为了把软椅放回原处，奥梅从柜台里跑出来。这时比内又问他要半两糖酸。

“糖酸？”店家不屑一顾地答道，“我不知道这东西，没听说过！你莫不是要草酸吧？是要草酸，对吧？”

比内解释说，他需要一种腐蚀剂，准备自己配除锈水，用来擦拭各种猎具。爱玛听了浑身一哆嗦。店家说道：

“的确得擦擦。这天气不怎么样，潮乎乎的。”

“不过，”税务员现出狡黠的样子说，“也有人不在乎。”

爱玛都透不过气来了。

“再给我……”

“他没完没了，再也不会走啦！”爱玛想道。

“半两松香和树胶，四两黄蜡，一两半骨炭，用来擦猎具上的漆皮。”

店家正开始切蜡，奥梅太太怀里抱着伊尔玛，旁边走着拿破仑，后面跟着阿达莉，从楼上下来了。她走到靠窗的绒凳边坐下，小男孩往一个小圆凳上一蹲，他姐姐跑到爸爸身边，在枣盒周围转悠。她爸爸用漏斗装药。盖瓶塞，贴标签，包成小包。店堂里鸦雀无声，只是不时听见天平的砝码响和店家低声指点学徒的声音。

“你的小千金怎么样？”奥梅太太突然问道。

“安静！”她丈夫正在记账，大声说道。

“你干吗不把她带来呢？”奥梅太太压低声音又问道。

“嘘！嘘！”爱玛用手指指店家。

比内先生专心在看账单，大概什么也没听见。他终于出去了，爱玛如释重负，深深吐了口气。

“你出气出得真粗！”奥梅太太说。

“啊！因为有点闷热。”爱玛答道。

第二天，两个情人商量如何安排他们的幽会。爱玛想送一件礼物，把女用人收买过来。但是，最好还是在永维镇找一所不引人注意的房子。罗多尔夫答应去找。

整个冬天，罗多尔夫趁黑夜来包法利家花园，每周三四回。爱玛拔掉了栅栏门的插销，夏尔以为是丢了。

罗多尔夫一到，就往爱玛的百叶窗上扔一把沙子。爱玛慌忙起床，但有时她必须等待，因为夏尔爱坐在火炉边闲聊，聊起来就没个完。她急得像热锅上的蚂蚁，真希望自己的眼睛有魔力，瞪他一眼就能让他滚到窗外去。最后，她开始睡觉前的梳洗，然后捧本书安安静静看起来，似乎看得很有味。但夏尔已经上床，叫她也去睡。

“来吧，爱玛，”他说，“该睡觉了。”

“好，我就来！”她答道。

烛光晃眼睛，夏尔转身向墙，很快就睡着了。爱玛屏住呼吸，脸上露出微笑，不穿衣服就溜出去，心怦怦乱跳。

罗多尔夫有一件很宽大的大衣，将她整个儿一裹，胳膊揽住她的腰，一声不响，带她向花园尽头走去。

他们来到花棚下，坐在烂木棍做的凳子上。过去，夏日的黄昏，就是在这里，莱昂那样含情脉脉地注视着爱玛。现在，她很少想念莱昂了。

星星在光秃的茉莉枝条上头闪烁，河流在身后静静流淌，岸边不时传来干芦苇的爆裂声。这里那里，丛丛树影突起在黑暗之中，有时不约而同，寒战般摇曳，忽起忽伏，宛若巨大的黑浪，翻滚向前，要将他们吞没。夜里寒意袭人，他们搂抱得越来越紧，嘴唇边的叹息更加深沉，彼此隐约可见的眼睛，显得比平时更大；万籁俱寂，悄声说出的话语，句句落在心头，水晶般清脆，彼此回应，余音缭绕。

夜里下雨，他们就躲避到车棚与马厩之间的诊室里。爱玛从厨房里拿了一根蜡烛，藏在书后面，这时便点起来。罗多尔夫往椅子上一坐，像在自己家里一样自在。看到书架、写字台，总之看到整个房间，他觉得很有趣，便一个劲地拿夏尔开玩笑，让爱玛不免尴尬。爱玛希望看到他更严肃，甚至希望他在遇到某种情况时，显得胆战心惊，就像有一回，她仿佛听见小径上有越来越近的脚步声。

“有人来了!”她说。

罗多尔夫慌忙吹熄蜡烛。

“你带手枪了吗?”

“做什么?”

“为了……为了保护你自己呀。”爱玛说道。

“对付你丈夫吗？咳！那可怜的家伙!”

罗多尔夫说着做了个手势，表示：

“我动一动指头就能把他压扁。”

他这种无畏的气概，令爱玛惊愕，虽然出语粗野、无礼，不免令她反感。

关于手枪这句话，罗多尔夫反复琢磨，私下想，爱玛说这话如果是当真的，就很可笑，甚至可恶了，因为他没有任何理由恨善良的夏尔，他不是那种妒忌成性的人——关于这一点，爱玛硬要他赌咒发誓，他觉得也不够大方。

此外，爱玛变得过于多情。当初，她硬要彼此交换小照，还各剪下一绺头发作为信物，现在又要求一枚戒指，一枚真正的结婚戒指，表示百年好合。她常常谈起晚钟和天籁，后来又谈她自己的母亲和罗多尔夫的母亲。罗多尔夫的母亲已去世二十年，她还是极力安慰他，细言软语，就像安慰一个年幼孤儿似的，有时甚至望着月亮说：

“我相信我们的母亲在天上肯定会赞成我们相爱。”

不过，她长得实在漂亮！而且，在罗多尔夫弄到手的女人之中，这样真诚的实在少有。这种不放荡的恋爱，在他是一种新鲜的体验，使他抛弃了浅薄的习惯，自豪感和情欲同时得到满足。爱玛那股狂热的劲头，虽然按上层社会的标准，他看不上眼，可是又打心底里觉得可爱，因为那是对他而发的。一旦确信爱玛真的爱自己，他就不再约束自己，态度不知不觉地改变了。

他不再像当初那样，一来就甜言蜜语，感动得爱玛热泪盈眶，也不再热烈抚摸拥抱，使得她发疯。他们之间的伟大爱情，爱玛尽情地沉湎其中，现在却日渐减弱，宛似一条河流，河水慢慢干涸，露出了河床的污泥。爱玛不愿意相信，越发百般温柔，罗多尔夫却越来越不掩饰他的冷漠。

爱玛搞不清楚，自己现在究竟是后悔依顺了他，还是不想进一步爱他。她觉得自己软弱，因而感到羞愧。渐渐地，这种羞愧变成了怨恨；只是还得到快乐，怨恨不那么深罢了。他们之间并不相互依恋，而只有持久的诱惑。罗多尔夫征服了爱玛，而爱玛对之几乎感到恐惧。

然而，表面上比任何时候都平静。罗多尔夫成功地使通奸按照他的意愿进行，一晃半年，冬去春来，他俩经常守在一起，简直像一对夫妇，安逸地过着家庭生活。

每年这个时候，鲁俄老爹都要送来一只火鸡，表示记得医好他的腿的情分。随同礼物，照例有一封信，用绳子拴在篮子上。爱玛一刀将绳子割断，打开信只见写道：

亲爱的孩子们：

祈愿你们见到这封信时，身体都很好。这次捎来的火鸡，与以往捎的一样好，甚至我觉得，还要嫩一些，肥一些。下一回我准备给你们捎只公的，换换花样，除非你们更喜欢母的。请将这个篮子连同以前的两个，一并捎回给我。最近车棚发生了一件倒霉的事：一天夜里刮大风，棚顶给刮到树林里去了。收成也不很好。总之，我也说不准什么时候能去看你们。自从只剩下我一个人，我可怜的爱玛，我要离开家可难啦！

写到这里留了一块空白，似乎老头子搁了笔，想了一会儿心事。

我吗，身体尚好，只是前不久去伊沃托赶集，得了伤风。我去那里是想找一个放羊的。前头那一位辞退了，因为他嘴太刁。这些无赖实在不好对付。再说，那家伙也不老实。

有一个小贩，去年冬天到过你们那里，还拔了一颗牙。据他说，包法利工作还是那样卖力。这在我意料之中。那小贩还拿牙齿给我看；我和他一块喝了杯咖啡，问他见到你没有，他说没有，不过他看见马厩里有两匹马。这样看来，你们的事业还挺顺利。这就好，亲爱的孩子们，愿仁慈的上帝赐福于你们。

直到如今，我还没见过宝贝外孙女白尔特·包法利，心里真不好受。我在花园里你的卧室下面，为她种了一棵乌李树。树上结的李子我不准任何人碰。统统留着给她做蜜饯，做好了保存在柜子里，等她来的时候吃。

再见，亲爱的孩子们。让我亲亲你，我的女儿，还有你，我的女婿；让我亲亲小外孙女的脸蛋。

祝你们万事如意！

你们慈爱的父亲

泰奥多尔·鲁俄

爱玛手里捏着纸质粗劣的信笺，待了好几分钟。信里满是错别字，可是透过字里行间，她感到父亲的想法充满温暖，就像一只母鸡，躲在荆棘篱笆里对儿女们咯咯叫呢。墨水看来是用炉灰吸干的，信上有些灰色粉末落到她的袍子上。她眼前几乎浮现出父亲向炉子弯下腰，去拿火钳的样子。她好久不在父亲身边了！那时，她常常坐在父亲身边的小板凳上，苇子在壁炉里燃得噼啪响，她拿根棍子，将一头伸在熊熊大火里烧……她记起夏天的黄昏，夕阳辉映着一切；人一走过，马驹就嘶叫起来，接着扬蹄奔驰，奔驰……她卧室的窗子底下有一箱蜜蜂，有时蜂子在阳光里飞旋，撞在玻璃窗上，又像金弹子般弹开。那时多么幸福！多么自由！一切充满希望！一切充满幻想！现在什么也没有了！她把这一切全消耗光了，在心灵的几次际遇中，在环境接二连三的变化中，在做姑娘、结婚和恋爱中消耗光了——在整个人生道路上把它们丢光了，就像一位旅客，在沿途的每个旅店都落下一点钱财。

可是，是谁使她这样不幸呢？到底发生了什么异乎寻常的变故，搞得她心神不宁呢？她抬起头，环视周围，仿佛要找到她痛苦的缘由。

4月的阳光映照着摆设架上的瓷器，晶莹耀眼；壁炉里火燃得正旺；拖鞋下的地毯软绵绵的。阳光明晃晃，空气暖融融，只听见小女儿在放声大笑。

哦，小姑娘正在草里打滚。那草刚割下来，摊在地上晾晒。她趴在一个草堆上头，女用人拽住她的裙子，以防她摔下来。赖斯迪布都瓦在旁边翻草，每次一走近，小家伙就从草垛上探出身子，抡起两条小胳膊，在空中乱打。

“给我把她抱过来！”小姑娘的妈妈说着快步迎上去亲她，“我多么爱你，可怜的孩子！我多么爱你啊！”

过了一会儿，她发现女儿耳朵稍有点脏，就赶快拉铃，叫人端热水来，给她洗干净，又给她换了衬衫和鞋袜，再三询问她的身体情况，就像出远门刚回来似的。最后又亲一次，才眼里噙着泪水，把她交给女用人。女用人见爱玛突然这么过分地疼爱孩子，觉得莫名其妙。

这天晚上，罗多尔夫发现她比往常严肃。

“就会过去的，”他想道，“她正使性子呢。”

这之后，他三次爽约。再见面时，爱玛显得很冷淡，对他几乎不屑一顾。

“啊！你在白白糟蹋时间，我的小宝贝……”

罗多尔夫这样想道，假装没注意到她忧伤地叹气、掏手绢。

于是乎，爱玛开始悔恨了！

她甚至问自己，凭什么要嫌恶夏尔，是不是最好还是爱他。可是，她回心转意，夏尔并不怎么理会。所以，她虽然想做出牺牲，却不知该怎么办，正在左右为难，药店老板给她提供了一个机会。

11

药店老板最近读到一篇文章，内容是赞扬医治畸形脚的一种新方法。他一向倡导进步，于是产生了这样一种服务于桑梓的想法：永维镇要想跟上一般的发展水平，就应当能施行畸形足手术。

“这样做有什么风险吗？”他对爱玛说道，“请仔细想一想吧（他扳着指头列举这种尝试的好处）：成功几乎十拿九稳，为病人消除痛苦和美化外表，施手术的人很快成名，等等。譬如说你丈夫吧，为什么不搭救一把金狮客店可怜的伙计伊波力特呢？你想吧，他的脚医好后，准少不了对所有旅客讲。再说（奥梅压低声音，扫一眼四周），谁能阻止我给报纸寄篇小文章，谈谈这件事？嘿！我的上帝！一篇文章传播开去……大家谈论这件事一传十，十传百，说不定名扬天下哩！谁说得准？谁说得准？”

的确，夏尔是可以成功的。爱玛没有发现说明他不能干的任何迹象。如果她能鼓动夏尔干这件事，使他名利双收，她该会多么心满意足！现在，她盼望的是获得一种比爱情更可靠的东西，作为自己的靠山。

药店老板和爱玛一齐劝说，夏尔被说服了。他托人从卢昂买来杜瓦尔博士的一本专著。每天晚上双手捧着头，专心致志地攻读。

他研究马蹄形脚、内翻形脚、外翻形脚，就是说，趾畸形足、内畸形足、外畸形足（或者说得更明白些，就是形形色色的歪脚，包括向下歪、向里歪、向外歪），以及踵畸形足和底畸形足（就是说，向下跷和向上跷的脚）。奥梅先生则鼓动三寸不烂之舌，撺掇客店伙计动手术：

“那可能只稍微有点疼，就像稍稍放点血那么简单，还没有挖一个鸡眼那么疼呢！”

伊波力特傻乎乎转动着眼珠子，沉吟不语。

“其实，”药店老板又说，“这不关我的事！我是为你好，纯粹出于人道主义！瞧你走路，一瘸一拐，腰椎扭来扭去，实在难看。尽管你声称不碍事，实际上对你现在的工作影响大得很。我就是希望看到你摆脱这种状况，我的朋友！”

接着，奥梅向他描绘，手术之后，人会变得多么矫健，步履会多么轻盈；他甚至向他暗示，那时他更有可能讨女人喜欢。伙计露出了微笑，傻呵呵的。奥梅又抓住他的虚荣心，发动进攻：

“瞧瞧你，到底算不算男子汉？如果叫你去当兵吃粮，拼杀疆场，你怎么办……咳！伊波力特！”

奥梅说罢，扭头就走，说一个人竟这样冥顽不灵，盲目地拒绝科学带给他的好处，实在莫名其妙。

可怜的伊波力特到底还是同意了，因为所有人，包括一向只扫自家门前雪的比内，还有勒佛朗索瓦太太、阿特米丝等街坊们，甚至镇长图瓦什先生，都像串通好了似的，一个劲劝说他，给他讲道理，使他再也不好意思拒绝。不过，他之所以最终下了决心，还是因为“不用他花费分文”。连做手术的一应器具，包法利也负责提供。这种慷慨是出自爱玛的意思，夏尔欣然同意，打心底里觉得自己的妻子真是一位天使。

按照药店老板的意见，夏尔请了一位木匠，还请了一位锁匠当帮手，试做了三次，才做成一个匣子样的机具，重达八磅，铁、木头、钢板、皮子、螺丝钉、螺丝帽等，可没少用。

然而，要确定为伊波力特切除哪一根腱子，先得弄清楚他属于哪类畸形足。

伊波力特有一只脚几乎与腿成直线，但并不妨碍向里拐，因此是一只略内翻的马蹄形足，或者说是有严重马蹄形倾向的轻度内翻足。这个马蹄形脚，确实与马蹄一样宽，皮肤粗厚，腱子坚硬，足趾粗大，黑乎乎的指甲令人想起马掌上的钉子。一个脚如此畸形的人，却一天到晚要像一头鹿一样跑来跑去！大家时时看见他在广场上，兜着一辆辆大车蹦蹦跳跳，两条不一样长的腿，往前一迈一甩，看上去，那条瘸腿似乎比那条好腿还有劲。久而久之，犹如思想品质经受了锻炼，这条腿变得坚韧、有力，有什么重活，他宁愿依靠这条腿。

既是马蹄形足，就要先切掉跟腱；至于矫正内翻，就得动前胫骨，只能下一步再做。医生不敢冒险一次动两个手术，甚至做一个他都有点胆怯，生怕伤及他不了解的某个重要部位。自塞尔苏斯[1]之后，间断了一千五百年而有昂布洛瓦兹·帕雷[2]，第一次施行动脉结

---

① 公认的最伟大的罗马医学家，其《医学》一文，至今被认为是最重要的医学经典著作之一。

② 帕雷（1510—1590），文艺复兴时期一位非常著名的法国外科医生。

扎止血术；而后有迪波特伦[1]，穿过厚厚一层脑髓切开一个脓包；又有让素尔[2]，首次切除上腭骨。但他们在做这些手术时，心之乱跳，手之颤抖，神经之紧张，想必都不如包法利手拿截腱刀，走到伊波力特跟前时那样厉害。像在医院里一样，医生身旁的台子上，放了许多旧布纱团、蜡线和绷带——小山般高的一堆绷带，药店的存货统统拿来了。准备工作全是奥梅先生做的，他一清早就忙个不停。这一方面是为了叫众人看了称道，另一方面也是为了给自己吃定心丸。夏尔拉开皮肉，接着听见咔嚓一声，十分干脆。腱子截断了，手术完成，伊波力特紧张得还没回过神来。他慢慢向包法利的双手探过身子，在上面亲了好几次。

“行啦，安心将养吧，”药店主说道，“回头再谢你的恩人不迟。”

伊波力特下了手术台，把结果告诉院子里五六个好奇的人。他们还以为伊波力特一下手术台就会不再跛了呢。夏尔把病人的腿套进那个机具，才回家去。爱玛正焦急不安地倚门等待，立刻上前勾住他的脖子。夫妻俩坐下来用餐，夏尔吃得很多，甚至在甜点之后还要了杯咖啡。这种奢侈的享受，只有礼拜天家中有客人，才偶尔可得。

这天晚上过得很愉快。夫妻俩一块儿闲聊，共同幻想，谈到他们未来的财富，以及家中哪些方面尚需改善。夏尔看到自己声名远扬，生活越来越幸福，妻子永远钟爱自己；爱玛呢，终于对这个倾心爱她的可怜男人产生了某种柔情，沉浸在一种新的、更健康、更美好的感情之中，颇有清新之感，心头乐融融的。罗多尔夫的影子也偶尔掠过她的脑海，但她立刻又把目光投向夏尔，甚至惊异地发

---

① 迪波特伦（1777—1858），法国外科医生，以施行危险手术著称。

② 让素尔（1707—1858），法国外科医生，在医学上首次成功移切上腭骨。

现，他的牙齿一点也不难看。

他们已经上床，奥梅先生不顾厨娘的阻拦，突然闯进他们卧室，手里拿着一张墨迹未干的稿纸。那是他写了准备寄给《卢昂灯塔报》的捧场文章，特地送来给他们看。

“你自己念吧。”包法利说道。

奥梅念道：

“成见像一张罗网，依然罩着欧洲的一部分土地，然而光明已开始照进我们的乡村。就拿我们这座小小的永维镇来说吧，在这里，星期二就进行了一次试验性的外科手术。这次手术也是一个充满博爱的行动。我们最卓越的医生之一包法利先生……”

“啊！言过其实！言过其实！”包法利说道，激动得喘不过气来。

“不，一点也不言过其实！怎么言过其实呢？……‘给一个跷脚患者动了手术……’这里我没有用科学术语。你知道，登在报纸上，并不是所有人都能看懂的，应当让群众……”

“当然，”包法利说，“继续念吧。”

“我接着念。”药店主说，“我们最卓越的医生之一包法利先生，给一个跷脚患者动了手术。这人名叫伊波力特·多坦，在金狮客店当了二十五年马夫。这家客店是由寡妇勒佛朗索瓦太太开的，位于阅兵广场。由于这次尝试是新事物，加之出自对接受手术者的关心，全镇居民纷纷跑来观看，以致客店前面挤得水泄不通。手术之成功，堪用‘神妙’二字来形容，只出了几滴血，仿佛表明，坚韧的腱子终于在高超的技艺面前降服了似的。更不同凡响的是，病人一点也不觉得疼痛（我们亲眼所见，可以做证）。到目前为止，他情况良好，相信不久即可复原。谁说得准，在下一次村镇节日之时，我们勇敢的伊波力特不会随着欢快的乐曲，大跳酒神舞，向所有人展示他的兴致和舞姿，表明他不再是个跛子？光荣属于胸怀博大的科学家！光荣属于日夜辛劳、孜孜不倦改善同胞命运、减轻同胞痛苦的人！光荣！三倍的光荣！让我们借此机会欢呼：盲人将重见光明，聋人将听到声音，跛子将行走自如！过去宗教向其信徒许诺的东西，如今科学为全人类实现了。关于这次不平凡的医疗以后各个阶段的情况，我们将继续向读者报道。”

文章归文章，五天后，勒佛朗索瓦太太惊慌失措地跑了来，大声喊道：

“救命呀！他要死啦……我不知道怎么办好啦！”

夏尔三步并作两步赶到金狮客店。药店老板看见他没戴帽子，匆匆从广场上经过，便连店也不顾了，跑了出来。他赶到时已气喘吁吁，满脸通红，焦急不安，见一个上楼的人就问一个：

“我们关心的那位瘸腿朋友怎么啦？”

动过手术的瘸子正疼得浑身抽动扭曲，套在脚上的匣子撞着墙，像要把墙撞穿似的。

他们小心在意，不让手术的部位错位，轻轻把匣子取下来。呈现在眼前的情形十分可怕：脚肿得已不成脚样，整个皮肤就像要胀破了似的，上面现出匣子压迫造成的许多瘀斑。伊波力特早就抱怨过，套上这匣子脚疼，但谁都没在意。应当承认，他并没有完全错，所以决定把匣子拿掉几个钟头。可是，刚刚开始消了点肿，两个有学问的人，就认为应当再次把脚套进匣子，而且扣得更紧，以求好得更快。三天后，伊波力特再也忍受不住了，不得不再次给他拿掉匣子。但他们所看到的结果，令人大吃一惊。现在脚又肿又紫，而且正向腿部发展，好多地方起了水泡，往外冒黑水。情况变得严重了。伊波力特开始不耐烦了，勒佛朗索瓦太太把他安置在小餐厅里，靠近厨房，让他多少能分分心。

但是，天天在小餐厅吃饭的税务员，看到把这样一个人安顿在旁边，大发怨言。于是，不得已只好把伊波力特挪到台球室。

他躺在那里，盖着厚毯子，哼哼唧唧，脸无血色，胡子拉碴，眼眶下陷，头冒虚汗，枕在脏兮兮落满苍蝇的枕头上。不时转来转去。包法利夫人常来看望他，还给他带来敷药用的布，好言安慰和鼓励。其实，他倒不缺陪伴的人，尤其镇上逢集的日子，农民纷纷跑进来，在他身边打台球，拿起杆子比比画画，抽烟，喝酒，又喝又叫，好不热闹。

“怎么样？”他们拍拍他的肩膀问道，“啊！看样子，你有点垂头丧气！不过，这也怪你自己。事情吗，总是有的该做，有的不该做。”

他们还给他举例子，说有些人彻底治好了，但不是用他这种方法，而是别的方法。临了，他们又用安慰的口气说：

“这是你太娇惯自己啦！起来吧！瞧你把自己娇养得活像一位国王！哎！不要紧的，装出一副熊样的老小子！你身上的气味可不怎么香！”

坏疽果然越来越往上发展。包法利自己也急得不得了。他时时过来看看，伊波力特用充满恐惧的目光望着他，呜呜咽咽地结巴道：

“我什么时候能好？啊！救救我吧……我好命苦呀！我好命苦！”

医生离开时，总嘱咐他要忌口。

“别听他那一套，我的孩子。”勒佛朗索瓦太太总是说，“他们把你折腾得够惨啦！再忌口你会越来越虚弱的。来，大口吃吧！”

勒佛朗索瓦太太不是给他端来喷香的肉汤，就是给他端来几片羊腿肉和几块肥肉，有时还给他斟一小盅烧酒，但他没有勇气送到嘴边。

布尔尼贤神甫听说他病情恶化，传话说想来看他。神甫一到，就对他的痛苦说几句同情的话，同时宣称应当乐天知命，因为这是上帝的意志，应该趁此机会，求得上天宽宥。

“因为，”神甫用长者的口吻说，“你过去多少有点不尽本分，做礼拜时很少见到你。你有多少年没有走近圣餐台啦？工作繁忙，世事纷纭，使你无暇顾及拯救自己的灵魂，这我理解。可是现在，是该考虑这个问题的时候了。不过，你也不要灰心丧气。我认识不少罪孽深重的人，快到上帝面前受审之时（你根本还没有到那一步，我知道），祈求上帝慈悲为怀，终于落得个平静安乐之死。但愿你像他们一样，也给世人做个好榜样！这可事不宜迟啊！谁碍着你从现在起就早早晚晚念一遍‘礼敬您，恩德无边的玛利亚’和‘我们天上的父’？对，早早晚晚念吧！看在我分上，就算给我赏个脸吧。这样做又有什么亏可吃呢？答应我这样做，好吗？”

可怜虫只好答应。往后几天，神甫天天来。他和女店家闲聊，甚至还讲些趣闻轶事，其间穿插一些笑话和伊波力特听不懂的双关语。然后，一等气氛适宜，他又回到宗教问题上，同时摆出一副相应的面孔。

他这番热心看来没有白费，不久病人就表示，只要他的脚能治好，他就去慈济寺进香。布尔尼贤听了这话，说去进香毫无问题。从两方面早做努力总比一方面好。“反正不会失去什么”。

药店老板把这一切称为“神甫的勾当”，对之大为恼火，声称这会危害伊波力特的康复。他一再对勒佛朗索瓦太太说：

“别打扰他！别打扰他！你们这神秘主义的一套，会扰乱他的思想！”

可是，这位好心肠的太太再也不愿听他的。一切都是他造成的。她故意作对，在病人床头挂了满满一缸圣水和一根黄杨枝。

然而，宗教不见得比医术更有效，同样救不了伊波力特。溃烂不断从脚向腹部方向扩展，无法制止。吃的药、敷的药怎么换都无济于事，肉烂得一天比一天厉害。最后，勒佛朗索瓦太太见再也无计可施，便问夏尔，是否可去新堡，把名医卡尼韦请来。夏尔只好点头表示同意。

这位同人是医学博士，现年五十岁，有地位，又有自信心，一看那条腿已经烂到膝盖，便毫无顾忌，发出轻蔑的冷笑。接着，他毫不含糊地宣布，必须截肢。说罢，他跑到药店，大骂那些蠢驴，把一个可怜的人折腾到这种地步。他一把抓住药店主的衣领，一边摇，一边骂道：

“这是巴黎的新花样！是京城那些先生的花花点子！这种手术像治斜眼、用氯仿进行麻醉、粉碎膀胱结石一样，总之像一大堆畸形病的治疗一样，都应在政府禁止之列！可是，有人逞能，乱塞药给你吃，不问后果。我们可没有这种本事，我们不是专家，不是花花公子，不是风雅之士。我们是医生，是治病的。我们不会异想天开，给一个身体非常健康的人动手术！治跷脚！谁能治好跷脚？这就好比要把驼背拉直！”

奥梅听着这番话，心里很不好受，但还得装出奉承的笑脸，掩饰住自己的不快。这位卡尼韦先生可得罪不得，因为他开的药方有时也到永维镇来配药。奥梅也不为包法利辩解，甚至没有说一句话，而是为了商业上的更大利益，放弃了原则，牺牲了自己的尊严。

由卡尼韦大夫给病人锯腿，在这个村镇可是了不得的一件大事！这天，全镇居民比什么时候都起得早。镇上那条大街挤满了人，笼罩着一种阴惨惨的气氛，就像有人要被斩首似的。在食品杂货店，一些人在议论伊波力特的病；家家店铺都不卖东西。镇长图瓦什的夫人站在窗口，寸步不离，迫不及待想看看过来的手术师。

手术师自己驾着双轮轻便马车来了。那马车行驶起来有点歪斜，因为他人太肥胖，久而久之，右边的弹簧被压得塌了下去。他身旁另一个座垫上，放着一个老大的红色软羊皮匣子，三副铜搭扣亮铮铮的，十分气派。

马车旋风般驶进金狮客店的门廊，大夫立刻大叫大嚷，叫人卸马。然后，他又跑到马厩，看给他的马喂的是不是燕麦。他每到一个病人家里，挂在心上的头一件事，就是他的马和马车。关于这一点，有人甚至说："啊！卡尼韦先生，那可是个怪人！"他总是一副不慌不忙、雷打不动的样子，反而更为大家所敬重。世界可以毁灭，直至一个人不剩，他的习惯是断乎改变不了的。

奥梅出面相迎。大夫说：

"我得靠你帮忙。准备好了吗？开始吧！"

可是，药店老板红着脸说，他太过敏感，不敢在旁边看这样的手术。

"你知道，"他说，"单纯在一旁观看，思想就容易紧张。再说，我的神经系统非常……"

"唔！"卡尼韦打断他，"我看你相反，是个容易中风的人。这也难怪，你们这些药店老板先生，成天钻在配药室里，久而久之，气质必然改变。你瞧我，每天四点钟起床，用凉水刮胡子（我从来不觉得冷）；我不穿法兰绒，从来不得伤风感冒，身子骨结实得很！我生活没有定准，今天这样，明天那样，像圣哲先贤，随遇而安。所以，我不像你们娇嫩。而且对我来讲，给基督徒开刀，与杀鸡宰鸭完全一样。听了这些话，你们要说这是习惯……习惯……”

两位先生就这样拉开了话匣子，根本不考虑在被窝里急得满头大汗的伊波力特。药店老板说，外科医生的沉着冷静，堪与将军相比。这话卡尼韦听了特别舒服，于是滔滔不绝，大谈行医的职业要求。在他心目中，医道是一个神圣的事业，尽管一些低级医生玷污了它。最后话题回到病人身上，他检查了奥梅拿来的绷带，全是上次做跷脚手术时用过的那些。他要求一个人来帮他扶住要锯的腿。奥梅便派人去找赖斯迪布都瓦。卡尼韦先生卷起袖子，进到台球室。药店老板与阿特米丝和女店主待在一起。两个女人脸色比她们的围裙还白，耳朵贴在门上倾听。

这时，包法利待在家里不敢出来。他在楼下厅房里，坐在没生火的壁炉角落里，垂着头，双手交叠，两眼发直，脑子里想道：多倒霉！多令人失望！可是，一切预防措施，凡能想到的，他都采取了呀。是命运从中作怪。扯到命运又有什么用呢？过些时候要是伊波力特死了，人家还不是要说是他害死的？再说，以后看病的时候，人家问起，他如何解释？不过，莫非他什么地方做错了？他反复寻思，就是想不出错在什么地方。最著名的外科医生也会犯错误。可是，这话谁愿意相信！相反，人家会嘲笑，会嚼舌头！事情会传到浮日！传到新堡！传到卢昂！到处传遍！谁说得准不会有同行写文章攻击他呢？那样会引起一场笔战，他不得不到报纸上去回答质问。伊波力特甚至可以让他吃一场官司。他看到自己身败名裂，倾家荡产，死路一条！五花八门的假设一齐涌进他的脑海，他的思想在这些假设冲击下，就像一个空桶，被卷向大海，在波涛上翻滚。

爱玛坐在对面看着他。她不分担他的耻辱，而是感到另一种耻辱：他这个人的平庸无能，已经多少次她没有看透，居然还想象他会有某种出息！

夏尔在房间里走来走去，靴子踩得地板嘎吱嘎吱响。

“坐下吧，”爱玛说，“烦死人！”

夏尔重新坐下。

怎么搞的，爱玛会又一次估计错呢（她本来聪颖过人的！）？再说，是什么鬼使神差，让她这样痴迷不悟，再三做出牺牲，白白糟蹋自己的人生？她回首往事，想起自己向往奢华生活的天性、心灵的空虚、婚姻和家庭生活的平庸，想起她那像受伤的燕子落进污泥的梦想，想起她渴望得到的一切、她放弃的一切、她本来可以得到的一切。为什么？这一切究竟为了什么？

整个镇子死一般寂静，突然一声尖叫划破天空。包法利顿时脸色煞白，险些昏倒。爱玛烦躁地皱了皱眉头，又接着寻思道：然而，这一切都是为了他，为了这个人，为了这个什么也不懂，对一切都麻木不仁的男人。瞧他坐在那里，心安理得，根本就没想到，他那可笑的姓名，从今以后不但玷辱他自己，也会玷辱她。这样一个人，她曾经极力去爱他，而且哭哭啼啼，后悔不该顺从了另一个男人。

“唔，他也可能是外翻形！”一直沉思的包法利，突然惊叫起来。

这突如其来的一句话，撞击着爱玛的思想，就像一个铅球砸在一个银盘里。她浑身一哆嗦，抬起头，揣摩他是什么意思。两个人互相对望着，突然意识到彼此坐在对方眼前，不胜惊讶，可见他们思想上相距多么遥远。夏尔看着她，醉汉般视线模糊，同时静静地听着被截肢者最后的叫喊。那叫喊拖得长长的，忽高忽低，其间夹杂声声尖叫，就像远处在宰杀牲口，发出号叫。爱玛咬着发白的嘴唇，手里搓着一根她掰断的珊瑚枝，怒目盯住夏尔，一双眸子像两支随时准备发射出去的火箭。现在夏尔的一切都令她生气：他的面孔，他的穿着，他没有说出来的话，他的整个人。总之，他的存在，统统令她生气。她后悔过去不该那样贞洁贤淑，就像那是一种罪孽似的；尚残存的一点点贞节，也在傲气的狂烈冲击下土崩瓦解了。她想到自己通奸成功了，心头涌出种种恶意的嘲讽，不禁洋洋自得。情人又回到了心头，充满魅力，令她迷醉。一股新的热情把她推向那形影，让她献上自己的灵魂。夏尔呢，仿佛脱离了她的生活，永远不会再回来，永远不可能再回来，永远消失得无影无踪，就像他马上就要死去，正在她眼前咽气似的。

人行道上传来一阵脚步声。夏尔隔着放下的百叶窗向外望去，看见卡尼韦大夫正走到阳光照耀的菜市场边上，一边用手绢擦前额上的汗；奥梅手里拎个大红匣子，跟在后面。两个人向药店那边走去。

颓丧之中，夏尔突然感到需要温存，转身对妻子说：

“吻我一下吧，心爱的！”

“别烦人！”爱玛气得满脸通红说道。

“怎么啦？怎么啦？”夏尔惊愕不已地连声问道，“冷静点！好好想想吧！你知道我爱你……来吧！”

“够啦！”爱玛嚷道，神色可怕。

她立即跑出厅房，砰的一声拉上门，把墙上的晴雨表也震了下来，掉在地上摔得粉碎。

夏尔倒在扶手椅里，心烦意乱，捉摸不透妻子是怎么回事，猜想她又来了神经官能症，不禁泪涕交流，感到有某种不祥的、无法理解的东西在他周围游荡。

当天晚上，罗多尔夫来到花园里，发现他的情妇在台阶最底下一级等他。两个人紧紧拥抱在一起，一切怨恨都像雪一样在热吻中融化了。

12

他们再度相爱了。甚至在大白天，爱玛往往会突然坐下来给罗多尔夫写信。信写好后，她隔着玻璃窗给朱斯丹做个手势，朱斯丹连忙解下围裙，飞也似的向拉于谢特跑去。罗多尔夫接到信马上赶来。爱玛叫他来，是为了告诉他：她感到烦闷无聊，她的丈夫可憎可恨，她的生活不堪忍受。

“我难道有什么办法可想吗？”有一天，罗多尔夫不耐烦了，这样说道。

“啊！只要你愿意……”

爱玛坐在地上他两腿之间，头发蓬松，目光涣散。

“愿意什么？”罗多尔夫问道。

爱玛长叹一声：

“我们去别的地方生活……随便什么地方……”

“你真是疯了！”罗多尔夫笑着说，“这怎么行？”

爱玛说来说去又扯到这上头，罗多尔夫只装不懂，把话题岔开。

他不懂的是，恋爱这么简单的事情，何来这么多纷扰。而在爱玛呢，却自有一种动机，一种理由，就像是她的恋情的一种补充。

事实上，对丈夫的憎恶使她对罗多尔夫的感情与日俱增。越是倾心于这一个，就越是嫌恶另一个。与罗多尔夫幽会之后再与夏尔待在一起，在她眼里，夏尔不用提多讨人嫌，连指甲都粗得不能再粗，思想又那样迟钝，举止那样庸俗。所以，她表面上装出贤妻模样，可是一想到另一个男人，就情欲如火，按捺不住。人家的头发，油光乌黑，卷曲成一圈，搭在被太阳晒黑的前额上；身体那样强壮，体态那样俊美；审时度势，那样富有经验；情欲宣泄，又那样如痴如狂！就是为了他，她才像金银首饰匠那样细心修剪指甲，皮肤上抹的冷霜和手绢上洒的广藿香总嫌不够，又是戴手镯，又是戴戒指，又是戴项链。每次罗多尔夫要来，她总是将两个碧琉璃大花瓶插满玫瑰，把房间和自己本人装点得讲究体面，就像一个高等妓女等候王公驾临。女用人费丽丝黛一天到晚有洗不完的衣服，离不开厨房半步，好在小朱斯丹常常来陪伴她，看她干活。

朱斯丹双肘支在费丽丝黛熨衣服的长木板上，贪婪地打量着摊在她身边的女人穿戴的东西：花格细布裙、披肩、绉领、上面宽松下面窄小的背带裤子。

“这是干什么用的？”小伙子伸手摸摸硬衬布和搭扣问道。

“你真的从来没见过吗？”费丽丝黛笑着说道，“就像你的老板娘。奥梅太太是不穿这种衣服的。”

“啊，是的！奥梅太太！”

朱斯丹现出沉思的样子又加一句：

“难道她能和你家太太比吗？”

费丽丝黛见他在自己身边转来转去，有点沉不住气了。她比朱斯丹大六岁，而且纪尧曼先生的听差泰奥多尔已开始追求她。

“让人家清静点好不好！”她挪动一下浆子罐说道，“你还是去捣杏仁吧。总在女人身边瞎混，坏小子！要想沾女人的边，等你嘴上长了毛再说！”

“得啦，请息怒吧，我替你擦她的靴子。”

朱斯丹立刻从壁炉框上拿下爱玛的靴子。靴子上全是泥巴——幽会地点的泥巴，手指一碰，就变成粉末掉下来。他望着那泥粉在一抹阳光里慢慢扬起。

“看你！生怕把它擦破了吗?”费丽丝黛说道。她自己动手为主人擦鞋时，可不会这么小心翼翼，反正鞋子一旧，爱玛就会扔给她穿。

爱玛柜子里放着许多鞋子，穿一双扔一双，随意糟蹋，夏尔绝不敢抱怨一句半句。

她认为应该送给伊波力特一条木头腿，夏尔照例不敢说半个不字，立刻掏了三百法郎去买一条。那假腿是一个复杂的机械，软木包头，弹簧关节，外面套一条黑色长裤，下面一只漆皮靴子。一条如此漂亮的假腿，伊波力特不好天天用，央求包法利夫人给他另弄一条更方便的。医生当然又得掏腰包。

马夫渐渐又忙活起来了。人们看见他像从前一样，在镇子上到处跑。夏尔远远听见街石上他的拐杖清脆的响声，就赶快换条道走。

那条假腿是商人勒乐自告奋勇去定做的。这样他有机会接近爱玛，与她闲扯巴黎新的廉价商品、形形色色的妇女饰物，向她大献殷勤，而从来不开口要钱。这么容易到手的便宜，爱玛何乐而不得，便趁机满足自己变化无穷的喜好。听说卢昂一家阳伞店里有种很漂亮的马鞭，她想弄到手，送给罗多尔夫。第二个星期，勒乐就买来往她桌子上一放。

但是，第二天他来到爱玛家，掏出一张发票，数额是二百七十法郎，还没计零头。爱玛尴尬至极：书桌的个个抽屉都空无分文，家里还欠赖斯迪布都瓦两周的工钱，欠女用人半年的工资，其他该付而未付的款项更不少。包法利正急得什么似的，只盼望德洛泽莱先生送钱，因为他每年都是在圣-彼得节[1]前后了清诊费的。

爱玛起初总算把勒乐对付过去了。但后来，勒乐也没了耐心，说人家逼他要钱，而他的资金都散在外面，如果收不回来一部分，他就只好把爱玛所买的商品拿走。

“哼！拿走好了！”爱玛说。

“哎！只不过逗着玩的！”勒乐说，“其实，我只是舍不得那条马鞭。好吧！我去向你先生讨。”

“不！别向他讨！”爱玛说。

“哈！这下子我可把你攥在手心里啦！”勒乐想道。

他自信抓住了爱玛的把柄，一面往外走，一面带着习惯的嘘声连连低声说道：

“行啊！咱们再说吧！再说吧！”

爱玛正琢磨如何解脱，厨娘进来，把一个蓝色的小纸卷搁在壁炉上，说“是德洛泽莱先生送来的”。爱玛扑过去抓在手里，打开来，里面是十五块金拿破仑[2]，即德洛泽莱先生的诊费。她听见夏尔上楼来了，忙把那包金币扔进自己的抽屉，拔下钥匙。

三天后，勒乐又来了。

“我来向你提出一个解决办法，”他说，“如果不提前面那笔钱，你愿意再借……”

“这就是那笔钱！”爱玛说着将十四块金拿破仑往他手里一塞。

商人傻了眼，为了掩饰他的狼狈，一个劲儿又道歉，又是表示愿意效劳。爱玛不需要他任何效劳。勒乐走后，她站了几分钟，摸着围裙口袋里两枚五法郎金币。那是勒乐找回的，她决心积攒下

---

① 圣-彼得节在6月29日。

② 有拿破仑头像的旧时法国金币名，值二十法郎。

来，以后好还……

“唔！”她想道，“他不会再想起来的。”

除了镀金的银柄马鞭之外，罗多尔夫还收到一枚纹章，上面铭刻着“爱心相通”四个字；此外还有一块可做围脖用的披巾；最后是一只雪茄匣，与夏尔在路上拾到、爱玛还保留着的子爵那只一模一样。可是，罗多尔夫觉得接受礼物有失他的面子，送了好几回他不接受，爱玛硬要他收下，他才顺从，但心里觉得爱玛太专横，太强加于人。

另外，她经常产生一些稀奇古怪的想法。例如她说：

“半夜听见时钟敲响十二点，你要想着我！”

如果罗多尔夫承认他没有想她，她就会劈头盖脸地责备他，而且最后总要问这么一句：

“你爱我吗？”

“当然，我爱你。”罗多尔夫答道。

“很爱吗？”

“那还用说！”

“你没有爱过别的女人吧，嗯？”

“你当初找到我时，以为我是童男吗？”罗多尔夫笑呵呵地大声反问。

爱玛哭起来。罗多尔夫极力安慰她，用幽默的俏皮话进行分辩。

“咳！这是因为我爱你！”爱玛说道，“爱到离开你，我就活不成了，你知道吗？有时候，我渴望见到你，因为爱折磨着我，把我的心都要揉碎了。我独自嘀咕：‘现在他在什么地方？也许和别的女人在谈心吧？她们对他嫣然一笑，他走过去……’啊！不，别的女人你一个也看不上，是吗？更漂亮的女人有的是，但我更懂得爱！我是你的女仆，你的相好；你是我的君王，我的偶像。你善良！你英俊！你聪明！你强壮！”

这类话罗多尔夫听过千百遍，一点也不觉得新鲜。爱玛与其他情妇没有什么不同，爱情的新鲜劲一过去，恰如一件衣服被脱掉了，只剩下赤裸裸的、单调乏味的老一套，从方式到语言都千篇一律。罗多尔夫虽然是情场老手，却分辨不出以同样的方式所表达的感情并不相同。因为不少放荡或贪财的女人都对他说过这类话，他就几乎不相信爱玛这些话是出自真心。他认为，掩饰贫乏感情的夸张言辞，听的时候应该大打折扣。这就是说，空洞的比喻，往往不可能表达心灵里丰富的感情。任何人都不可能把自己的欲望、想法和痛苦不折不扣地表达出来；人类的语言就像一口破锅，我们想敲出悦耳的声音，感动星宿，却只引得狗熊跳舞。

罗多尔夫这类人，遇事退后，不做承诺，批评起来，高屋建瓴，但他看出，这种爱情乐趣尚多，尽可享受。在他心目中，任何廉耻只会束缚手脚。他待爱玛，随心所欲，把她变成一个服服帖帖、自甘堕落的女人。这是一种痴迷的依恋。爱玛对他，五体投地，自己也拼命行乐；人沉湎于极乐之中，浑浑噩噩，灵魂也泡在里头，醉生梦死，不能自拔，就像克拉伦斯公爵泡在马尔瓦西酒桶里①一样。

包法利夫人纵欲行乐，积习已深，仅此一点，就连行为举止也改变了。她的目光变得更大胆，谈吐更随便，甚至与罗多尔夫先生一块散步，嘴里还叼着一支香烟，似乎故意以这种放肆行为，嘲弄

① 克拉伦斯公爵（1449—1478），英王爱德华四世之弟，因叛乱被处死刑，问他想怎样死，他要求泡在一桶马尔瓦西酒里淹死。马尔瓦西酒产于希腊马尔瓦西岛，香醇名贵。

世人。有一天，她从驿车“燕子”上下来，竟像男人一样穿件背心，最后就连那些还将信将疑的人，也确信她变了。老包法利夫人与丈夫大吵了一架之后，躲到儿子家来了，看到儿媳那副模样，自然和其他女人一样感到丢脸。还有其他许多事不合她的心意：首先是夏尔把她的话当耳边风，没有禁止爱玛看小说；其次，他们理家的方式令她不快。老太太斗胆说了几句，尤其是有一次为费丽丝黛的事说了几句，结果婆媳俩闹翻了。

吵架的前一天晚上，老包法利夫人经过走廊，看见费丽丝黛与一个男人在一起。那男人四十岁上下，棕色络腮胡子，听到老太太的脚步声，慌忙打厨房溜走了。爱玛听了，哈哈大笑。这可惹火了老太太，说除非不把道德放在眼里，否则对下人的品行，就不能不监督。

“请问你是从哪个阶层出来的？”儿媳问道，目光凶狠无礼。老太太禁不住问她是不是在为自己辩护。

“滚出去！”少妇跳起来嚷道。

“爱玛！……妈妈！”夏尔喊道，试图从中劝解。

但是，婆媳俩盛怒之下，都走开了。爱玛跺着脚骂道：

“哼！真懂规矩啊！乡巴佬！”

夏尔跑到母亲面前，母亲怒不可遏，结结巴巴说道：

“这是个蛮不讲理的家伙！是个轻狂东西！可能还要坏！”

老太太要马上就走，除非儿媳来向她赔不是。夏尔于是跑到妻子面前，恳求她让步，给她跪了下来。爱玛好不容易答应了：

“好啦！我去。”

她果然向婆婆伸过手去，摆出一副侯爵夫人的端庄样子，对她说：

“原谅我，夫人。”

然后，她跑上楼，扑倒在床上，头埋在枕头里，孩子般哭起来。

她与罗多尔夫约好的：如果发生了不寻常的大事，她就在百叶窗上挂一片白纸，万一罗多尔夫刚巧在永维镇，看到暗号，就跑到房后的巷子里来与她相会。爱玛做了记号，等了三刻钟，突然瞥见罗多尔夫在菜市场角上，情不自禁打开窗户，准备喊他。可是，罗多尔夫已经消失。她感到失望，又扑倒在床上。

然而，没多久，她似乎听见有人在便道上行走。可能是他。她下了楼，穿过院子。罗多尔夫站在外边。她扑进他怀里。

“当心点。”罗多尔夫说。

“啊！要是你知道！”爱玛答道。

于是，她开始把所发生的事情讲给他听，讲得急促，前后不连贯，又夸大事实，还捏造了好几条，并且穿插许多离题的话，结果弄得他稀里糊涂，没听明白。

“行啦，我可怜的天使，振作起来，想开些，忍耐点！”

“可是，我都忍耐了四年啦，我受的什么罪！……像我俩之间这样的爱情，完全可以当着上天公布于世！他们存心折磨我，我实在受不了啦，救救我吧！”

爱玛紧偎在罗多尔夫胸前，两眼噙满泪水，闪闪发光，像波浪下面燃着两团火焰；胸部急剧起伏。罗多尔夫从来没像此刻这样爱她，一时没了主张，问她道：

“该怎么办？你要我怎么办？”

“带我走吧，”爱玛大声说，“把我拐走吧……啊！我求求你！”

她猛地把嘴伸到罗多尔夫的嘴边，似乎罗多尔夫的吻会出其不意地冒出来一个同意，她要把它接住。

“可是……”罗多尔夫欲言又止。

“什么?”

“你的女儿呢?”

爱玛考虑片刻，答道。

“只好带上她!”

“真是个不寻常的女人!”罗多尔夫望着她离去的背影，对自己说道。爱玛刚刚溜进花园里去了，有人叫她。

随后几天，老包法利夫人对儿媳的变化大感意外。爱玛的确变得随和了，对婆婆也显得尊重了，甚至向她请教腌小黄瓜的方法。

爱玛这样做，是为了更好地蒙骗他们母子俩，还是想通过心甘情愿的忍让，更深地感受她就要抛弃的东西的苦涩？实际上，她并没有在这方面花心思，而是相反，完全沉醉在即将到来的幸福之中，事先就尽情地品尝。她每次与罗多尔夫幽会，一开口就不离这个话题，靠在他肩头上，悄悄说道:

“哎！等我们一搭上邮车！……你想到这上头没有？这可能吗?在车子开动那一刹那，我们准会感觉像乘坐着气球，向天上飞去哩！知道不，我现在天天扳着指头数日子啊！……你呢?”

包法利夫人从来没有这个时期漂亮，简直漂亮得难以形容。这是喜悦、热情和成功所致，是性情与环境调谐的结果。她的贪欲、苦恼、声色方面的体验和永远天真烂漫的幻想，犹如肥料、雨水、风和阳光之于花木，使她天生的特质逐步展露，最后鲜花怒放般彻底展开了。天生俊秀的眼皮，配上含情脉脉的目光，眸子隐隐沉在里头，好不妩媚迷人；呼吸急促之时，纤小的鼻孔翕动，肉感的嘴角提起，嘴唇上微现黑色茸毛，阳光一照，似有若无；头发盘在脑后，绕成一个沉甸甸的圆髻，就像是一个沦落风尘的巧匠信手挽成，而且因为通奸，天天弄得披散开来；她的嗓音如今变得更加圆润优柔，身材更加袅娜动人，甚至她带褶裥的衣裙和弯弯的双脚，也流露出无穷的风韵，谁见了都会麻酥酥不能自已。夏尔像在新婚期间一样，觉得她楚楚动人，无法抗拒。

每天夜里回来，他不敢叫醒她。床头的小瓷灯，在天花板上投射一道圆圆的、颤悠悠的光；放下帐幔的摇篮，像一个小白屋子，隆起在床边的暗影里。夏尔望着帐幔，仿佛听见女儿轻微的呼吸。女儿正在长大，每个季节都要长高不少。他似乎已经看她每天傍晚放学回家，小罩衫上溅满墨迹，背着书包。然后，就要让她上寄宿学校，那可要不少钱，怎么办呢？他不由得沉思起来，想在附近租一块地来种，每天早晨出去看病时，顺便料理一下。所得收入积攒下来，存进储蓄所，然后再拿去买股票，随便买哪里的都行。此外，看病的人也可能增多。他指望着这些，因为他要白尔特受到良好教育，有才学，会弹钢琴。啊！等她长到十五岁时，模样儿肯定会和母亲一样，夏天也像她母亲一样戴顶草帽，该多漂亮！远远地看去，人家还以为她们是两姐妹哩。他想象晚上女儿就着灯光，在他们夫妇俩身边干活，为他绣拖鞋，料理家务；她是那样可爱、愉快，使整个家里充满欢乐。最后，他们要考虑她的终身大事，给她找一个为人正直、地位稳固的小伙子。他要使女儿幸福，永远幸福。

爱玛其实没有入睡，只是装作睡着了。当夏尔在她身边昏昏欲睡时，她仍睡意全无，沉浸在别的梦想之中。

四匹马不停地奔驰，八天来她被它们带往一个新的国度，永远不再回头。她与罗多尔夫手拉着手，不说一句话，只顾往前走啊，走啊。他们往往到达一座山顶，突然一座辉煌灿烂的城市呈现在眼前，那里有一座座圆顶建筑，一座座桥，还有船，柠檬树林子，白色大理石教堂，尖尖的钟楼顶上有仙鹤筑巢。马缓缓地迈着步子，因为道路是大块石板铺的，地上撒满穿红紧身褡的妇女扔给他们的鲜花。他们听见钟鸣，骡嘶，六弦琴低吟，泉水淙淙；凉丝丝的水汽，在堆得像金字塔的水果上面飘荡，后面耸立着几座白色的雕像，脸上浮着笑容，头顶喷着清泉。一天傍晚，他们来到一座渔村，峭壁和简陋的小屋旁边，晾晒着一张张棕色渔网。他们将在这里定居。他们住的房子是一座低矮的平顶屋，位于海边一个港湾里，屋前如盖如亭有棵棕榈树。他们驾着轻舟出海漫游，躺在吊床里摇来晃去；他们的生活轻松宽裕，一如他们身上的绸衫，温暖而又星光闪烁，一如温煦的夜晚他们仰望的星空。然而，她想象中的未来，虽然天空海阔，却全无奇特之处，日子一天接一天，天天美好，但也天天一个样，就像海上的波浪，在天边摇荡着，望不到尽头，柔和地、蓝莹莹地展现在阳光之下。可是，孩子在摇篮里咳起嗽来，要不就是夏尔鼾声如雷。爱玛直到黎明窗户上发白了才入睡，而此时，小朱斯丹已在广场上卸下药店的护窗板。

爱玛请来勒乐先生，对他说：

“我需要一件大衣，一件宽大的、带长领披和夹里的大衣。”

“你要出门旅行吗?”勒乐问道。

“不！不过……管这么多干什么！这事就托付你啦，行吗？要快!”

勒乐欠欠身子。

“我还要一口箱子，”爱玛又说，“……不要太重，要轻便的。”

“好，好的，我听清了，大约九十二厘米长，五十厘米宽，眼下时兴这种尺寸的。”

“还要一个旅行袋。”

“很显然，”勒乐寻思，“这里面一定有名堂。”

“给，”包法利夫人从腰带上摘下表，说，“拿去。就用它抵账。”

商人嚷起来，说她这就不对了，大家都是熟人，难道他还信不过她？真是孩子气的做法！但包法利夫人坚持，至少要他收下表链。勒乐已经把表链放进口袋，转身要走，包法利夫人又叫住他。

“这些东西全留在你铺子里。至于大衣吗……”她现出考虑的样子，“也不要送来，只告诉我裁缝的地址，叫他预备好，我随时去取。”

他们预定下个月私奔。爱玛从永维镇出发，装作去卢昂买东西。罗多尔夫负责订驿车座位、办护照，甚至往巴黎去信，包一辆直达马赛的驿车，到马赛再买一辆敞篷四轮马车，马不停蹄，直奔热那亚而去。她要小心谨慎，把行李送到勒乐店里，从那里直接搬上“燕子”。这样就谁也不会怀疑。这一切安排，独独没有考虑孩子的问题，罗多尔夫避而不谈，她自己可能也没有放在心上。

罗多尔夫表示还需要两个星期，最后做些安排。一个星期后，他又提出还要两个星期。然后，他说自己有病，随后又外出一趟。8月份过去了，行期已一再推迟。他们最终决定9月4日（星期一）私奔，绝不再改日期。

终于到了最后的一个星期六。

天一黑罗多尔夫就来了，比往常早。

“全都准备好了吗？”爱玛问道。

“准备好啦。”

他们绕花坛溜达一圈，走到望台旁边围墙的石栏上坐下。

“你愁眉苦脸的。”爱玛说。

“哪里，怎么会呢？”

他现出多情的样子，古怪地看着她。

“是不是因为要离开?”爱玛又问道，“因为要抛弃你心爱的东西和你现在的生活？啊！我理解……可是我呢，在这个世界上就什么也没有吗？你是我的一切，我是你的一切。我是你的家，你的祖国；我会照顾你，永远爱你。”

“你真可爱!”罗多尔夫说着把她搂在怀里。

“真的?”爱玛嫣然一笑问道，“你爱我吗？你发誓!”

“问我爱不爱你！问我爱不爱你！我爱你爱得五体投地啊，我的心肝!”

草原深处，地平线上，现出一轮紫红的圆月，在白杨树枝叶间迅速上升；白杨树像一块带许多窟窿的帷幕，月亮在它后面时隐时现。最后它升到寥廓的天空，光华皎皎，把夜空映得澄澈透亮。这时，它放慢了脚步，朝河面抛下一个大光斑，于是满河闪耀着无数星星；这银辉宛似一条无头的蛇，遍体鳞片熠熠生辉，在水里盘曲浮游，一直钻到河底；这银辉也像一支巨大的蜡烛，上面滴落着熔化的钻石。温馨的夜色包围着他们，枝叶丛中重影密布。爱玛眯缝着双眼，一边大声叹息，一边呼吸着舒徐的清风。两个人都不说话，深深地沉浸在各自的梦想之中。昔日的柔情，犹如一条河流，满盈盈，静悄悄，又流回他们的心里，绵绵无尽，带着山梅花般的芳香，同时在他们的记忆中投下一个个影子，比静静地伸展在草地上的柳树影子还要巨大，还要凄迷。刺猬或黄鼠狼等夜间动物，经常出来追逐什么东西，碰得树叶沙沙响；有时，听见墙边果树上落下一个熟透的桃子。

“啊！多美的夜晚!”罗多尔夫说道。

“以后我们有的是!”爱玛接着话茬说。

随后，她仿佛自言自语说道：

“是的，肯定会一路顺风……可是，我心头怎么有些惆怅？是担心未知的生活，还是因为要抛弃多年的习惯，抑或是……不，这是因为太幸福的缘故！瞧我真感情脆弱，不是吗？请你不要在意！”

“还来得及，好好想想吧！”罗多尔夫大声说，“你可能会后悔的。”

“我绝不会后悔！”爱玛激昂地说。

她更靠近罗多尔夫，说道：

“我担心会发生什么危险吗？与你在一起，没有什么沙漠、绝壁和大洋我闯不过去。我们生活在一起，就像相互拥抱在一起，一天比一天更紧，一天比一天心连心！没有任何东西来打扰我们，没有忧虑，没有困扰，只有我俩，除去你和我，还是你和我，永远这样……说话呀，你也该有个表示嘛！”

罗多尔夫每隔一会儿说一声“是的……对！……”爱玛伸手抚弄着他的头发，大颗的眼泪簌簌往下淌，孩子似的一迭连声地说：

“罗多尔夫！罗多尔夫！……啊！罗多尔夫，亲爱的小罗多尔夫！”

时钟敲响了十二点。

“半夜了！”爱玛说，“好啊，明天到啦！还有一天！”

罗多尔夫站起来准备走。他这个动作仿佛是他们私奔的信号，爱玛突然显得兴高采烈：

“护照拿到了吗？”

“拿到了。”

“你没有忘记什么吧？”

“没有。”

“肯定没有？”

“肯定没有。”

“你在普罗旺斯旅店等我，对吗？时间是中午十二点？”

罗多尔夫点点头。

“那么明天见！”爱玛最后亲他一下说道。

她看着他离去。

罗多尔夫没有回头。她追上去，跑到河边的灌木丛间站住，探着身子喊道：

“明天见！”

罗多尔夫已经到了河对岸，在草原上大步流星走去。

走了几分钟，他才停住脚步，看见爱玛身穿白衣服，像个幽灵，渐渐融进夜色之中，他突然感到心跳不止，连忙扶住一棵树，以免摔倒。

“我真是个笨蛋！”他狠狠骂自己一句，“不过也没什么，这可是个如花似玉的情妇！”

于是，爱玛的美貌以及与她偷情的种种欢乐，又一次浮现在他心间。开始他还真动了感情，接着又对爱玛生出反感，挥了挥手大声说道：

“说到底，我不能背井离乡，还弄一个孩子来负担。”他说这些话是为了进一步坚定自己的决心。

“再说，还有种种难堪，还有开销……啊！不，不行，绝对不行！那样做太蠢啦！”

13

罗多尔夫一进屋，就急匆匆走到写字台前坐下，面前墙上挂着一只鹿头，是猎获物的一种陈设。可是，笔一拿到手里，他却没有话好写，于是双手支着下巴，沉思起来。在他心目中，爱玛已经退到遥远的过去，仿佛他刚刚下定的决心，突然在他们之间横隔了很大的距离。

为了追忆她的一点什么东西，他从床头的五斗柜里取出一个旧兰斯饼干盒。那里面向来放着女人的信件，散发着一股潮湿的尘土味和凋谢的玫瑰味。他第一眼看到一块带灰白色点子的手绢。这块手绢是爱玛的，有一回散步时，她流鼻血用过。这件事他本来已忘得一干二净。手绢旁边有一张爱玛送的小照，四角全卷了。他觉得爱玛的打扮太过矫饰，拿眼睛瞟人的样子给人的印象也十分恶劣。他久久地端详着这张照片，回忆着爱玛本人的模样。不料爱玛的容貌在他的记忆中却愈来愈模糊，仿佛活人的脸和照片上的脸，相互摩擦，结果二者都给抹掉了。最后，他读爱玛的信，里面所写的，全是关于这次私奔的话，写得简单、匆忙，谈的都是有关安排方面的问题，很像事务性的便条。罗多尔夫想看过去那些长长的信。那要一直翻到盒子底下，把其他信都挪开，才能找到。他在那堆纸和东西里翻来翻去，乱糟糟地翻到几个花束、一根松紧带、一副黑面具、几个别针和一些头发——头发！棕色的，金黄色的，甚至有几根挂在合页上，开盒盖的时候扯断了。

罗多尔夫就这样在故物之中翻来翻去，欣赏着那些信里与字迹一样五花八门的字体和文笔。那些信或情意缠绵，或活泼愉快，或风趣诙谐，或忧郁伤感；有的问他要爱情，有的问他要钱。有时候，一句话能使他想起一张面孔、某些动作或某个声音的语调。然而有时候，他却什么也想不起来。

说实话，这些女人同时跑进他的思想，相互挤来挤去，结果都变小了，都落在同一个爱情水平之下，彼此都不相上下了。于是，他胡乱抓起一把信，让它们一封封从右手里落到左手里，又一封封从左手里落到右手里，以此消遣了几分钟。最后，他感到腻了，困了，便把盒子放回五斗柜，自言自语：

“全是扯淡！”

这句话概括了罗多尔夫的看法。他的心已被一桩又一桩风流艳事折腾够啦，就像操场被学生们踩过来踩过去，已经寸草不生；他的心灵所经历的那些事情，甚至比孩子们还漫不经心：孩子们还可能在墙上涂画上自己的姓名，它们呢，什么也没留下。

“好吧，”他对自己说，“写吧！”

他写道：

> 拿出勇气来，爱玛，拿出勇气来！我不忍心使你的生活变得不幸……

“事实上，的确是这样，”罗多尔夫想道，“我这样做是为她着想，我是诚实的。”

> 你的决心是否经过深思熟虑，经过反复掂量？你知道我会把你带向怎样的深渊吗，可怜的天使？不知道，是吗？你充满自信，但丧失理智，一味相信幸福，相信未来……唉！我们真是不幸，真不冷静！

写到这里，罗多尔夫停下来，寻找有说服力的借口。

“对她说我破产了怎么样？啊！不。再说，这也无济于事。过些时候还会重新开始。这样的女人难道可以理喻吗？”

他考虑一会儿，又写道：

我不会忘记你的，请相信。我会始终如一地忠于你。不过，迟早总有一天（人间的事注定会这样的），这种热情也许会减弱！我们会感到厌倦，甚至我会看到你后悔而痛苦万分。我自己也会后悔，因为你的后悔是我造成的。这种事谁说得准呢？单单想到你的苦恼，我就心如刀绞，爱玛！忘掉我吧！为什么偏偏我认识了你？为什么偏偏你这样漂亮？这难道是我的过错吗？啊，上帝！不，不，怪也只能怪命运！

“对，”罗多尔夫想道，“命运二字什么时候都有说服力。”

唉！假若你是我们司空见惯的那类浅薄女子，我出于自私的目的，当然可以进行某种尝试，那对你也不成其为什么风险。可是，你这种可爱的冲动，既是你的魅力所在，也造成你的痛苦，使你这样可敬可爱的女性，无法理解我们将来地位的虚假性。我也一样，起初也没有考虑到这一点，而是躺在理想幸福的阴凉之中，就像躺在芒齐涅拉树①的阴凉之中一样，没有考虑可怕的后果。

“我放弃私奔，她也许以为我是舍不得花钱呢……啊！管它呢！以为就以为吧，反正该一刀两断啦！”

---

① 产于南美洲，其果实有毒。

人世是无情的，爱玛。我们不管走到哪里，总摆脱不了人世。你少不了要受到好奇的盘问、诽谤、鄙视，甚或侮辱。侮辱你！啊！而我希望把你供奉在宝座上呢！我要让你的思想像护身符时时伴随我！我给你造成了许多痛苦，该受到惩罚，为此我要流放自己。我走啦。去什么地方？我也不知道。我疯啦！永别了！愿你永远善良！请把这个失去你的可怜人记在心里吧，把我的名字告诉你的孩子，让她在祈祷时念叨着它。

两支烛焰摇曳不止。罗多尔夫起身去关上窗户，坐下之后想道："看来也就是这些啦。哦！还得加上一笔，免得她再来纠缠不休。"

当你读到这些伤心的话时，我已经走远了。我要尽快逃走，以免禁不住再去看你。不能软弱！我肯定会回来的，说不定将来你我会再坐到一起，非常平静地谈起我们的旧情哩。再见！

最后他还加了一个分开写的："再——见！"自己觉得非常够味儿。

"现在怎么落款呢？"他嘀咕道，"'全心全意忠于你的'？……不好。'你的朋友'？……对，就是它。"

于是他写上：

你的朋友

他把信重念一遍，觉得很好。

“可怜、娇小的女人！”他不无动情地想道，“她准会认为我是铁石心肠。应该洒几滴眼泪在信笺上才好，可是我这个人不会掉泪。这不能怪我。”于是，罗多尔夫往一个玻璃杯里倒了点水，蘸湿手指，抬在半空滴下一大滴水，落在墨迹上，形成一个淡淡的斑痕。然后，他找图章封火漆，找到的正好是“爱心相通”那一枚。

“这几个字与眼下的情况很不协调……哎！管它那么多！”

封好信，他抽了三袋烟，就睡觉了。

第二天，罗多尔夫起床后（将近下午两点钟，因为他睡晚了），叫人摘了一篮杏，把信放在底下，盖上葡萄叶子，马上吩咐犁地的雇工吉拉尔，小心在意送去给包法利夫人。他平时就是用这个方法与包法利夫人通信，随季节的变化，给她送水果或者野味。

“要是他向你问我的情况，”罗多尔夫说，“你就说我旅行去了。必须把这篮杏交到她本人手里……去吧，要当心！”

吉拉尔穿上新工装，拿帕子将杏盖住，再穿上带铁钉的木底皮面大套鞋，不紧不慢地迈着沉重的大步，向永维镇走去。

他到达包法利夫人家时，包法利夫人正和费丽丝黛在厨房桌子上整理一包衣物。

“这是我们老爷叫送来的。”吉拉尔说。

包法利夫人一惊，一面伸手在口袋里摸小钱，一面用惊惶的眼色打量吉拉尔。吉拉尔也惊愕地望着她，不明白这么一点礼物，何以让她如此激动。最后，吉拉尔退出来。厨房里只剩下费丽丝黛。爱玛实在憋不住了，装作把杏送到厅房，跑了出来，倒翻篮子，拿掉叶子，发现了信，拆开一看，仿佛背后起了可怕的大火，惊恐万状地逃向卧室。

她瞥见夏尔在卧室里。夏尔和她说话，她一个字也没听见，继续往上跑，慌慌张张，气喘吁吁，一副失魂落魄的样子，手里始终拿着那页可怕的纸，像一张铁皮在手指间作响。她一直跑到三楼，停在关着的阁楼门前。

这时她才意识到要镇静下来。她想起那封信，应该把它看完。可是，她不敢看。再说，去哪儿看？怎么看？人家会看见她的。

“啊！就在这里看吧，”她想道，“这里就挺好。”

爱玛推开门，进入阁楼。

屋顶是石板盖的，热气直透进来，阁楼里闷热得太阳穴直跳，透不过气来。她吃力地走到天窗前面，打开窗子，阳光一拥而入，照得她睁不开眼。

从对面的屋顶上望去，田野一望无垠。楼下，广场上寂寥无人，人行道的街石闪闪烁烁，家家屋顶的风向标都静止不动；街角，有一家二层楼传来一阵阵轰隆声和尖锐刺耳的声音。那是比内先生在旋东西。

爱玛倚在天窗口，再看那信，气得直冷笑。她越是想集中注意力看信，思想就越是混乱。她眼前又浮现出罗多尔夫的身影，耳边听见他的声音，双臂搂住他，感觉到他的心跳像铁锤猛撞着她的胸脯，一下紧似一下，很不均匀。她四下里扫一眼，恨不得地面塌陷下去。为什么不了此一生呢？有谁留住她吗？她是自由的。她向前走去，望着下面的街石对自己说：

“跳吧！跳吧！”

从下面笔直反射上来的阳光，明晃晃的，仿佛在把她的身体往深渊里拉。她感觉广场的地面在摇晃，沿墙根的部分在升高，阁楼的地板一端倾斜，就像一艘船纵摇的时候一样。她站在天窗边上，几乎悬在空中，四周是浩瀚无垠的空间，蓝天要融汇她，空气在她空洞洞的头脑里畅流，她只要心一横，让身体坠落下去，那就成了。可是，旋床在不停地轰鸣，就像一个愤怒的声音在喊她。

“太太！太太！”夏尔在叫她。

爱玛站住不动。

“你在哪儿？来呀！”

一想到自己差点送了命，爱玛吓得几乎晕倒。她闭上眼睛，感到有只手抓住她的衣袖，不由得浑身一哆嗦。原来是费丽丝黛。

“先生等你呢，夫人。饭菜摆好啦。”

唉！不得不下楼！不得不坐到餐桌边！

爱玛勉强吃饭，送进嘴的东西堵得她透不过气来。于是，她展开餐巾，好像要观察上面的织补之处，而且真的认真观察起来，一根一根数着上面的纱。突然，她想起刚才那封信。她把它丢了吗？到什么地方去把它找回来？可是，她感到精神上非常疲劳，根本不想编造一个借口离开餐桌。再说，她心虚，害怕夏尔。夏尔肯定什么都知道！可不么，你听他这句话就显得古怪：

“看来，我们最近见不到罗多尔夫先生啦。”

“谁对你讲的？”爱玛心里一咯噔，问道。

“谁对我讲的？”夏尔听出爱玛的口气有点生硬，吃了一惊，“是吉拉尔告诉我的。我刚才在法兰西咖啡店门口碰到他。据他说，罗多尔夫先生去旅行了，或者要去旅行。”

爱玛哼一声。

“这有什么好奇怪的？他过一段时间就出去寻欢作乐一阵。真的！我倒赞成他这样做。一个人有钱，又是单身汉……再说，我们的朋友可会玩哩！他是一个浪荡子弟。朗格洛瓦先生对我讲过……”

女用人进来了，夏尔很有分寸地住了口。

女用人把散落在摆设架上的杏捡进篮子。夏尔没有注意到妻子红脸，叫女用人把杏拿过来，拣了一个，咬一口。

“啊！好极啦！”他说，“给，尝一尝吧。”

他把篮子伸过去，爱玛轻轻推开。

“闻一闻吧，这味儿多香！”他把篮子几次伸到爱玛的鼻子底下。

“我气闷得很！”爱玛霍地站起来，大声说道。

她极力撑持，将痉挛压下去，说道：

“没有什么！没有什么！只不过有点烦躁。坐下来吃吧。”她怕夏尔问长问短，照料她，不再离开。

夏尔顺从地坐下吃杏，把杏核吐在手里，然后放在盘子里。

突然，一辆蓝色轻便双轮马车急速驶过广场，爱玛大叫一声，直挺挺仰面倒在地上。

罗多尔夫经过再三考虑，真的决定离家去卢昂。然而，从拉于谢特出发，除了经过永维镇，没有别的路可走，所以不得不穿过这座村镇。刚才爱玛借着在夜色中一闪而过的马灯光，认出了他。

药店老板听见医生家乱哄哄的，赶了过来。餐桌连同盘子，统统打翻了；酱油、肉、餐刀、盐瓶和油瓶，狼藉遍地。夏尔连喊救命；白尔特吓得又哭又嚷；费丽丝黛双手哆嗦，正给全身抽搐的太太解衣服纽扣。

“我去药房找点香醋来。”药店老板说道。

爱玛闻了香醋，不一会儿就睁开了眼睛。

“我就是有把握，”药店老板说，“死人闻了也会醒来。”

“说话呀，”夏尔对爱玛说，“和我们说话呀！醒醒！是我，是爱你的夏尔！你认得我吗？瞧，这是你的宝贝女儿，亲亲她呀！”

小姑娘向母亲伸出胳膊，想吊在她脖子上。可是，爱玛掉开头，上气不接下气地说：

“不，不……都走开。”

她又昏了过去。大家把她抬到床上。

她平躺在床上，嘴唇张开，眼睑紧闭，两手平放，一动不动，脸色煞白得像蜡人，眼睛里涌出两行泪，慢慢流在枕头上。

夏尔站在床头。药店老板站在他身边，若有所思，但保持沉默，正如在一般严肃场合一样。

“放心吧，”药店老板用胳膊肘捅一下包法利，“我相信最危险的关头已经过去了。”

“是的，她现在平静下来了。”夏尔望着睡着了的爱玛说道，“可怜的女人！可怜的女人！……瞧她又病倒了！”

奥梅这才询问事情是怎样发生的。夏尔回答说，爱玛是在吃杏的时候突然晕倒的。

“真蹊跷！”药店老板说，“不过，也可能是杏引起昏厥的！有些人天生就对某些香味过敏！这一点无论从病理学还是生理学角度讲，都是一个很有意思的研究课题。教士们懂得香料的重要性，不管举行什么仪式都要用香料。这正是为了麻醉感官，使人处于精神恍惚的状态。这种效果在女人身上比较容易达到，因为她们比男人更敏感。据说，有些人闻到烧鹿角或新鲜面包的气味，就会晕倒！”

“当心别吵醒她！”包法利低声说。

“这种反常现象，”药店老板继续说，“不仅人类有，动物也有。你想必知道，有一种植物，学名叫荆芥，俗名叫猫儿草，具有刺激猫类发情的奇特作用。在这里不妨另举一个例子。这个例子我保证属实。布里杜（我过去的一位同事，如今住在马帕吕街）有一条狗，给它闻一下烟盒，它就会惊厥。他常常在纪尧姆林子别墅里，做试验给他的朋友们看。这样一种普普通通、让人打喷嚏的东西，居然对一个四脚动物的机体，能产生这样大的破坏作用，这谁能想得到呢？太奇怪啦，不是吗？”

“是的。”夏尔答道，其实并没有听。

“这说明，”药店老板带着几分得意的神情，微笑道，“神经系统反常的情况数不胜数。至于你夫人嘛，老实说，我一直觉得她是一个真正神经质的女人。因此，我的好朋友，我根本不想建议你用那些所谓良药。那些药名为治病，实则损害体质。不，别吃那些没有用的药！只要注意饮食就行了！药嘛，用点镇静剂、去痛片和糖浆就够了。除此而外，也许要开阔开阔思想，你不觉得吗？”

“开阔什么思想？怎么开阔法？”包法利问道。

“啊！问题就在这里！这的确是问题所在。That is the question！[1]正如我最近在报上读到的。

这时，爱玛醒了。她喊道：

“信呢？信呢？”

大家以为她是说胡话。到了半夜，她果真开始说胡话了，因为她患了脑热病。

夏尔在爱玛身边整整守了四十三天，行医完全停止了，也不睡觉，不断地为她诊脉，敷芥子膏，贴冰水布。他派朱斯丹去新堡弄冰块，冰块在路上化了，就叫他再去。他约卡尼韦先生来会诊，又去卢昂把他过去的老师拉里维埃尔大夫请来。他一筹莫展。最令他

---

① 英语，意为：“问题就在这里。”

担心的是爱玛萎靡不振，不说话，也听不见人家说话，甚至似乎不感到痛苦，仿佛肉体和灵魂都摆脱了冲动，安静下来了。

将近10月中旬，爱玛可以靠着枕头，在床上坐起来了。夏尔看她吃下头一片抹果酱的面包，都落泪了。体力渐渐恢复，下午可以起床几个小时了。有一天，爱玛感到好一些，夏尔搀扶着她，尝试着去花园里散了一会儿步。细沙小径上铺满落叶，她穿着拖鞋，一步一步走着，靠在夏尔肩头，脸上始终浮着笑容。

他们一直走到花园深处的土台子旁边。爱玛慢慢直起腰，手举到额前，搭起凉棚，极目远处，只看见天边山丘上有几大堆烧着的草在冒烟。

“别累着了，亲爱的。”

夏尔说着，轻轻扶着她走到花棚底下。

“坐在这条凳子上吧，你会觉得舒服的。”

“啊！不，不坐那里，不坐那里！”爱玛有气无力地说。

她又是一阵头晕。天一黑，她的病又犯了，而且病势更加捉摸不定，症状更加复杂，一会儿心脏疼，一会儿胸口疼，一会儿头疼，一会儿又全身疼，加上不时呕吐，夏尔觉得是癌症的早期症状。

这个可怜的人，除了这些之外，还要为缺钱用犯愁！

14

首先，他在奥梅先生的药店拿了那么多药，真不知如何补偿；虽说作为医生，他可以不付钱，但这笔情分还不了，一想起来他就未免脸红。其次是家用开销，现在由厨娘当家，所以大得惊人；账单雪片般飞来，债主们口出怨言，尤其是勒乐先生，时时跑来纠缠。实际上，在爱玛病得最厉害的时候，他乘人之危，为加大账目数额，匆匆忙忙将大衣、旅行袋、两个箱子（而不是一个）和其他许多东西送过来。夏尔说他不需要这些东西，但这位商人傲慢地说，这些商品都是向他订购的，想退货他可不接受；再说，那样做会使夫人不快，影响她的康复，望先生三思。总之，他下了决心，宁可打官司，也不放弃自己的权利，接受退货。事后，夏尔吩咐费丽丝黛把东西送回去，但费丽丝黛忘了送，而他自己操心的事情太多，没再过问。勒乐先生又来讨债，威胁和诉苦的手法交替使用，逼得包法利只好签了一纸半年的借据。可是，借据刚签字，包法利脑子里就生出一个大胆的念头：索性向勒乐再借一千法郎。于是，他一副窘相，问勒乐有没有办法弄到这笔钱，并补充说，期限一年，利息多高都成。勒乐跑回店里，取来一千法郎，由他口授，让包法利再立一张借据，规定翌年9月1日，向债权人还清一千零七十法郎，连同已欠的一百八十法郎，总共一千二百五十法郎。利息为百分之六，外加四分之一的佣金，还有那些货物至少盈利三分之一。这样一年下来，勒乐可以白捞一百三十法郎。他指望这笔交易不会就此止步，对方到期无力偿还，向他续借。他这点可怜的本钱，放在医生家，就像住进了疗养院，大补大养，有朝一日回到他身边，将变得膘肥体胖，钱袋子都会让它撑破。

再说，他现在是万事如意：他战胜了竞争对手，负责向新堡医院供应苹果酒；纪尧曼先生答应让他购买格鲁梅尼尔泥炭厂的股份；他正考虑在阿尔昂至卢昂之间另开一辆公共马车。他这辆车跑得更快，价格更低，行李运得更多，一定能把永维镇的生意包揽过来，使金狮客店那辆老爷车很快破产。

夏尔一次又一次寻思，背了这么多债，来年怎么还得清。他设想了种种权宜之计，例如求助于他父亲或变卖东西。可是，父亲绝不会理睬，而他又没有任何东西可以变卖。他发现自己落到如此窘迫的处境，越寻思越丧气，很快就干脆不去动这个脑筋了。他责备自己忘掉了爱玛，似乎他的全部思想都是属于这个女人的，不时时刻刻想念她，就等于偷窃了她的一点什么东西。

这个冬天好难熬！爱玛的病好得很慢。晴朗的日子，让她坐在扶手椅里，推到临广场的那扇窗子跟前。因为现在她对花园生了反感，朝花园那边的百叶窗总关得严严实实。她要求把马卖掉。凡是过去她喜欢的东西，现在无不令她反感。她心里似乎只想着如何照顾自己。她坐在床上吃点心，不时按铃叫女用人来，不是问药煎好没有，就是要她陪自己聊天。这段时间，菜市场天棚顶上的积雪，把白光反射进她的卧室，冷冷清清；随后，又没完没了下起雨来。爱玛似乎天天怀着焦虑不安的心情，盼望着那些不可避免而又与她无关的小事重复发生。其中最大的事情，就是傍晚时分“燕子”回镇。这时，女店主大声吆喝，其他声音相互应和，伊波力特到车篷顶上取行李，手提灯宛似一颗星星在暮色中闪烁。夏尔中午回来，吃了饭又出去。他走后不久，爱玛开始喝肉汤。快到五点钟，将近黄昏，孩子们放学了，木头套鞋在便道上拖得呱嗒呱嗒响，尺子敲打着一家又一家店铺护窗板的钩子。

每天这个时候，布尔尼贤先生来看望爱玛，问她身体如何，同时给她带来一些消息，和她聊一小会儿，劝她信教，轻言细语，不无风趣。爱玛只要看见他那身道袍，就精神许多。

爱玛病危之时，有一天以为自己已到弥留关头，要求领圣体。家里人在她卧室里为这圣事做准备，把堆满药瓶的五斗柜改成祭坛，费丽丝黛在地板撒满大丽花。这时，爱玛渐渐觉得，有一种充满活力的东西流遍她的全身，她的病痛以及一切感觉和情感，顿时彻底消失了。她的肉体变得轻飘飘的，没有一点重量；新的生命开始了。她觉得自己正向上帝飘升，恰似一炷香点着了，化作一道青烟，融进了对上帝的爱之中。教士往床单上挥洒圣水，从圣杯里取出白白的圣饼，送到她嘴边。爱玛伸长嘴，领取救世主的圣体，心里充满无与伦比的快乐，差点昏迷过去。松松撑起的帏帐，环绕床的四周，宛似祥云；点在五斗柜上的两支蜡烛，就像耀眼的光轮。她让头重新落在枕头上，仿佛听见上品天神在空中弹奏竖琴，同时隐约望见碧落当中，天父端坐于金子的宝座上，光彩照人，威仪无比；诸神手执绿棕榈枝，侍列左右。只见上帝挥一下手，就有带火焰翅膀的天使，飞下地来，将她托起，带往天上。

这壮丽的景象留在她的记忆里，是所能梦想到的最美好的事物。所以，至今她常常尽量回味当时的感觉；那感觉依然存在，虽不再那么独特，但更加温馨隽永。她的心灵被虚荣心弄得疲惫不堪，现在终于在基督的谦卑精神中得到了休息，品尝着弱者的快乐。她注视着自己的意志在自己心灵里被摧毁，为圣恩的进入腾出一片宽阔的地方；原来的幸福，已为更崇高的极乐所取代；在一般的爱之上，存在着另一种爱，延绵不断，无尽无期，永远不断地加深！在希望的种种幻觉之中，她瞥见一个纯洁的境界，飘浮空中，与天融为一体。她向往进入那纯洁的境界，愿意成为一位圣者。她买念珠，佩护身符，希望在自己卧室的床头，摆一个镶嵌祖母绿的圣体盒，每天夜里吻它一吻。

爱玛的这些心情，本堂神甫知道后惊叹不已，尽管他感到，爱玛在宗教信仰问题上热心过分，有可能沾染异端邪说，甚至悖逆情理。但是这方面的问题，一旦超过一定的范围，他也不甚了然。所以，他给主教大人的书商布拉尔先生写信，请他寄“一些好书，供一位聪明绝顶的女子阅读”。书商漫不经心，就像给黑奴寄五金器具一样，把时下坊间行销的善书，胡乱包一包，寄了来。其中有小本的问答手册，有用德·麦斯特[①]先生那种傲慢口气写的小册子，还有一些类似小说的书，粉红色书皮，文笔令人肉麻，作者不是充当行吟诗人的神学院学生，就是悔过自新的女作家。例如《三思而行》、曾多次荣获勋章的某某先生所著的《拜倒在玛利亚脚下的社交家》、青年读物《伏尔泰的谬误》，等等。

包法利夫人的脑力尚未完全恢复，还不能专心致志干任何事情。因此，她着手看这些书，未免过于性急。她对宗教礼仪规则十分反感，也讨厌论战性的文章，因为那些文章都口气傲慢，其猛烈抨击的对象又都是她不认识的人；那些具有浓厚宗教色彩的世俗故事，在她看来，对社会一无所知。她原本指望通过阅读这些书来验证真理，结果却不知不觉地离真理愈来愈远了。然而，她坚持阅读，每当一本书读完放下之时，总觉得自己沉浸在最纯洁、最正直的伤感之中，而这种感情只有高尚的心灵才可以想见。

至于对罗多尔夫的回忆，她把它埋在心灵的最底层。它待在那里，比坟墓里国王的木乃伊还要庄严肃穆。他们之间那不寻常的爱情，仿佛涂了防腐香料，散发着一股芳香，渗透一切，连她立意生活其中的纯洁空气，也清香缭绕，平添几分柔情。现在她在哥特式跪凳上跪下，向上帝祈祷时，唧唧哝哝所说的温柔的话，正是过去通奸最热烈之时，她向情人轻言细语所倾吐的话。她祷告是为了萌生信仰，可是天上没有降下任何快乐，于是她站起来，四肢疲软酸

---

① 德·麦斯特（1753—1821），法国政论家，主张恢复上帝、教皇和国王“三权”。

疼，隐隐觉得上了大当。爱玛认为，自己如此追求信仰，不啻是又一功德。她为自己的虔诚而自命不凡，拿自己与昔时的贵妇相比。她曾经渴慕她们的荣耀，对着拉瓦莉叶[①]的画像出神：她穿着长袍，镶金绣银的后摆拖在地上，何等庄重气派，却退隐空门，把一颗受生活伤害的心灵流出的泪水，滴滴洒在基督的脚前。

于是她大行善事，缝制衣服送给穷人，给产妇送劈柴。有一天，夏尔回到家，看见厨房里有三个无赖汉，坐在桌子边喝汤。在她生病期间，丈夫把他们的小女儿送到了奶妈家，她现在又接了回来。她想教小女儿认字，不管白尔特怎么哭，也不发脾气。她拿定主意，一切忍让，一切宽容。不管谈论什么问题，她所使用的语言总充满至善至美的词句。例如她问孩子：

“你肚子疼好了吗，我的小天使?”

老包法利夫人再也找不到任何可抱怨之处，除非是嫌她热心给孤儿打毛衣，而不修理自家的拖把。老太太在家里动不动吵架，早已烦透，乐得在儿子家图个清静，有时甚至待到复活节过后才走，免得回去受包法利老爹挖苦。老头子也不管是不是耶稣受难日，一到礼拜五就要做香肠给他吃。

婆婆判事公正，态度严肃，使爱玛的信念更坚定几分。她除了有婆婆陪伴之外，几乎每天还有别的人陪伴。其中有朗格洛瓦太太、卡龙太太、杜布洛意太太、图瓦什太太等；心慈面善的奥梅太太每天两点至五点钟准来看她，而且对外面有关这位邻居的流言蜚语，一概不相信。奥梅家几个孩子也常来看望爱玛，总由朱斯丹陪同。他和他们一块上楼，进到卧室；他站在门旁，一动不动，一声

① 拉瓦莉叶（1644—1710），法国著名美女，曾为路易十四宠姬，生活于宫廷，后当了修女。

不响。包法利夫人往往没注意他们进来，正着手梳头，取下别住头发的梳子，把头发猛一甩。朱斯丹这可怜的孩子，头一回看见那乌黑的头发一绺绺整个儿披散开来，一直垂到膝弯，仿佛突然窥见一个崭新奇妙的世界，那样光辉夺目，简直有点吓坏了。

爱玛也许没有留意他那默默的殷勤和胆怯。她绝没想到，从她的生活中消失的爱情，竟然会在自己身边，在这个穿粗布衫、为她的美貌所倾倒的少年心里跃动。再说，她现在把一切都看得那样淡漠，说话那样亲切，目光却那样高傲，态度那样变化莫测，使人都无法区分她是自私自利还是慈悲为怀，是诱人堕落还是维护道德。例如有天晚上，女用人想请假外出，结结巴巴寻找借口，她一听大为生气，却出其不意地问道：

“你真的爱他？”

不等满脸通红的费丽丝黛回答，她神情忧伤地补充说：

“好吧，快去，快活你的去吧！”

开春之后，爱玛不顾夏尔的劝告，叫人把花园前前后后修整了一遍。夏尔见她终于表现出某种意志，倒也喜在心头。爱玛随着身体日渐康复，自我的意志表现得越来越强烈。她首先想办法撵走了奶妈罗莱大嫂。这女人在她养病期间，经常带着两个喂奶的孩子和一个食量大得惊人的寄宿生，进到厨房里饱食一顿。爱玛撵走了这女人之后，又摆脱了奥梅一家，接着又一个一个谢绝其他经常来访的人，甚至连教堂也去得不那么勤了。她不上教堂，药店老板非常赞成，友好地对她说：

“前段时间你有点被教士迷住啦！”

布尔尼贤先生像往常一样，每天上完教理课就来看爱玛。他喜欢待在室外，在“绿荫丛里”——他这样称呼花棚——呼吸新鲜空气。这正是夏尔回来的时候。他俩都感到热，女用人给他们拿来甜苹果，他们一道为太太的彻底康复干杯。

比内也在那里，就是说在稍下面的地方，即望台的墙脚下捞虾。包法利先生邀请他来喝两杯。他很会拔瓶塞子。

比内通常得意地抬眼看一下四周，一直望到天边，说道：“应当把瓶子攥紧在桌面上，纹丝不动，剪断小绳子，然后轻轻地往外拔软木塞，就像餐馆伙计开苏打水瓶子一样。”

但是，每回他表演的时候，苹果酒往往溅他们一脸。神甫温厚地一笑，少不了风趣地说道：

“真是酒香扑鼻啊！”

本堂神甫的确是个仁厚的人。有一天，药店老板建议夏尔让太太散散心，带她去卢昂剧院，听著名男高音拉嘉尔狄唱歌，他也没有流露出反感。奥梅见他默不作声，反倒惊诧了，问他持何意见，他回答说，他认为音乐伤风败俗没有文学严重。

药店老板为文学辩护，说戏剧就是抨击偏见的，表面上给人以娱乐，实际上宣扬道德。

“在笑声中移风易俗嘛，布尔尼贤先生！你看伏尔泰的大部分悲剧，里面都巧妙地融汇了哲学思想，成了百姓学习道德和处世之道的真正学校。”

“我吗，”比内说，“就看过一出戏，叫作《巴黎恶少》，里面有位老将军，那性格塑造得棒极了！一位阔少爷勾引一个女工，这老将军狠狠教训了他一顿，使他后来……”

“当然，”奥梅接着说，“低劣的文学是有的，就像有坏药店一样。但是，不问青红皂白，将美学中最重要的一门艺术全盘否定，我认为不仅是愚蠢的，而且是一种过时的观念，令人想起伽利略遭到监禁的那种可憎的时代。”

“我知道，”神甫反驳道，“存在一些好作品和好作家。可是，尽让人不分男女待在同一个房间里，加上迷幻般的气氛，浮华的陈设，一律世俗的化装，涂脂抹粉，灯光烛影，说话娇声娇气，这一切必然在某种程度上造成思想纷乱，使人萌生邪念，受到淫秽的诱惑。这至少是所有神甫的看法。总而言之，”说到这里，本堂神甫突然换成神秘的口气，同时大拇指搓着一撮鼻烟，“教会禁止演戏，自有禁止的理由；禁令下来，我等总该服从才是。”

“为什么教会把演员都逐出教门?”药店老板说道，“这是因为过去他们公开在宗教仪式上演出一种叫作‘神秘剧’[①]的闹剧。在这些戏里，礼法往往受到嘲笑。”

神甫只是哼了一声，药店老板继续说：

“这就像《圣经》里一样。你知道，《圣经》里头就有挑逗的情节……真正放荡的东西……还不止一处哩!”

他见神甫做了一个生气的手势，忙抢着说：

“啊！你也同意这不是一本不能让女孩子看的书。所以我一定会生气，如果阿达莉……

“可是，”神甫按捺不住嚷起来，“劝人读《圣经》的是新教徒，不是我们!”

“谁提倡的并不重要!”奥梅说，“在如今这样的开明时代，一种非但无害，还劝人劝世，甚至有益于心身健康的精神娱乐方式，有人却顽固地要予以禁止，这不能不令人吃惊。你说是吗，大夫?”

“是吧。”医生懒洋洋答道。他并不与药店老板抱同样看法，但

① 又叫圣史剧，欧洲中世纪三种地方戏之一。另两种是奇迹剧和道德剧。

不想得罪人，或者根本就没有看法。

谈话看来结束了，可是药店老板认为有必要最后刺一剑：

“我就认识一些教士，他们常常俗家打扮，去观看舞女扭摆哩。”

“瞧你尽瞎扯!”本堂神甫说道。

“啊！我认识好几个!”

紧接着，奥梅一字一顿重复一遍：

“我——认识——好几个!”

“唉！他们那样做是不对的。”布尔尼贤只求息事宁人，这样说道。

“是吗！他们干的事还多着哩!”药店老板大声说。

“先生!”教士的目光咄咄逼人，把药店老板镇住了。

“我只不过是想说，”药店老板换了比较缓和的口气说道，“宽容是引导人们信教最可靠的方法。”

“说得对！说得对!”憨厚的神甫以妥协的口气说着，重新坐下。

但他坐了不到两分钟就走了。他一走，奥梅就对医生说：

“这就叫作舌战！你看见的，我把他打败啦，而且败得……最后呢，还是希望你信我的话，带太太去看戏吧，哪怕就是为了你这一辈子，气气这些黑乌鸦[1]一回，也过瘾啊！要是店里有人替我，我就亲自陪你们去。事不宜迟！拉嘉尔狄只演出一场，英国已经出高薪聘请了他。据说，这家伙十分了得，腰缠万贯呢！他随身总带着三个姘头、一个厨子！哪个大艺术家不是挥金如土！他们需要过纸醉金迷的生活，激发激发想象力，但最终都死在救济院，因为他们年轻的时候没有想到攒钱。好啦，祝你晚餐好胃口。明天见!”

① 指穿黑道袍的教士。

去看戏这个打算很快在包法利头脑里生了根。不一会儿，他就把这打算告诉了妻子。爱玛起初不肯去，理由是累人、麻烦又花钱。但夏尔这回一反常态，坚持非去不可，因为他认为这次散心，对爱玛大有好处。他看不出有什么困难妨碍他们去。他母亲刚给他们寄来三百法郎，这笔钱他本来没指望的。首先，日常债务数额不算大。勒乐先生的借据为期尚远，用不着考虑。其次，他觉得爱玛不去看戏，是出于体谅他的一番苦心，所以更坚持要去。爱玛经不起他左说右说，最后只好下决心去。第二天早上八点钟，他们就登上了“燕子”。

药店老板并没有什么事脱不开身，只是自己认为镇上需要他，离不开。看到包法利夫妇出发，他长叹一声。

“好啊，一路顺风！”他对他们说道，“你们真是幸运的一对！”

随后，他见爱玛穿着一件镶四条荷叶花边的蓝缎长袍，对她说：

“我觉得你漂亮得像个爱神！到了卢昂你会大出风头的！”

驿车驶到波瓦辛广场的红十字旅馆前停下。这是省城市郊常见的那种旅店，马厩大，客房小；院子当间停放着流动推销员的轻便马车，上上下下沾满泥巴，一只只母鸡钻在底下，啄食燕麦；客房虽旧，倒还舒适，阳台的木头栏杆，早被虫子蛀空，冬天夜里风一刮，嘎吱直响；店里经常住满人，吵吵闹闹，吃喝不断；餐桌被掺酒的咖啡弄得黑乎乎，黏糊糊，厚厚的窗玻璃给苍蝇叮得发黄；潮湿的餐巾尽是酒渍发霉的斑点。这类客店总带有几分村野情调，临街开个咖啡厅，靠田野那边种片菜园子，活像一个农家雇工打扮成城里人模样。夏尔马上去买戏票。他分不清花楼和楼座、前厅和包厢，问了一遍，还是莫名其妙，票房叫他去问经理，于是他跑回客店，然后又跑到戏院，这样来回几趟，从剧场到林荫道，跑熟了半座城。

爱玛买了一顶帽子、一副手套、一束鲜花。夏尔直怕误了开场戏，连肉汤都没来得及喝，就和爱玛赶到戏院门前，一看门还没开。

15

人都靠墙站着，被栏杆分隔成对称的两排。附近街道拐角处，一张张巨幅海报上，全都用奇形怪状的字体写着“露茜·德·拉梅穆尔……歌剧[①]……拉嘉尔狄主演”。天气晴和，大家都感到热，卷曲的头发里汗津津的，人人都掏出手绢擦通红的脑门。有时，从河面吹来一股热风，轻轻拂动咖啡店布凉篷的边。然而稍下面一点，风却是凉飕飕的，夹带着脂肪、皮革和油的气味。这气味是风从夏莱特街吹过来的。那条街两边尽是黑洞洞的大货栈，里面传出大木桶滚动的声音。

爱玛怕站在剧院门口让人笑话，要在进去之前，去港口溜达一圈。包法利分外小心谨慎，手捏住两张戏票，插在裤兜里，紧贴肚皮。

爱玛一进门厅，心就怦怦乱跳。她看见许多人由另一条走廊向右边拥去，而自己却踏上通往包厢的楼梯，虚荣心油然而生，脸上露出了笑容。她伸手推开宽大的、蒙幔子的门时，像小孩子一样觉得好玩。她大口吸着走廊里尘土飞扬的空气。到了包厢里一落座，她身子微微前倾，娴雅大方，俨然是一位公爵夫人。

剧场里渐渐坐满了人。有人从套子里取出望远镜；一些常来的

---

① 根据司各特小说《拉梅穆尔的新娘》改编的三幕歌剧。

观众，彼此望见了，远远地打招呼。他们大多是生意人，天天为买卖心烦意乱，来这里向艺术寻求消遣，但仍然不忘生意经，相互议论的还是棉花、三六烧酒[1]或蓝靛。观众之中还可以看到一些老年人，安安静静，面无表情，头发和皮肤都是灰白色，脑袋就像一枚枚蒙了一层厚水汽的银质勋章，黯然无光。风度翩翩的青年人，神气活现地坐在大厅的前排座，坎肩领口露出玫瑰红或苹果绿领带，黄手套绷得紧紧的手掌，握住手杖的包金头。包法利夫人居高临下，欣赏着他们。

这时，乐池的蜡烛点亮了；天花板上垂下分枝吊灯，多面的玻璃灯罩光芒四射，突然给整个剧场增添了欢快的气氛。不一会儿，乐师们一个接一个入座。先是低音乐器呜隆呜隆，小提琴咯吱咯吱，小铜号嘀嗒嘀嗒，长笛和竖琴咿咿唔唔，乱奏乱吹了好一阵。接着，舞台上咚咚咚三声，定音鼓敲响，铜管乐齐奏，幕布徐徐升起，一片景色呈现在观众面前。

那是一座树林子里的交叉路口，左边一泓清泉，旁边如盖如亭有一棵橡树。农夫和领主，肩上搭着苏格兰格子花呢长巾，一同唱着狩猎歌。不一会儿来了一位狩猎总管，向苍天伸出双臂，呼唤恶魔降临；少顷又来一位总管。他们走了之后，猎人们又引吭高歌。

爱玛仿佛又回到了少女时代在书里领略到的情景，回到了瓦尔特·司各特描写的世界里。一方面，她仿佛透过雾霭，听见苏格兰风笛声在荒原上回荡。另一方面，小说的回忆有助于她对剧情的理解，她一句一句往下听，情节非常明了。涌向脑际的种种难以琢磨的想法，立刻随着急骤的音乐旋律，消失得无影无踪。她任凭自己

---

① 旧时一种八十五度的烧酒，取三份这种酒，兑三份水，即成六份普通烧酒。

随着音乐节奏摇荡，感到自己整个身心都为之震颤，仿佛提琴的弓弦就在她的神经上拉来拉去。舞台上的服装、布景、人物、人一走动就摇摇晃晃的树木布景画，还有丝绒帽、斗篷、宝剑，所有这些富有幻想色彩的东西，令她目不暇接，在和谐的音乐中抖动，充满了另一个世界的气氛。一个年轻女子走向前来，将一个钱包扔给一位骑士侍从。台上只剩下她一个人，这时笛子声起，宛若山泉淙淙、小鸟啁啾。露茜一副善良的样子，开始唱G大调卡瓦蒂那：她悲叹爱情，希望长出翅膀。爱玛与她一样，也希望逃避人生，在拥抱中飞走。突然，埃德加·拉嘉尔狄出场了。

他脸色苍白而神采飞扬，正如热情的南方人，有着大理石雕像那种庄严的气度。他身体健壮，穿一件棕色紧身短上衣；左边大腿上，挂一把镂刻花纹的小匕首；一双眼睛无精打采地转来转去，露出一口白牙齿。据说，一天黄昏，他在比亚里茨海滩一边修理小艇一边唱歌，让一位波兰公主听见了。为了他，那位波兰公主倾家荡产，可是他甩掉了她，而爱上别的女人。爱情方面的这种知名度，恰恰提高了他艺术上的声誉。这位擅长外交手腕的蹩脚演员，经常伺机往广告里塞进一句富有诗意的话，吹嘘他人如何有魅力，心灵如何感情丰富。一副好嗓子，一种冷静而大胆的性格，体魄强于智力，夸张多于激情，这些就是这位兼具理发匠和斗牛士气质的江湖艺人走红舞台的资本。

从第一场起，他就激起了观众的热情。他把露茜紧搂在怀里，离开她，又返回来，似乎绝望了，时而暴跳如雷，时而大动悲声，流露出无限柔情。他引吭高歌，喉咙里吐出的音符，充满悲泣和热吻。爱玛探着身子看他，指甲抓破了包厢的丝绒。那如怨如诉的哀歌，在大提琴伴奏下拖得长长的，宛似呼啸的风暴中，翻船落海的人在呼救，一句句全唱到了她心里。那种种痴迷和焦虑之情，她十分熟悉：她险些在这上头枉送了卿卿性命。她觉得，那女歌唱演员的声音，是她的心灵的回声，而令她陶醉的幻觉，正是她的生命的一部分。可是，世界上没有任何人如此这般爱过她。最后一个晚上，在月光下说“明天见，明天见”的时候，罗多尔夫就没有像埃德加这样热泪滚滚……喝彩声震撼了整个剧场，最后一段整个儿重唱一遍：一对情人唱着他们坟头的鲜花、誓言、流放、厄运和希望，一直唱到最终诀别。爱玛不禁尖叫一声，与煞尾的乐曲融汇在一起。

“那位领主为什么要这样虐待她？”包法利问道。

“哪里，”爱玛答道，“那是她的情人。”

“可是，他发誓要报复她的家庭，倒是刚才上来的另一个男人说：‘我爱露茜，我相信她也爱我。’而且和她父亲手挽手走了出去。那个帽子上插根公鸡毛、长相丑陋的矮子是她父亲，对不对？”

尽管爱玛做了讲解，可是听到吉尔贝向主人阿斯东介绍他的恶毒阴谋那段宣叙调二重唱时，夏尔又糊涂了，把埃德加为欺骗露茜送给她的假结婚戒指，误认为是定情的信物。他承认故事他没看懂，由于音乐的缘故，许多歌词听不明白。

“有什么关系？”爱玛说，“别讲话好不好！”

“你知道，”夏尔俯向她的肩头说，“我对什么事情总喜欢搞个一清二楚。”

“别说了！闭嘴！”爱玛急了。

露茜由侍女们半搀扶着，走上前来，头上戴一个橘树花冠，脸色比她所穿的白缎子长袍还白。爱玛回想自己结婚的日子，仿佛看见自己在麦田中间，踏着阡陌向教堂走去。为什么她当时没有像露茜这样反抗、哀求呢？相反，她当时还满心欢喜，根本没有意识到自己是往深渊里跳……唉！在她还是如花似玉的青春妙龄之时，在她陷入结婚的泥坑，陷入通奸的幻灭之前，假如她把自己的终身许给了一颗伟大而坚强的心，那么道德、爱情、欢乐和义务不是就可以得而兼之，她也绝不至于从幸福的顶峰跌落下来了吗？可是现在看来，那样的幸福可能也是编排出来的谎言，是用来安慰那些欲望不能满足、陷于绝望的人的。现在她懂得了，艺术所渲染的爱情，实际上一文不值。她尽量不再往这上头想，而把眼前这令她想起往昔痛苦的表演，看成是为供耳目之娱而刻意编出的一个荒诞故事。当戏台里端丝绒门帘里走出一个披黑斗篷的男人时，她甚至暗自发笑，心头萌生了轻蔑、怜悯之感。

那男人手一挥，头上的西班牙式大草帽落在地上，乐队和合唱队立刻开始六重唱。埃德加怒不可遏，嗓门特别洪亮，压倒了其他歌手的声音。阿斯东唱腔低沉，用恶毒的语言激他；露茜尖声哀诉；阿瑟待在一旁，用中音歌唱；牧师的男低音呜噜呜噜，像一架风琴，而侍女们齐声重复他的唱词，唱得优美动听。大家站成一排，一边唱，一边做手势，从半张开的嘴里同时倾吐出愤怒、报复、妒忌、恐怖、慈悲和惊愕。那被激怒的情人拔出宝剑挥舞着，打褶裥的颈圈随着胸部的起伏而起伏；他迈着大步，左右来回走动，软皮靴在脚踝处露出口子，镀银的马刺碰得地板铿锵作响。爱玛想，这位情郎的满腔爱情一定无穷无尽，不然怎么能如此狂热地向观众倾泻？这个角色诗一般的感染力吸引住了她，使她把嘲笑他的意念抛到了九霄云外。剧中人造成的幻觉，使她对演员本人动了心。她下意识地想象他的生活：他的生活一定有声有色，不同凡响，充满荣耀。假如机缘巧遇，她也早该过上那种生活，他们早就相识，早就相爱了！她早就跟他一道游历了欧洲各个王国，从一个京都到另一个京都，分担他的劳顿，共享他的荣华，捡起人们抛向他的鲜花；她亲手为他缝绣戏装；晚上，她进到包厢里，在镀金的栏杆后面坐下；聚精会神，屏息静听这颗只为她歌唱的心灵倾吐感情，而他在台上表演之时，也一定注视着她。她突然产生了一个不可思议的感觉：他正注视着她，真的！她真想跑过去扑进他怀里，寻求他的力量的庇护，犹如寻求爱情的化身的庇护一样，对他说，对他喊："把我拐走吧，把我带走吧！咱们一块走！我是你的，我属于你！我的全部热情和所有梦想，统统属于你！"

幕布徐徐落下。

煤气灯的气味和人呼出的气混合在一起。扇子扇的风使空气更加闷人。爱玛想出去溜达一会儿，但过道上人挤人，她重新倒在椅子上，心跳不止，感到气闷。夏尔怕她晕倒，跑到小卖部去给她买一杯巴旦杏仁露。

他返回座位时困难极了，每走一步，都有人碰他的胳膊肘，因为他手里端杯饮料。结果把四分之三洒在一位卢昂女子肩头上。那女子穿着短袖衣，感到有凉冰冰的液体流到腰间，孔雀似的大叫一声，仿佛有人要杀她。她的丈夫——一位纱厂老板，对这个笨手笨脚的家伙大发脾气。当他妻子掏出手帕，擦她那件樱桃色塔夫绸袍子上的水渍时，他瓮声瓮气，嘀嘀咕咕，说那件袍子是多少多少钱买的，一定要夏尔赔偿。夏尔好不容易才回到太太身边，气喘不止地对她说：

"天哪，我还以为回不来了呢！人真多！人挤人！"

他随后补充一句：

"你猜我在上头遇到谁了？莱昂先生！"

“莱昂？”

“一点不错！一会儿他就来问候你哩。”

说话间，永维镇过去那位见习生走进了包厢。

他以随随便便的绅士风度伸过手来，包法利夫人大概是被一种更强有力的意志所吸引，不自觉地也把手伸过去。自从那个春雨打着绿叶的晚上，他们站在窗口道别以后，她就再也没有碰过这只手。不过，她很快意识到在这种场合举止应该得体，便努力打破回忆造成的冷场，赶紧结结巴巴说道：

“啊！你好……怎么？你也在这儿？”

“别说话了！”楼下有人叫道，因为第三幕已经开始。

“这么说，你就在卢昂？”

“是的。”

“什么时候来的？”

“滚出去！滚出去！”

人们向他们转过头，他们才住口。

但从这刻起，爱玛再也没有心思听戏。来宾们的合唱、阿斯东与仆人之间那场戏、雄壮的D大调二重唱，等等，对她来讲，似乎都是在遥远的地方表演，乐器伴奏仿佛不那么响亮了，人物仿佛也离她远了。她回忆起在药店老板家打牌，去奶妈家那次漫步，花棚底下一块看书，火炉边促膝谈心，回忆起整个那段可怜的爱情。那段爱情是那样平静，那样长久，那样谨慎又那样甜蜜，而她竟然把它忘到了脑后！莱昂为什么又回来了？是什么机缘让他又闯进她的生活？他站在她背后，肩头靠着板壁；她感觉到他鼻孔里呼出的热气扑进她的头发，不由得全身微微颤抖。

“你觉得看戏有意思吗？”莱昂问话时俯下头，离她那么近，胡子梢都碰到了她的面颊。

爱玛懒洋洋地答道：

“啊！上帝，不，意思不太大。”

于是，莱昂建议到剧场外头找个地方喝冷饮去。

“啊！还没完呢，再看一会儿！”包法利说道，“瞧她披头散发啦，看样子是个悲剧结局。”

但是，发疯那场戏爱玛根本不感兴趣，女演员的表演她认为也过于夸张。

“她叫喊得太响了。”她侧转头对听得入神的夏尔说道。

“是的……也许……响了点。”夏尔答道，因为一方面老实讲他觉得戏演得蛮有意思，另一方面又想尊重太太的意见，所以说起话来未免踌躇。

莱昂叹口气说道：

“这儿真热……”

“热得受不了。的确。”

“你感到不舒服吗？”包法利问道。

“是的，我觉得气闷。咱们走吧。”

莱昂轻轻地给爱玛披上镶花边的长披肩。他们三个人走到港口，在一家咖啡店门前的露天座坐下。闲聊起来一开始就是谈爱玛的病。爱玛一再打断夏尔，怕这个话题莱昂听了嫌烦。莱昂告诉他们，他来卢昂，要在一家大事务所待两年，以便在业务上受到锻炼，因为在诺曼底处理业务，与在巴黎很不一样。随后，他问起白尔特、奥梅一家和勒佛朗索瓦太太。当着爱玛丈夫的面，他俩没有多少话好讲，交谈很快就冷场了。

看完戏的人打人行道上经过，不是哼曲子，就是扯开嗓门怪声高唱："啊，美丽的天使，我的露茜！"于是，莱昂以音乐爱好者自居，谈起了音乐，说他听过唐布里尼、鲁比尼、佩尔西亚尼、格里西[1]等人演唱；与这些人比较起来，拉嘉尔狄实在算不了什么，尽管他名噪一时。

"不过，"夏尔正小口啜饮果汁朗姆酒，打断他道，"据说他末场戏演得很精彩。真后悔没看完就出来了，我正开始看出了点味道哩。"

"没关系，"莱昂说，"他不久还要演一场。"

但夏尔说他们明天就要回去了。

"除非你愿意一个人留下来，我的小宝贝。"他转向妻子补充一句。

这种出乎意料的机会，正中小伙子的下怀，他立刻改变策略，开始赞扬拉嘉尔狄末场戏的演技。说那真是妙不可言，技艺超群！于是，夏尔坚持要妻子留下，说：

"你星期天回去。看你，拿定主意嘛。这可对你的身体大有好处，你不这样想就大错特错了。"

这时，周围各桌的人都走光了。一位侍者悄悄地走过来站在他们旁边。夏尔明白他的意思，便掏出钱包。莱昂连忙抓住他的胳膊，抢着付了钱，甚至没有忘记额外掏出两枚白花花的银币，叮当一声扔在大理石桌面上。

"让你付钱，"包法利嗫嚅道，"我真过意不去。"

莱昂友好地挥挥手，表示无所谓，随即拿起帽子，问道：

"明天六点钟，讲定了，是吗？"

---

① 这几个人都是当时有名的意大利歌剧演员。

夏尔再次表示他不能在外面多待了，但爱玛完全可以……

“这个吗……”爱玛现出奇怪的微笑，吞吞吐吐说，“我也不知道该不该……”

“好吧！你再想想，然后再说。睡一夜就有主意了。”

包法利说罢，又转向陪同他们的莱昂说：

“现在你既然到了家乡，希望你经常来寒舍用用便饭，好吗?”

莱昂回答说，他少不了要相扰，再说他必须去一趟永维镇，为事务所办理一件业务。他们在圣-艾尔柏朗巷口分手，这时大教堂的钟正敲响十一点半。

下　卷

XIAJUAN

1

莱昂一面学习法律，一面却也相当勤快地光顾茅庐舞厅，甚至在那里颇获轻佻女工们的青睐。她们觉得他气派不凡。在学校里，他是最正派的学生，头发不长不短，一个季度的生活费从不在月初就吃光，与每位老师都保持着良好关系。至于荒唐放纵之事，他从不沾边，这一半是因为胆小怕事，一半是因为精明谨慎。

他待在宿舍里看书，或者晚饭后坐在卢森堡公园的椴树下，常常法典掉在地上，心驰神往想念爱玛。但是，这种感情渐渐淡漠下去，在它上面产生了种种新的欲望。不过，它还是顽强地存在，因为莱昂并没有完全死心。他觉得还存在一线模糊的希望，在未来晃动着，宛若一个金果子，挂在一棵荒诞树的枝头。

分别三载，如今与爱玛重逢，他的激情苏醒了。他想，该最后下定决心占有她了。再说，长期与一些打情骂俏的女人接触，他早就把羞怯扔到爪哇国去了。回到了外省，更自命不凡，根本不把那些没有穿过漆皮鞋，没有走过柏油大马路的人放在眼里。要是在一位佩勋章、有马车的知名学者的客厅里，碰到一位穿金戴银的巴黎女子，他也许会像小孩子一样瑟瑟发抖。可是，在这里，在卢昂码头边，在这个小医生的妻子面前，他感到自由自在，相信自己一定会令对方神魂颠倒。自信心取决于所处的环境。在大厅里说话和在阁楼里说话就不一样。阔家女子保持贞操，似乎靠的就是她身边的全部钞票，就像内衣里套了一件铠甲。

头天晚上与包法利夫妇分手之后，莱昂目送他们走了好远，直到看见他们在红十字客店前面停下，才转身离去，通宵辗转反侧，考虑一项计划。

第二天五点钟光景，他进入客店厨房，嗓子发紧，脸色苍白，活脱脱一个胆小鬼，怀着一不做二不休的决心。

“先生不在房里。”一个听差说道。

莱昂觉得这是好兆头，便上了楼。

爱玛看见他来，并不慌乱，相反还向他表示歉意，忘了把他们下榻的地方告诉他。

“噢！我猜到啦。”莱昂说。

“怎么猜到的？”

莱昂说他是靠本能引导，偶然走到这里来的。爱玛一笑置之。莱昂发觉说了蠢话，连忙改正，说他整个上午一家挨一家客店寻找她，找遍了全城。

“你决定留下来了吗？”他问道。

“是的。”爱玛答道，“可是我太不应该。一个人有那么多约束，就不该贪图那种不切实际的快乐……”

“啊！我想象得到……”

“咳！你想象不到，因为你不是女人。”

可是，男人也自有苦恼。他们的交谈带点哲学味道。爱玛大谈人世间感情贫乏，老死不相往来，心像活埋了一样。

小伙子为了让对方看重自己，或者见对方忧伤，便天真烂漫地效仿她，也装出忧伤的样子，说他在校学习，时时刻刻，无聊得要死。诉讼那一套东西让他憋气，其他职业倒是吸引他。他母亲次次来信，总是让他烦恼不堪。两个人都谈自己苦恼的原因，越谈越具体，越谈越推心置腹，渐渐地都有点兴奋起来。不过，彼此都还没有把心思和盘托出，有时欲言又止，尽量想找一个含蓄的句子把它表达出来。爱玛对她爱过另一个男人讳莫如深，莱昂也绝口不提他忘记了她。

他可能已不记得，他常常在舞会之后，与女工们一块儿用夜宵；她大概也忘记了，过去她大清早踏着草地，赶到情夫庄园去幽会。城市的喧嚣几乎传不到他们耳朵里，房间显得窄小，似乎是特意要他们感到与世隔绝。爱玛穿一件格子布室内便袍，发髻靠着旧扶手椅的靠背；黄色的糊墙纸，像一幅金色的背景，衬映在她身后；她没戴帽子的头，映在镜子里，中间发白的头路看得很分明，两鬓头发间微露耳梢。

“啊，对不起。”她说，“我真不该！这样没完没了诉苦，一定让你感到厌烦了！”

“哪里，根本就不！根本就不！”

“你要是知道我曾经梦想的一切！”爱玛仰望着天花板，美丽的眼睛里滚动着泪珠。

“我呢，唉！我也受尽了痛苦的折磨啊！我常常出去，到处瞎走，拖着沉重的脚步，沿河岸溜达，想让人群的嘈杂声使自己变得麻木不仁，可是那时时萦绕心里的思念硬是摆脱不掉。大街旁边有一家版画店，陈列着一幅意大利版画，画的是一位缪斯，身穿紧身袍，凝望着月亮，披散的头发上插着勿忘草。有某种力量老是吸引着我去那里，在那缪斯面前一待就是几个钟头。”

停了片刻，莱昂声音颤抖地说：

“那缪斯有点像你。”

包法利夫人觉得自己嘴边漾起了微笑，连忙把头掉开，不让他看见。

“我常常给你写信，”莱昂又说，“写完又撕碎。”

爱玛不搭腔。他继续说：

“我有时胡思乱想，说不定机缘巧合，你会突然来到我身边。走到街道拐角处，每每觉得看见了你。见到一辆出租马车的门里，露出一块披肩或面网与你的相像，就跟在后头穷追猛跑……”

爱玛似乎拿定主意由他说去，不插话。她双臂交叉，低头垂目，注视着拖鞋上的玫瑰花结，缎子鞋面下的脚趾不时微微动一下。

然而，她叹息一声说道：

“最可悲的，莫过于像我这样，苦挨一种毫无意义的生活，你说是不是？我这样苦挨苦熬，如果对什么人有益，那么想到自己是在做出牺牲，心里还会得到点安慰！”

莱昂开始赞美贞操、责任感和默默的牺牲精神，他自己就有一种非常强烈的愿望，希望为什么东西献身，可是就是没法如愿以偿。

“我真想进济贫院当一名修女。”爱玛说道。

“唉！”莱昂接过她的话说道，“男人就没有这类神圣的使命可以承担。我看无论去什么地方，不管干什么职业，都无法……大概只有医生的职业可以……”

爱玛微微耸一下肩膀，打断他的话，说她害了一场病，差点死掉，却偏偏不死，多么遗憾！不然，现在也就不再受苦了。莱昂马上说，他渴望坟墓里的安宁，一天晚上，他甚至写了一份遗嘱，要用爱玛送给他的那条呈条绒状的压脚毯，给他裹尸。他们都希望自己曾经是他们所说的这种样子，就是说都抱着一种理想，有意按照理想描述过去那一段生活。而语言犹如一架压延机，总是使感情绵延无尽。

听到莱昂说要用她送的压脚毯裹尸，爱玛问道：

“为什么呢?”

“为什么?”

莱昂迟疑了一下答道：

“因为我深深爱着你!”

他庆幸自己终于跨出了困难的一步，用眼角窥视爱玛脸上的表情。

就像天空中的乌云被一阵狂风驱散，爱玛蓝色的眼睛里郁结的愁思消散了，整个脸上容光焕发。

莱昂等待着，爱玛终于答道：

“我一直觉得是这样……”

他们每人只用一句话，就概括了遥远的那段生活的快乐与忧愁，于是进一步谈起许多琐细的往事，回忆起那个铁线莲棚架，爱玛经常穿的袍子，她卧室里的摆设，她的整个住宅。

“我们可怜的仙人掌长得怎么样?”

“去年冬天冻死了。”

“唉！你知道我多么惦念它们吗?它们常常浮现在我眼前，依然像过去那样，每天清晨，当阳光透过百叶窗映照着它们……我看见你两条裸露的胳膊在花间移动。”

“可怜的朋友!”爱玛说着把手伸给莱昂。

莱昂立刻将嘴唇贴在上面。吻过之后，长长嘘了口气说道：

“那时你对我有一种不可思议的吸引力，令我神魂颠倒。例如，有一回我来到你家里，不过你也许不记得了吧？”

“怎么不记得！”爱玛说，“往下讲吧。”

“你当时在楼下厅里，正准备外出，站在最末一级楼梯上，头上戴一顶有蓝色碎花的帽子，我没等你请，身不由己，就陪同你出门了。然而，每一分钟，我越来越意识到自己是干傻事，可还是继续在你身边走着，没有胆量跟得你太紧，离开你又不甘心。每当你走进一家店铺，我就待在便道上，隔着玻璃窗，看你摘下手套，在柜台上数钱。后来，你按了图瓦什夫人家的门铃，有人给你开了门。你一进去，大门就沉重地关上了，而我像一个傻瓜一样待在外头。”

包法利夫人听着莱昂这些回忆，诧异自己竟这样老了：这些往事，重新提起来，似乎使她已度过的岁月扩大了许多；她面前展现着一个无比广阔的感情天地，而她恰似故地重游，不时半眯缝着眼睛，喃喃说道：

“对，就是这样的！……不错，就是这样的！”

他们听见波瓦辛街区各处的时钟敲响了八点。这个街区有不少寄宿学校、教堂和无人居住的大公馆。他们不再说话，只是你看着我，我看着你，而彼此定定的眸子，仿佛释放出一种有声的物质，注入对方的头脑里，微微嗡嗡作响。他们开始手拉着手，过去、未来、回忆和梦想，交织成一种甜蜜、销魂的感觉。暮色渐深。墙上影影绰绰，浓彩闪烁，挂着四幅版画，画的是《奈斯尔之塔》[①]的四个场面，下面有西班牙文和法文说明。从上下推拉的窗户里望去，但见尖尖的屋顶之间，露出一角黑黝黝的天空。

① 大仲马1832年创作的五幕诗体悲剧。

爱玛起身点亮五斗柜上的两支蜡烛，又回来坐下。

“怎么……”莱昂欲言又止。

“怎么？”爱玛反问。

莱昂正寻思怎样继续中断的谈话，爱玛说道：

“为什么到目前为止，没有任何人向我表达这种感情？”

莱昂感慨地说，人越是完美无缺，就越难被他人理解。他头次见到她就爱上了她，如果天赐良缘，让他们早些相遇，他们一定相亲相爱，永不分离，那该多么幸福！可是现在不可能啦，想起来他就痛不欲生。

“我有时也这样想过。”爱玛说。

“多么美好的梦！”莱昂喃喃自语。

他轻轻抚弄着她长长的腰带蓝色的镶边，补充说：

“我们为什么不能重新开始呢？”

“不行，我的朋友，”爱玛答道，“我太老啦，你太年轻……忘掉我吧！一定会有其他女人爱上你的，你也会爱她们。”

“绝不会像爱你一样！”莱昂叫起来。

“你真是个孩子！行啦，咱们还是理智点吧。我希望这样！”

爱玛向他说明，他们不可能相爱，还是应该像过去一样，相互间保持亲密的友好关系。

爱玛这样说是严肃认真的吗？这一点可能连她自己也讲不清楚。她完全沉浸在令人痴迷的诱惑之中，而又觉得必须抵抗这种诱惑。她用充满感情的目光注视着小伙子，而当小伙子用哆嗦的手胆怯地抚摸她时，她却轻轻地把他推开了。

“啊！对不起。”小伙子一边后退一边说。

爱玛隐隐感到害怕，小伙子这种畏畏缩缩的表现，比罗多尔夫胆大包天，张开双臂朝她走过来还更危险。在她心目中，从来没有一个男人像他这样动人。他的举止显得那样天真无邪而又温文尔雅，细长卷曲的睫毛总是低垂着，细皮嫩肉的面颊，因为对她怀着欲望——爱玛觉得是这样——而泛起阵阵红潮。爱玛压抑不住内心的冲动，直想在那面颊上印满吻。于是，她向座钟探过身子，装作看时间。

“天哪，时间不早了！我们一谈就什么都忘了。”

莱昂明白她的意思，起身找帽子。

“我甚至把看戏也给忘了！可怜的包法利特意让我留下，就是让我看戏的！大桥街的罗尔莫先生还要与他太太一块带我进去呢。”

机会失掉了，因为明天她就得回去了。

“真的吗？”莱昂问。

“真的。”

“可是我还得见你一面，”莱昂接着说，“我有话要和你说……”

“什么话？”

“一件严肃……重要的事情。啊！不，你不要走。这样不行！要是你知道……听我说……你难道没有明白我的心思？你真的就猜不出来？”

“其实，你的话已经讲得很清楚嘛。”爱玛说。

“啊！开玩笑！够啦，够啦！请发发慈悲，让我再见你一次吧，就一次……仅仅一次。”

“好吧……”

爱玛把话顿住，似乎改变了主意：

“嗯，不能在这里。”

“你想去什么地方？”

“你愿意不愿意……”

爱玛又沉思起来，过了一会儿，才很干脆地说道：

“明天十一点钟在大教堂。”

“我准时到！”莱昂抓住爱玛的手叫起来，爱玛把手抽回来。

两个人站起身，莱昂正好在爱玛身后，而爱玛又低着头，他便俯身在她后颈上久久地吻了一下。

“你疯啦！啊！你真疯啦！”爱玛说道，同时发出清脆的笑声。莱昂更是连续不断吻起来。

吻罢，他把头从她的肩头伸过来，想从她眼睛里看到赞许的目光。爱玛两眼盯住他，庄重而又冷冰冰的。

莱昂连退三步打算离开，走到门口又停下，用发抖的声音悄声说：

“明天见。”

爱玛点点头表示回答，随即像只鸟消失在隔壁房间。

晚上，爱玛给莱昂写了一封很长的信，表示她不能赴约；现在一切都结束了，为了各自的幸福，他们不应该再相会。可是，信封上之后，她不知道莱昂的通讯地址，左右为难。

“我亲手交给他。”她想道，“反正他要来的。”

第二天，莱昂敞开窗户，在阳台上哼着曲子。他亲手擦皮鞋，连抹几遍鞋油，穿了白长裤、高级短袜、绿色上衣，把所有的香水全洒在手帕上，把卷曲的头发弄散，以便显得更潇洒自然。

“还太早！”他瞥见假发店的杜鹃钟刚好九点，想道。

他拿一本旧时装杂志看了一阵，出了门，嘴里叼着雪茄，溜达完三条街，心想到时间了，便迈着轻快的步子，朝圣母院前面的广场走去。

这是夏天的一个上午，阳光灿烂。金银器具店里，琳琅满目的银器具熠熠生辉；阳光斜照在大教堂上，灰色石头的断口闪闪烁烁。蓝天上，一群鸟儿绕着小钟楼的三叶形尖顶盘旋。广场上一片喧哗，花香馥郁，四周盛开着玫瑰花、茉莉花、石竹花、水仙花和晚香玉，一畦畦大小不等，其间隔着湿漉漉的草地，全是猫尾草和雀网草。广场中间，喷水池汩汩喷着水；宽大的遮阳伞下，在摞成金字塔状的一堆堆甜瓜之间，没戴帽子的卖花女在用纸包一束束紫堇花。

小伙子买了一束。这是头一回他买花送给一个女人。他闻着花香，挺起胸部，骄傲之感油然而生，仿佛这准备送给别人的礼物，回赠给了他自己。

然而，他怕被人看见，硬着头皮往教堂里走。

左边门口，玛利亚娜起舞的浮雕脚下，直挺挺站着教堂的门卫，头戴羽盔，腰挎长剑，手执小木棍，比红衣主教还神气，通身上下像圣体盒一样闪光。

门卫向莱昂走过来，像教士对小孩子说话那样露出慈祥的笑容，问道：

“先生大概不是本地人吧？想看看本教堂的古迹珍宝吗？”

“不。”莱昂答道。

他沿着侧道溜达了一圈，然后回到广场上张望，不见爱玛的影儿，于是又踏上台阶，一直走到唱诗台前面。

殿堂的尖形拱肋，倒映在盛得满满的圣水盘里。彩绘玻璃的反光照在大理石边上，折射得更远，把石板地面映得像色彩斑斓的地毯。外面明晃晃的阳光，通过三扇敞开的大门，在教堂的地面投下三道又宽又长的光。大殿深处，不时走过一位司库，像一般忙碌的虔诚信徒一样，经过祭坛前总要微微屈一下膝。天花板上垂下枝形吊灯，一动不动。唱诗台上点着一盏银灯。从偏殿和教堂里光线暗的部分，偶尔传出叹息般的声音，还有铁栅栏门关闭的声音，在高高的穹窿底下回响。

莱昂步履庄重，在墙根踱来踱去。他从来不曾觉得人生如此美好。再等一会儿，爱玛就来了，准是一副迷人而兴奋的模样，窥伺着身后打量她的目光，身穿镶褶的袍子，戴着金丝边单片眼镜，足蹬玲珑小靴，千媚百态，他见所未见，而且浑身上下，透露出抛弃贞操的女人那种难以形容的诱惑力。教堂宛似一间巨大的绣房，庇护着她；穹顶仿佛弯下身子，听她在幽暗处倾吐爱情；彩绘玻璃窗明晃晃的，照亮她的容颜；香炉里香火旺盛，芳香四溢，青烟缭绕，她身处其中，恰似一位天使。

然而，还是不见爱玛来。莱昂在一张椅子上坐下，目光正好落在一面蓝色的玻璃窗上，上面画有几个背着一筐鱼的船夫。他注视着那面玻璃，数着鱼鳞和船夫们紧身短上衣的扣眼，而脑子里东想西想，寻思着爱玛。

门卫站在一旁，暗暗生这家伙的气：他居然不要向导，一个人欣赏大教堂！在门卫看来，莱昂的行为实在可恶，就好像在他身上偷走了什么东西，简直是亵渎神灵。

这时，石板地上传来丝绸的窸窣声。片刻，一顶帽子的边檐和一张黑面网映入眼帘……是她！莱昂连忙站起，向爱玛跑去。

爱玛脸色苍白，走得很快。

“看吧！”她递给莱昂一张纸，“啊，不！”

她突然缩回手，走进圣母堂，在一张椅子旁边跪下，开始祈祷。

小伙子对她这种心血来潮的过分虔诚，十分生气。然而，看见她在幽会的地方，像安达卢西亚[1]的一位侯爵夫人一样埋头祷告，他又觉得她十分迷人。不过，他很快不耐烦了，因为爱玛的祷告没完没了。

爱玛祷告着，或者不如说在强制自己祷告，希望上天会突然赐给她决心。为了求得神助，她两眼盯住光闪闪的圣体龛，吸着大花盆里白香芥的芳香，伸长耳朵谛听着教堂里的寂静。可是，这寂静反而增加了她内心的纷扰。

爱玛站起来。他们正要离开，就见门卫急忙走过来，问道：

“太太大概不是本地人吧？想参观一下教堂里的古迹珍宝吗？”

“哎，不参观！”莱昂答道。

“为什么不呢？”爱玛问道。

因为她知道自己的贞操岌岌可危，想从圣母、雕塑、陵墓以及一切可能的东西那里寻找依托。

于是，门卫按顺序领他们参观，首先把他们引到临场的入口，抬起小木棍，指给他们看一块块黑色石头砌成的一个大圆圈，上面既没有刻字，也没有雕图案。

“这就是昂布瓦兹那口大钟钟口的模型。那口钟重四万斤，在整个欧洲首屈一指。铸造它的工匠因为太高兴死了。”

“往前走吧。”莱昂催促道。

那家伙又开始往前走，不一会儿回到圣母堂，双臂一伸，指着整个殿堂，带着乡绅让人看自家院子里的果树那种自豪神情，介绍道：

“这块普通的石板底下，安葬着拉瓦莱纳和布里萨克的领主、普

① 西班牙一历史地区名，在该国的最南端。

瓦图的大元帅、诺曼底的总督彼埃尔·德·布雷泽。他于1465年7月16日死于蒙特利战役。”

莱昂咬着嘴唇，在一旁直跺脚。

“右边这位老爷，身披铁甲，坐骑前蹄腾空，是大元帅的孙子路易·德·布雷泽。此公是布雷瓦尔和蒙绍维的领主、摩勒夫里耶伯爵、摩尼男爵、国王侍从、圣殿骑士团骑士，也是诺曼底总督。正如碑文上说明的：他卒于1531年7月23日（星期天）。下面雕刻的这个正要下葬的人就是他。把死亡表现得如此美妙，可以说举世无双，不是吗？”

包法利夫人举起单片眼镜细细观看。莱昂一动不动，看着她，一句话也不想再说，一个动作也不想再做。面对这两个人，一个唠唠叨叨，一个无动于衷，成心与他作对，他感到丧气。

向导没完没了地继续说：

“路易旁边跪在地上哭泣的女人，是他的妻子蒂娅娜·德·普瓦蒂埃，即布雷泽伯爵夫人、瓦朗蒂诺瓦公爵夫人，生于1499年，卒于1566年；左边抱小孩这个女人，是圣母娘娘。现在请转过来看这边：这是昂布瓦兹陵墓。所安葬的两个人是卢昂的红衣主教和大主教。那边那位是国王路易十二的一位大臣，对本大教堂行过许多善事。他在遗嘱里给穷人留下三万金埃居。”

门卫一刻不停，一边介绍，一边把他们推到一间偏殿。里面堆了许多栏杆，他挪动几根，露出一大块石头，可能是一座雕坏了的石像。

“过去，”他长叹一声，“这座雕像竖立在狮心王查理的陵墓上。狮心王即英格兰国王和诺曼底公爵。先生，是加尔文派教徒把它破坏成这样子的！他们居心险恶，把它埋在大主教宝座底下的地里。

瞧，大主教回府邸，走的就是这道门。现在请去看檐槽那边的彩绘玻璃。”

但莱昂赶紧从口袋里掏出一枚银币丢给他，挽起爱玛的胳膊就走。门卫目瞪口呆站在那里。参观者这么早就给赏钱，他感到莫名其妙。还有好多东西没看呢。所以，他叫道：

“喂！先生，尖塔！尖塔！”

“谢谢啦！”莱昂答道。

“先生不看可亏了。这尖塔有四百四十尺高，比埃及的大金字塔只矮九尺，整个儿是铁铸的，而且……”

莱昂只顾逃跑，因为他觉得，两个小时以来，他的爱情眼看就要在教堂里变成石头，现在又要化成青烟顺着那尖塔跑掉了。那尖塔像一截管子，又像一个长方形鸟笼子或者一个有孔的烟筒。总之，奇形怪状，耸立在教堂上头。简直可以说是一位异想天开的铸造匠造出的一个古怪试验品。

“我们去哪儿？”包法利夫人问道。

莱昂不回答，继续快步往外走。包法利夫人在圣水缸里浸一下手指，听见后面粗粗的喘气声，伴随着木棍顿地有节奏的响声。

“先生！”后面有人叫道。

“什么？”

莱昂回头一看，原来是门卫，抱着二十来本装订好的厚书，紧贴肚皮，以免掉下来。全是介绍这座大教堂的书。

“笨蛋！”莱昂骂一句，飞跑出教堂。

一个孩子在广场上游荡。

“去叫一辆出租马车来！”

孩子像个皮球，沿着卡特旺街跑去。剩下莱昂和爱玛，面对面站着等了几分钟。两个人都有点尴尬。

“啊！莱昂……说真的……我不知道……我该不该……”

爱玛故作娇态，接着又摆出一副严肃的样子：

“这样做很不合适，知道吗？”

“有什么不合适？”莱昂反驳道，“在巴黎人人这样做！”

这句话像一个无可辩驳的论据，使爱玛决意顺从了。

但出租马车迟迟不来。莱昂真怕爱玛又跑进教堂。马车终于来了。

“你们至少要从北门出去，”门卫站在门槛上冲他们喊道，“好看看《耶稣复活》《最后的审判》《天堂》《大卫王》和《地狱里受火刑的罪人》那些画。”

“先生要去哪里？”车夫问道。

“随便去哪里都成！”莱昂说着把爱玛推进车里。

笨重的车子上路了。

它沿大桥街驶去，穿过艺术广场、拿破仑码头、新桥，在彼埃尔·高乃依的雕像前突然停住。

“朝前走！”车里一个声音喊道。

车子又启动了，过了拉·法耶特十字路口，就沿下坡路冲下去，风驰电掣，直奔车站。

“不，一直往前走！”同一个声音喊道。

马车出了栅栏门，很快就奔上沿河大道，在两排榆树之间慢悠悠地行驶。车夫抹一把前额，皮帽子往两腿之间一夹，把车赶到水边草地旁的平行道上。

车子沿着河边纤夫走的碎石路，在靠瓦塞尔这边走了很久，把河洲抛到了后头。

但是，它突然狂奔起来，驶过四塘、索特维尔大堤和艾尔勃夫街，在植物园前第三次停下来。

“走啊！”那声音更凶地嚷道。

马车立刻又奔跑起来，驶过圣-塞韦、居朗迪耶码头、磨石码头，再次过桥，穿过校场，到了济贫院的花园后面。花园里有一些穿黑衣服的老年人，沿着常春藤覆盖的土台子，在阳光下散步。马车继续往前走，经过布夫洛伊大道和科舒瓦兹大道，穿过蒙里布德，一直驶到德维尔山脚下。

车子掉过头，漫无目的，由马拉着，信步走去。人们看见它经过圣-保尔、列斯居尔、嘉尔刚山、红塘、快活林广场、马拉德里街、迪朗德利街、圣-罗曼教堂、圣-维维严教堂、圣-马克鲁教堂、圣-尼凯兹教堂以及海关、矮老塔、三烟袋和纪念公墓等地。车夫坐在车座上，不时绝望地看一眼路边的小酒店，他不明白，什么鬼促使这两个乘客不肯停车。他好几次试图刹住车，但立刻听见后面怒气冲冲的叫喊。于是，他只好狠心抽打两匹汗淋淋的瘦马。车子怎么颠簸，他根本不放在心上，任凭它东撞西撞，垂头丧气，又渴又累，有苦难言，简直想哭。

车子在码头上，在货车和大木桶之间，在大街小巷，在立有路碑的拐弯处，不停地奔跑。市民们见了，无不觉得奇怪。一辆马车，放下窗帘，比坟墓还密不透风，不停地到处奔跑，像海船一样颠簸，这种事在外省实属罕见。

中午时分，车子驶到了田野里。强烈的阳光直射在镀银的旧车灯上。这时，一只没戴手套的手，从黄色的小窗帘下伸出来，把一些碎纸片扔到车外。纸片随风飘荡，像一群白蝴蝶，落在远处一块红花盛开的苜蓿地里。

六点钟光景，马车终于在波瓦辛街区一条小巷停下来，从车上下来一个蒙面网的女人，头也不回朝前走去。

2

包法利夫人回到客店，不见驿车，大吃一惊。原来伊韦尔等了她五十三分钟，没等到，只好走了。

其实，她并不是非回去不可。不过，她事先讲好了今晚回家的。再说，夏尔在盼她回去。她心里已经生出一种胆怯、顺从的感觉。许多通奸的女人都是这样。这种感觉对她们既是一种惩罚，也是一种赎罪。

她急急忙忙打点行李，付了账单，在院子里雇了一辆轻便马车，一路上对车夫又是催促，又是鼓励，不断问他钟点，走了多少路程，最后总算在坎康布瓦村头赶上了“燕子”。

她在驿车角落里一坐下，就闭目养神，直到山脚下才睁开，远远看见费丽丝黛站在马掌铺前面张望。伊韦尔勒住马，女用人踮起脚凑到车窗口，神秘地说：

“太太，你得马上去一趟奥梅先生家。有急事等你去。”

村镇像往常一样，静悄悄的。所有街道拐角处，都有一小堆一小堆玫瑰色的东西，冒着腾腾热气。正是做果酱的时节。在永维镇，所有人家都在同一天做果酱。不过，药店前面那一堆，比一般的要大得多，也更高级，引得人人啧啧赞叹。当然，一家药店做东西，应该胜过普通人家，正如公众的需要应该胜过个人的爱好。

爱玛走进药店，只见大扶手椅打翻在地，连《卢昂灯塔报》也散落在两根捣药杵之间的地板上。她推开过道门，看见厨房当间，摆了好几个褐色坛子，里面装满剥了壳的醋栗，还零乱地摆着面糖和块糖，桌子上放着秤，炉子上烧着锅。奥梅一家全在那里，个个手里拿着叉子，围裙直贴到下巴。朱斯丹低头站着，药店老板冲他嚷道：

“谁叫你去杂物间拿的？”

“怎么啦？出了什么事？”

“出了什么事？”药店老板回答，“我们正在做果酱，放在炉子上煮。但是汤汁太多，眼看就要溢出来，我让他再拿口锅来。没想到这个懒骨头，竟磨洋工似的，慢腾腾去配药室，取挂在钉子上的杂物间钥匙！”

药店老板所说的杂物间，是最顶层一个小房间，里面放满了各种器具和物品，都是干他这个行当所需要的。他经常独自一人，在里面一待就是好几个钟头，贴标签，调换容器或者包扎。这个小房间，在他眼里不是一个普通的杂物间，而是一个真正的至圣所。从那里头出来的，是他亲手配制的各色各样的药品，有药片、药丸、煎剂、清洗剂、药水，等等。正是这些药为他四乡扬名。这个地方谁也不准进去，他把它奉为神圣，甚至亲自打扫。总之，药房是向什么人都开放的，是他炫耀自豪感的地方，而那个杂物间，则是个隐藏的地方。奥梅常常自顾自待在里头，专心致志，尽情地玩味所好。因此，他觉得朱斯丹这种冒失行为，是对他大大的不敬。他脸涨得比醋栗还红，又训斥道：

“好嘛，拿杂物间的钥匙！那可是存放各种酸和烈性碱的地方！去拿存放在那里的锅！拿一个带盖的锅！连我自己可能都永远不会使用的锅！干我们这一行，做各种精细的试验，哪样东西没有专门的用途？可是，真见鬼！居然不加区分，要把制药的器具派做家务的用场！这岂不等于拿手术刀去切鸡肉，等于法官……”

“你就息息怒好不好！”奥梅太太说道。

阿达莉扯住他的大衣叫道：

“爸爸！爸爸！”

“不！别管我！”药店老板又嚷道，“别打岔！真是见了活鬼！老实说，这样搞还不如去开杂货店呢！来吧，什么规矩都不要啦！砸吧！摔吧！把蚂蟥放走！把蜀葵烧掉！拿药瓶去腌黄瓜！把绷带统统剪碎！”

“你不是说有急事……”爱玛说。

“请等一等！——知道你可能惹出什么祸事吗？左边角落第三个架子上的东西，你就没有看见？说呀，回答我，倒是开口啊！”

“我不……不知道。”小伙子结巴道。

“哼！你不知道！可我知道！你看见一个蓝色玻璃瓶，黄蜡封口，里面装着白粉末，我甚至在上面写了‘危险’两个字。你知道里面是什么吗？是砒霜！你竟然去碰它，把就放在旁边的锅子拿来做果酱！”

“就放在旁边！”奥梅太太双手一合叫起来，“砒霜？你岂不是要把我们大家都毒死！”

孩子们都叫喊起来，仿佛他们已经感到五脏六腑疼得不得了。

“不毒死我们，就是毒死病人！”药店老板继续说，“你想让我吃官司？想看我上断头台？你难道不知道，干这一行我虽然早就熟门熟路，操作起来还总是小心在意？我常常想到自己的责任而担惊受怕！因为政府迫害我们，荒唐的法律就像一把真正的‘达摩克利斯剑’①，悬挂在我们头上！”

---

①达摩克利斯是叙拉古僭主大狄奥尼西奥斯的朝臣，经常为僭主歌功颂德，盛赞僭主洪福齐天，僭主便安排盛宴，邀他入座，而在他头顶上用细线悬挂一把出鞘的宝剑，以此表示大权在握的人往往朝不保夕。

爱玛再也不想问为什么叫她来。药店老板一句一喘继续说道：

“瞧吧，你就是这样来报答我对你的恩德！你就是这样来酬谢我对你慈父般无微不至的照顾！没有我，你现在处境会如何？你有什么工作可干？谁供你吃穿，让你受教育？谁让你学到本事，使你将来能体体面面在社会上安身立命？可是，要想安身立命，就必须勤奋苦干，必须像人们常说的，手上磨出茧子才行。Fabricando fit-faber，age quod agis.”[1]

奥梅怒气难消，竟说起拉丁文来了。如果他懂汉语和格陵兰语，恐怕也说出了口。他的情绪已失去控制，满腔恶气，不吐不快，就像大海遇到风暴，不仅岸边的海草被刮得露了出来，连海底的沙子也搅得翻了上来。

他接着说：

“我真有点后悔不该照管你啦！当初还不如让你在贫困中受煎熬，不如让你留在你出生的卑贱环境中呢！那样，你一辈子就只配去放牛放羊！你没有半点搞科学的天赋，贴贴标签还勉强凑合。现在你生活在我家里，像一位老爷、一只肥公鸡一样悠然自得！”

这时，爱玛转向奥梅太太说道：

“你们叫我来……”

“啊，我的上帝！”好心的奥梅太太神色悲伤地打断她道，“怎么对你说好呢？……是一个不幸的消息！”

奥梅太太话没说完，药店老板吼道：

“把它倒空！刷洗干净！送回去！快！”

他抓住朱斯丹短工装的衣领摇晃着。突然，从朱斯丹衣兜里掉

---

① 拉丁文，意为：“实干出巧匠，一心莫二用。”

出一本书来。

小伙子弯腰去捡，但奥梅动作更快，一把抓起来一看，不禁目瞪口呆。

“《夫妻……之爱》，”他慢吞吞念道，在两个词之间顿了顿。“啊！很好！好极了！干得漂亮呀！还有插图呢……哼！这太不像话啦！”

奥梅太太凑拢来看，他说：

“不！别碰！”

孩子们想看看插图，他厉声喝道：

“出去！”

孩子们都出去了。

奥梅迈着大步，踱来踱去，手里攥着那本翻开的书，眼珠子骨碌碌乱转，气鼓鼓的，简直透不过气来，像中了风一样。然后，他径直向自己的学徒走过去，双臂交叉，往他面前一站：

“你这个小坏蛋，原来样样恶习你都沾上啦！当心。你已经到了堕落的边缘！你就没有想过，这本淫秽的书可能落到我的孩子们手里，在他们头脑里种下祸根，玷污阿达莉的纯洁，引导拿破仑走上邪路！拿破仑已经长得像个大人了。至少，你敢肯定他们没有看过吗？你能向我担保吗？”

“哎，先生，”爱玛插话说，“你究竟有没有话对我讲？”

“是有话对你讲，夫人……你公公去世了！”

是的，老包法利于前一天晚上去世了，是刚吃完晚饭突然中风而卒。夏尔考虑到爱玛感情脆弱，出于谨慎，请奥梅先生把这个可怕的消息，婉转地告诉她。

奥梅先生经过反复琢磨，准备把话讲得既委婉又文雅，甚至连抑扬顿挫的节奏都想好了，那可以说是一篇既周密又灵活，既细腻又巧妙的杰作。可是盛怒之下，他把那些讲究全忘到脑后去了。

爱玛也不问详细情况，就离开了药店，因为奥梅先生又在斥责朱斯丹了。不过，他的火气也渐渐消了，现在只是一边用希腊小帽扇着风，一边以严父的口气嘟囔道：

“我也不是全盘否定这本书！作者是一位医生。书里有些方面是合乎科学的。作为一个男人，了解并没有害处，甚至可以说应该了解。但是，要再过几年，再过几年！至少要等到你长大成人，等你的性格成型的时候。”

夏尔一直在等爱玛回来，听见敲门，连忙伸开双臂迎上去，含着眼泪说道：

“啊！亲爱的……”

他慢慢俯身去吻她。但爱玛一接触他的嘴唇，立刻想起另一个男人的嘴唇，便以手掩面，哆哆嗦嗦对丈夫说：

“是啊，我知道啦，我知道啦……”

夏尔拿出母亲的信给她看。信里叙述了父亲去世的情形，没有半句故作悲痛的话。母亲唯一感到遗憾的，是她的老伴去世前没能领受临终圣事，因为他是与几位旧军官，在都德维尔一家馆子里举行爱国聚餐出来，走到门口倒在街上死去的。

爱玛把信交回夏尔。不久开晚饭了，她出于人之常情的考虑，装作不想吃。但夏尔一再劝她吃，她便不顾那许多，吃了起来。夏尔坐在她对面，默默无语，神志萎靡。

他不时抬起头，以充满悲伤的目光，久久地注视着她，有一次叹息一声说，

“我真想再见他一次！”

爱玛不吭声，但最终明白不说话不行，便问道。

“你父亲多大年纪了？”

“才五十八岁！”

“啊！”

仅此而已。

过了一刻钟，夏尔又说：

“我可怜的母亲呢，如今她怎么办？”

爱玛摊摊手，表示她不知道。

夏尔见她如此沉默，以为她很难过，便克制住自己，什么也不对她讲，唯恐她动了感情，又要痛苦不堪。相反，他抛开自己的痛苦，问道：

“你昨天玩得痛快吗？”

“痛快。”

桌布撤掉后，夏尔仍坐着不动，爱玛也坐着不动。她打量着他，渐渐地，这种单调的情景赶走了她心头的怜悯。在她看来，夏尔是那样寒酸、软弱、无能，总之，十足的一个可怜虫。怎样摆脱他呢？晚饭后这段时间怎么这样长！空气中仿佛有一种鸦片雾似的东西，令她神志昏昏。

门厅里传来木棍碰地板的声音，咚咚咚十分清脆。是伊波力特给太太送行李来了。他那条假腿在地上画了四分之一个圆圈，才好不容易把行李放下来。

“那事儿他再也不放在心上啦！”爱玛望着这个可怜的人想道。伊波力特浓密的红头发汗淋淋的。

包法利在钱包里摸出一个铜板。伊波力特站在他面前，就像一个活见证，在谴责他不可救药的无能，而他呢，似乎根本没有意识到。其实，仅仅这个人出现在面前。对他就是多么大的耻辱！

“瞧！你带回来一束好漂亮的花！”夏尔注意到壁炉上莱昂送的紫堇花，说道。

“是的，”爱玛冷冷地答道，“这是我今儿下午向……向一个女乞丐买的。”

夏尔拿起那束紫堇花，贴近哭红的眼睛，感受那清爽的气息，同时尽情地闻着那香味。爱玛连忙从他手里拿过来，插在一个盛满水的玻璃杯里。

第二天，老包法利夫人来了。母子相见，大哭一场。爱玛借口有事要吩咐用人，走开了。

第三天，也该一块商量一下丧事了。婆媳俩带了针线盒，与夏尔一道来到水边的花棚底下坐下。

夏尔思念着父亲。他原本以为自己对父亲的感情是很淡薄的，没想到竟爱得这样深，不免暗暗吃惊。老包法利夫人思念着丈夫。过去最不称心的日子，如今也值得留恋了。夫妻俩这么多年朝夕相处，本能的怀念之情，把其他一切一笔勾销了。手里的针不停地缝着，不时有一大颗眼泪，顺着鼻梁往下滚，滚一段停一会儿，悬挂在那里。爱玛想的，却是不到四十八小时之前，她与莱昂待在一起，远离人世，陶醉在快乐之中，两双眼睛相互注视，怎么也看不够。她竭力回忆那逝去的一天最细微的情形。可是，有婆婆和丈夫在场，她不能不有所顾忌。她真希望什么也听不见，什么也看不见，完全沉浸在爱情之中，不受任何干扰，因为外界的种种感觉，会淹没她对爱情的回味。

爱玛在拆一件袍子的夹里，身边线头布片掉了一地。老包法利夫人埋头做活儿，手里的剪刀咔嚓作响。夏尔脚上趿一双布条编的拖鞋，身上穿一件当作室内便袍的棕色旧大衣，两手插在口袋里，坐在那里沉默无语。在他们旁边，白尔特系一条小白围裙，用小铲子铲着小径上的沙子。

突然，他们看见布商勒乐打栅栏门里进来了。

他主动登门，是想看看，鉴于眼前不幸的情况，他能效什么劳。爱玛回答说，她觉得不要他效劳也过得去。商人并不认输。

“实在对不起，”他说，“我希望私下谈谈。”

接着他放低声音说：

“是关于那件事情……知道吗？”

夏尔的脸唰地一直红到了耳根。

“哦！是的……当然。”

他尴尬地转向妻子：

“亲爱的……你能不能……”

爱玛似乎理解，因为她站了起来。夏尔又转向母亲说道：

“没有什么。不过是家庭琐事。”

他不想让母亲知道借据的事，怕她训斥。

勒乐先生见没旁人在场了，便不再拐弯抹角。他祝贺爱玛继承了一笔遗产，又随便扯些无关的事情，什么墙边的果木呀，收成呀，还有他自己的身体，算是“马马虎虎”“不好不坏”；外面传说他如何如何，其实他豁出老命干，也是连抹面包的黄油都吃不起。

爱玛由他说去。这两天来，日子真是要多腻人有多腻人。

“你现在完全康复了吧？”勒乐继续说，“说实在的，前一段我看你丈夫真是够受的。他是个好人，虽然我们之间有过一些麻烦。”

爱玛问什么麻烦，因为关于上次买东西的争执，夏尔没有告诉她。

“这事儿你是很清楚的嘛!”勒乐说，“还不是你一时高兴，订购了那两只旅行箱的事。”

他把帽子拉到眼睛上，双手抄在背后，笑嘻嘻地吹着口哨，面对面打量着爱玛，简直不堪忍受。他是不是产生了什么怀疑？爱玛心虚，战战兢兢。过了好大一会儿，勒乐又说：

“我们言归于好啦，我这次来，就是和他商量进一步的安排。”

勒乐所谓进一步的安排，就是延长包法利所立借据的期限。当然，延长不延长，由包法利先生自行决定；他也不必为此多费脑筋，特别是眼下，他有一大堆麻烦事要处理。

“甚至，他最好把这事交给别人处理，譬如说交给你。你有了代理权，就方便了，我们就可以一块做点小生意……”

爱玛不明白他的意思，勒乐也不解释。接着，他又谈起自己的生意，说太太一定得买他点什么东西才好。他打算给她送来一块十二米长的巴勒吉纱罗，正好做一件袍子。

“你身上这件在家穿穿还不错。出门就非得另做一件不可。这我一到府上，头一眼就看出来了。我这眼力没的说。”

那块纱罗勒乐不是派人送来，而是亲自送上门。不久又来量尺寸。没过几天，又找别的借口来。每次来，都尽量显得亲切、殷勤，或者像奥梅先生所说的，装作俯首听命的样子；每次都悄悄给爱玛出主意，叫她把代理权弄到手。他闭口不提借据，爱玛也没想到那上头。在她刚开始康复的时候，夏尔是向她提过几句来的，但她内心纷扰不断，早就忘到九霄云外去了。再说，她尽量避免引起利害方面的争吵。包法利老太太对此颇感意外，认为她脾气变好了，是因为在生病期间接受了宗教感情。

可是，老太太一走，爱玛立刻显示出很有主见、讲求实际的头脑，令夏尔赞叹不已。应该了解情况，核实抵押手续，看看有什么可以拍卖或者需要清理的。她一开口就是技术名词，经常提到“程序”“将来”“预见性”这些大字眼，不断夸大继承的困难。直到有一天，她拿出一份全权委托书样稿给夏尔看，上面载明“全权委托经营、管理一切事务，处理一切债务，签署并保存一切票据，偿付一切款项”，等等。她把勒乐教的那一套全用上了。

夏尔天真地问她，这委托书是哪儿来的。

“从纪尧曼先生那里拿来的。”

爱玛回答之后，又非常冷静地补充说：

“对他我不大信得过。公证人的名声都坏透了！也许还得请教……我们只认识……唉！谁也不认识！”

“除非莱昂……”夏尔考虑片刻答道。

可是，写信很难讲清楚。于是，爱玛自告奋勇去走一趟。夏尔不愿让她受那份辛苦。她坚持要去。两个人争相表示体贴。

最后，爱玛以半任性半撒娇的口气说：

“不，我求你啦，我一定要去。”

“你真好！”夏尔说着在她额头印了一个吻。

第二天，爱玛搭了“燕子”，去卢昂请教莱昂先生，在那里待了三天。

3

这是充实、甜蜜、瑰丽的三天，堪称真正的蜜月。

他们下榻在港口边的布洛涅旅馆，双双待在房间里，门窗紧闭，地板上撒满鲜花，从早晨就有人送冰镇果子露来。

薄暮时分，他们乘了一条带篷的游艇，去一座小岛上晚餐。

游艇从船坞旁边经过，听得见捻缝工用木槌敲打船体的响声。树木之间，飘荡着柏油燃烧的浓烟。河里可见一片片油渍，大小不等，在水面上荡漾，经绛紫色的落日一映照，恰似漂着一块块佛罗伦萨的青铜片。

他们从停泊的船只之间穿行而过，一条条斜斜的长缆索，轻轻摩擦游艇的上部。

城市的喧嚣——大车的辚辚声，人的嘈杂声，以及许多船只甲板上的狗吠声，于不知不觉之间，远远抛到后面去了。爱玛摘下帽子。他们登上了小岛。

他们在一家小酒店低矮的餐厅中间坐下。小酒店门口挂着黑乎乎的渔网。他们吃油炸胡瓜鱼、奶油和樱桃。他们在草地上睡觉，避开其他人到白杨树下亲吻；他们真想像两个鲁宾孙那样，永远生活在这个小岛上。他们沉浸在幸福之中，觉得这小岛是人世间最美丽的地方。他们不是头一回看见绿树、蓝天、草地，不是头一回听见流水潺潺，听见微风在树叶间絮语，但是他们大概从来没有像这样来欣赏这一切，仿佛大自然从前根本就不存在，或者只有在他们的欲望得到满足之后，大自然才开始变得美好的。

夜里返回时，游艇沿着小岛航行。他俩待在船里，默默地躲在暗影之中。方桨在铁桨耳中嘎吱嘎吱，像在寂静中打着拍子；同时，船尾的舵不停地轻轻拍打着水浪。

有一阵，夜空露出了月亮。他们觉得月亮带着忧郁的色彩，充满了诗意，少不得搜索一些词句，来形容一番，爱玛甚至哼起了小调：

可记得，有天晚上我们摇着小船

悦耳、轻柔的歌声飘散在水面上。莱昂听见风带着颤音从耳边掠过，仿佛鸟儿在身旁轻拍翅膀。

爱玛坐在对面，靠着小艇的板壁，月光从一扇敞开的小窗里照进来。黑色的袍子，下摆展开呈扇形，使她显得更加苗条修长。她仰着头，双手合拢，两眼凝望着夜空。有时，柳树的阴影完全掩住了她；过一会儿，她宛似一个幻影，突然又出现在皎皎月光之中。

莱昂在她旁边席地而坐，手触到一根丽春红缎带。

船家看了又看，最后说：

“哦！这也许是前一天我载的那群人丢下的。那天来的是一帮说说笑笑的人，男的女的都有，带着点心、香槟、短号等五花八门的东西。其中有一位个儿高高的美男子，留着小胡子，特别能逗乐子。他们一上来就说：‘喂，给我们讲点什么吧，罗多尔夫……罗多尔夫……’似乎叫的是这个名字。”

爱玛哆嗦了一下。

“你感到不舒服吗？”莱昂靠近她问道。

“嗯！没什么。大概是夜晚太凉。”

“看样子，那位先生得到不少女人喜欢。”老船家低声补充一句。他觉得应该说那个陌生男子一句恭维话。

说完，他往手心里吐口唾沫，又划起桨来。

然而，该分别啦！离别是凄凉的。莱昂要写信，就寄给罗莱大嫂转交。爱玛嘱咐又嘱咐，一定要在信封外面再套一个信封。为了爱情，她竟变得如此诡计多端，莱昂大为赞赏。

“那么，你肯定一切都没问题了？”在最后一吻之时爱玛问道。

“是的，没问题！”——“可是，”在独自往回走时，莱昂一路上寻思，“她为什么那样关心代理权这个问题呢？”

4

莱昂很快在同事们面前趾高气扬起来，不仅与他们疏远了，而且工作也马虎了事。

他天天盼爱玛的信，信到手就一看再看。他也给爱玛写信，靠欲望和回忆的全部力量唤起她的形象。他渴望再见到爱玛，这种渴望并没因彼此分离而减弱，相反愈来愈强烈。一个星期六上午，他溜出了事务所。

他站在山顶上举目眺望，山谷里教堂的钟楼和白铁皮做的风信旗历历在目。他像一位百万富翁荣归故里，心头的高兴之情，掺杂着自鸣得意的虚荣心和自私的感慨。

他跑到爱玛的住宅附近徘徊。厨房里闪烁着火光。他贴在窗帘后面窥伺爱玛的身影，但什么也没看见。

勒佛朗索瓦太太一见到他，就惊叫起来，说他“高了，瘦了”，而阿特米丝则不这样看，觉得他“更结实了，晒黑了”。

他在小间用晚饭，依然像过去一样，只不过仅他一个人，没有税务员做伴了，因为比内等“燕子”等得不耐烦，终于把吃饭时间提前了一小时。现在他五点整用晚餐，还常常抱怨“破车子到迟了”。

莱昂还是下了决心，去敲医生家的门。包法利夫人正在卧室里，要过一刻钟才下楼。包法利先生又见到他，显得很高兴。但是，这天晚上他一直待在家，第二天一整天也没有要出门的意思。

直到夜里很晚了，莱昂才在花园后面小巷里，与爱玛单独见面——在小巷里见面，就像与过去那位幽会一样！——正赶上雷雨，两个人撑着一把雨伞，借着一闪一闪的电光谈心。

分别变得不堪忍受。

“还不如死了呢！”爱玛说。

她扑在他怀里又哭又扭。

“再见……再见……什么时候才能再见到你？”

两个人又回转去，再次拥抱在一起。就在这时，爱玛答应，不管通过什么手段，一定要找到一个长远的解决办法，使他们能够自由见面，至少每周一次。爱玛十分有把握，而且满怀希望。她就要有钱了。

她为卧室添置了两块宽格子黄色窗帘。勒乐早就鼓动她买，说这种窗帘如何便宜。她还渴望买一条地毯，勒乐就说：“这又不是比登天还难的事！”礼貌有加地答应负责为她买一块。爱玛再也离不了勒乐的服务。她一天之中叫人去找勒乐二十次，勒乐都会撂下手里的活儿立即赶来，绝无半句怨言。还有罗莱大嫂，每天在她家吃中午饭，甚至私下来看望她，究竟是为什么，大家都莫名其妙。

大约在这段时间，即初冬，爱玛似乎对音乐发生了强烈兴趣。

一天晚上，夏尔听她弹琴。同一首曲子，她连弹了四次，越弹越恼火。夏尔根本没有听出每次有什么不同，却叫道：

“弹得好！好极了！……你不应该停下！弹下去！”

“不！糟透了！我的手指一点也不灵活啦。”

第二天，他求她再弹点什么给他听。

“好吧，就满足你的兴致。”

夏尔承认她有点荒疏了。她弹走了调，指法混乱，弹了一会儿，干脆停了下来。

“唉！完啦！我得找人教教才成，可是……”

她咬咬嘴唇，补充说：

“二十法郎一次，太贵啦！”

“对，的确……贵了点……”夏尔傻呵呵地笑了笑说，“不过，我觉得也许不要花那么些，因为有些没有名气的艺术家，实际比那些名家还高明。”

“那你就去打听一下吧。”爱玛说。

第二天，夏尔回到家，狡黠地打量她一阵，最后还是憋不住，说出了这样几句话：

“你有时也真是太相信自己！我今天去了巴佛舍尔。好家伙！列嘉尔太太告诉我，她三个在慈济修道院的闺女也请人教琴，每次才五十苏，而且是一位有名的女教师！”

爱玛耸耸肩，从此连琴盖也不再开。

但是，每次从琴边走过时（如果夏尔在那里），她总是叹口气说：

“啊！我可怜的钢琴！”

有人来看望她时，她少不了要对人家说，她放弃了音乐，现在想捡起来，但由于一些重要原因，也做不到。大家听了，都同情她。的确遗憾！她本来是很有才气的！有些人，尤其是药店老板，甚至向包法利提这件事，弄得包法利直感到汗颜。

“你这可就不对了！”药店老板劝说他道，“不应该让天赋的才能荒废。再说，你考虑一下看，我的好朋友，让太太去学琴，将来孩子的音乐教育，不就可以省下来了？我觉得，孩子应该由母亲亲自教育才好。这是卢梭的观点，现在可能还有点新潮，但最终会取得胜利的，我坚信这一点。就像母亲喂奶和种牛痘一样。”

于是，夏尔又一次谈起学钢琴的问题。爱玛没好气地说，不如把琴卖掉算了。这架可怜的钢琴，曾经满足过她的虚荣心。现在眼看着把它卖掉，包法利心里真有说不出的滋味，就好像爱玛把自己的一部分处死了似的！

“你真想学……”包法利说道，“隔一段时间去学那么一次，按说也不至于破费太大吧。”

“可是，要学就得经常学才有用。”爱玛答道。

她就这样想方设法得到丈夫的允许，每星期进一趟城去看她的情人。一个月下来，居然有人觉得她弹琴进步不小呢。

5

又到星期四了，爱玛从床上爬起来，悄没声儿地穿衣服，生怕惊醒夏尔，又来嘀嘀咕咕，说她没有必要赶这么早出门。穿戴停当，她踱了一会儿步，然后伫立窗前，望着广场。曙光在菜市场的柱子之间游动；药店还关着窗板，它那招牌上的大写字母，在灰白的晨光中已隐约可辨。

挂钟走到了七点一刻，爱玛来到金狮客店。阿特米丝打着哈欠给她开门，又为她把埋在灰里的火炭扒拉出来。爱玛独自一人坐在厨房里，不时到门外看一眼。伊韦尔慢条斯理地套着车，一边听勒佛朗索瓦太太交代事情。勒佛朗索瓦太太从窗户里伸出戴棉帽子的头，嘱咐他买这买那，还没完没了地解释。换了别人，都会给她搅糊涂。

伊韦尔吃完早饭，披上粗毛料斗篷，点上烟斗，抓起鞭子，这才终于不慌不忙地在座位上坐下。

“燕子”小跑着上路了，开头四分之三法里，不时停下来，搭载站在路旁院落栅栏门前等候的乘客。前一天约好的人，姗姗来迟，让车子等着，有的甚至还在床上没爬起来呢。伊韦尔连叫带喊，还骂骂咧咧，然后从车座上爬下来，跑去把人家的门擂得山响，连气窗也震裂了，冷风立即灌进去。

渐渐地，四条长凳都坐满了。车子加快了速度，两旁的苹果树一闪而过。道路在两条积满黄泥水的沟之间向前延伸，显得越来越窄，一直伸到天边。

这条路从头至尾爱玛非常熟悉。她知道，过了一片牧场，就有一根木桩，然后有一棵榆树，再往前走是一座谷仓，或一间养路工的窝棚。有时，她甚至故意闭上眼睛，希望在睁开眼时，能看到点意外的东西。但即使闭上眼睛，她心里也很清楚前面还有多少路程。

最后，眼前出现了砖房，车轮碾过路面，响声更清脆了。“燕子”轻捷地行驶。两边尽是花园，打栅栏门望过去，可以看见一座座雕像，一个个葡萄棚，一棵棵修剪过的紫杉，还有一架秋千。而后眨眼间，城市便展现在面前了。

城市笼罩在雾中，放眼望去，像一座圆形剧场，渐渐低下去，直到过了桥，才杂乱无章地向四面扩展。城那边的原野，又渐渐高起来，单调平板，远处一直连接着灰白而不分明的天的基部。居高临下，骋目全景，静止得煞似一幅风景画；泊港的船只，全挤在一个角落里；河流绕过葱绿的山，形成一个弧形的河湾；几个椭圆形的沙洲，像几条黑色的大鱼，一动不动地浮在水面上。工厂的烟囱冒出大团褐色的烟，随风飘散。铸造厂传来轰隆轰隆的响声，而耸立雾中的教堂，传来清脆的钟声。林荫路两旁落了叶的树木，像一丛丛紫色的荆棘，夹杂在房屋中间。雨水未干的屋顶，闪闪发光，但依地势高低不同，光彩强弱不一。有时，一阵风来，把云团刮向圣-卡特琳山，宛似空气凝成了波涛，无声地扑向一座悬崖。

这座人口密集的城市，仿佛释放出某种物质，令爱玛头晕目眩。她的心也因此大为膨胀，想象着那里的十二万颗心灵，都在激情地跳动。她甚至感到了它们热烈的气息哩！她的爱情随着空间不断扩大，充满喧嚣，汹涌澎湃。她让爱情倾泻出来，倾泻在广场上，倾泻在散步的场地，倾泻在街道上。在她眼里，这座诺曼底古城，不啻是一座巨大无比的京城，一座她正要进入的巴比伦。她双手扶住车窗，探头向外观看，一边吸着微风吹拂的清爽空气。三匹马奔驰着，泥里的石子咔嚓作响，驿车东摇西晃地颠簸；伊韦尔老远就喊路上的小货车闪开。这时，在纪尧姆林子里过夜的有钱人，坐着家庭小马车，正优哉游哉从山上下来。

车子在城门前停了停。爱玛脱掉木头套鞋，换一双手套，整理一下披肩，等“燕子”再往前走二十来步远，才从里头下来。

城市刚醒来。店铺的伙计们戴着希腊式帽子，正在擦店面；一些妇女挎着篮子，在街道拐角处，不时响亮地吆喝一声。爱玛贴着墙根走，眼睛看着地上，黑面网之下，一张脸浮着愉快的微笑。

她害怕被别人看见，一般不走最近的路，而是钻进阴暗的小巷子。到达国家街下面的喷泉边时，已是汗流浃背。这里是戏园子、咖啡馆和妓院集中的街区。经常有一辆大车从她身边经过，上面载着一幅颤悠悠的布景。一些系围裙的伙计，往绿树墙之间的石板甬道上撒沙子。空气中有苦艾酒、雪茄和牡蛎的气味。

她转过一条街，远远看见一个男人，帽子底下露出鬈发。她认出那就是莱昂。

莱昂在便道上继续朝前走。她跟在他后面，一直走进旅馆，随他上楼，开门，进到房里……多么热烈的拥抱！

拥抱过后，是滔滔不绝的话语。两个人相互倾诉一周来的愁烦、预感和盼信的焦急心情。不过，现在一切都抛到了脑后，他们面对面，你看着我，我看着你，开心地笑着，甜蜜蜜地相互呼唤着。

床是张桃花心木大床，形状像条船。红色利凡丁绸帐幔从天花板垂下来，在敞开的床头，低低地拖到地面。爱玛羞答答的，两条赤裸的胳膊缩拢在胸前，脸藏在手心里，棕色的头发和白皙的皮肤经红帐幔一衬映，那妩媚之态，无与伦比。

暖融融的房间，柔软无声的地毯，清雅浪漫的陈设，柔和恬适的光线，一切都仿佛专为如胶似漆的春情而设。阳光照进房间，箭状帐杆、紫铜帐钩和柴架的大圆头，立刻闪闪发光。壁炉台上，烛台之间有两个玫瑰色的大海螺，拿起来贴近耳朵，似乎听得见海涛声。

这个房间，虽然装饰略旧而不再那么光彩夺目，但充满了欢乐，令他们多么眷恋！每次来到这里，他们总发现房里摆设原样未动，有时还发现她上星期四遗忘在钟座底下的发夹。他们就着火炉，在一张镂花的红木小几上用餐。爱玛切着肉，一面放进莱昂的盘子里，一面故作多情，撒娇邀宠；当香槟酒沫子溢出玲珑的玻璃杯，溅到她的戒指上时，她就发出朗朗放荡的笑声。他们灵肉相与，如痴如醉，以为这里就是他们自己的家，他们要在这里一直生活到老死，就像一对年轻的终身伴侣。他们开口就说“我们的房间”“我们的地毯”“我们的安乐椅”；爱玛甚至说“我的拖鞋”——那是莱昂为满足她一时的兴致而送的礼物，粉红色缎子做成，天鹅绒毛镶边。她坐在莱昂的膝头，两腿够不着地面，悬在半空，那双小巧玲珑的拖鞋，没有后跟，就只靠一双赤足的足趾挂住。

莱昂有生以来头一回品味女性难以形容的千娇百媚。他从来没有听过这么优雅的语言，从来没有见过这么考究的服饰和睡鸽般的姿态。他崇慕她心灵的热烈，也欣赏她裙子的花边。再说，爱玛不正是一位“交际花”，一位有夫之妇，总之一位名副其实的情妇吗？

爱玛性情变化无定，时而高深莫测，时而笑逐颜开，时而喋喋不休，时而沉默寡言，时而热烈奔放，时而又倦怠疏懒，这激起莱昂无穷的欲望，唤醒他种种本能和悠远的回忆。她是所有小说里描写的情人，是所有戏文里出现的女主人公，是所有诗集里难以捉摸的“她”。看见爱玛的肩膀，莱昂就想起《浴女》[1]琥珀色的肌肤。爱玛还有着封建城堡主夫人细长的腰身，又像“巴塞罗那面色苍白的女人”[2]，但她首先是天使！

往往，他看着她，就觉得自己的灵魂向她飘忽而去，像水波在她的头部环流，然后被一种力所吸引，流向她雪白的胸脯。

他在她面前席地而坐，胳膊肘支在膝盖，仰起脸，笑眯眯地端详她。

她呢，俯身向着他，如痴如醉，呼吸急促，喃喃说道：

“啊，别动！别说话！就这样看着我吧。你眼睛里有什么东西放射出来，暖洋洋的，让我浑身舒服极啦！”

她叫他“宝贝”。

“宝贝，你爱我吗？”

她简直来不及听到他的回答，因为他的嘴唇很快凑上来，紧贴在她嘴上。

---

① 法国画家安格尔（1780—1867）的名画。

② 指西班牙画家牟利罗（1617—1682）《喂奶妇》一画。

座钟上有一个丘比特[①]的小铜像，满面娇媚，胳膊弯曲，托着一个镀金花环。他们常常取笑他那副模样。可是，临到分别之时，一切在他们就变得严肃起来了。

两个人面对面，一动不动地站着，一次又一次说：

“下星期四见！下星期四见……”

突然，爱玛双手捧住莱昂的头，在前额上匆匆印一个吻，喊道：“再见！”就奔下楼梯去了。

她去戏园子街，进一家发廊吹理头发。这时已是薄暮时分，发廊里点亮了煤气灯。

她听见戏园子里摇铃，召唤演员准备开演。接着，就见对面一个个面孔白花花的男子和穿旧戏装的女子从后台门进入。

小小的理发厅天花板很低，假发套和生发油之间又有一个炉子，冒着腾腾热气，所以十分闷热。铁吹风机散发出一股气味，加上理发师油腻腻的手在她头上摸来摸去，不多一会儿，她就感到头昏脑涨，身上披着理发布，都有点昏昏欲睡了。理发师往往一边给做头发，一边问她要不要化装舞会入场券。

她终于出了发廊，穿过一条条街道，来到红十字架，上车之后，把上午藏在凳子底下的木头套鞋拖出来穿上，在急于赶回家的乘客之间坐下。有些乘客过了岭就下车了，车上只剩下她一个人。

每到拐弯处，回首望去，城里的灯光越来越多，宛似一片巨大、明亮的雾气，飘浮在黑压压的房屋之上。爱玛跪在座垫上，茫然地望着那明光耀眼的景象。她啜泣起来，呼唤着莱昂，随风给他送去情意绵绵的话和一个个吻。

---

① 丘比特是罗马神话里的爱神童子。

山坡上常常有一个可怜的叫花子，拄着一根棍子，在驿车之间乱窜，肩上披着破衣烂衫，一顶旧狸皮帽，穿了顶，脸盆似的扣在头上，把脸都遮住了。当他把帽子摘掉时，只见他眼皮的部位张开两个血糊糊的窟窿，肉烂成一片片，红红的，里面流出脓水，流到鼻子上结成绿痂；黑洞洞的鼻孔，痉挛似的吸着气。要说话时，他先把头往后一仰，露出一脸傻笑，于是淡蓝色的眼珠子不停地滚动，向两边太阳穴翻，撞击着流血的伤口内沿。

他跟在驿车后面，一边跑一边唱小调：

朗朗晴天哟暖洋洋，小妞儿相思心痒痒。

接下去歌唱鸟儿、阳光和绿叶。

有时，他光着头，冷不防出现在爱玛背后，吓得她惊叫一声，慌忙躲闪。伊韦尔就和他开玩笑，建议他去圣-罗曼庙会摆摊子，或笑嘻嘻问他的心上人好不好。

往往车子在行进间，他的帽子突然从窗子里飞进车厢，而他用另一只手牢牢抓住踏板，车轮子溅得满身泥也全然不顾。起初他轻声地哼哼，像婴儿啼哭一般，接着尖号起来。这拖得长长的声音，在暮色中传播开去，像什么人在悲泣，哭诉自己无名的哀伤。这声音透过马铃的叮当，透过树木的絮语和空驿车的隆隆声，仿佛从遥远的地方传来一种什么力量，搅得爱玛心里很不平静。它像一股旋风刮进深渊，潜入她的心灵深处，把她带进无穷无尽的悒郁之中。这时，伊韦尔觉得车子一侧增加了重量，挥起鞭子向叫花子抽去。鞭梢正好抽中他的伤口，他哀号一声，滚进了泥泞之中。

最后，“燕子”的乘客都睡着了，有些人张着嘴，有些人低着头，靠在邻座的肩头，或者伸出胳膊挽住皮带，随着车子的颠簸，有节奏地摇来晃去。风雨灯在马屁股上方晃动，灯光透过咖啡色的棉布窗帘，照进车厢，在所有无声无息的乘客脸上，投下血一般殷红的光影。爱玛沉浸在忧郁之中，浑身上下直打寒战，感到脚越来越冷，而心像死了一般。

夏尔在家里等她。星期四"燕子"总是迟迟不归。太太终于回来！但她只是勉强亲女儿一下。晚饭还没做好，有什么关系！她原谅厨娘。那丫头现在似乎自由自在得很了。

夏尔常常发现爱玛脸色苍白，问她是不是病了。

"没病。"她答道。

"可是，"夏尔又说，"你今晚显得很不正常。"

"哎！哪里！没什么！"

有几天，她甚至一进屋就到楼上卧室去了。朱斯丹碰巧正在她家，走路一点声息也没有，小心在意服侍她，比一个能干的女仆还周到。他在她床头放一盒火柴、一个蜡烛盘和一本书，还为她摆好睡衣，掀开被窝。

"好啦，"爱玛说，"干得挺好，去吧！"

因为朱斯丹站着不动，垂着双手，瞪着两眼，仿佛突然陷入了千头万绪的沉思之中。

第二天是可怕的一天，随后几天更加难熬，因为爱玛急于重温她的幸福，简直按捺不住。——本来就炽烈的欲火，加上经历过的情形时时浮现在眼前，更加火上浇油，到第七天在莱昂的爱抚下，就毫无节制地爆发了。莱昂的热情，则是以对她的赞赏和感激的形式表现出来。爱玛默默地、忘情地品味着这爱情，使出种种招数，尽量表现得温柔，同时担心以后会失去它。

她常常用忧郁而甜甜的声音对他说：

“哼！你呀，肯定会抛弃我！你会结婚，就像其他人一样。”

莱昂问道：

“其他什么人？”

“男人呗。”爱玛回答。

随即，她故作心灰意懒地推他一把，补上一句：

“你们全是没心没肺的家伙！”

有一天，他们平静地闲谈人世间的种种失意，爱玛不知是想试探一下莱昂是否嫉妒，还是因为禁不住想倾吐内心的强烈感情，说她在爱莱昂之前，曾经爱过一个男人。“一个与你不一样的人！”她连忙补充一句，并且以她女儿的性命发誓，他们之间“没有发生任何事情”。

莱昂相信她，但又问那男人是“干什么的”。

“他是一位船长，亲爱的。”

这回答不是可以打消对方试图查问的任何念头，同时又提高她自己的身价吗？因为照她所说，那男人多半勇武好斗，向来受人敬重，却经不住她的魅力的诱惑，拜倒在她的脚下。

莱昂听了，不免觉得自己地位卑下，对肩章、勋章和官衔之类东西垂涎三尺。爱玛一定喜欢所有这些东西，这从她花钱大手大脚的习惯就可以看得出来。

其实，爱玛有许多不切实际的想法，还没有讲出来呢。譬如，她希望有一辆蓝色的双轮轻便马车，每次乘坐它来卢昂，前面由一匹英国马拉着，赶车的小伙子穿着翻口高统皮靴。这种异想天开的向往，是朱斯丹勾起的。朱斯丹曾央求她收他当跟班。没有这样一辆马车，倒还不至于减弱她每次赶去与情人幽会的欢乐，但的确给她返回的路上增添了惆怅。

他们还常常一块儿谈论巴黎，谈到最后，爱玛总是喃喃说道：

“啊！要是我们能住在那里，该多好！”

“现在我们难道不幸福吗？”莱昂抚弄着她的头发，温柔地问道。

“对，我们现在就很幸福。”爱玛答道，“瞧我真是疯了。亲亲我吧！”

爱玛在丈夫面前，比任何时候都更可爱。她为丈夫做阿月浑子仁奶酪，晚餐后常常弹奏华尔兹舞曲给他听。夏尔觉得自己是世界上最幸福的人，爱玛也生活得无忧无虑。可是一天晚上，夏尔突然问道：

“给你上课的是不是朗卜乐小姐？”

“是她。”

“可是，今天下午我在列嘉尔太太家见到她，”夏尔又说，“我对她谈起你，她却说不认识你。”

这不啻是一个晴天霹雳，但爱玛装得泰然自若地答道：

“噢！莫不是她忘了我的名字吧？”

“不过，”医生说，“也可能卢昂有好几位教钢琴的朗卜乐小姐吧？”

“有可能。”

爱玛说罢又连忙补充道：

“可是，我有她的收据，你来看。”

她走到书桌跟前，翻遍所有抽屉，把里面的纸弄得乱七八糟，最后把自己也搞糊涂了。夏尔劝她不要费这么大劲，去找几张无关紧要的收据。

“嗯！我会找到的。”爱玛说。

果不其然，第二个星期五，夏尔在存放他的衣服的小黑屋子里穿皮鞋，突然感到一只靴子的皮和袜子之间有一张纸，取出来一看，只见上面写道：

兹收到三个月教琴费及杂费共六十五法郎整。

音乐教师费莉西·朗卜乐

“真见鬼，怎么跑到我靴子里来了？”

“可能是板子边上那个放账单的旧纸盒里掉下来的。”爱玛说道。

从此以后，爱玛的生活就充满了谎言。这些谎言像面纱一样，包藏住她的爱情。

说谎在她已成为一种需要，一种癖好，一种乐趣，以至于如果她说昨天她从某条街的右边经过，那么你必须理解成她是从左边经过的。

一天早晨，她像往常一样动了身，衣服穿得相当单薄，可是突然下起雪来了。夏尔到窗口看天气，瞥见布尔尼贤先生搭了图瓦什先生的轻便马车去卢昂，便拿了一条厚披肩跑下楼，拜托教士一到红十字旅店就交给他太太。布尔尼贤一到那家旅店，就问永维镇医生的妻子在什么地方。女店家回答说，她很少光顾这家旅店。黄昏时分，本堂神甫在驿车“燕子”里才遇到包法利夫人，对她谈起没找到她时的为难情形，但似乎并没把这件事放在心上，而马上赞扬起一位布道者来了，说那位布道者在大教堂讲道讲得如何精彩，引得阔太太们都赶去听。

虽然本堂神甫没有追问什么，但难免其他人将来不多管闲事。因此，爱玛觉得，以后每次都应该在红十字旅店前面下车，并且一直上楼去。这样，镇上那些好心人看见，就不会产生任何怀疑。

然而有一天，爱玛挽着莱昂的胳膊，从布洛涅旅店出来，正好碰到勒乐先生。爱玛吓坏了，以为勒乐会到处乱说。其实，勒乐才没有那样蠢。

三天之后，他进到爱玛的卧室，将房门一关，说：

"我等钱用。"

爱玛说她无钱可付。勒乐唉声叹气，提起他给过她的种种好处。

的确，夏尔签字的两张借据，到目前为止，爱玛只付过一张。至于第二张，勒乐答应她的请求，换成了两张，甚至这两张也已谈妥续借，付款期限定得很长。勒乐说到这里，从口袋里掏出一张未付款的购货单，其中包括窗帘、地毯、沙发套布、好几件袍子以及各种化妆品，价值达两千法郎左右。

爱玛低下头。勒乐接着说：

"你没有现钱，可是有产业呀。"

他指的是位于巴纳维尔离奥马尔不远的一所破房子。那所房子带来的收入甚微，过去属于老包法利卖掉的一个小农庄。勒乐对那里的情况了如指掌，包括土地的面积、邻居的姓名，全都一清二楚。

"我要是你，"他说，"就把它卖掉，除了还债，还落点余钱用用哩！"

爱玛说很难找到买主，勒乐表示买主倒不难找到。爱玛又问，她怎样才能做主出卖。

"你不是有代理权吗？"勒乐答道。

这句话有如吹来一阵清风，爱玛说道：

"把账单给我留下。"

"啊！这倒没有必要。"勒乐说。

第二个星期他又来了，自我表功，说他费了九牛二虎之力，终于找到了一个叫朗格洛瓦的买主。此人早就盯住了那所房产，不过没有透露愿出多大价钱。

“价钱高低都成!”爱玛急忙说。

不过，也不能急，得等一等，先去探探那家伙的口风。这事儿值得走一趟。既然爱玛不能去，勒乐愿意代劳，去当面与朗格洛瓦交涉。回来之后，他说买主愿出四千法郎。

听到这个消息，爱玛喜笑颜开。

“说实话，”勒乐说，“这价钱够高的了。”

爱玛立即拿到价款的一半，就要偿付旧账，商人说：

“说句良心话，看到你一下子花掉这样一大笔钱，我心里真不好受。”

于是，爱玛打量一眼那些钞票，心想有这两千法郎在手，可以进行无数次幽会，不由得吞吞吐吐说道：

“那怎么办？那怎么办？”

“哎!”勒乐露出老好人的样子笑着说道，“账单上想写什么就写什么嘛。夫妻间这点事我还不知道？”

他两眼盯住爱玛，手指间夹着两张长长的单子，轻轻地搓来搓去。最后，他打开皮夹子，取出四张记名本票，每张票面一千法郎，摊开在桌子上，说道：

“你在这上面签个字，钱就可以全留下啦。”

爱玛觉得这样做太过分，叫了起来。勒乐肆无忌惮地说：

“我把余额全部交给你，还不是成全你吗？”

他说着拿起笔，在账单底下写道：“兹收到包法利夫人四千法郎。”

“再过六个月，你就可以拿到房款的余额，而最后一张期票，我等你收到钱之后才要你付清，这样你还发什么愁呢?”

这笔账爱玛有点摸不着头脑，她只觉得耳边叮当作响，仿佛金币撑破了钱袋子，在她身边满地乱滚呢。最后，勒乐解释说，他有一个好朋友，叫万萨尔，在卢昂开银行，可以贴现这四张记名本票。他拿到钱之后，扣除实际欠款，把余额亲自给太太送过来。

但是。他送来的不是二千法郎，而是一千八百，因为他的朋友万萨尔（理所当然地）扣除了佣金和贴现手续费二百法郎。

接着，他漫不经心地要爱玛开张收条。

“你知道……做生意嘛，有时候……写上日期，请费心写上日期。”

爱玛面前豁然开朗，种种幻想可以实现了。她做事还相当谨慎，拿出一千埃居放在一边，按期付清了头三张期票。但事不凑巧，第四张是在星期四送到家里来的，夏尔惶惶不安，但只有耐着性子，等妻子回来问她是怎么回事。

这张期票的事爱玛之所以没告诉丈夫，是为了使他免除家庭琐事的烦恼。她坐在丈夫膝头上，又是抚摸，又是甜言蜜语，同时一件件列举赊来的但非买不可的东西。

“总之，你想必也看得出来，这笔钱买了这么多东西，实在不算太贵。”

夏尔无计可施，像以往一样，立刻跑去找勒乐求助。勒乐保证使事情平息下去，只要先生肯另签两张期票就成。其中一张七百法郎，三个月付清。夏尔为了付清这笔钱，给母亲写了一封恳切的信。母亲没有回信，而是亲自赶了来。爱玛问能否从母亲手里抠出点钱来。

“可以，”夏尔答道，“不过她要求看账单。”

第二天天刚亮，爱玛就跑到勒乐家，央求他给她另开一张不超过一千法郎的账单，因为如果把那张四千法郎的拿出来给她婆婆看，就要讲出她已经付了四分之三，因而势必承认变卖房产的事。那笔交易是商人撮合的，事实上直到后来才为大家所知道。

尽管每样东西的价格都很低，包法利老太太还是觉得这笔开销太过分。

“难道地毯就非要不可吗？为什么又要换沙发套？我年轻的时候，家里只有一张沙发，还是让老年人坐的。至少在我娘家是这样。我娘可是个贤妻良母，告诉你吧。不见得人人都有钱，再有钱也经不起乱花！我要是像你们这样光知道享受，就会感到脸红！其实我老了，真正需要享点清福啦……啊！瞧，瞧！又是梳妆打扮，又是摆阔！怎么！买两法郎一米的绸子做夹里！其实贾加纳薄纱就挺好，才十苏，甚至八苏一米。”

爱玛仰靠在椭圆形双人沙发上，尽量不动声色地答道：

“哎！够啦，夫人，够啦！”

但包法利老太太继续唠叨，断言他们总有一天要进救济院！说到底，这都是包法利的过错。幸好他答应取消那份委托代理书。

“怎么？”

“啊！他向我保证过的。”老太太说道。

爱玛推开窗户，把夏尔叫来。可怜的夏尔只好承认他母亲逼他所做的保证。

爱玛跑了出去，很快又跑回来，手里拿着一张厚纸，傲气十足地递给老太太。

“谢谢你。”老太太说。

她顺手把委托书扔进了火里。

爱玛尖声大笑不止：她的神经官能症又发作了。

“啊！我的天！”夏尔急得直叫，“哎！你也不对，一来就和她吵……”

他母亲耸耸肩说：“这一切全是装模作样。”

但夏尔头一次对母亲表示反抗，为妻子辩护，气得老包法利夫人站起来就要走。第二天，老太太真的走了；走到门口，夏尔想挽留她，她答道：

“不，我不在这里！你爱她，胜过爱我。我不怨你，这是正常的。其他嘛，活该，你就等着瞧吧！……当心身体，我最近不会再来啦，省得你说我一来就和她吵。”

尽管如此，夏尔一回到爱玛面前，还是感到非常内疚。爱玛认为他不信任她，毫不掩饰对他的怨恨。经过他再三恳求，爱玛才答应重新接受委托。夏尔甚至陪她去纪尧曼先生的事务所，另立一份相同的委托书。

“这我理解，”公证人说，“一个搞科学的男人，不能让生活琐事缠住。”

这句奉承话使夏尔感到宽慰，以一种令人羡慕的外表掩盖了他的怯懦，似乎他是专门操劳高级的事情。

第二个星期四，爱玛与莱昂一起待在旅店的房间里，放纵到了极点，又是笑，又是哭，又是唱，又是跳，一会儿要果汁冰糕，一会儿抽香烟。但在莱昂眼里，她虽然太放肆，却可爱而又迷人。

莱昂摸不透是一种什么逆反心理，促使爱玛越来越追求人生的享受。她变得易怒，嘴馋，纵欲。她和他在街上散步时，总高昂着头，说她再也不怕名誉受什么影响。然而有时候，她蓦然想到可能遇到罗多尔夫，而情不自禁瑟瑟发抖，因为，尽管他们永远分开了，但她觉得自己还没有彻底摆脱他的影响。

一天晚上，爱玛没有返回永维镇。夏尔急得不知如何是好，小白尔特没有妈妈不肯睡觉，嗓子都哭哑了。朱斯丹沿路找，心想兴许能碰上。连奥梅先生也因为这件事离开了药店。

最后，等到十一点钟，夏尔再也受不了啦，便套上轻便马车，跳上去，挥鞭猛抽拉车的马，将近深夜两点钟，赶到了红十字旅店。人没找到。他想莱昂可能见到爱玛，可是他住在什么地方呢？幸好，夏尔记起了莱昂的老板的地址，便匆忙赶去。

天开始发亮，他依稀看见一家门上有盾形标志，便上前打门。里面的人没来开门，只是大声回答了他的问话，同时臭骂深更半夜打扰人家睡觉的家伙。

莱昂的住所既没有门铃，也没有敲门锤，更没有看门人。夏尔举起拳头拼命敲窗板。这时走过来一个巡警，夏尔胆怯，便走开了。

“我真糊涂，”他自言自语，“大概是洛尔莫先生家留她吃晚饭了。”

可是，洛尔莫一家已不住在卢昂。

“她大概留下照顾杜布洛意太太了。唔！杜布洛意太太死了十几个月啦！……她究竟跑到什么地方去了呢？”

他脑子里闪过一个想法，走进一家咖啡馆，要了一本门牌号码簿，很快找到了朗卜乐小姐的名字：她住在勒内尔皮货商街七十四号。

他刚走进那条街，爱玛就出现在街的另一头。他简直不是拥抱，而是扑到她身上，一边喊道：

“昨天谁留住你了？”

“我病了。”

“什么病？……住在哪儿？……怎么病的？”

“住在朗卜乐小姐家。”

“我就晓得你住在她家，我正要去呢。”

“啊！不必去啦，”爱玛说，“她刚才出去了。以后碰到这种情况，你就放心吧。你知道，我回家稍微晚一点，你就急成这样，我就不敢自由行动啦。”

爱玛这样说，目的是使自己可以毫无顾忌、随心所欲地幽会。她充分利用这一点，高兴怎样就怎样，想见莱昂，就随便找个借口，跑到卢昂去。有一天，莱昂没想到她会来，没有等她，她便跑到他的事务所去找他。

开头几次，两个人非常愉快。但不久，莱昂不得不讲出实情：他的老板对这类打扰很不高兴。

“噢，算啦！走吧。”爱玛说道。

于是，莱昂从事务所溜了出来。

爱玛要他穿黑衣服，下巴上留一撮尖尖的胡子，看起来像路易十三。她想看莱昂的住处，看了之后觉得太简陋；莱昂脸都红了，她却没觉察到，还劝他买她家那种窗帘。莱昂不想花那笔钱。

“啊！啊！你就舍不得花几个小钱！”爱玛笑着说道。

每一次，莱昂都必须向她汇报上次幽会以来他的所作所为。爱玛要他写诗，为她写诗，一首专门写给她的“情诗”。但莱昂写来写去，第二行怎么也押不上韵，最后只好在一本纪念册里抄了一首十四行诗交卷。

莱昂这样做，倒不完全是出于虚荣，更主要是为了讨爱玛的欢心。爱玛的想法，他绝不持异议；爱玛的兴趣爱好，他通通接受。

与其说爱玛是他的情妇，倒不如说他是爱玛的情妇。爱玛的话令他热血沸腾，爱玛的吻，令他神魂颠倒。她这套引诱人的办法，出神入化，叫你难以觉察，也不知是从哪儿学来的。

6

莱昂来永维镇看望爱玛，常常在药店老板家吃晚饭，出于礼尚往来的考虑，觉得必须回请药店老板才对。

“太好了！”奥梅先生回答，“再说，我也该活动活动才行，老闷在家，身上的零件都要生锈啦。我们去看戏，下馆子，好好乐它一乐！”

“哎！老头子！”奥梅太太生怕他出什么危险，在旁边低声嘟囔一句。

“哎什么？长年待在这药店永不消散的气味之中，你不觉得我的身体已经糟蹋得够呛了吗？啊，瞧吧，女人都是这个样子：你搞科学吗，她们怕你不把心思放在她们身上；你想消遣消遣，哪怕是最正当的消遣，她们也反对。别听她那一套，我说到做到。最近我说不定哪天就会来卢昂，咱们一块大把花钱去！”

这种话，药店老板从前绝不会说的，但是现在，他开始学巴黎派头，爱开开玩笑，认为这才最有风度。所以，他与邻居包法利夫人一样，经常怀着好奇的心情，向莱昂打听京城风俗，还常常在市民面前卖弄，言谈中带上几句巴黎土话，什么“一爿小店”呀，“百货商场”呀，“好帅”呀，“贼尖”呀，“布列达路”呀，等等，还有不说“我去了”，而说“我颠儿了”。

一个星期四，在金狮客店厨房里，爱玛意外地遇到了奥梅先生，只见他一身出门的装束，就是说，穿了一件从没见他穿过的旧大衣，一只手拎口旅行箱，另一只拎着药房的脚炉。他打算去卢昂一事，没有向任何人透露，担心公众知道他不在家，会惶惶不安。

想到就要重游度过青年时代的地方，他大概非常兴奋，一路上话特别多，而后一到卢昂，就慌忙跳下车，东张西望找莱昂。不管莱昂怎样推辞，他拽上他就往诺曼底大咖啡馆走，大摇大摆，帽子也不摘，认为在公共场合脱掉帽子，会被人家看成乡巴佬。

爱玛等莱昂等了三刻钟，最后跑到他的事务所，还是不见人影，心里瞎猜测，怨他无情，又怪自己软弱，额头贴着玻璃窗，闷闷不乐过了一下午。

已是下午两点钟，奥梅和莱昂还面对面坐在桌子前。大厅里人渐渐走光了。炉子的烟筒，外形像棵棕榈树，在洁白的天花板上，弯成一个圆圆的弯头。离他们不远的玻璃窗外面，有一个大理石水池，中间一股小小的喷泉，在阳光下闪烁；四周的水萍菜和芦笋之间，三只显得很不灵活的龙虾，一直游到几只侧卧着挤在一堆的鹌鹑旁边。

奥梅兴致勃勃，虽然使他微醉的，与其说是美酒佳肴，不如说是店里的豪华气派，但波马酒喝得他的确有点兴奋，话多起来了。当端上朗姆酒煎鸡蛋时，他就女人发表了一通悖逆道德规范的见解。最能让他倾心的是高雅。他所崇尚的，是陈设讲究的居室，配上典雅的穿着打扮；至于肉体方面的兴趣，他不讨厌娇小的美人儿。

莱昂不时绝望地看一眼挂钟。药店老板还在不停地喝，不停地吃，不停地说话。

“你生活在卢昂想必很寂寞吧？”他突然问道，“不过，你的心上人离你不算远。”

看到对方脸红了，他紧逼着又说：

“哎，何必遮遮掩掩！你难道否认在永维镇……”

莱昂张口结舌。

“在包法利夫人家，你是不是在追……”

“追谁?”

“那个女用人呗!”

奥梅先生并不是取笑。但是莱昂呢，虚荣心压倒了一切谨慎，情不自禁地否认他追求的是女用人，并且说他只爱棕色头发的女人。

“你这是对的,”药店老板说,“这种女人性欲更旺盛。”

接着，他附到朋友耳朵边，告诉他从哪些特征可以看出一个女人性欲旺盛，他甚至扯到不同种族的女人：德意志女人轻佻，法兰西女人放荡，意大利女人热烈。

“那么黑种女人呢?”莱昂问道。

“那只有艺术家才有兴趣。”奥梅答道，“伙计！来两小杯咖啡!”

“咱们走吧。”莱昂再也忍不住了，终于说道。“Yes!”

但是，临走之前，奥梅还要与咖啡店老板见见面，夸奖他几句。

于是，莱昂说他有事，企图溜掉。

“哎！我同你一起走!”奥梅说。

他陪着莱昂，在街上一边走，一边谈论他的妻子、孩子、他们的未来以及他的药店，介绍这家药店过去如何萧条，他如何使它变成现在这种兴旺发达的地步。

走到布洛涅旅馆前面，莱昂突然离开了奥梅先生，跑上楼，发现他的情妇正在生闷气。

一听到药店老板的名字，爱玛就火了。然而，莱昂列举了充分的理由，说明并非他的过错。难道爱玛不了解奥梅先生吗？难道她相信他更愿意与奥梅先生待在一起？但是，爱玛还转过身不理他。莱昂拉住她，往地上一跪，搂住她的腰，一副无可奈何的样子，既充满淫欲，又充满恳求。

爱玛站着不动，一对燃烧着怒火的大眼睛审视着他，神情严肃，几乎有点吓人。渐渐地，眼睛被泪水模糊了，红红的眼皮低垂了，把双手伸给莱昂。莱昂抓住那两只手正要送到嘴边，门口出现一个茶房，告诉先生有人求见。

“你还回来吗？”爱玛问道。

“回来。”

“什么时候？”“马上回来。”

“你来了个金蝉脱壳。”药店老板一见到莱昂就说道，“我这趟来看你，你似乎不欢迎，我都想中途回去啦。走，到柏里都家喝杯佳旅思去！”

莱昂指天发誓，说他公务在身，非回事务所不可。于是，药店老板就嘲笑法律公文和诉讼程序，说道：

“真见鬼！就不能把居雅斯①和巴托利②丢开一会儿？谁阻拦你啦？拿出点男子汉气概来！去柏里都家吧，你会看到他的狗，可有意思哩！”

莱昂还是不肯去，奥梅便说：

“那么，我陪你去事务所。我一边等你，一边看报纸，或者拿本《法典》翻翻。”

爱玛的生气，奥梅先生的唠叨，或许还有中午饭吃得过饱，把莱昂已经搞得头昏脑涨，奥梅先生这样一说，更使他没有了主意。

---

① 16世纪法国著名法学家。

② 14世纪意大利著名法学家。

而药店老板像故意诱惑他似的，一个劲地重复道：

“去柏里都家吧，才两步路，就在马尔帕吕街。”

由于怯懦、愚蠢，也由于往往促使我们去干最不愿意干的事情那种难以名状的心情，莱昂终于不由自主地跟着奥梅去了柏里都家。柏里都正在自家的小院子里，监督三个伙计，气喘吁吁地推动一台机器的大轮子，生产苏打水。奥梅给了他们一些指点，然后拥抱了柏里都。大家坐下来喝佳旅思。莱昂多次要走，但奥梅总是拽住他的胳膊说：

“再待一会儿，我也走。我们去卢昂灯塔报社看看那些先生。我介绍你认识托马辛。”

莱昂终于摆脱了他，一口气跑回旅店。爱玛已经不在那里了。

她气坏了，刚刚走掉。现在她恨死了莱昂。在幽会的时候爽约，在她看来不啻是一种侮辱。她还找出其他种种理由，来说明自己应该摆脱他：他这个人没有一点大丈夫气概，软弱、平庸，比女人还优柔寡断，而且又小气，又胆小。

过了一阵，平静下来后，她又觉得自己也许把莱昂想得太坏了。不过，贬低我们所爱的人，总免不了会使我们与之疏远一点。偶像是碰不得的，一碰手上就会留下金粉。

此后，他们越来越经常谈一些与爱情无关的事。爱玛在给莱昂写的信中，谈的是鲜花、诗歌、月亮和星星。这些正是爱情减弱之后天真烂漫的话题，无非是试图借一切外在因素的帮助，给爱情注入新的活力。爱玛一次又一次指望，下次去卢昂，一定会尽情欢娱，可是事后自己也承认，一切平淡无奇。这次失望很快被新的希望所取代，爱玛更加热辣辣、情切切回到莱昂身边。她急不可待地脱衣服，抓住紧身褡的细带子一扯，带子像一条水蛇，咻的一声绕着她的腰溜下来。她赤着脚，踮起脚，再次走过去看看门是否关上了，然后身体一抖，就把所有衣服抖落在地上，脸色苍白，默不作声，神情严肃，扑到莱昂怀里，浑身上下，久久地颤抖不止。

然而，从她那冷汗涔涔的额头上，从她那喃喃低语的嘴唇上，从她那失神的眸子里，从她那双臂的搂抱中，莱昂感到，有一种异常的、模糊的、令人寒心的东西，正神不知鬼不觉地潜入他们之间，仿佛要把他们分开。

莱昂不敢盘问她，但看她那样经验丰富，心想她一定经受过形形色色痛苦和欢乐的磨炼。过去令他着迷的东西，现在令他有点害怕了。再说，他对爱玛越来越深深地独占他产生了反感，怨恨爱玛取得了这种持久的胜利，甚至竭力不再爱她。可是，一听见她的皮鞋响，一切决心立刻土崩瓦解，就像酒鬼见了烈酒一样。

爱玛呢，对莱昂关心得的确无微不至，从菜肴的精美，到服饰的讲究，甚至见他目光里流露出倦意，也不放心。她从永维镇来的时候，常常怀里藏几朵玫瑰，一见面就抛到他脸上。她担心他的身体，指点他的行为，暗暗祈求上天保佑，让他永远留在她身边；她弄了一枚圣母像章，挂在他的脖子上，还像一位贤母，经常问他与什么人交往。她说：

“别理他们，不要出去。只想咱俩，把爱倾注在我身上！”

她很想监视莱昂的生活，产生过派人到街上跟踪莱昂的想法。旅店旁边总有一个闲荡的人，经常与旅客搭讪，去找他一定不会遭到拒绝……不过，自尊心不允许她这样做。

“唉！活该！就让他欺骗我吧，有什么了不起，我才不在乎呢！”

一天，他们分手早，爱玛一个人沿着大马路往回走，瞥见她待过的那座女修道院的围墙，于是在榆树下的一条长凳上坐下。当年在女修道院，生活多么平静啊！按照书本上的描写想象爱情，那种感情真是妙不可言，如今多么令她向往啊！

结婚后头几个月的情形，骑马在森林里的逛游，跳华尔兹舞的子爵，歌唱的拉嘉尔狄……一幕幕重新浮现在她眼前……突然之间，她觉得莱昂与其他人一样遥远。

“可是，我爱他啊！”她心里说道。

爱又怎么样！反正她不幸福，而且从没幸福过。为什么人生总不如意，为什么世界上什么东西也靠不住？世界上到底有没有这样的男人：他强壮而又漂亮，勇敢、热情而又感情细腻，具有诗人的心灵和天使的外貌，怀抱竖琴，仰望长空，铿锵的琴弦奏出柔婉缠绵的情歌？如果有，她为什么就不能凑巧遇到呢？啊！真是人生如梦！没有任何东西值得追求，一切都是虚假的！每个微笑都掩藏着一个无聊的哈欠；每个欢乐都掩藏着一个诅咒；每种兴趣都掩藏着厌恶；最甜蜜的吻在嘴唇上留下的，只不过是对更强烈的快感无法实现的渴望。

空中回荡着洪亮的钟声，女修道院的钟刚敲了四下。才四点钟！爱玛觉得自己在那条长凳上已经坐了好久好久。其实，一分钟可以容纳无限的感情，就像一个小小的空间可以容纳一大群人。

爱玛成天心里装着的尽是自己的情呀爱呀，绝不为金钱操心，恰如一位公爵夫人。

然而有一天，家里来了一个形容猥琐、满脸通红而又秃顶的人，自称是卢昂的万萨尔派来的。他取下别住绿色长大衣口袋的别针，别在袖子上，然后从口袋里掏出一张纸，客客气气递给爱玛。

那是一张爱玛签字的七百法郎的借据，是勒乐转给万萨尔的，尽管他曾保证不转给任何人。

爱玛打发女用人去找勒乐，但勒乐不能来。

来人一直站着，浓重的金黄色眉毛遮住的一对眼珠子滴溜溜乱转，满屋子打量一阵，装出天真无邪的样子问道：

“怎样给万萨尔先生回话？”

“这样吧，”爱玛答道，“你告诉他……说我没钱……下星期才……让他等一等……对，等到下星期。”

那家伙二话没说就走了。

但是第二天中午，爱玛收到一张拒绝付款警告书，上面贴着印花，还有好几处用粗体字印着“布西事务所承发吏阿郎律师”的字样。一见这份公文，爱玛吓坏了，连忙慌慌张张跑去找勒乐。

勒乐正在店里包扎商品。

“有事请讲，”他说，“小的听候吩咐。”

勒乐并不停下手里的活。一个十三岁上下的女孩子在旁边帮忙。她有点驼背，既是店员，又是厨娘。

过了一会儿，勒乐在地板上呱嗒呱嗒拖着木头套鞋，在前面引着包法利夫人，上到二楼，进入一个窄小的房间。里面有一张大松木写字台，上面放着几本账簿，用一根上挂锁的铁条横压着。靠墙一堆印花布头，下面露出一个保险柜。保险柜很大，显然除了存放票据和钱之外，还存放着别的东西。事实上，勒乐先生还兼办抵押贷款业务。保险柜里存放有包法利夫人的金表链和泰里耶老爹的耳环。可怜的泰里耶走投无路，变卖了家产，在坎康布瓦买了一小爿食品杂货店，现在住在那里，害卡他性炎，脸色蜡黄，已经气息奄奄。

勒乐往宽大的草垫扶手椅里一坐，问道：

“又有什么事?”

“你看。”

爱玛把警告书给他看。

“唔。找我有什么用呢?”

爱玛火了，提醒说，他曾保证不把她的借据转给别人的。勒乐承认这是事实，但又说：

“不过，我也是走投无路，当时刀都架到了我脖上啦。”

“可是现在事情怎样了结呢?”爱玛问道。

“啊！很简单：法院判决，然后扣押……就完啦!”

爱玛恨不得打他一记耳光，强忍住这口气，和颜悦色地问有没有办法让万萨尔先生宽让一点。

“啊，说得容易！请万萨尔宽让一点！你不了解他，此公比阿拉伯人还凶狠。”

可是，这件事非得勒乐先生从中调停不可。

“你听我说，到目前为止，我对你够照顾的了。”

勒乐先生说着翻开一本账簿：

“看吧!”

他用手指把那页账从下往上一指：

“你看吧……看吧……8月3日，二百法郎……6月17日，一百五十法郎……3月23日，四十六法郎……4月份……

他停住了，似乎怕说走了嘴，但过了片刻又说：

“你家先生签字的两张借据我还没提呢，一张七百法郎，一张三百法郎！至于你那些零零碎碎的账和利钱，更是多着呢，算都算不清。我再也不管这些闲事啦!”

爱玛哭哭啼啼，甚至一声一个“我的好勒乐先生”。可是，勒乐把一切统统推到“万萨尔那个王八蛋”身上。再说，他分文不名，这年头谁也不肯还账，他都被人家坑得快破产啦。像他这样一个小小的店主，哪里有钱可借。

爱玛不再吭声。勒乐先生轻咬着一支管笔的羽毛，可能对她的沉默感到不安，改口说道：

“不过，最近几天我要是有点进款，也许还可以……”

“其实，”爱玛说，“只要巴纳维尔房产的尾数一到……”

“怎么？”

听说房产钱朗格洛瓦还没付清，勒乐表示吃惊，沉吟片刻，虚情假意地说：

“咱们之间好商量。你说按什么条件……”

“哎！条件随你！”

于是，勒乐两眼一闭，考虑片刻，拿笔算了算，一面说他困难重重，这事儿风险很大，他要赔血本，一面开了四张借据，每张二百五十法郎，偿还期限各相隔一个月。

“这事儿还得看万萨尔肯不肯通融。我吗，没问题。我向来说话算数，就讲究个爽快。”

随后，他拿了几件新到的商品给爱玛看，不过依他看来，这里面没一件对太太合适。

“瞧吧，这种裙子料子，七法郎一米，说是保证不褪色呢！大家也真的相信。究竟是什么货色，我才不告诉他们呢！”勒乐这样承认自己欺骗别人，无非是想让爱玛完全相信，他这个人诚实无欺。

接着，他叫住爱玛，让她看一幅三古尺[①]长的花边。那是他最近

---

① 一古尺约合一点二米。

在一次“大甩卖”中搞到手的。

“多漂亮!”他说，“现在普遍用来搭在沙发靠背上，可时髦啦!”

他随手拿张蓝纸将花边一裹，塞到爱玛手里，动作比魔术师还敏捷。

“至少你得告诉我价……”

“啊！以后再说吧。”勒乐一面说，一面转身离开了。

当天晚上，爱玛就逼着包法利给母亲写信，让老太太把他们应得遗产的尾数，尽快全部寄来。婆婆回信说，没有剩什么钱了；清算已经结束，他们除了巴纳维尔那所破房子，就只剩下每年六百法郎的收益。这笔钱她会按时寄给他们。

于是，爱玛给两三个看过病的人送单子，讨诊费。这个办法果然有效，她立刻大用起来。每次她总要在诊费单子后面附上一句话：“诚如你所知，我丈夫性情倨傲，故此事请勿向他提及。祈望海涵。”有几个人来信提出异议，信都被她扣下了。

为了搞钱，她开始变卖旧手套、旧帽子和废铜烂铁，讨价还价，锱铢必较。她出生于农家，向来见利必争。每次进城，她总要买些便宜货带回来，别人不要，勒乐先生肯定会收下的。鸵鸟毛、中国瓷器、衣箱，等等，什么都贩卖。她还向费丽丝黛、勒佛朗索瓦太太、红十字旅店老板娘借钱。不管是谁，谁有钱向谁借。巴纳维尔房产那笔钱终于收到了，她偿付了两张期票，但另外一千五百法郎的偿付期限又到了，她只好另立借据。借东补西，永远还不清!

有时她也算账，这是确实的，但发现数额大得惊人，连自己都不敢相信，于是从头算起，不一会儿就搞得头昏脑涨，便把一切抛到一边，再也不想。

现在家里的情形可惨了！三天两头有商人上门逼债，然后怒气冲冲而去。手帕之类的东西乱扔在灶头上；小白尔特穿着破袜子，连奥梅太太见了都不忍心。夏尔偶尔畏畏缩缩说两句，爱玛就横眉怒目回答说，又不是她的错！

她为什么经常这样发火呢？夏尔认为全是她过去神经方面的毛病造成的，责备自己不该把她的病态当成缺点，骂自己自私，想跑过去吻她。

“啊！不行，”他又对自己说，“我会让她厌烦的。”

所以他待着没动。

晚餐后，夏尔总是孤单单一个人在花园里散步；他常常把小白尔特抱在膝头，展开《医学报》，试着教她认字。孩子从来没有学习过，瞪着一双忧郁的大眼睛，很快哇哇哭起来。于是，他哄她，用喷水壶打来水，在沙地上造出一条小河，或者折一些女贞树的枝条，当作树栽在花坛里。这并不损害花园的美观，因为花园里到处长满高高的野草。还欠着赖斯迪布都瓦好多工钱呢！不久，孩子感到冷，要母亲。

“叫保姆来好不好？”夏尔说，“你知道，我的小宝贝，你妈妈不让人打扰她。”

已到初秋，又是落叶纷纷。眼前的情景，与两年前爱玛开始生病时一模一样。这一切何时才是个头？夏尔双手抄在背后，继续散步。

太太待在卧室里，不让别人进去。她一天到晚待在里头，痴痴呆呆，几乎不穿衣服，不时拿出她在卢昂一家阿尔及利亚人铺子里买的宫香，点上一炷。她不让她男人夜里睡得熟熟地躺在她身边，一次次给他脸色看，硬把他赶到上一层去了。她夜夜看荒诞离奇的小说，一看就看到天亮。书里面描写的不是纵欲淫乐，就是血淋淋的情景，常常吓得她大喊大叫。夏尔闻声赶来。

“啊！滚开！”她说。

通奸点燃的欲火，一直在心里燃烧，有时烧得特别厉害，气喘，心跳，不能自已。于是，她推开窗户，呼吸冷空气，迎风抖散厚厚的头发，仰望夜空星星，祈求有王子相爱，不禁又思念起莱昂来了。那令她满意的幽会，此时此刻能来一次该多好啊，叫她付出什么代价都行。

幽会成了她的节日。她希望过得有声有色。开销莱昂独自负担不起，她就慷慨地补上。几乎每次都是这种情况。莱昂试图让她明白，换个地方，搬到一家比较便宜的旅馆，他们同样会快乐。可是，她总是找出理由加以反对。

一天，她从手包里掏出六把镀金小银匙（这是鲁俄老爹送的结婚礼物），叫莱昂立刻代她送到当铺。莱昂唯命是从，尽管这件事情他不乐意去做，怕连累自己的名声。

事后一寻思，他觉得他的情妇行为越来越古怪，现在摆脱她也许是适时的。

实际上，有人给莱昂的母亲写了一封匿名长信，说他“与一位有夫之妇鬼混，正在葬送前程”。老太太面前立刻隐隐现出一个永远扰乱家庭的妖怪，就是说一个诡秘地以爱情做掩护的害人精、狐狸精、魔鬼，所以马上给莱昂的老板杜包卡日律师写了封信。杜包卡日律师办这种事，自然再精明不过，找莱昂谈了三刻钟，劝他擦亮眼睛，看清横在面前的是一道深渊，同时指出，这样一种暧昧关系，也会给他本人的事务所带来损害。因此，他恳求莱昂断绝关系，即使不为自己的利害着想，至少也为他杜包卡日着想！

最后莱昂保证，不再与爱玛见面。不过他并没有信守诺言，经常自我谴责，寻思这个女人会继续给他带来种种麻烦和流言蜚语，更不用说同事们早晨围在炉边的取笑。再说，他就要成为见习生领班。这可是关键时刻到了。为此，他不再吹笛子，也不得不抛开浮华的感情和不切实际的幻想。每个有身份的人，在血气方刚的青年时代，都难免天花乱坠，觉得自己会有无穷的艳遇，会干出惊天动地的事业；即使最没有出息的浪荡子，也会幻想幸遇东方王后；每个公证人身上，都残留着诗人的浪漫气质。

现在，每当爱玛偎在他怀里啜泣时，他就感到厌烦。他的心，恰如人们只能忍受某种限度的音乐，如今听到这种爱情的噪音，再也领略不到其动人之处，而是无动于衷，麻木不仁了。

他们彼此太熟悉了，再也感受不到云雨的惊喜和百倍的欢娱。他厌倦了爱玛，爱玛同样厌倦了他。婚姻生活的平淡无奇。爱玛在私通中又全部体会到了。

可是，怎样才能摆脱他呢？爱玛虽然觉得这种快乐太低级而感到屈辱，可是由于习惯或者灵魂的堕落，总是无法舍弃，而且越陷越深；无止境地追求欢乐，结果倒使欢乐枯竭了。她把失望归咎于莱昂，好像他背叛了她似的，甚至希望飞来一场横祸，把他们分开，因为她没有勇气下这个决心。

她仍然不断给莱昂写情书，因为她认为，女人就应当不断给情人写信。

但在给莱昂写信的时候，她眼前恍惚浮现出另一个男人，一个由她最销魂的回忆、最美好的阅读和最强烈的欲念形成的幻影。久而久之，这个幻影变得那样真切，那样实在，她情不自禁心灵震颤，神摇目眩，但又无法清晰地想象出他的模样，因为她赋予他的特征太多，结果像一位天神，忽隐忽现。他居住在蓝幽幽的国度，那里明月皎皎，花影摇曳，丝质软梯轻摆慢荡，通向闺阁阳台。她感到他近在身边，一个亲吻，就能带着她的身心远走高飞。可是接着，她又重重地跌落下来，心力交瘁，因为这虚幻的爱情冲动，比纵情淫乐更使她疲倦。

现在，她时时刻刻感到浑身酸疼，甚至收到传票和印花公文，也没有精神细看。她真不想再活，要不然就长眠不醒。

四旬斋狂欢节那天，她没回永维镇，夜里去参加化装舞会。她穿一条丝绒长裤，一双红袜子，假发后面扎根缎带，三角小帽歪戴到耳朵边。她在长号疯狂的乐曲声中，整整跳了一个通宵，大家都围绕着她跳。凌晨，她发现自己在剧院的回廊里，身边还有五六个化装成码头女工和水手的人，都是莱昂的朋友，正商量要去吃夜宵。

附近的咖啡馆全部客满。他们只好去码头旁边一家最寒碜的小餐馆。店主把他们引进五楼的一个小房间。

几个男人在一个角落里嘀咕什么，大概是在商量如何付钱。他们之中有一个律师见习生，两个医科学生，一个店员：看她都和什么人混在一起！至于女人，从她们说话的腔调，爱玛很快就注意到，她们几乎全是最下层的。她产生了恐惧感，将椅子往后退了退，低下头。

其他人都吃起来，爱玛吃不下去，直感到额头发烫，眼皮酸痛，皮肤冰凉。舞厅的地板，还随着千百只脚有节奏的踢踏，在她的脑子里不停地起落。待了不久，潘趣酒的气味和雪茄的烟雾熏得她透不过气来，很快晕了过去。大家把她抱到窗口。

天开始放亮，圣卡特琳教堂那边灰白的天空，一抹绛紫逐渐扩大。暗灰色的河水在风中微波荡漾，桥上还没有行人，路灯相继熄灭。

爱玛终于清醒过来，想起白尔特在家里，睡在女用人房里。这时一辆大车载满长长的铁片从外面驶过，铁片震动的声音顺墙壁传进屋里，把耳朵都要震聋了。

她突然溜出来，脱掉跳舞的衣服，对莱昂说她该回家了。

最后，只剩下她一个人待在布洛涅旅店。她觉得一切都不堪忍受，包括她自己。她恨不能像鸟儿一样展翅高飞，飞得远远的，飞到一个清白的世界，去重度青春。

她出了旅馆，穿过大马路、科广场和市郊，一直走到一条开阔的、两边全是花园的街道。她走得很快，清凉的空气使她平静下来，渐渐地，人群里的一张张面孔、假面具、舞姿、灯光、夜宵的情景和那些女人，雾似的被风吹散了。回到红十字旅店，进到三层挂有《奈斯尔之塔》版画的那个小房间，倒头便睡。下午四点钟，伊韦尔叫醒了她。

回到家里，费丽丝黛从座钟后面拿出一张纸递给她，只见上面写道：

为执行判决之规定……

什么判决？事实上，前一天已经送来一份公文，她没有看到。因此读到下面的话，她都惊呆了：

遵奉圣命，按照法律和道义，兹通知包法利夫人……

她跳过几行，看到：

于二十四小时之内——做什么？全部偿还八千法郎，不得拖延。

下面甚至还写着：

若不照办，将依法制裁，扣押其家具及衣物。

怎么办？二十四小时之内就是明天呀！爱玛心想，大概是勒乐又想吓唬她。勒乐玩诡计也好，献殷勤也好，他的意图她一眼就能看穿。就拿这钱数来讲吧，明明是夸大了的。看到这个数字，爱玛倒像是吃了定心丸。

实际上，她一味地买，一味地欠，一味地借，一味地签借据，又一味地续借，结果是债滚债，欠了勒乐一大笔资金。勒乐急于拿到手，好去做投机生意。

爱玛装出一副轻松的样子去见勒乐。

"你知道我遇到了什么事吗？这大概是开玩笑吧！"

"不是开玩笑。"

"那是怎么回事？"

勒乐慢吞吞转过身来，双臂抱胸，对她说：

"我的少奶奶，你以为我会大慈大悲，世世代代给你供货送钱吗？我垫出的钱总得收回呀，应该公道才对！"

爱玛叫起来，说她没欠那么多。

"啊！想赖账可没门儿！法院确认了这笔数，有判决书！不是已经通知你了吗？再说，要债的又不是我，而是万萨尔。"

"你就不能……"

"啊！绝对办不到。"

"可是……不管怎样……咱们好好合计一下。"

爱玛东拉西扯起来，说这事儿她事先一点风声也没听到，实在是太意外……

“是谁的过错呢?”勒乐嘲讽地向她欠欠身子说道，“当我像个黑奴一样拼死拼活干的时候，你可是寻欢作乐过得好自在啊。”

“哎！用不着说教!”

“良药苦口利于病。”勒乐答道。

爱玛毕竟怯懦，转而央求他，甚至把白皙、修长、漂亮的手放到他的膝盖上。

“手放开！人家会说你存心勾引我!”

“你是个无赖!”爱玛叫起来。

“啊！啊！随你骂好啦!”勒乐笑着说。

“我要让大家知道你是个什么样的人。我要告诉我丈夫……”

“好啊，你丈夫嘛，我也有点东西让他看哩!”

勒乐从保险柜里拿出一张一千八百法郎的收据。那是在万萨尔贴现期票时，爱玛开给他的。

“你以为那个可怜又可爱的人，连你这种偷窃的卑劣行为也看不出来吗?”

爱玛像挨了一闷棍，颓然坐下。勒乐在窗户和写字台之间走来走去，一个劲重复道：

“哼！我一定要给他看。我一定要给他看……”

然后，他走到爱玛身边，温和地说：

“我知道，这种事不那么愉快。不过话说回来，这样做也不会要了谁的命。只不过这是让你还债的唯一办法。”

“可是，我到哪儿去弄到钱?”爱玛绞着双手说道。

“唔，得了吧！你有那么多朋友，还犯什么愁!”

勒乐用非常犀利、可怕的目光盯住她，盯得她浑身上下彻里彻外不寒而栗。

“我向你保证，”爱玛说，“我再签……”

“你签的字我够多的啦！”

“我再变卖……”

“算了吧！”勒乐耸耸肩，“你没有任何东西可卖了。”

他对着门上的窥视孔朝店铺里喊道：

“阿奈特！别忘了十四号的三块零头布。”

女用人走了进来，爱玛明白这是要赶她走，便问：

“让法院停止追究需要多少钱？”

“太晚啦！”

“但是，如果我给你送来几千法郎，譬如整个款额的四分之一、三分之一或几乎全部呢？”

“嗯！不行，也没有用！”

勒乐轻轻把她推向楼梯。

“我恳求你，勒乐先生，再宽限几天！”

爱玛抽泣起来。

“哎，好啦！掉什么眼泪！”

“你把我逼到绝路上啦！”

“我管不了那么多！”勒乐说着砰的一声关上门。

7

第二天，当执行吏阿朗律师带着两个见证人，来家里登记抵押物品时，爱玛只好忍受。

他们先从包法利的诊室开始。骨相学头颅模型被视为“开业用具”，不在登记之列，但厨房里的盘子、锅、椅子和烛台，卧室摆设架上的摆设品，统统都被清点入册。他们还清点了她的衣裙、床单和梳妆台。她的私生活，直到最隐秘的部分，就像一具任人解剖的尸体，彻底无遗地暴露在这三个男人面前。

阿朗律师穿一件薄薄的黑色燕尾服，打一条白色领带，鞋套带子绷得紧紧的，不时重复道：

“可以看看吗，夫人？可以看看吗？”

他不时赞叹道：

“真好看……漂亮极啦！”

而后将笔在左手拿着的牛角墨水瓶里蘸一蘸，继续登记。

登记完各个房间的东西，他们便上阁楼。

阁楼里藏有一张书桌，里面锁着罗多尔夫的书信。必须将书桌打开。

“啊！是书信。”阿朗律师神秘地笑一笑说道，“请允许看一看。我得弄清楚匣子里是否装有别的东西。”

他把那些信纸轻轻一抖，仿佛要抖出拿破仑金币来似的。爱玛看到那只粗大的手，红红的指头软得像鼻涕虫，捏着那些曾使她心儿乱跳的信笺，心头止不住蹿起一股怒火。

他们终于走了！费丽丝黛这才回到屋里。刚才爱玛派她到外头守望，以防包法利突然回来，准备把他引开。她俩慌忙将留下来看守的人安顿到阁楼上。那人答应待在里面不出来。

晚饭后，爱玛觉得夏尔忧心忡忡。她以焦虑不安的目光偷偷观察他，觉得他脸上的每条皱纹似乎都在谴责她。而后，当她的目光落在摆设着中国屏风的壁炉台上，落在宽大的窗帘和沙发上，总之，落在曾给辛酸的生活带来某种温馨的一件件东西上时，她心头涌起一阵内疚，或者不如说是无限的遗憾。这种遗憾非但没有熄灭她的旧情，反而点燃了它。夏尔双脚放在柴架上，平静地拨着火。

“上面有人走动?”他问道。

“没人!”爱玛回答，“是天窗没关好，风刮得响动。”

第二天是星期天，爱玛赶到卢昂，去拜访她知道姓名的所有银行家。他们不是去了乡下就是旅行去了。爱玛并不泄气，凡是见到面的银行家，她就向他们借钱，声称她急需钱用，有借有还。其中有几位讥笑她，没一个肯借。

下午两点钟，她跑到莱昂的住所敲门，敲了好久，好不容易才见莱昂出来。

“你怎么来了?”

“打扰你了吗?”

“那倒没有……不过……”

莱昂接着说，房东不希望房客在住所接待女人。

“我有话和你说。”爱玛答道。

莱昂伸手掏钥匙，爱玛拦住他说：

“啊！不必，到咱们那儿去。”

于是，他们到了布洛涅旅店他们的房间。

爱玛一进屋就喝了一大杯水。她脸色苍白，对莱昂说：

“莱昂，你得帮我一个忙。”

她紧紧捏住莱昂的双手，一边摇，一边补充说：

“听我讲，我急需八千法郎!”

“你疯啦!”

“还没有!”

爱玛立刻讲了扣押东西的情形和她目前的困境：夏尔对整个事情一无所知，她婆婆厌恶她，而鲁俄老爹爱莫能助，她只有指望他莱昂帮她张罗这笔必不可少的款子……

“你叫我怎么……”

“你真是个窝囊废！”爱玛叫起来。

莱昂傻了眼，说道：

“你把困难看得太严重了吧。也许有了千把埃居，那家伙就不会闹了。”

这就说明更得想办法。张罗三千法郎，并不是根本办不到的。而且，莱昂可以替她担保。

“去吧，试一试！非去不可，快走呀！哎！尽量想办法，尽量想办法！我会好好爱你的。”

莱昂出去了，一个钟头后回来，神情严肃地说：

“我连走了三家……一无所获！”

他们在壁炉的两角面对面坐下来，默默地不说一句话。爱玛又是耸肩，又是跺脚。莱昂听见她低声说道：

“我要是处在你的位置，一定能弄到钱！”

“去哪儿弄？”

“你的事务所！”

爱玛盯住莱昂。

她那双眼睛半眯缝着，火辣辣的眸子，魔鬼般闪烁着无法无天的光芒，又淫荡，又撩人。面对这个叫他去犯罪的女人默默无言的意志力，小伙子感到自己渐渐变得软弱无力。他害怕了，为了阻止她进一步解释，他拍了拍前额，大声说：

“莫莱尔今晚上回来！我想他不会不借的（莫莱尔是他的朋友，

一位富商的公子)。我明天把钱给你送来。”

爱玛并没像他想象的那样，因为有了这一线希望而显得高兴。莫非她猜出了他是说谎?他脸一红，补充说:

“不过，亲爱的，如果三点钟你还没见我来，就不要指望啦。我得走了，请原谅，再见!”

莱昂握了握爱玛的手，觉得那只手冷冰冰毫无生气。爱玛已经心如槁木死灰。

四点整，她完全受习惯的支配，机器人一样爬起来，准备返回永维镇。

天气很好，正是3月晴朗而春寒料峭的一天，白晃晃的天空阳光灿烂。卢昂人穿着假日盛装，悠闲自在地散步。爱玛走到教堂前的广场上，人们刚做完晚祷，正从教堂的三座拱门里拥挤出来，宛似一条河流奔出桥洞;教堂的门卫站在中间，岩石般屹立。

爱玛猛然记起那天，她焦急不安而又满怀希望地走进巍峨的教堂，展现在她面前的正殿，似乎还不如她的爱情深邃。她继续走路，眼泪在面纱里面簌簌滚落，人昏昏沉沉，步履踉跄，几乎要晕倒了。

“当心!”一辆马车打开车门，里面传出一声吆喝。

爱玛收住脚步，让过一辆双轮轻便马车。拉车的是一匹扬蹄飞奔的黑马，而赶车的是一位穿貂皮大衣的绅士。那位绅士是谁?爱玛认得他……马车风驰电掣般消失了。

车里是他，是子爵!爱玛回头望去，街上已阒无一人。她颓唐、伤心至极，赶紧靠住一面墙，以免摔倒。

过了片刻，她想自己准是认错了人。再说，现在一切她都稀里糊涂。她内心的一切和外界的一切，都抛弃了她。她感到自己完蛋了，仿佛偶然跌进了一个无底深渊。所以，当她到达红十字旅店前面，见到奥梅先生时，心情几乎称得上欣喜了。奥梅先生看着别人帮他把一大箱药品装上“燕子”，手里拎着包头帕子包着的六张饼，准备带回去给他太太吃。

奥梅太太很爱吃这种沉甸甸的小饼。它形似头巾，在四旬斋期间抹咸黄油吃。这是一直留传至今的唯一的哥特人食品，可能产生于十字军东征的年代。从前，强壮的诺曼底人把它们放在桌子上，两边摆着大坛的肉桂酒和大块的猪肉。在火把橙黄的火光映照下，便狼吞虎咽起来。药店老板的太太尽管牙不好，但以古代诺曼底人那种英雄气概，嚼得津津有味。所以，奥梅先生每次进城，总要跑到马萨克街最著名的那家饼店，买几个带回去。

“见到你真高兴!”他说着伸手搀扶爱玛上车。

然后，他把饼挂在行李架的皮条上，光着脑袋，双臂交叉，像拿破仑一样现出沉思的样子。

但是当车子驶到岭下，那个叫花子像往常一样出现时，他叫了起来:

“我真不明白当局怎么还允许这种罪恶行当存在！这些家伙应该关起来，送去强迫劳动！说老实话，进步简直像乌龟爬行，我们还在野蛮时代踏步不前!”

叫花子伸着帽子，贴在车门边晃来晃去，就像车门壁衬脱落，耷拉下一块。

“瞧，”药店老板说，“他患的是瘰疬!”

他虽然认识这可怜虫，但假装是头一回见到他，什么“角膜”“混浊角膜”“巩膜”“面容”等，嘀咕了一阵，然后以长辈的口气对他说:

“朋友，你患这病很长时间了吗？别经常进酒店去灌黄汤啦，还是节制饮食为好。”

接着他又劝他酒要喝好葡萄酒、好啤酒，肉要吃好肉。叫花子继续哼他的小调，看上去几乎是个白痴。最后，奥梅先生打开钱包。

“接着，这是一个苏，你找我两里亚[①]。别忘了我的劝告，这对你是会有好处的。”

伊韦尔直言不讳，说他怀疑奥梅先生的劝告是否有用。但药店老板说，用他自己配制的消炎药膏，他准能把叫花子的病医好。他把自己的地址告诉叫花子：

“奥梅先生，就住在菜市场旁边，到那里一问便知。”

“好啦，”伊韦尔说，“你操这份心，只不过是让我们看一场滑稽戏。”

叫花子往地上一蹲，头朝后一仰，发绿的眼珠乱翻，伸出舌头，两手揉着胃部，同时像一条饿急了的狗，发出低沉的号叫。爱玛感到一阵恶心，从肩头上给他扔过去五法郎。那是她的全部财产。她觉得这样扔掉反倒痛快。

车子又开动了，奥梅先生突然从车窗里伸出头，喊道：

“不要吃含淀粉多的食物和乳制品！贴身穿毛料衣服。经常用杜松子烟熏患处！”

两旁闪过的熟悉景物，使爱玛暂时忘却了现实的痛苦。她感到疲劳不堪，呆头呆脑、心灰意懒回到家里，几乎睡着了。

“听天由命吧！”她想道。

---

① 法国古铜币单位，相当于四分之一苏。

况且，谁说得准呢？说不定什么时候会发生奇迹。为什么不会呢？甚至勒乐可能死掉。

早晨九点钟，她被广场上的嘈杂声闹醒了。菜市场旁边聚集了许多人，在看贴在一根柱子上的一张大布告。她看见朱斯丹爬到一块界石上，把布告扯下来，但这时，乡村警察一把抓住了他的衣领子。奥梅先生从药店里赶出来。勒佛朗索瓦太太挤在人群当中，好像在大声谈论什么。

“太太！太太！”费丽丝黛边进来边喊道，“真是太可恶啦！”

可怜的姑娘刚从门上揭下一张黄纸，激动地递给女主人。爱玛往上面溜一眼，知道她的全部动产都要拍卖了。

她们默默地相互打量着。这主仆俩之间，彼此没有任何秘密。最后，费丽丝黛叹息道：

“我要是你，太太，就去找纪尧曼先生。”

“你认为有用？”

这句问话意思是说：

“你认识那家的用人，对那家的情况很了解。莫非那家的主人有时谈到我？”

“是的。去吧，你会得到好处的。”

爱玛换了衣服，穿上黑袍子，戴上缀有煤玉珠子的宽边帽。为了不让人看见（广场上仍然有许多人），她从河边的小径绕到村外。

她气喘吁吁走到公证人的栅栏门外边。天阴沉沉，落着小雪。

听见门铃声，泰奥多尔穿着红坎肩，来到台阶上，像接待熟人一样，亲切地给爱玛开门，随即引进餐厅。

餐厅里有个大瓷炉，旺火呼呼作响。炉子上方的壁龛里摆着一棵仙人掌。糊橡木花纹纸的墙上，挂着两个黑色画框，里面镶着施托本的《爱斯梅拉达》[1]和绍班的《毕迪法尔》[2]。已摆好饭菜的餐桌、两个银火锅、水晶门把手以及地板和家具，样样东西全都一尘不染，光亮可鉴，像英国人的房间一样清洁，窗子四角都装饰着彩色玻璃。

“这才叫作餐厅!”爱玛想道，“我多么想要这样一间餐厅。”

公证人进来了，左胳膊贴在身上，压住印有棕榈叶的室内便袍；右手揭起又迅速戴上栗色的丝绒窄边软帽，但故意歪扣在右边，露出三绺金黄发梢。那三绺头发从后脑朝前绕，在秃顶的脑壳上绕了一圈。

他给爱玛让了座之后，便坐下来用早餐，一再表示抱歉，说他太失礼了。

“先生,”爱玛开口说道，“我想请你……”

“夫人，有何吩咐？我洗耳恭听。”

爱玛便向他讲自己的处境。

公证人纪尧曼知道爱玛的底细，因为他与勒乐暗中勾搭。勒乐每次请他帮助订立抵押贷款协议，总少不了送钱给他。

因此，他比爱玛本人还清楚那些期票一言难尽的来龙去脉：起初只是小额款子，用不同的姓名签署，偿还期限放得长长的，到期又续签，直到最后一天，勒乐把拒付的期票全部拿出来，委托他的朋友万萨尔出面起诉，因为他不想被本镇居民看成豺狼。

爱玛在介绍情况的过程中，难免指责勒乐几句。对这些指责，

---

① 施托本（1788—1856）为德国画家。爱斯梅拉达是雨果名著《巴黎圣母院》中的女主人公。

② 绍班（1804—1880）是法国画家。毕迪法尔是《圣经》中人物，约瑟的主人。

公证人只是不时说一句无关痛痒的话，作为回答。他吃着牛排，喝着茶，下巴几乎贴着天蓝色的领带，上面别着两枚由金链子连着的钻石别针。他脸上挂着古怪的微笑，令人肉麻，又难以捉摸。他瞥见爱玛的鞋有点湿，就说：

“请靠近炉子，脚抬高一点，放到瓷砖上好了。”

爱玛怕把瓷砖弄脏，公证人用献殷勤的口气说：

“漂亮的东西放在哪儿也无妨。”

听了这话，爱玛就设法打动他，对他讲述家境如何拮据，她如何为难，以及她的种种需要，说着说着，自己倒先激动起来了。对这一切，公证人表示理解，因为她是一位高雅女性嘛！他并没有停止吃饭，但完全转向了爱玛，膝头触到她的小靴；靴底贴在瓷炉上，冒着热气。

但是，当爱玛求他借给一千埃居时，公证人却不吭声了，过了一会儿才说他感到遗憾，过去未能帮她料理财产，因为即使一位贵夫人，也有许多方便可行的办法，使自己的钱生利的。例如，完全可以拿到格吕麦斯尼尔泥炭矿或勒阿佛尔地产业，去做非常有利可图的投机生意，几乎万无一失。他让爱玛相信她本来十拿九稳可以大发其财，使她后悔莫及。

“你以前怎么就不来找我呢？”公证人问道。

“我也讲不清。”爱玛答道。

“为什么，嗯？莫非我让你感到害怕吗？追悔莫及的应该是我，正好相反。你我几乎不认识！然而我对你一片忠心，但愿你现在相信这一点了吧？”

公证人伸手抓住爱玛的手，贪婪地吻起来，然后把它放在膝盖上，轻柔地抚弄她的手指，一面不停地说着甜蜜的话。

他那单调的声音喋喋不休，像小河流水滔滔不绝。在反光的眼镜片后面，他的眼睛亮亮的；他的手顺着爱玛的袖子往上移动，抚摸她的手臂。爱玛感到他急促的呼吸拂着她的面颊。这个男人使她感到非常不自在。

她猛地站起来，说：

“先生，我等着！”

“等什么？”公证人突然变得脸色异常苍白。

“钱啊。”

“可是……”

公证人的淫欲一发不可收拾：

“好吧，可以！……”

他跪在地上，向爱玛挪动过去，便袍会不会弄脏也全然不顾了。

“求求你，别走，我爱你！”

他搂住了爱玛的腰。

包法利夫人满脸铁青，步步后退，形容可怕，叫了起来：

“你乘人之危，先生，太无耻啦！我希望别人同情，但决不出卖自己！”

爱玛说罢走出了公证人的家。

公证人目瞪口呆，待在那里，眼睛盯住他漂亮的绣花拖鞋。那拖鞋是情妇送的礼物，看到它，他最终得到了安慰。况且，他想，一桩这样的风流韵事，说不定会使他不能自拔。

“这家伙真卑鄙！真下流！真无耻！”爱玛在有两排山杨树的路上一面惊慌地奔逃，一面自言自语。钱没借到手，本已令人失望，还受到那头色狼的侮辱，她真是气不打一处来。她觉得这是上天成心与她作对。这样一想，反而有了骨气，振奋起来。她从来没这样看重自己，也从来没有这样蔑视别人。一种好斗的情绪激励着她。她恨不得揍所有的男人，啐他们的脸，把他们碾成齑粉。她继续快步如飞朝前走，脸色煞白，浑身颤抖，怒火中烧，泪眼眺望着寥廓的天边，仿佛陶醉在令她透不过气来的满腔仇恨之中。

一瞥见自己的家，她的身体仿佛突然僵住了，再也迈不开脚步。可是，她又不能不回去，否则逃到哪里去呢？

费丽丝黛在门口等她。

“怎么样？”

“没借到！”爱玛回答。

她们两个合计了一刻钟，看看永维镇有谁可能愿意救助爱玛。但费丽丝黛每说出一个名字，爱玛就说：

“可能吗？人家不会肯的！”

“可是，先生就要回来了！”

“我知道……让我一个人待一会儿。”

一切办法爱玛都试过了，现在没有任何行动可采取了。等夏尔回来，她只好对他说：

“你出去吧。你脚下的地毯已经不是我们的了。整个家里再也没有一件家具、一枚别针、一根干草是你的。是我害得你倾家荡产啦，可怜的人！”

听了她的话，夏尔一定会哇的一声痛哭流涕；然后，等惊魂稍定，他又会原谅她的。

“是的，”爱玛咬牙切齿地自言自语，“他会原谅我，可是也认清了我的真面目，他就是有一百万献给我，我也不会原谅他……绝不！不！”

一想到包法利比她强，她就气得不得了。不过，她承认也罢，不承认也罢，不要多久，一会儿之后或者明天，这场灾难包法利就会一清二楚。只能等着那可怕的场面，忍受他的宽宏大量。她又想再去找勒乐，可是有什么用呢？给她父亲写信吗？太晚了；她大概开始后悔没有顺从公证人。正在这时，小径上传来了马蹄声。是夏尔，他在开栅栏门了，脸色比墙壁还白。爱玛冲下楼梯，仓皇逃到广场上。图瓦什太太与赖斯迪布都瓦站在教堂前面聊天，看见她跑进了税务员的家。

图瓦什太太跑去告诉卡龙太太。两位太太爬到阁楼上，藏于晾在竿子上的衣服后面，所站的位置正好可以看见比内家里发生的一切。

比内独自待在屋顶的小房子里，正在用木头仿制一个精巧得难以形容的牙雕制品。那东西由一块块月牙形薄片和一个套一个的空心球体构成，整个儿竖直了像一座纪念碑，没有任何实际用处。他已开始旋最后一片，就要做成了。工作间里半明半暗，旋床里飞溅出金黄色的木屑，看去就像飞奔的马蹄下溅起火星。两个轮子轰隆隆转动着。比内面带微笑，低着头，鼻孔洞张，似乎沉浸在完美的幸福之中。这种幸福也许仅仅属于从事平庸工作的人。平庸的工作虽有困难，但可以轻松克服，所以给思想带来乐趣，而一旦完成，更会带来满足，除此而外，就再也没有什么可以向往了。

“啊！瞧，她上来啦！”图瓦什太太说。

但是，由于旋床在转动，几乎不可能听见爱玛说什么。

两位太太似乎终于听到“法郎”两个字。图瓦什太太悄声说：

“她是求他允许她缓付税款。”

“看来是的。”卡龙太太说。

她们看见爱玛来回走动，观看墙边放的饭巾环、烛台，栏杆顶的圆球，而比内满意地摩挲着胡须。

“她是来向比内定做什么东西吗？”图瓦什太太又说道。

“可是，比内什么也不卖呀！”卡龙太太回答说。

税务员像是在听爱玛讲话，但眼睛睁得很大，似乎听不明白。爱玛温柔而恳求地继续讲着。她走近比内，胸部不停地起伏。他们不再说话。

“她是不是在勾引他？”图瓦什太太说道。

比内的脸红到了耳根，爱玛拉住他的双手。

“啊！太不像话啦！”

爱玛大概在要求比内和她干见不得人的勾当，因为税务员——他可是一个勇敢的人，曾经参加过包岑战役和吕岑战役[①]，为法兰西而战，甚至上过请求授予十字勋章的名单呢——像看见了一条蛇，往后退了好远，叫道：

“夫人，你真这样想吗？”

“这种女人真该挨鞭子抽！”图瓦什太太说道。

“她哪儿去啦？”卡龙太太问道。

因为说话间，爱玛已经不见了。过了一会儿，她们看见她斜穿过大街，向右拐去，看来是要去公墓。她们再也猜不透她要干什么。

“罗莱嫂子，”爱玛一到奶妈家就说，“我闷死啦，请帮我解开带子！”

她倒在床上，呜咽起来。罗莱嫂子拿了条围裙盖在她身上，就站在她旁边。待了一会儿，这善良的女人见爱玛不吭声，便走开

① 包岑和吕岑位于德国东南部，1813年拿破仑在这里打败俄罗斯和普鲁士联军。

了，回到纺车边继续纺麻。

“啊！别纺了！”爱玛以为听见比内的旋床转动，低声说。

“谁惹她生气啦？”奶妈寻思道，“她来这里做什么？”

是一种恐怖感驱使爱玛离开家，一直跑到这里来了。

她仰卧在床上，一动不动，两眼愣怔，仿佛痴傻了似的，死死盯住房里的每样东西看，但看到的只是一片模糊。她凝望着墙上斑驳的泥灰、头对头冒着青烟的两块劈柴，还有在她头顶上房梁裂缝里爬行的一只长长的蜘蛛。渐渐地，她的思想终于集中了，记起有一天……与莱昂在一起……啊！已经多么遥远……阳光在河面闪烁，铁线莲芳香阵阵……这回忆像汹涌的激流冲卷着她，她很快记起了昨天的情形。

“几点钟了？”她问道。

罗莱嫂子走出屋子，对着最明亮的那边天空，右手抬到额前，看了一阵，然后慢腾腾地回屋来说道：

“快三点了。”

“啊！谢谢，谢谢！”

因为莱昂快要来了。他一定会来的！他多半弄到钱了。可是，他不会想到她在这里，可能会跑到她家里去。因此，她吩咐奶妈跑到她家去把他带来。

“快呀！”

“哎，亲爱的太太，我这就去，这就去！”

现在，爱玛奇怪自己为什么没有首先想到莱昂。他昨天答应了的，一定不会食言。她看见自己已经到了勒乐店里，掏出三张支票，往他的写字台上一放。然后呢，还必须编造一件事，去搪塞包法利。编造什么事呢？

然而，奶妈迟迟不回来。这茅屋里没有时钟，爱玛想，怕是自己等待心切，觉得过了好长时间吧。她开始慢慢地绕着花园兜圈子，沿着篱笆边的小径走到尽头，又赶快折回，生怕大嫂会走别的路回来。最后，她等得不耐烦了，心里产生了种种疑虑，又一一打消，恍恍惚惚，再也闹不清自己在这里等了千百年还是一分钟，便颓丧地在一个角落坐下来，闭上眼睛，捂住耳朵。突然，她听见栅栏门吱呀一响，便一跃站起来，但还没等她开口，罗莱嫂子就说：

“你家里没有人!”

“怎么?”

“唉！没有人，只有你先生在哭，在呼唤你。其他人都在找你。”

爱玛再没吭声，只是喘着粗气，两眼朝四下里骨碌碌乱转，而那农妇被她的脸色吓坏了，以为她疯了，本能地倒退几步。突然，爱玛拍了一下额头，因为她想起了罗多尔夫。这记忆像黑夜里一道巨大的闪电，闪过她的脑海。罗多尔夫是那样友善，那样体贴，那样慷慨！况且，万一他不能爽快地答应帮助她，只要她多情地看他一眼，就能使他想起他们之间的旧情，而不得不答应的。于是，她动身去拉于谢特，根本没有意识到她现在主动去干的，正是早上在公证人家令她怒不可遏的事情；也根本没有想到，她此去是出卖肉体。

8

她一边走一边想：“我到了那里说什么呢？怎样开口呢？”沿途

的灌木丛、树木、山丘边的灯芯草，还有前头那座庄园，她全都认得；初次偷情的感觉，又泛起在心头；她可怜的、受压抑的心，因为爱情激荡起来了。暖风拂面，融化的雪水从树芽上滴落在草丛里。

她像过去一样，从花园的侧门进去，来到正院。院子四周有两行繁茂的菩提树，长长的树枝摇曳不定，沙沙作响。狗棚里的狗一齐叫起来，震天响，但不见有人出来。

她登上带木头栏杆、宽大笔直的楼梯，来到石板铺地、尽是灰尘的走廊。走廊两边，一字排列着好些房间，就像修道院或旅馆里一样。罗多尔夫的卧室在走廊尽头，就是紧里左边那间。当她把手搁到门把手上时，突然感到浑身无力了。她怕罗多尔夫不在，又几乎希望他不在。然而这是她唯一的指望，是她能否得救的最后一次机会。她定了一会儿神，想到眼前的需要，鼓足勇气开门进去。

罗多尔夫坐在火炉前抽烟，双脚架在炉框上。

“啊！是你！”他猛地站起来说道。

“不错，是我，罗多尔夫……我是来向你讨教一个主意。”

她激励自己讲下去，还是难以启齿。

“你一点没变，还是那样可爱。”

“唉！”爱玛心酸地叹息一声，“还说可爱呢，简直是可怜，我的朋友，你就不屑一顾嘛。”

听了这话，罗多尔夫开始解释自己的行为，但一时又编造不出有说服力的理由，只好不痛不痒表示歉意。

他的话，尤其是他的声音和他的模样，使爱玛动容。当他编造出他们关系破裂的理由，说他当时有难言之隐，那关系到第三者的名誉甚至生命时，她便装作相信，甚或真的相信了。

“那些事还提它做什么！”她凄楚地说，“反正苦我已经受过啦！”

罗多尔夫以达观的口吻答道：

“生活就是这样！”

“至少我们分手之后，你过得还好吧？”爱玛又问道。

“啊！不好不坏。”

“你我不分开，也许会更好一些。”

“是的……也许吧！”

“你这样想吗？”爱玛说着走到罗多尔夫身前。

她接着叹息道：

“啊！罗多尔夫！你要是知道……我多么爱你！”

这时，她拉住罗多尔夫的手。他俩手拉手待着，就像早先在农业评比会上那样！罗多尔夫出于自尊，竭力抑制住感情，但爱玛扑到了他怀里，对他说：

“没有你，你想我怎么活得下去啊？人不能失去幸福！我当时绝望极了，以为必死无疑了呢！这一切，以后再对你讲，你听了就会明白。而你呢，却一直躲着我……”

的确，三年来，由于男性天生的怯懦，罗多尔夫始终回避她。爱玛娇媚地拿头蹭他，比发情的母猫还温柔，继续说：

“你爱上了好多别的女人，承认不承认？啊！我理解那些女人，原谅她们。是你引诱了她们，就像引诱我一样。你是男子汉嘛，你具备一切条件让女人爱你。不过，我们重新开始，对不对？我们会相亲相爱的！瞧，我笑啦，我好快活！……你倒是说话呀！”

爱玛看上去的确妩媚动人，眼睛里闪着泪花，就像暴风雨过后，蓝莹莹的花萼里滚动着一颗水珠。

罗多尔夫拉她坐在他的膝盖上，用手背抚弄着她柔润的发丝。已是薄暮时分，最后一抹夕阳金箭般照射进来，在她的秀发上闪烁。爱玛低着头，罗多尔夫用唇边轻轻地吻她的眼睛。

“可是你刚才哭过，”他说道，“为什么？”

爱玛索性抽抽搭搭哭起来。罗多尔夫以为这是爱情的迸发，见她默不作声，更认为她是难为情，便大声说：

“啊！原谅我吧！你是我喜欢的唯一女人。我真是个笨蛋，是个孬种！我爱你，永远爱你！你怎么啦？倒是告诉我呀！”

他扑通跪在地上。

“唉……我破产啦，罗多尔夫！你要借给我三千法郎！”

“可是……可是……”罗多尔夫慢慢站了起来，脸上现出严肃的神色。

“你知道，”爱玛急忙讲下去，“我丈夫把全部财产托付给一位公证人，那位公证人卷逃了。我们借了债，而病人光看病不付钱。其实呢，清算还没有结束，结束了我们就有钱了。可是，今天我们要是拿不出三千法郎，人家就要没收我们的家产，就是现在，马上就没收。我考虑到你的情谊，所以来找你了。”

“哦！”罗多尔夫突然变得脸色煞白，想道，“她是为这个来的！”

临了，他神态安详地答道：

“我没有呀，亲爱的夫人。”

罗多尔夫并没有撒谎。如果有钱，他也许会给的，尽管一般讲来，这类慷慨行动是不愉快的。金钱上的要求，是摧残爱情的最致命的寒风，它会将爱情连根拔除。

爱玛先是望了他几分钟。

“你没有!”

她重复好几遍:

“你没有!……我不该临到最后还厚着脸皮来这一趟。你从来没有爱过我!你比其他男人好不了多少!”

她露出了本来面目，再也控制不住自己的情绪。

罗多尔夫打断她，说他自己也正“手头拮据”。

“噢!我该同情你!”爱玛说道，“是的，你太值得同情啦!”

她的目光落在一支金银丝嵌花、闪闪发光的短铳上。那是墙上陈列的武器中的一件。

“可是，要是穷到这种地步，就不会把银子镶在枪托上啦!也不会买镶玳瑁的钟!”她说着指一指墙上的布尔式挂钟，“马鞭上也不会挂一串镀金的哨子!”她摸摸那串哨子，“表上也不会来这么一串小玩意儿啦!呵!他什么都不缺，卧室里还摆着一个酒柜哩!你真会珍爱自己，生活得舒舒服服，拥有古堡、庄园、森林，经常围猎，还去巴黎旅行……嗯!哪怕只有这玩意儿,”她从炉台上拿起几颗衬衫袖口链扣，“这种小得不能再小的东西，都能变出钱来!……哼，我才不稀罕呢，你留着吧!”

她说着把两颗纽扣扔得远远的，金链子碰在墙上，摔断了。

“可是我呢，为了博你一笑，一个秋波，为了听到你说声‘谢谢’，我什么都可以给你，什么都可以出卖，可以用自己的双手去做苦工，可以沿路乞讨!而你呢，悠闲自得坐在沙发里，就像你没有让我受够苦似的!你很清楚，没有你，我本来会生活得很幸福!是谁强迫你那样做的?难道是和谁打赌?然而，你过去爱我，你经常这样说，刚才还这样说……哼!你还不如把我撵走呢！我的手印满了你的吻，还温热的吻；瞧，就在这地方，在这地毯上，你跪在我面前，发誓永远爱我。你让我相信了你的话；两年期间，你把我引进一个最美好、最温馨的梦！……啊！我们一个又一个旅行计划，你还记得吗？唉！还有你的信，你的信！每一封都把我的心撕碎了……可是，曾几何时，当我又来到你身边，来到富有、幸福、自由的你身边，恳求你给予谁都会给的帮助，同时给你带来我的满腔爱，你却拒我于千里之外，因为这要破费你三千法郎！”

“我没有钱！”罗多尔夫非常冷静地答道。这冷静像一面盾牌，掩盖住了压在心头的愤怒。

爱玛退了出来。墙壁在晃动，天花板向她压下来。她再次走过那条长长的小径，步履踉跄，不时绊到被风吹散的落叶堆，好不容易走到壕沟边的栅栏门前，急急忙忙开门，连指甲都给门闩碰断了。出了门，气喘吁吁走了百十来步，差点摔倒，只好停下来。这时，她回过头，又一次扫一眼那座阴森森的古堡连同它的草坪、花园、三个院子和正面所有窗户。

她呆呆地站在那里，忘记了自己的存在，却仿佛听见自己的脉搏，像震耳欲聋的音乐脱离了身体，在原野上回荡。她脚下的土地比水还软，一条条犁沟像一排排褐色的汹涌巨浪。她脑子里的种种记忆、思想，一下子全部迸发出来。就像一枚焰火，轰的一声在天空散开成千万个火花。她看到她的父亲、勒乐的办公室、她与莱昂在旅馆的房间，还有一片与眼前不同的景色。她觉得自己疯了，十分恐惧，好不容易才定下神来。但老实讲，脑子里仍然一片混沌，因为连造成她眼下这种可怕处境的原因，即借钱的事，她都想不起来了。她只是为爱情而痛苦，一想到过去的爱情，就觉得灵魂在抛弃她，恰如伤员在垂死之际，感到自己的生命正随着伤口的血流走似的。

夜色降临，群鸦乱飞。

爱玛仿佛突然看见许多火红色的球，像闪亮的子弹，在空中炸开，裂成碎片，旋转着落下，直到消失在树枝间的雪地里。每个火球中心，都现出罗多尔夫的面孔。火球越来越多，越飘越近，仿佛钻进了她的身体，不见了。这时她才看清是住家的灯火，在远处的夜雾中闪烁。

于是，她目前的处境，像一个深渊呈现在她面前。她呼吸急促，胸部像要炸裂似的。过了一阵，又似乎有一种英勇壮烈的情怀激励着她，她几乎是喜滋滋地跑下山坡，穿过牛走的便桥、小径、巷子和菜市场，到达药店前面。

没有人。她打算进去，但门铃一响，就可能有人来。于是她溜进栅栏门，屏住呼吸，摸着墙，走到厨房门口。厨房里炉台上点着一支蜡烛。朱斯丹穿着衬衣，正端走一盘菜。

“啊！他们在吃晚饭。等一会儿。”

朱斯丹回到厨房。爱玛敲一下窗玻璃，朱斯丹就出来了。

“钥匙！顶楼那把，那里放着……”

“什么？”

朱斯丹望着爱玛。爱玛的脸没有一丝血色，在漆黑的夜色衬托下，异常苍白，令朱斯丹吃惊。他觉得爱玛美丽绝伦，又很庄重，像一个幽灵。他不明白她想要干什么，但产生了可怕的预感。

爱玛压低声音，以温柔而迷人的口气匆忙说道：

“我要，给我吧！”

板壁很薄，听得见餐厅里刀叉碰盘子的声音。

爱玛说，家里的耗子闹得睡不着觉，她要药耗子。

“我得去问问先生。”

“不！不要去问！”

爱玛接着用不在乎的口气说：

“哎！不必啦，等会儿我告诉他。好啦，给我照亮！”

她走进配药室门口的走廊，只见墙上挂着一把钥匙，上面贴有“杂物间”的小条。

“朱斯丹！”药店老板不耐烦地喊道。

“上去！”

朱斯丹跟着爱玛上楼。

钥匙在锁孔里转动一下，爱玛开了门，在记忆的指引下，径直朝第三个架子走去，抓住蓝色瓶子，拔掉塞子，伸进手去，掏出一大把白色粉末，放在嘴里吃起来。

“别吃！”朱斯丹叫着向她扑过去。

“别嚷！会有人来的！”

朱斯丹急坏了，想喊人。

“千万别声张，不然会连累你主人！”

爱玛说着回家去了。她突然平静下来了，几乎像完成了一项任务之后那样安详。

夏尔听到财产被抵押的消息，心慌意乱赶回家里。爱玛刚刚出去。他叫喊，哭泣，晕倒过去，可是爱玛总不回来。她去哪里了呢？他打发费丽丝黛到处寻找，奥梅家、图瓦什家、勒乐家、金狮客店，全都找遍了，就是不见踪影。他一阵阵痛心，看到自己名誉扫地，倾家荡产，白尔特的前途被葬送！为了什么缘故？一句话都没有！他一直等到下午六点钟，再也坐不住了，心想爱玛准是去了卢昂，便沿着大路，走了半法里，还是不见人影，又等了好久，才折回来。

爱玛已经回来了。

“这一切是怎么回事？怎么搞的？你给我讲清楚……”

爱玛坐在书桌前，写好一封信，慢吞吞封好，又加上日期和钟点，这才以庄严的口气说道：

“这封信你明天再看，从现在到那时，请你一句话也不要问我。是的，一句话也不要问！”

“可是……”

“啊！让我安静点！”

她直挺挺往床上一躺。

她感到嘴里有一股辛辣味道，于是醒来了，模模糊糊看见夏尔，又赶紧闭上眼睛。

她怀着好奇的心情，想弄清楚自己是什么感受，是不是感到痛楚。可是，什么痛楚也没有。还没有任何感觉。她听见时钟在滴答，火在呼呼作响，还听见夏尔站在床边呼吸。

“啊！死也没什么了不起！”她想道，“我睡过去就万事皆休了！”

她喝了一口水，面壁躺下。

嘴里还是有股可怕的墨水味道。

“我渴！……啊！我渴得好厉害！”她呻吟道。

“你怎么啦？”夏尔问道，递杯水给她。

“没什么……打开窗户…我透不过气来！”

爱玛突然感到一阵恶心，几乎没来得及从枕头底下掏出手绢，就吐了出来。

“拿走！”她急忙说，“扔掉！”

夏尔问他话，她不理睬。她一动不动地躺着，生怕稍一动，又会呕吐起来。这时，一种寒冷的感觉从脚一直上升到心脏。

“啊！现在开始啦！”她自言自语道。

“你说什么？”

她的头痛苦地轻轻滚动，牙巴骨一直张开着，似乎舌头上压着非常沉重的什么东西。八点钟，又开始呕吐了。

夏尔注意到，脸盆里面有一种白沙砾似的东西，粘在瓷壁上。

“奇怪！太奇怪了！”他连声说道。

但是，爱玛大声说：

“没什么奇怪的，你看错了！”

于是，夏尔轻轻地、几乎是抚摩般用手在她腹部一揉。爱玛尖叫一声，他吓得连退几步。

爱玛开始哼起来，起初是轻轻的。她的双肩瑟瑟颤抖不止，手指抠住床单，脸比床单还苍白，不均匀的脉搏现在几乎感觉不到了。

她发青的脸上沁出颗颗汗珠子，就像金属上凝结着水汽。牙齿磕碰得直响，睁得很大的眼睛无神地望着四周。不管问她什么，她只是摇摇头；有两三回，她甚至露出了微笑。渐渐地，她呻吟得更厉害了，不时禁不住低沉地叫喊一声。她声称自己好些了，过一会儿就能起床。但是，她全身抽动起来，止不住叫道：

“啊！难受死啦，我的上帝！”

夏尔在床边跪下来：

“告诉我，你吃了什么？回答呀，看在上天分儿上！”

他注视着她，目光充满柔情，爱玛过去好像从没注意到似的。

“唉！那……那里……”她声音微弱地说。

夏尔冲到书桌前，拆开信，大声念道：“不要怪罪任何人……”他停住了，用手揩揩眼睛，接着往下看。

“怎么！……救命啊！来人呀！”

他什么话也说不出来，只是叫着：“服毒啦！服毒啦！”费丽丝黛赶到奥梅家。奥梅跑到广场上把这消息一嚷嚷，连金狮客店那边勒佛朗索瓦太太都听见了。有些人赶紧起来告诉邻居。全镇人彻夜没有安生。

夏尔失魂落魄，喃喃低语，在房间里转来转去，几乎站立不稳，一会儿撞在家具上，一会儿揪头发，从没想到会看到如此可怕的场面。

他回到自己房间，给卡尼韦和拉里维埃尔大夫写信，但满脑子乱糟糟的，打了十五次草稿。伊波力特立刻去新堡；朱斯丹骑上夏尔的马拼命踢。马跑得精疲力竭，都快累死了，只好把它撂在纪尧姆林子边。

夏尔想查医学辞典，但里面的字晃来晃去，看不清楚。

“镇静点！”药店老板说，“只要给她吃一剂猛一点的解毒药就成。是什么毒药？”

夏尔拿信给他看，上面说是砒霜。

“啊！”奥梅说，“应该化验一下。”

他知道，凡是遇到中毒的情况，都要化验。夏尔不懂，回答说：

“哦！你化验吧，化验吧！救救她！”

说罢，他回到爱玛身边，软瘫在地毯上，头靠着床边抽泣。

“别哭！”爱玛对他说，“不用多久，我就不会再折磨你了！”

“你为什么要服毒？谁强迫你的吗？”

爱玛答道：

“必须这样，朋友。”

“你不幸福吗？是我的过错？可是，我尽了我的全部力量！”

“是的……的确……你是个好人。”

爱玛伸手慢慢抚摸他的头发。夏尔感到这种温存，更加悲痛万分。爱玛一反常态，显得比任何时候都更爱他，而就在这时，他要失去她了。一想到这上头，他就彻底陷入了绝望。他想不出任何办法，不知道也不敢采取任何措施，而情况万分紧急，需要当机立断，这更使他心乱如麻。

爱玛呢，觉得一切背弃、卑鄙的行为，以及折磨她的无穷无尽的欲望，都与她没有关系了。现在她不再恨任何人。她的思想迷离恍惚，好像笼罩在薄暮之中；人世间的一切声音她都听不见了，只听见这个可怜的心灵在断断续续哀诉，柔和而模糊，好似远远飘逝的一曲交响乐最后的回声。

“把小不点儿给我带来。”她用胳膊肘半支起身体说道。

“见到她你不会更难过，是吗？”夏尔问道。

“不会，不会！”

孩子由女用人抱来了，穿着长长的睡衣，下面露出两只光脚丫，神情严肃，几乎还没睡醒。她惊讶地打量着乱糟糟的房间，眼睛遇到家具上明晃晃的蜡烛光，不停地眨巴。这些烛光大概使她想起了新年或四旬斋狂欢节的早晨。那时，她早早地给烛光照醒了，被抱到母亲床前，接受礼物。这时，只听见她问道：

“妈妈，东西在哪儿？”

见大家都不作声，她又说：

“怎么不见我的小鞋鞋[①]！”

费丽丝黛抱她向床头弯下腰去，而她总是朝壁炉那边看。.

“是奶妈拿走了吗？”她问道。

听到奶妈两个字，包法利夫人想起了自己的私通和不幸，情不自禁掉开头，好像有另一种更厉害的毒药，从胃里返到嘴里，令她一阵恶心。白尔特已被放在床上。

“啊！妈妈，你的眼睛好大啊！你的脸好白啊！你出了好多汗……”

母亲端详着她。

“我怕！”小不点儿一边后退一边说。

爱玛拉住她的手想亲一亲，她挣扎着不让她亲。

“行啦！把她抱走吧！”一直在床前哭泣的夏尔叫道。

随后有一阵，药力发作的症状停止了，爱玛看上去不那么难受了。听到她每一句毫无意义的话，看见她每次呼吸时胸部稍许平静了些，夏尔就以为有了希望。当卡尼韦终于进来时，他泪涕交流扑进他怀里。

“啊！你来了，谢谢！你真好！不过，情况已经好些了。来，你看看她……”

这位同行根本不同意这种看法，而且说他不打算“隔靴搔痒”，干脆开催吐药，把胃清洗干净。

不一会儿爱玛就开始吐血了。嘴唇收得更紧，四肢抽搐，满身褐色斑点，脉搏摸起来就像一根绷紧的线，一根快要绷断的琴弦。

接着，她可怖地叫喊起来。她诅咒、谩骂毒药，求它尽快发作，不管夏尔端什么东西想让她喝，她都用僵直的手臂推开。夏尔

① 给孩子的新年礼物通常放在小鞋里，搁在壁炉台上。

也半死不活，站在床前，用手帕掩住嘴，喉咙里呼噜作响，眼泪汪汪，哽咽得透不过气来，连脚后跟都震颤不止。费丽丝黛在房里忙得团团转。奥梅先生木然站着，大声叹气。向来很沉着冷静的卡尼韦先生也开始有点慌了。

“活见鬼！……按说她的胃已经洗干净了，而病因一消除……”

“症状也就该消除，”奥梅先生说，“这是自然的。”

“啊，救救她吧！”包法利哀求道。

药店老板还在胡乱猜测，说“这可能是有利的转机”。卡尼韦不听他那一套，决定用底里亚解毒剂。正在这时，外面传来响鞭声，所有窗玻璃都瑟瑟抖动起来，一辆轿式驿车，由三匹连耳朵上都溅满泥的马拉着，疾驶到菜市场角上：拉里维埃尔先生到了。

就是出现一位神，也不会引起这样强烈的激动。包法利伸出双手，卡尼韦立刻停止开处方，奥梅没等大夫进来就先脱下希腊式帽子。

拉里维埃尔属于比沙[①]创立的那个著名外科学派，属于现在已经消失的那一代哲学家医生。那一代医生虔诚地热爱自己的医道，行起医来充满热情，医术高明。拉里维埃尔一发火，整个医院都发抖。他的学生个个崇拜他，自己一开业，就竭力模仿他。在附近的各个城镇，人们都看到他们像他一样，穿着美丽奴毛料长外套和宽大的黑色燕尾服。燕尾服的袖口不扣纽扣，略略盖住他那双胖乎乎的手——一双很好看的手，从来不戴手套，似乎这样就能更加敏捷地去救死扶伤。他蔑视勋章、头衔与学位，对穷人亲切、慷慨、慈祥，不相信道德，却力行道德，简直可以称得上是一位圣人，如果

① 比沙（1771—1802），法国著名解剖学家，生理学家。

不是他头脑敏捷，使得人家像害怕魔鬼一样害怕他的话。他的目光比他的手术刀还锋利，一直射到你的灵魂深处，能够透过言词和表情，识破一切谎言。他就是这样，充满崇高、仁厚的气质。这种气质，是拥有卓越才能和财富的心灵所赋予的，是四十年勤勉的、无可非议的生活所赋予的。

他一进门，望见爱玛仰卧在床上，嘴巴张开，脸像死尸，就皱眉头。而后，他把食指放在鼻孔底下，一副认真听卡尼韦介绍的样子，不时说一句：

“好，好。”

可是，他的肩头慢慢地耸了耸。包法利注意到了这个动作。他们互相看了一眼。这个人虽然看惯了痛苦的情景，也禁不住涌出一滴眼泪，落在他的襟饰上。

他请卡尼韦跟他去外间。夏尔跟着他们。

“她情况很严重，是吗？贴芥子膏有用吗？我不知道该怎么办好。请你务必想想办法。你救过那么多人啊！”

夏尔抱住他，惊惶、恳求地望着他，差点晕倒在他怀里。

“好啦，我可怜的孩子，拿出勇气来！没法子救啦。”

拉里维埃尔大夫转身要走。

“你这就走？”

“我还回来。”

他和卡尼韦先生一道出去了，像是要去吩咐车夫一句话。卡尼韦也不愿意看到爱玛在自己手里死去。

药店老板在广场上赶上他们。他这个人天性见到名人就攀附，所以他请拉里维埃尔先生务必赏光，到他家去吃饭。

他立刻打发人去金狮客店买鸽子，去肉店买排骨，去图瓦什家买奶油，去赖斯迪布都瓦家买鸡蛋。药店老板亲自下厨当帮手，而奥梅太太一边系围裙一边说：

“请你多多包涵，先生，在我们这种偏僻小镇，没有先天事先关照……

“拿高脚玻璃杯！”奥梅悄声打断她。

“如果住在城里，至少可以搞得到酿猪蹄子。”

“少废话……请入席，大夫！”

让过几次酒菜之后，奥梅先生觉得有必要提供一些这件不幸事情的详细情况：

“起初我们发现她喉咙发干，随后是上腹剧痛，呕吐不止，接着就昏迷了。”

“她怎样服毒的？”

“不知道，大夫。就连她是从哪儿弄到的砒霜我也不知道。”

朱斯丹正端过来一摞盘子，突然发起抖来。

“你怎么啦？”药店老板问道。

听到这个问题，小伙子手里的盘子哗啦一声全掉在地上。

“饭桶！”奥梅呵斥道，“笨蛋！笨手笨脚，简直像头蠢驴！”

但是，他突然克制住自己，说道：

“大夫，我刚才决计进行化验，首先是小心翼翼往一根试管里装……

“其实，你最好是把指头伸进她的喉咙。”外科医生说道。

他的同行卡尼韦先生一言不发，因为刚才为他下催吐剂一事，已经私下受了训斥。这位好心的卡尼韦，上回在做跷脚手术时，是那样不可一世，口若悬河，今天却显得非常谦虚，脸上始终挂着微笑，一味地附和称是。

奥梅做了东道主，脸上光彩，喜形于色，想到包法利的悲惨处境，又自私地联想到自己，心里反倒隐隐有一种快活之感。加之拉里维埃尔大夫在座，他更是十分兴奋，便有意卖弄自己知识广博，东拉西扯，大谈芫菁、见血封喉、芒色尼耶毒树、蝰蛇等药材。

“大夫，我甚至在书上看到，有些人因为吃了熏过头的猪血香肠而中毒哩，就像挨了雷击一样！至少，我们药物学方面的一位权威，一位大师，著名的加代·德·加西库尔，在一篇非常出色的报告中提到过这类例子。”

奥梅太太又出现了，端来一个摇摇晃晃、用酒精加热的东西，因为奥梅先生特意要在餐桌上煮咖啡，而且咖啡是他亲自炒制、亲自研磨、亲自调配好的。

“大夫，请用Saccharum[①]。”他一边递过糖一边说。

随后，他让自己的几个孩子都下楼来与大夫见面，因为他很想让大夫看看他们的体质怎么样。

最后，拉里维埃尔先生准备走了，奥梅太太忙请大夫给她丈夫检查一下，因为他恐怕是血变稠了，每天吃完晚饭就打盹儿。

“哎！妨碍他活动的并不是官能方面的毛病。”[②]

这句双关语没人听懂，大夫面带微笑开了门。可是，药店里挤满了来求看病的人，尤其是图瓦什先生，硬缠住大夫不放，他担心自己的老伴肺有毛病，因为她总对着灰吐痰。还有，比内先生经常饿得发慌，卡龙太太身上感到刺痒，勒乐常常头晕，赖斯迪布都瓦

---

① 拉丁文，意即砂糖。

② 法语“血”（sang）与“官能，（sens）谐音，大夫一语双关，意即这并不是身体上的毛病，以取笑奥梅太太。

患风湿病，勒佛朗索瓦太太胃反酸。最后，三匹马好不容易出发了，大家普遍认为，这位拉里维埃尔大夫不平易近人。

这时，布尔尼贤先生从教堂里出来，手捧圣油，打菜市场经过，才转移了大家的注意力。

奥梅按照自己的准则，把神甫比作哪里有死亡气味，就往哪里飞的乌鸦。他一看见教士，心里就感到不舒服，因为他们的道袍使他联想到裹尸布：他憎恶前者，多少是因为他惧怕后者。

不过，他从不在自己所称的“使命”面前退却，所以又陪同卡尼韦返回包法利家里。拉里维埃尔先生临走之前，一再嘱咐卡尼韦，一定要再去包法利家。如果不是太太反对，奥梅会把自己两个儿子也带过去，让他们见识见识重大场面，在脑子里留下一个庄严的印象，作为人生的一种启蒙和示范。

他们进去时，卧室里笼罩着肃穆、悲痛的气氛。做女工的台子铺了一块白单子，上面摆着一个大十字架，旁边一个银盘里搁有五六个小棉球，一边点一支蜡烛。爱玛下巴贴着胸部，眼睛睁得老大，一双可怜的手，像一般临死的人一样，在床单上可怕地慢慢动来动去，仿佛想抓过裹尸布把自己盖上。夏尔已停止哭泣，脸像大理石雕像一样白，眼睛像火炭一样红，面对爱玛站在床脚，而神甫一膝跪地，口中念念有词。

爱玛慢慢转过脸来，蓦然看见神甫紫色的襟带，露出了欣喜的神色。那大概是因为，在心灵异乎寻常的平静之中，她又体会到早年开始狂热地信奉宗教时那种快乐，同时隐约看到了已开始降临的天国永恒的幸福。

神甫站起身，拿来十字架。爱玛像口渴似的抻长脖子，把嘴唇贴在基督的身体上，使出最后的力气和全部爱，印了她平生最深沉的一个吻。而后，神甫口里念着“我主慈悲”“宽恕罪孽”，同时将右手大拇指在油里蘸了蘸，开始敷圣油：先是涂抹曾经贪恋尘世浮华的眼睛；接着涂抹喜欢呼吸和煦微风和爱情芬芳的鼻孔；然后涂抹曾经说过谎，为虚荣而呻吟，在淫荡中叫喊过的嘴；再次涂抹曾经在舒服的触摸中兴奋得发抖的手；最后是涂抹过去为满足欲望而跑得飞快，如今跑不动了的脚底。

神甫擦擦手指，把油浸透的棉花扔进火里，然后回到垂死者身旁坐下，告诫她，现在应该把自己的痛苦和耶稣基督的痛苦看成一回事，完全信赖上天的慈悲。

告诫完毕，他拿了一支圣烛，放在爱玛手里让她握住。那圣烛是天国荣耀的象征。等一会儿，她就要沐浴在那荣耀之中了。但是，爱玛太虚弱，手指握不拢，没有布尔尼贤先生帮忙，蜡烛早掉到地上去了。

这时，爱玛的脸已不那么苍白，显得很平静，仿佛临终圣事把她治好了似的。

神甫少不得指出这一点，甚至对包法利解释说：为了尽可能拯救一个人，有时上帝认为有必要，会延长人的生命。夏尔记起爱玛领受圣体那一天，也是快要死了的样子。

“也许还有一线希望。”他想道。

果然，爱玛慢慢地向四周看了一眼，好像一个人刚从睡梦中醒来似的。然后，她声音清晰地要人把她的镜子递给她。她对着镜子照了好一会儿，直到眼睛里涌出大颗大颗的泪珠。于是，她头一仰，叹息一声，重新落在枕头上。

她的胸脯立刻开始急剧起伏，舌头完全伸到嘴外，眼珠子乱转，像两盏玻璃灯，渐渐变暗，最终熄灭。看上去她好像已经死了，只是由于拼命喘气，两肋还在猛烈地抽动，就像灵魂要从那里蹿出来似的。费丽丝黛忙在十字架面前跪下，连药店老板也屈了屈膝，卡尼韦先生则茫然地望着广场上。布尔尼贤又祈祷起来，脸冲床边低着头，黑道袍长长地拖在身后地板上。夏尔跪在床的另一边，向爱玛伸着双臂。他抓住爱玛的手，紧紧握住，感到她的心脏搏动一次，他就哆嗦一下，就像被一座正在倒塌的建筑物震的一样。爱玛喘息得越来越厉害，神甫祷告得也越来越快。他的祷告与包法利的哽咽交织在一起。有时，似乎一切声音都消失了，只听见絮语中一个个拉丁词音节，像丧钟在一下一下敲响。

蓦地，人行道上传来笨重的木头套鞋的声音，还有拐棍在地上戳戳点点的响声，接着有人放开嗓门沙哑地唱道：

朗朗晴天哟暖洋洋，
小妞儿相思心痒痒。

爱玛像一具中了电的尸体，一下子坐了起来，头发散乱，两眼发直，嘴巴张开。

镰刀割麦哟忙又忙，
麦穗穗散落田垄上。
我的小兰哟弯下腰，
拾麦穗一个不漏掉。

“叫花子！”爱玛叫道。

她笑起来。那是一种凶恶、疯狂、绝望的笑。她似乎看见乞丐那张丑陋的脸，像一个吓人的怪物，仰起在永恒的黑暗中。

这天起哟起了大风，

她的短裙没了影踪！

一阵抽搐，爱玛倒在褥垫上。大家围拢过来，她已经咽了气。

9

人一死，往往会引起普遍的惊愕：怎么说死就死了呢？活着的人实在难以理解，也不愿意相信。然而，夏尔一看见爱玛不动了，就立刻扑到她身上，叫道：

“永别了！永别了！”

奥梅和卡尼韦把他拖出房间。

“不要太伤心！”

“好，”夏尔一边挣扎一边说，“我会理智的，不会干傻事。你们别管我，我要去看她！她是我太太！”

他哭起来。

“哭吧，”药店老板说，“哭个痛快，你就会轻松些。”

夏尔比一个小孩子还弱，任凭奥梅把他扶到楼下厅房里。奥梅先生立刻回家去了。

他在广场上遇到了叫花子。叫花子一步步挨到永维镇，逢人就打听药店老板住在什么地方，希望能向他讨些消炎膏。

“去你的吧！就好像我没有别的事要操心似的！啊！活该，过段时间再来吧！”

他说罢匆匆跑进药店。

他要写两封信，给包法利配一剂镇静药水，还要编一套谎话，掩盖服毒事件，并且写成文章，寄给《灯塔报》。此外，还有许多人等着他，向他打听情况。他编造说，爱玛中毒，是因为她在做香草奶油时，误把砒霜当白糖吃了。等全镇人知道这个消息之后，奥梅先生又一次返回包法利家。

他发现只剩下包法利一个人（卡尼韦先生刚走），坐在窗户边扶手椅里，痴呆地望着厅房的地板。

“现在该你自己确定举行仪式的时间啦。”药店老板说。

“做什么？什么仪式？”

接着，包法利惊恐地结巴道：

“啊！不举行，好不好？不举行，我要留着她。”

奥梅为了缓和一下气氛，从摆设架上拿起一把水壶，浇起天竺葵来。

“啊！谢谢！”包法利说道，“你是个好人……”

他话没说完。药店老板的举动唤起他许多回忆，他说不下去了。

为了让他分分心，药店老板心想不妨和他扯扯种花方面的事情，便说植物需要水分。包法利点点头表示赞同。

“再说，春光明媚的时节就要到了。”

“啊！”包法利说。

药店老板没话可说了，便轻轻地把窗户上的小帘子拉开。

“瞧，图瓦什先生正好经过这里。”

包法利像一架机器似的重复道：

“图瓦什先生正好经过这里。”

奥梅再也不敢对他提葬礼的安排问题。最后还是神甫左劝右劝，他才同意安葬。

包法利把自己关在诊室里，拿起一支笔，又啜泣了一会儿，才写道：

> 我希望她安葬时身穿结婚礼服，脚穿白皮鞋，头戴花冠，头发披在肩上；一棺两椁：一个用栎木，一个用桃花心木，一个用铅。不要来安慰我，我挺得住。请拿一大块绿色天鹅绒盖在她身上。我希望这样。请照办。

包法利这些罗曼蒂克的想法，令两位先生惊愕不已。药店老板立刻去对他说：

“这块天鹅绒我觉得纯属多余。再说，开销……”

“这关你什么事？”夏尔嚷起来，“别来烦我！你不爱她，走开！”

神甫挽起他的胳膊，一边陪他去花园里散步，一边谈论世事虚荣，说上帝伟大而又慈悲，应该毫无怨言地服从上帝的意旨，甚至感恩戴德。

夏尔却咒骂起来：

“我恨透了他，你那个上帝！”

“你心里还保留着反叛思想。”神甫叹息道。

包法利已经走远了。他沿着墙边的果树，大步走着，一边咬牙切齿，朝上天投去诅咒的目光，但是连一片树叶都没有摇动一下。

下起了小雨，夏尔敞着胸脯，最后打起冷战来了，便走进厨房，坐到火边。

六点钟，广场上传来一阵丁零咣啷的声音，是驿车“燕子”回来了。夏尔前额贴着玻璃窗，望着乘客们一个一个从车上下来。费丽丝黛拿了条床垫，给他铺在客厅里，他倒头便睡着了。

奥梅先生虽然有哲学家风范，对死人还是尊重的。所以他毫不记恨可怜的夏尔，傍晚时分又过来守灵，随身带了三本书和一个活页本子，准备一边看书一边做笔记。

布尔尼贤先生也在。死者的床从凹室里挪了出来，床头点着一对大蜡烛。

药店老板忍受不了寂寞，坐了不久就发表议论，对“这个不幸的少妇”表示恻隐。神甫回答说，现在只有为她祷告了。

“不过，”奥梅又说，“依我看只有两种可能性：要么她的死是蒙主降恩（就像教会所说的），那么她根本不需要我们祷告；要么她是至死不悟（我想神甫们是这样说的），那么……”

布尔尼贤打断他，有点生气地反驳说，不管怎样，祷告还是需要的。

“可是，”药店老板驳斥道，“既然上帝了解我们的全部需要，祷告还有什么用呢？”

“怎么！”神甫说，“不要祷告！你难道不是基督徒？”

“对不起！”奥梅说，“我赞赏基督教，因为首先，它解放了奴隶，为社会树立了一种道德规范……”

“实质不在这里！所有经书……”

“哦！哦！说到经书吗，你不妨翻开历史：谁都知道，所有经书都被耶稣会派篡改过。”

这时夏尔进来了，走到灵床边，慢慢拉开帐幔。

爱玛的头歪在右肩上，嘴角张开，好似脸庞下部一个黑洞；两个大拇指弯在手心里；眼睫毛上仿佛撒了一层白粉，眼睛几乎被一层薄纱般的灰白色黏膜盖住了，就像蜘蛛在上面织了一张网。覆盖在她身上的单子，胸部以下直至膝盖呈凹陷状，在脚趾的地方又隆起来。夏尔觉得，有一块巨大无比的东西，非常沉重地压在她身上。

教堂的钟敲响了两点。黑暗之中，从望台脚下传来河水潺湲之声。布尔尼贤先生不时很响地擤一下鼻子，奥梅的笔在纸上沙沙作响。

“行了，我的好朋友。”奥梅说道，“你下去吧，这情景对你来讲太伤心啦！”

夏尔一走，药店老板和神甫又争论起来。

“读一读伏尔泰吧！”一个说，“读一读霍尔巴赫①，读一读《百科全书》吧！”

“读一读《葡萄牙犹太人信札》②吧，”另一个说，“读一读前行政官尼古拉③著的《基督教要义》吧！”

两个人都激动起来，争得面红耳赤，双方同时说话，谁也不听谁的。布尔尼贤因为对方如此放肆而恼火，奥梅因为对方如此愚蠢而惊奇。两个人几乎要对骂起来，好在这时夏尔又突然上来了。仿佛有什么东西在吸引他，他总是想上楼来。

为了看得更清楚，他一上来就站到爱玛的正面，忘掉了一切，全神贯注看着她；正因为全神贯注，就不怎么觉得痛苦了。

他想起一些有关嗜眠症的故事和磁场感应的奇迹，心想精诚所至，也许能够让爱玛复活。有一次他甚至向她弯下腰，低声唤道：

---

① 霍尔巴赫（1729—1789），法国百科全书撰稿人和无神论哲学家。

② 为法国教士盖内所著，反驳伏尔泰对《圣经》的攻击。

③ 尼古拉（1807—1888），法国天主教作家。

“爱玛！爱玛！”一边喘着粗气，把烛焰吹得贴在墙上摇曳。

天刚蒙蒙亮，老包法利夫人赶来了。夏尔亲亲她，又大哭了一场。老太太像药店老板一样，提醒他要节省葬仪开销。夏尔立刻大发脾气，老太太只好住口。夏尔甚至让老太太立刻进城，去买所需要的物品。

整个下午，夏尔一直是独自待着。白尔特送给奥梅太太照看去了，费丽丝黛和勒佛朗索瓦太太一道，守在楼上的房里。

天黑时分，陆续有人前来吊唁。他起身与客人们握手，但一句话也说不出来。吊客们围坐在壁炉前，后来的挤在先来的旁边。大家低着头，跷起二郎腿摇来晃去，不时深深地叹息一声。每个人都感到无聊至极，但谁也不肯先走。

九点整，奥梅又来了（两天来，净看见他在广场上跑来跑去），背了一大包樟脑、安息香和香草，还带了满满一瓶驱除疫气的氯水。这时，女用人、勒佛朗索瓦太太和包法利老太太正围着爱玛，忙着给她换衣服。她们把死者又长又硬的面网拉下来，一直盖到她的缎鞋。

费丽丝黛呜咽道：

“啊！我可怜的太太！我可怜的太太！”

“看啊，”客店老板娘说道，“她还是那样娇小可爱！简直让人相信她等会儿就要起床哩。”

三个女人俯身给爱玛戴花冠。

需要把头稍稍抬起。这一抬，就有一股黑水从嘴里流出来，好像她又呕吐了似的。

“啊！天哪！当心袍子！”勒佛朗索瓦太太叫道，接着又冲药店老板说道，“你倒是过来帮帮忙呀。莫非你害怕吗？”

“我害怕？”药店老板耸耸肩膀说道，“哼，害怕！我在学药剂学的时候，在主宫医院不知见过多少哩！我们还在解剖室配五味酒呢！哲学家怎会怕死人，我甚至常常说，准备把自己的遗体献给医院，为科学研究派用场。”

本堂神甫一到，就问包法利先生怎么样。听了药店老板的回答，他说：

“你知道，刚刚受了这样的打击，哪能一时半会就平静下来。”

药店老板听了这话，就说神甫真幸运，不像一般人要受丧妻之苦。而这句话又引发了一场关于神甫独身不娶的争论。

“一个男人不要女人，”药店老板说，“这可不符合天性！君不见种种犯罪行为……”

“哎，真是死脑筋！”神甫嚷起来，“一个人一旦结了婚，怎能保守忏悔的秘密？”

奥梅又攻讦忏悔。布尔尼贤则为忏悔辩护，说它能使人改过自新，并且举出种种事实。例如一些小偷，经过忏悔，一下子变成了诚实的人；一些军人走近忏悔室，觉得眼前迷雾顿开。在弗利堡有一位牧师……

药店老板睡着了。神甫觉得房间里空气恶浊，有点气闷，便打开窗户，把药店老板惊醒了。

“来，闻闻鼻烟！”他对药店老板说，“让你的头脑清醒清醒。”

远处传来阵阵犬吠。

“听到狗叫了吗？”药店老板问道。

“据说，有人死了狗能感觉得到。就像蜜蜂一样，有人死了，它们就从蜂巢里飞出来。”

奥梅没有驳斥这些陈词滥调，因为他又睡着了。

布尔尼贤先生精力比较旺盛，还坚持了一段时间，口中念念有词，但没过多久，不知不觉脑袋一耷拉，手里厚厚的黑书掉在地上，也打起呼噜来了。

这两个人面对面酣睡，挺着肚子，面孔虚肿，眉头紧锁。他们虽然争论不已，但终于同归于人类的共同弱点之中。他们一动不动，那模样与旁边仿佛睡着了的尸体差不多。

夏尔进来了，但并不叫醒他们。他是来最后和爱玛告别的。

香草还在冒烟，一缕缕淡蓝色的烟，升腾缭绕，在窗口与外面进来的雾气相混合。疏星闪烁，夜色温煦。

大滴大滴的烛泪掉在床单上。夏尔凝视着燃烧的蜡烛，凝视着黄澄澄的、耀眼的烛光，不久眼睛就疲倦了。

月光般洁白的缎袍，罗纹微微闪动。爱玛裹在里面，看不见了，恍惚已从她自己的身体里飘溢出来，融进了周围的什物之中，融进了寂静和黑夜之中，融进了那过往的风和升腾、温润的香烟之中。

突然，夏尔看见她在道斯特的花园里，坐在靠荆篱的长凳上，不一会儿又看见她行走在卢昂的街道上，倚在自家的门口，站在贝尔托的院子里。他还听见快乐的小伙子们在苹果树下跳舞、欢笑；卧室充溢着她的秀发的芳香；她偎在他怀里，抖动的袍子窸窸窣窣，闪闪发光。那正是她现在穿在身上的这件袍子！

他久久地回顾着已失去的幸福，回顾着爱玛的言行举止、音容笑貌，心头涌起无尽的悲哀，一阵又一阵，潮水般漫卷而来。

他起了强烈的好奇心，哆哆嗦嗦地伸出手，用指尖慢慢揭开爱玛的面纱。他立刻发出一声恐怖的叫喊，把另外两个人惊醒了。他们把他拖到楼下厅房。

不久，费丽丝黛上来说，先生要太太一绺头发。

“去剪好了！”药店老板回答。

费丽丝黛不敢，他只好拿了剪刀，亲自去剪。但他抖得厉害，把死者太阳穴的皮肤戳破了好几处。最后，他心一横，鼓足勇气，乱剪了两三刀。结果，爱玛那头黑黝黝的秀发，平添了几块白色印痕。

药店老板和神甫又开始各看各的书，但也少不了不时打一会儿盹。每次打盹儿一醒来，两个人就相互指责。然后，布尔尼贤先生在房间里洒点圣水，药店老板则在地板上泼点氯水。

费丽丝黛在五斗柜上给他们留了一瓶烧酒、一块奶酪和一大块奶油圆球蛋糕。将近凌晨四点钟，药店老板饿得扛不住了，叹口气说：

“说实话，现在吃点东西多好！”

神甫也不要请，出去祷告一会儿回来，两个人就吃起来，还一边碰杯，一边嘿嘿傻笑几声。他们自己也莫名其妙为何笑，大概是连续经历了几个悲痛场面之后，自然会隐隐约约产生一种快活的感觉吧。斟上最后一小杯酒时，神甫拍拍药店老板的肩膀说：

“你我最终会相互了解的！”

他们在楼下前厅里遇见几个工人进来。于是，锤子敲木板，砰砰敲了两个小时，夏尔不得不忍受两个小时。随后，爱玛被放进栎木棺材，棺材外面又套双椁。由于外椁太宽，不得不抽出一条床垫子的棉花，塞在里头。最后，三副棺盖刨平了，钉牢了，焊严了，就把灵柩停放在门口。住宅的大门敞开，永维镇的男女老幼络绎而至。

鲁俄老爹赶到了，刚走到广场，望见黑布就昏倒在地。

10

鲁俄老爹在出事后三十六小时，才收到药店老板的信。奥梅先生考虑到他感情的承受力，信写得含糊其辞，看了根本闹不清是怎么回事。

老头子看完信，先像中风一样倒在地上。过了一会儿，他理解女儿还没有死，但可能会死……最后，他穿上外衣，戴上帽子，套上马刺，跨上马背就飞奔出发了。一路上，他气喘吁吁，忧心如焚。一度不得不跳下马来，因为他头晕目眩，耳朵里嗡嗡乱响，感到自己要疯了。

东方破晓，他看见三只黑母鸡在一棵树上睡觉。这不祥之兆吓得他不寒而栗。于是，他向圣母许愿，一定捐给教堂三块祭披，并且赤脚从贝尔托公墓出发，一直送到瓦松维尔。

一进马洛姆镇，他就叫店家，用肩头顶开店门，拖了一袋荞麦就倒进马槽，又掺上一瓶甜苹果酒。马喂饱了，立即上路，马蹄下火星四溅。

他想女儿可能还有救。医生们会找到一种药，这是肯定的。他想起过去传闻的这方面许多奇迹。

过一会儿，他又觉得女儿已经死了。她就在他面前，仰面躺在路当中。他拉一下缰绳，幻象立刻消失了。

到达坎康布瓦，为了提提精神，他连喝了三杯咖啡。

他想一定是信上写错了姓名。他摸摸口袋，信还在，但他没有勇气打开。

最后，他估计可能是有人开玩笑，是有人图报复，或者是有人酒后寻开心。再说，女儿要是真的死了，他会有预感的。可是，什么预感也没有！田野上一点异常的迹象也没有，天瓦蓝瓦蓝，树随风摇曳，一群羊打身边经过。他望见镇子了。人们看见他伏在马背上，不停地打马，飞奔而来，马肚带上直滴血。

他恢复知觉后，泪涕交流扑倒在包法利怀里：

“我的女儿！爱玛！我的孩子！告诉我究竟怎么回事……”

包法利抽搭着回答：

“我不知道，我不知道！这是天上飞来的横祸！”

药店老板把他们分开。

“那些可怕的细节还讲它干什么。回头我告诉先生好了。瞧，吊唁的人来啦。可不要失了身份啊，想开些！”

可怜的夏尔想现出坚强的样子，一次又一次说道：

“对……拿出勇气来！”

“好吧，”老头子大声说，“我会有勇气的，真见鬼！我要送她一直送到底。”

钟敲响了，一切准备就绪，该上路了。

他们在唱诗班的座位上并排坐下，只见唱诗班的三个成员不停地在面前走来走去，一边唱着圣诗。蛇形风管吹得响声震耳。布尔尼贤神甫全身披挂，尖着嗓门唱着，不时双手一抬，胳膊一伸，向圣体龛鞠一躬。赖斯迪布都瓦手持鲸骨刀，在教堂里转来转去。灵柩停在唱诗台旁边，一边点两排蜡烛。夏尔直想站起来，去把蜡烛吹灭。

不过，他还是努力激发自己虔诚的感情，热切盼望来世能与爱玛重逢。他想象爱玛旅行去了，走得很远很远，要去很久很久。可是，一想到爱玛躲在棺材里，一切都已经不可能，人们马上就要抬她去埋葬，他就狂怒不已，悲恸欲绝。有时，他觉得自己什么感觉也没有了，痛苦也随之减轻，于是领略着这种状态，同时骂自己是个没心没肺的家伙。

这时，传来铁包头拐棍戳点石板的声音，十分清脆，间隔均匀，从殿堂紧里戳点过来，至唱诗台前突然停止。就见一个穿棕色粗布外衣的男人，费了好大劲在灵柩前跪下。原来是金狮客店的伙计伊波力特。他装上了那条新假腿。

唱诗班一个成员，绕大殿一圈募捐，一个又一个大铜板，接连不断落在他的银盘里。

“你倒是快一点啊！我受不了啦！”夏尔没好气地丢给他一枚五法郎的银币，这样叫道。

那唱诗班成员向他深深鞠一躬，表示感谢。

人们唱着圣歌，一次次跪拜，又一次次起来，没完没了！夏尔记起刚搬到永维镇不久，有一回，他与爱玛一起来望弥撒，是坐在另一边，即右边靠墙的地方。钟又敲响了，就听见一阵椅子乱响，抬棺材的人把三根杠子塞到棺材底下，接着就抬出了教堂。

朱斯丹站在药店门口，这时突然缩了回去，脸色苍白，步履踉跄。

居民们都跑到窗口，观看送葬的队伍行进。夏尔走在前头，挺直腰板，装出一副坚强的样子。看见有人从巷子或门里出来，加入挤在街道两边的人群的行列，他还向他们点头致意。

六个抬棺材的人，一边三个，小跑着，微微气喘。神甫、唱诗班成员和两个唱诗童子，诵读着《哀悼经》。他们的声音忽高忽低，在田野上回荡。有时，遇到小路拐弯的地方，就看不见他们了，但银色的大十字架，始终高举在树木之间。

紧随后面的是妇女，个个披着黑色披风，风帽朝下翻，手里擎着一支点燃的大蜡烛。不断重复的祷告声、迤逦无尽的烛光，还有蜡油和道袍令人恶心的气味，使夏尔感到头晕。田野上微风吹拂，稞麦和油菜绿油油的，路旁荆篱上挂满颤悠悠的露珠。远处传来一辆大车在车辙里滚动的辘辘声，一只公鸡不停地喔喔啼鸣，一匹马驹"嘚嘚嘚"窜进苹果园——这种种欢快的声音，交织一片，充盈着整个原野。晴空中飘着朵朵玫瑰色的云彩，淡蓝色的轻烟笼罩着长满蝴蝶花的茅屋顶。夏尔认得沿途的每一个院落，记得许多像今天一样的早晨，他看完病，从某一家的院子里出来，急忙赶回爱玛身边。

覆盖棺椁的黑布上，缀满泪珠般的白珠子，风不时把布撩起来，露出棺木。抬棺材的人累了，放慢了脚步。一颠一颠向前运动的棺材，像随波摇荡的小船。

到了墓地。

男人们继续往下走，一直走到草地上挖好墓穴的地方。

大家排列在墓穴周围，神甫念念有词。掘墓时抛在穴边的红土，顺着四角，无声地不断往下出溜。

不一会儿，四根绳索摆好之后，大家把棺材推到绳索上。夏尔看着棺材往下坠。棺材不停地坠落着。

最后，下面传来碰撞的声音。绳索吱吱响着被抽了上来。于是，布尔尼贤接过赖斯迪布都瓦递给他的铁锹，一面用右手洒圣水，一面用左手挥锹尽力一铲，就铲下去一大锹土。石子纷纷落在棺木上，发出可怕的响声，听起来犹如来世的回声。

神甫把圣水刷递给身旁的人。那人是奥梅先生。他神情严肃地接过圣水刷抖两抖，随手递给夏尔。夏尔双膝跪在松土里，抓起大把的土往下扔，喊道：“永别了！”还向爱玛飞吻，随即向墓穴爬去，想和爱玛一起埋葬在里面。

有人把他拉开了。他很快就平静下来，大概与其他所有人一样，看到一切终于结束了，而隐约感到满意。

返回的路上，鲁俄老爹掏出烟斗，安详地抽起来。奥梅打心底里觉得这很不得体。他还注意到，比内先生压根儿没露面，图瓦什做完弥撒后就“开溜了”，公证人家的仆人泰奥多尔竟穿一身蓝衣服，“就好像找不到黑衣服似的，连习俗都不顾！”奥梅在队伍里前后串来串去，和大家交谈他注意到的这些情况。大家都为爱玛的去世感到惋惜，尤其是勒乐，他毫不犹豫来送殡了。

“这位娇小的太太真可怜！她丈夫该多么痛苦！”

药店老板说道：

“你可知道，没有我，他说不定寻了短见呢！”

“多好的一位太太呀！真没想到，上星期六我还在店里见到她！”

“可惜我没有时间，”奥梅说，“不然我要准备一篇悼词，在她的墓前念念的。”

回到家里，夏尔脱掉丧服，鲁俄老爹也换上蓝色的外衣。他那件外衣是新做的，来时一路上常用袖子擦眼睛，脸上留有一块块蓝颜色，加上被泪水冲成一条条的尘土，显得脏兮兮。

包法利老太太和他们待在一起。三个人都默默无语。最后，还是老头子叹息一声说道：

“还记得吗，我的朋友，有一回我来道斯特，正赶上你的头一位太太刚过世不久。当时我一个劲安慰你，也有话可讲，可是现在……”

接着，他的胸脯一鼓，长叹一声，说道：

“唉！你知道，这回我完啦！我眼睁睁看见我太太走了，后来是我儿子，今天我女儿又走啦！”

他要立刻回贝尔托，说在这座房子里他睡不着。他甚至不肯见外孙女。

“不见！不见！那对我来讲太悲痛啦。只是请你代我好好亲亲她吧。再见……你是个好后生！还有，我绝不会忘记这个，”鲁俄老爹说着拍一下大腿，“别担心，火鸡我会照送不误的。”

可是，他走到岭上时，却禁不住回头望去，就像过去在圣-维克多小径上送别爱玛之后，回头望去一样。永维镇所有的窗户，在草原上西沉的夕阳辉映下，像着了火似的。他将手罩在额前，望见天边一道院墙之内，散乱的树木东一丛，西一丛，黑魆魆的，耸在白色的岩石之间。眺望一阵，他又上路，策马慢慢跑去，因为马儿瘸了腿。

夜里，夏尔和母亲虽然累了，还是一块聊了很长时间。他们谈到过去和未来。老太太将搬到永维镇来住，替儿子管家，母子俩再也不分开。她精明而慈祥，多少年来，失去了儿子的感情，如今失而复得，心里暗暗高兴。时钟敲响了午夜十二点，镇子像往常一样静悄悄的，夏尔无法入眠，时时思念着爱玛。

罗多尔夫白天在森林里打猎消遣，夜里在古堡里睡得又香又甜。莱昂也睡得很安稳。

这时，另外有一个人没有睡。

一个孩子，跪在松树间的新坟头，在黑暗中嘤嘤啜泣，肝肠寸断，比月光还绵柔、比黑夜还深沉的巨大悔恨，压得他透不过气来。公墓的栅栏门突然吱呀一声开了。进来的是赖斯迪布都瓦。他来找下午遗忘在这里的铁锹。他认出了逾墙而逃的朱斯丹，这一回可发现是哪个坏小子偷他的土豆了。

11

第二天，夏尔把小女儿接了回来。小家伙一进屋就要妈妈，只好哄她说，妈妈出去了，会给她带玩具回来。白尔特又提过好几次妈妈，不过时间一久，就不再想了。包法利看到孩子那么快乐，反而很伤心。还有药店老板的安慰，听了烦死人，还得耐着性子听。

很快又来了金钱问题。勒乐再次撺掇他的朋友万萨尔出面发难，夏尔答应偿还数额惊人的债款。因为凡是属于爱玛的家具，他一件也绝不肯出卖。他母亲为此很恼火。他的火气比母亲还大。他完全变了。母亲只好扔下这个家走了。

这时，谁都想来捞便宜。朗卜乐小姐索讨半年的教琴费，其实爱玛一次也没去学（尽管她曾经拿出一张发票给包法利看：那是她串通朗卜乐小姐做的手脚）；图书出租人要求付三年的租书费；罗莱嫂子提出要二十来封信的送信费。夏尔问她怎么回事，她倒是很巧妙地答道：

“啊！我知道什么！离不了联系她的事务呗！”

每次付完一笔债，夏尔以为再也没有了，可是马上又冒出一些债务来，没完没了。

他去讨拖欠的诊费，人家拿出他太太寄的信给他看，他只好连声道歉。

费丽丝黛现在净穿太太的衣裙。倒不是全部，因为夏尔挑了几件，保存在爱玛的梳洗间里，经常进去把门一关，独自欣赏。费丽丝黛身材与爱玛差不多，夏尔从后面看见她时，常常产生幻觉，叫道：

“喂！别走！别走！”

可是，圣灵降临节那天，费丽丝黛跟着泰奥多尔离开了永维镇，顺手牵羊，把衣柜里的衣服全拐跑了。

大约在这个时期，寡妇杜普易夫人寄来喜帖告知：她的儿子、伊沃托公证人莱昂·杜普易先生，与朋维尔的莱欧卡蒂·勒勃夫小姐举行婚礼。夏尔当即致书祝贺，并写了这样一句话：

“我可怜的妻子如若在世，该多么高兴！”

一天闲来无事，夏尔在家里到处走走，信步来到阁楼上，觉得拖鞋底下踩到一个小纸团，捡起打开一看，只见写道：“勇敢些，爱玛，不要泄气！我不想使你的生活充满不幸。”这是罗多尔夫的信，掉在箱子之间地板上，被天窗的风吹到了门口。夏尔愣住了，怔怔地站在那里。而就在这同一个地方，爱玛曾经呆立良久，比他现在的脸色还苍白，万念俱灰，直想寻死。最后，夏尔在第二页下面发现一个小小的“罗”字。这是什么意思？他想起罗多尔夫起先来得那样勤快，可是突然无影无踪，后来遇到过两三回，总露出一副尴尬样子。不过，这信上的口气是尊敬的，他不由得仍往好处想：

“他们之间也许有过柏拉图式的爱情吧。”

再说，夏尔不是那种好寻根究底的人，发现了证据，反而立刻退避；他的嫉妒之心也并不强烈，完全被巨大的悲痛淹没了。

他想自然有人爱慕爱玛，所有男人想必都对她垂涎三尺。于是在他眼里，爱玛更显得娇柔可爱。这使他产生了炽烈、恒久的欲望，火一般在他绝望的心里燃烧。这欲望现在再也不可能实现，所以无尽无休。

他当作爱玛还活着，为了讨她的欢心，开始接受她的爱好和想法：他买漆皮鞋穿，经常系白领带，胡子上面抹香油，像爱玛一样签期票。爱玛进了坟墓，还在败坏他。

家境越来越窘迫，他把所有银器一件一件变卖光，接着又卖掉客厅里的家具。家里楼上楼下，所有房间徒剩四壁。但卧室——爱玛的卧室，丝毫未动，仍保持原样。每天晚饭后，夏尔上楼来到那房间，把圆桌子推到火炉边，再把爱玛的扶手软椅挪过来，然后自己在对面坐下。一个镀金的烛台里，插着点燃的蜡烛。白尔特坐在他旁边，照模帖用蜡笔描图画。

看到小女儿穿得破破烂烂，小靴子没有带子，罩衫从肩头到屁股撕了一条口子，因为女用人根本不管她，这可怜的人心头阵阵作疼。但孩子坐在身边，那样文静，那样可爱，妩媚地低着小脑袋，漂亮的金色头发，垂在红扑扑的脸蛋上，夏尔见了，心头又涌起无限的欣慰——一种掺和着苦涩的欣慰，就像酿得不好的酒，含有一股树脂味。他为女儿修理玩具，用纸板给她剪小人，或者缝合洋娃娃裂开的肚皮。可是，一旦目光遇到针线盒、一根拖在外面的缎带，甚至掉在桌子缝里的一枚别针，他就沉思默想起来，一副非常忧伤的样子；小女儿受到感染，也像他一样忧伤。

现在谁也不来看望这父女俩。朱斯丹逃到卢昂去了，在一家食品杂货店当了伙计。药店老板家的几个孩子，越来越不愿意与小白尔特接触。奥梅先生呢，鉴于彼此社会地位的不同，根本不想与包法利继续保持密切关系。

奥梅的药膏没有治好叫花子的病。叫花子又回到了纪尧姆林子那一带山地，经常向过往旅客讲述药店老板医治无效的情形，弄得奥梅每回搭“燕子”经过时，不得不躲在窗帘后面，以免让他看见。奥梅对叫花子恨之入骨，为了维护自己的名誉，千方百计想除掉他，为此定下了一条隐蔽的毒计。这条毒计不仅显示了他的老谋深算，也显示了他的虚荣心多么卑鄙无耻。连续半年时间，人们经常在《卢昂灯塔报》上，读到这类精心炮制的短文：

凡是前往庇卡底那个富饶之乡的人，大概都在纪尧姆林子那一带山路上，注意到一个脸上长疮、形容可怕的乞丐。他纠缠、骚扰过往行人，索取钱物，实际上等于向他们强收捐税。难道我们还处在中世纪的野蛮时代，可以任由参加十字军东征归来而流落街头的人，在我们的公共场所，展览他们在外域染上的烂疮和瘰疬吗？

或者：

尽管法律禁止流浪，可是我们的大城市近郊，仍然受到成群结队的行乞者侵扰。其中也有一些单独行动的，这些人恐怕同样危险。对此，我们的市政当局有何考虑呢？

奥梅还编造一些逸闻：

昨天，在纪尧姆林子的山路上。一匹马受惊……

接着，他描述了一次由叫花子引起的车祸。

结果叫花子进了大牢，但他又被放了出来，依然干从前那营生；奥梅呢，也故技重演。这是一场较量。奥梅获得了胜利，因为他的敌人被判终身关进一家收容所。

胜利使奥梅变得更大胆。从此，只要本地有一只狗被轧死，一座谷仓着了火，或一位妇女挨了打，他就立刻向公众报道。而他这样做的动机，始终是对进步的热爱和对教士的憎恨。他将小学与无知兄弟会[①]加以对比，极力贬低后者；他听说教堂得到一百法郎补贴，便提醒人们不要忘记圣巴托罗缪惨案[②]。他揭露弊端，嬉笑怒骂——这是他自己的话。奥梅从事破坏工作，变成了危险人物。

然而，他觉得单搞新闻报道，天地过于狭窄，不足以施展他的抱负。他应该赶紧写书，著书立说！于是，他编了一本《永维地区统计一览——附气象观测资料》。统计学促使他对哲学发生兴趣。他所关心的全是重大问题，诸如社会问题、贫困阶级的教化问题，还有养鱼、橡胶、铁路等。他羞于做一个资产者，而摆出艺术家的派头，经常抽烟，并买了蓬巴杜尔夫人[③]两座漂亮的小雕像，用以装饰客厅。

他并没有忽视药剂学。恰恰相反，他了解所有新的发现，关注提倡食用巧克力声势浩大的运动。他是头一个把可可和“健力多”介绍到下塞纳省的人。他对普尔韦马舍水电链[④]怀着极大的热情，自

① 1680年产生于法国的一天主教团体的绰号。

② 1572年8月23日至25日发生的法国基督教新教胡格诺派惨遭屠杀的事件。这次屠杀导致了第五次法兰西内战。

③ 法国国王路易十五的情妇。

④ 一种健身器具。

己身上就扎了一条。晚上，当他脱掉法兰绒坎肩，露出那条金色链子，一圈一圈绕在身上，把整个上半身都缠满了，活像一个斯基泰人[①]，浑身上下金光闪烁，又像占波斯一位袄教僧侣。奥梅太太见了，总是惊叹不已，对他也就倍添热情。

关于爱玛的墓碑，他有不少美妙的设想：先是建议采用半截立柱式，外加帷幔式装饰；接着又建议凿成金字塔形；后来又建议雕成维斯太庙[②]那样的圆亭式样……或者干脆建得像"一堆废墟"。不管采用哪种形式，他都坚持非栽上垂柳不可，因为他认为，垂柳是哀思绵绵的象征。

夏尔同他去了一趟卢昂，到一家专门承做墓碑的石匠店参观，还请了一位画匠一块去。画匠名叫沃佛里拉尔，是柏里都的朋友，总爱说俏皮的双关语。看了近百种图样，做了一个预算，最后又去了一趟卢昂，夏尔才决定建成陵墓式样，墓碑前后两面，各雕刻一个守护神，手持熄灭的火把。

至于碑铭，奥梅想到"sta viator"[③]，搜索枯肠也想不出更好的，念来念去还是"sta viator"。最后突然灵机一动，想出"amabilem conjugem caleas"[④]，夏尔采用了。

奇怪的是，包法利无时无刻不思念爱玛，却在渐渐忘记她。他竭力记住她的模样，却感到那模样正从他的脑海里溜走，使他陷入绝望。然而，每天夜里他都梦见爱玛，只不过梦里的情景总是一个样：他靠近她，正要拥抱，她却在他怀里化成了泥土。

---

① 古代黑海沿岸一个未开化的民族。

② 古罗马神话中的女灶神的庙。

③ 拉丁文，意为"行路人安息吧"。

④ 拉丁文，意为"贤妻长眠于此"。

有一个星期，人们看见他天天傍晚去教堂，布尔尼贤先生甚至还去看望过他两三次，但此后就不再管他了。正如奥梅所说的，这老头儿变得越来越褊狭，越来越狂热，经常猛烈攻击时代精神，在每半个月一次的布道中，总要讲伏尔泰死的情形：说众所周知，他是吞食自己的粪便而呜呼哀哉的。

包法利虽然生活节俭，但离还清旧债还差得老远。勒乐拒绝延长任何期票的偿还期限。扣押财产迫在眉睫。于是，包法利求救于母亲。母亲答应让他用她的财产做抵押，不过在信里痛骂了爱玛一顿，并且提出要一条费丽丝黛没有偷走的披肩，作为对她所作牺牲的报偿。夏尔不肯给，母子俩闹翻了脸。

还是母亲首先采取和解行动，提出让她把小白尔特接过去带在身边，对她也算是一种安慰。夏尔倒是同意了，但临到动身，又怎么也舍不得放女儿走。于是，母子间的关系完全、彻底破裂了。

随着对亡妻感情的日益淡薄，夏尔越来越把爱倾注在小女儿身上。然而，小女儿令他担忧，因为她时常咳嗽，而且面颊上有两块红晕。

对门的药店老板家，红红火火，欢乐常在，万事胜意。拿破仑在配药室给他当助手，阿达莉为他绣希腊式便帽，伊尔玛剪盖蜜饯罐用的圆纸片，富兰克林会一口气背完九九表。奥梅真是最幸福的父亲，最走运的男人。

非也！一种野心暗暗折磨着他：奥梅渴望十字勋章。他倒是具有条件，诚如他自己所说：

首先，敝人在霍乱流行期间，表现了极大的献身精神；其次，敝人自费出版了多种有益于公众的著作，例如……（他列举了题为《论苹果酒及其酿造与效用》的论文，还有寄给科学院的《关于绒毛芽虫之研究》，以及《统计概览》那本书，甚至考药剂师的那篇论文）；此外，敝人还是好几个学术团体的成员（其实他只是一个学术团体成员）。

"总之，"奥梅转一个身嚷道，"单凭在救火方面的贡献，我也该得！"

为此，奥梅趋奉权贵，暗中为省长竞选大帮其忙。总之，他卖身求荣，无异于政治娼妓。他甚至给国王上书，恳求为他主持公道，称当今国王为"吾辈仁慈的君主"，将他与亨利四世相提并论。

每天早晨，药店老板总是报纸一到就抢过来，想看看自己是否已被提名，但总是不见消息。最后，他实在按捺不住了，便在自家花园里培植了一块勋章形的草地，顶上还栽了弯弯曲曲的两条草，算作绶带。他经常双臂交叉，在旁边踱来踱去，暗骂政府无能和世人负义。

不知是出于尊重，还是慢有慢的乐趣，夏尔在清点爱玛的遗物时，迟迟没打开她用过的那张红木书桌的暗屉。一天，他终于在书桌前坐下，将钥匙一转，推开锁簧。莱昂的所有信全在里面。这回真相大白了！他一口气读完全部信，又搜遍每个角落，每件家具，每个抽屉，甚至每条墙缝，又是哭，又是嚎，丧魂落魄，如癫如狂。他发现一个盒子，一脚踹开，一眼就看见罗多尔夫的照片，夹杂在散乱的情书之中。

从此他变得意气消沉。大家都莫名其妙。他不再出门，不再见客，甚至不再外出看病。于是，有人说“他关在家里喝闷酒”。

偶尔有好奇者，趴在花园篱笆上往里窥探，惊愕地发现这个人胡子老长，衣服邋遢，面貌狰狞，一边走来走去，一边号啕大哭。

夏天傍晚，他总带着小女儿去墓地，直到完全天黑才回来，广场上除了比内家天窗漏出的灯光，黑乎乎的。

然而，夏尔无法充分品尝自己的痛苦，因为周围连一个可以一块谈谈的人也没有。有时他去看望勒佛朗索瓦太太，想与她一块谈谈爱玛。但女店家听的时候总是心不在焉，因为她有她的烦恼：勒乐先生的“利商车运公司”终于开业了，伊韦尔在办货方面颇有声誉，要求女店家给他加薪，扬言否则就要去为她的竞争对手干。

一天，夏尔去阿尔盖市场，准备卖掉他的马——他最后的财产，不期遇到罗多尔夫。

情仇相见，两个人的脸唰地一下都白了。爱玛过世，罗多尔夫只寄过一张帖子，所以他先是结结巴巴，说几句抱歉的话，不一会儿镇定下来，居然厚着脸皮，请夏尔去酒店喝一瓶啤酒（时值8月，天气十分炎热）。

他坐在夏尔对面，双肘支在桌子上，嘴里叼着雪茄，说些无关紧要的话。夏尔面对这张爱玛曾经爱过的面孔，思绪纷纭，怔怔地出神。他仿佛重见到爱玛的一件故物，心情实在难以形容，恨不得自己是面前这个人。

罗多尔夫不停地谈着庄稼、牲口、肥料，凡是可能让对方想起往事的地方，就用一句平平淡淡的话掩饰过去。其实，夏尔根本没有听。罗多尔夫也觉察到了，从他脸色的变化，就可以看出往事的回忆引起他的感情的变化。夏尔的脸渐渐变得通红，鼻孔翕动，嘴唇哆嗦；有一阵，他甚至怒火中烧，两眼盯住罗多尔夫。罗多尔夫吓坏了，打住了话头。但是没多久，夏尔的脸上又现出原先那种疲倦、悲伤的神情，他说：

“我不怨恨你。”

罗多尔夫默不作声。夏尔双手捧住头，一副无比痛苦的样子，用无可奈何的口气，有气无力地说：

“是的，我不再怨恨你！”

他甚至加了一句伟大的——他有生以来所说过的唯一一句伟大的话：

“错在命运！”

正是罗多尔夫支配了这一命运。他觉得，一个人处在夏尔这种地位，能说出这种话，诚然宽厚，但未免可笑，甚至有点卑怯。

第二天，夏尔坐在花棚底下的长凳上。阳光从空隙间漏下来，葡萄叶把影子投在沙地上，茉莉花芳香馥郁，天空湛蓝，斑蝥绕着开花的百合嗡嗡飞舞。夏尔像一个失恋的小伙子，心潮翻滚，忧伤的心堵得满满的，透不过气来。

小白尔特整个下午没看见他，七点钟来找他吃晚饭。

他仰着头靠在墙上，闭着眼睛，张着嘴，手里捏着一绺长长的黑发。

“爸爸，走呀！”小白尔特叫道。

她以为父亲是逗她玩，轻轻推他一把。夏尔倒在地上，已经死了。

三十六小时之后，卡尼韦先生应药店老板之请赶来了，解剖了尸体，但没发现什么。

在一切卖掉之后，只剩十二法郎七十五生丁，供包法利小姐投奔祖母做盘缠。老祖母当年故去，鲁俄老爹又瘫痪在床，由一位姨妈收养了包法利小姐。姨妈家也很穷，只好把她送进一家纱厂，去做工糊口。

包法利去世后，先后有三位医生来永维镇开业，但他们一到，奥梅先生就千方百计拆台，因此没一个站稳脚跟。奥梅的主顾多得不得了，当局照顾他，舆论保护他。

最近他荣获了十字勋章。